En route pour l'avenir

L'auteur

Sarah Dessen est née aux États-Unis en 1970. Elle a baigné très jeune dans la littérature puisque ses parents, professeurs de lettres, lui offraient des livres en guise de jouets. Enfant, elle reçoit une machine à écrire et se lance dans l'écriture. Après son diplôme de lettres, elle décide de travailler comme serveuse et d'écrire le reste du temps. Son premier roman est publié au bout de trois ans. Elle enseigne aujourd'hui l'écriture et vit avec son mari et ses deux chiens.

Du même auteur

Cette chanson-là
Écoute-la
Pour toujours… jusqu'à demain
Toi qui as la clé…

Sarah Dessen

En route pour l'avenir

*Traduction de l'anglais (américain)
par Véronique Minder*

POCKET JEUNESSE

Directeur de collection : Xavier d'Almeida

Titre original :
Along for the ride
Publié pour la première fois en 2009
par Viking, Penguin Young Readers Group, New York.

À ma mère, Cynthia Dessen,
qui m'a aidée à apprendre
presque tout ce que je sais
sur la façon d'être une fille.

Et à ma fille Sasha Clementine,
qui m'apprend le reste.

Écrire un livre, ça n'est jamais facile et il vous faut parfois du soutien. Pour ce roman et les autres, j'ai eu la chance extraordinaire de recevoir les conseils avisés de Leigh Feldman et de Regina Hayes.

Barbara Sheldon, Janet Marks et mes parents, Alan et Cynthia Dessen, m'ont accordé le soutien moral dont tout écrivain halluciné a besoin, surtout post-partum. Et comme toujours, merci à mon mari Jay qui me fait rire, entretient ma mémoire et m'a appris plus qu'il ne m'en fallait sur les vélos.

Enfin, je voudrais aussi saluer mon petit monde girly, mes baby-sitters, sans lesquelles je n'aurais jamais eu le temps d'écrire ce roman : Aleksandra Marcotte, Claudia Shapiro, Virginia Melvin, Ida Donner, Krysta Lindley et Lauren Caccese. Merci à toutes pour votre aide inestimable.

Chapitre 1

Les mails, ça commence toujours pareil.

Salut Auden !!

Ce sont les deux points d'exclamation qui m'ont fait loucher. Ma mère aurait dit d'eux qu'ils étaient « verbeux, excessifs et bavards ». Moi, je les ai trouvés tout simplement gonflants. Gonflants comme Heidi. Heidi, ma belle-mère.

J'espère que tu profites au maximum de tes dernières semaines de lycée. Ici, on va tous bien ! Seulement deux ou trois bricoles à terminer avant la naissance de ta future petite sœur. Depuis peu, elle me donne plein de coups de pied, c'est de la folie. On jurerait qu'elle s'entraîne pour les championnats du monde de karaté ! Je m'occupe toujours de ma boutique (enfin, façon de parler) et je mets la dernière touche à la nursery. Je l'ai peinte dans des tons de rose et de chocolat : un vrai bonheur. Je te joins une photo pour que tu te rendes compte.

Ton père est concentré, comme toujours, sur son roman. Il bossera sans doute jusqu'au bout de la nuit, pour me tenir compagnie, lorsque je serai levée à cause du bébé !

J'espère de tout mon cœur que tu envisages de venir nous rendre visite, pendant les grandes vacances. Ça serait vraiment sympa, de plus, ce serait le bonus de l'été. Viens quand tu veux. On sera ravis !

Bisous,
Heidi (et ton père et le futur bébé !)

Rien que de lire ces mails me mettait à plat. D'abord à cause de la ponctuation surexcitée qui me donnait l'impression qu'on me braillait dans les oreilles, mais surtout, oh surtout à cause de Heidi. Heidi était tellement… verbeuse, excessive et bavarde. Et super gonflante. Heidi, c'était quatre adjectifs et plus, sans affinités, depuis qu'elle était devenue ma belle-mère après que mon père l'eut courtisée, conquise, lui eut fait un bébé et l'eut épousée l'année dernière.

Ma mère affirmait que ça ne l'étonnait pas du tout, du tout. Depuis leur divorce, elle prédisait qu'il ne faudrait pas longtemps avant que papa, je cite, « se fasse mettre le grappin dessus par la première *preppy girl* venue ». Heidi avait vingt-six ans, l'âge auquel maman avait eu mon frère Hollis, et moi deux ans plus tard. Mais maman et Heidi, c'est le jour et la nuit. Ma mère est prof d'université et chercheuse, avec un sens de l'humour à la puissance dix, spécialiste reconnue du rôle de la femme dans la littérature de la Renaissance. Heidi est… ben, le genre de nana constamment aux petits soins de soi (pédicure, manucure, balayages), fashionista éclairée (tout ce que vous voulez savoir sur la longueur des ourlets et la hauteur des talons cette année). Enfin, elle a l'habitude très énervante d'envoyer des mails bavards adressés à des gens qui, entre nous soit dit, s'en seraient super bien passés.

La cour que fit papa pour conquérir Heidi fut brève. L'implantation (c'est le terme par lequel maman désigna l'installation des deux nouveaux amoureux) également : deux mois, et c'était dans la poche. À la suite de quoi mon père, longtemps mari du docteur ès lettres Victoria West, auteur d'un roman salué par la critique, mais maintenant plus réputé pour ses chamailleries avec ses collègues de fac que pour la suite toujours annoncée du roman en question, est redevenu mari et bientôt papa. De plus, comme il venait d'être nommé responsable du département d'écriture créative de l'université de Weymar, une petite fac d'une petite ville en bord de mer, il avait une toute nouvelle vie devant lui. Même si Heidi et papa insistaient pour que je vienne chez eux pendant les grandes vacances, j'hésitais. Je n'étais pas sûre de vouloir découvrir s'il restait encore de la place pour moi, dans leur petit paradis.

J'entendis tout à coup un éclat de rire s'élever de la cuisine, suivi par le cling cling des verres et des tchin-tchin. Ce soir encore, ma mère organisait une de ses fameuses soirées avec ses étudiants en doctorat : ça commençait toujours par un dîner dans les règles de l'art (« Agissons en personnes cultivées dans cette société d'inculture ! » déclarait maman) avant de dégénérer, paradoxalement et sans exception, en discussions sauvages et alcoolisées sur la littérature et la théorie de la littérature. Je regardai l'heure. Dix heures et demie. J'ouvris la porte de ma chambre de la pointe de mon orteil et jetai un œil à travers le couloir jusque dans la cuisine. Maman présidait la tablée, un verre de vin rouge à la main. Autour d'elle, comme d'habitude, une bande de doctorants, tous des mecs, qui la couvaient d'un regard adorateur alors qu'elle continuait, si j'entendais bien, de parler du dramaturge anglais Christopher Marlowe et de la culture des femmes.

C'était une autre des nombreuses et fascinantes contradictions de maman : elle était spécialiste des femmes dans la littérature, mais en réalité, elle les détestait. Globalement parce que la plupart étaient jalouses : *a* de son intelligence (niveau Mensa, en gros, un QI de 132) ; *b* de ses travaux de recherche (quatre livres, une quantité fabuleuse d'articles, j'ajoute que maman était aussi prof titulaire d'une chaire de littérature anglaise) et enfin *c* de son look (grande, façon top model avec de très longs cheveux noirs qu'elle portait dénoués et ébouriffés : c'était le seul détail de son existence qu'elle ne contrôlait pas). C'est pour ces raisons, et d'autres encore, que les étudiantes assistaient rarement à ses petits soupers. Et si par hasard c'était le cas, je vous jure qu'on ne les revoyait pas.

— Vous devriez développer cette idée dans un article, docteur West : elle est très intéressante ! dit l'un des thésards, le genre débraillé avec des cheveux branchés sur 220 volts, qui portait une veste cheap de chez cheap et des lunettes à monture noire hype.

Ma mère but une gorgée de vin et dégagea son visage d'un geste très grande classe.

— Oh, mon Dieu, non, surtout pas ! répondit-elle de sa voix profonde et rauque (maman avait une voix de fumeuse, et pourtant elle n'avait jamais fumé de sa vie). J'ai déjà à peine le temps d'écrire mon essai, alors que je suis payée pour ce travail. Enfin, si on peut appeler ça être payée...

Nouveaux gloussements et rires admirateurs. Ma mère aimait se plaindre du peu d'argent qu'on la payait pour ses bouquins, des travaux universitaires publiés par des presses également universitaires, tandis que les « histoires débiles pour ménagères de moins de cinquante ans » (ses propres mots) étaient rémunérées à grands coups de milliers de dollars. Dans le monde de ma mère, les gens devraient se trimballer les œuvres complètes du grand Shakespeare à la plage avec, pour leur quatre heures, *L'Iliade* et *L'Odyssée* d'Homère, voire *L'Énéide* de Virgile.

— Ça reste tout de même une idée brillante, insista le mec aux lunettes hype. Je pourrais, heu, coécrire cet article, si vous voulez...

Ma mère leva la tête et son verre, l'observant comme un entomologiste un petit scarabée, tandis qu'un bon vieux silence des familles tombait sur la tablée.

— C'est gentil, mais je déteste coécrire mes articles pour les mêmes raisons que je ne me lie pas avec mes collègues. Je suis une égocentrique, vous savez.

Le mec aux lunettes hype en a perdu la voix et gagné en couleur · même de ma chambre, je l'ai vu devenir rouge comme un bouquet de coquelicots tandis qu'il prenait la bouteille de vin pour s'en verser un petit et planquer sa honte derrière. Pauvre type, il avait du souci à se faire s'il voulait se mettre maman dans la poche à la vie à la mort, pensai-je en refermant la porte

13

de ma chambre. Moi, je m'en faisais depuis ma naissance.

Dix minutes plus tard, je sortis par-derrière, mes chaussures à la main, et je pris ma voiture. J'ai roulé dans les rues presque désertes des quartiers résidentiels et commerçants endormis, jusqu'à ce que les lumières du *diner* Ray's me fassent de l'œil, de loin. Chez Ray's, c'était petit, avec trop de néons et des tables toujours un peu poisseuses, mais c'était le seul snack-bar de la ville ouvert vingt-quatre heures sur vingt-quatre sept jours sur sept. Depuis que mes nuits étaient devenues blanches, je les passais plus souvent dans un box de Ray's que dans mon lit. Je lisais ou j'étudiais, et je filais un pourboire aux serveuses quand je commandais de nouveau, grosso modo toutes les heures jusqu'au retour du petit jour.

Je suis devenue insomniaque trois ans plus tôt, lorsque le mariage de mes parents a commencé à capoter. Le choc ? Bof, non. Si je me souviens bien, entre eux, ç'avait toujours été mouvementé, même si le thème de leurs disputes, c'était plus souvent leur boulot que leurs problèmes perso.

Mes parents avaient atterri à l'université de la région direct après leurs études de troisième cycle, lorsque mon père y avait obtenu un poste d'assistant. À cette époque, il venait aussi de se dégoter un éditeur pour publier son premier roman, *La Corne du Narval*. Pendant ce temps-là, ma mère, enceinte de mon frère, essayait de terminer sa thèse de doctorat. En quatre ans, excusez l'accéléré, je suis née ; mon père planait sur le nuage rose des critiques élogieuses et du succès commercial (son bouquin a été sur la liste des meilleures ventes du *New York Times* et a carrément été nominé au National Book Award), et il assurait un cours d'écriture créative. De son côté, ma mère était, comme elle aimait à le raconter, « perdue dans un océan de couches et de doutes ». Dès que je suis entrée à la maternelle, ma mère est revenue rapido presto à la vie universitaire et s'est vengée des couches et des doutes en devenant lectrice invitée et en se trouvant un éditeur pour publier sa thèse. Elle s'est retrouvée l'une des profs les plus populaires du département d'anglais, où elle a obtenu un poste à plein temps. Là-dessus, elle a publié un deuxième, puis un troisième bouquin, pendant que mon père faisait du sur-place. Il n'arrêtait pas de répéter qu'il était fier de sa réussite, il disait en blaguant que c'était elle, le soutien de famille. Mais quand ma mère a eu une chaire, très prestigieuse, et que papa a été complètement lâché par son éditeur qui n'était pas prestigieux, lui, entre eux c'est parti en eau de boudin.

En règle générale, papa et maman commençaient à se disputer après le dîner. Ça partait d'une remarque que l'autre prenait de travers. Suivaient une petite engueulade, quelques noms d'oiseaux et un peu de casse, puis tout semblait rentrer dans l'ordre... jusqu'à dix ou onze heures du soir où, pof, ça repartait de plus belle et sur le même topo. Alors, un jour, je me suis dit que ce décalage avait une raison : papa et maman attendaient que je sois couchée et endormie pour vraiment bien s'engueuler. Un beau soir, j'ai donc décidé de ne pas dormir. J'ai laissé la porte de ma chambre ouverte, ma lumière allumée, et j'ai opéré des allers-retours réguliers à la salle de bains où je me lavais les mains en faisant un boucan d'enfer. Pendant un moment, je dois dire que ça a fonctionné. Puis plus du tout. Papa et maman ont recommencé à s'étriper la nuit, et malheureusement, c'était foutu pour moi : j'avais pris l'habitude de veiller très tard, et comme je restais désormais bien réveillée, je les entendais s'engueuler de A à Z.

Je connaissais un tas de gens de mon âge dont les parents avaient divorcé. Chacun semblait avoir sa recette maison pour gérer le choc : surprise intégrale, atroce déception, soulagement total. Mais le point commun entre tous les enfants de divorcés, c'était beaucoup de blabla sur ce qu'ils éprouvaient, avec le père ou la mère, l'un des deux, ou bien avec un psy en thérapie de groupe ou individuelle. Évidemment, mes parents à moi ont été l'exception qui confirme la règle. J'ai eu droit à un : « Assieds-toi, il faut qu'on te parle. » Et ma mère a lâché l'info en travers de la table de la cuisine tandis que papa, adossé à un placard, au bord de la crise de nerfs, croisait et décroisait ses mains.

— Ton père et moi, nous allons nous séparer, a déclaré maman de ce même ton posé et froid que je l'avais si souvent entendue utiliser avec ses étudiants, lorsqu'elle critiquait leur travail. Je suis certaine que tu es d'accord : c'est la meilleure solution pour tout le monde.

En entendant ça, je ne sais pas ce que j'ai éprouvé. En tout cas, pas du soulagement. Ni une atroce déception ou une surprise intégrale. La vérité, ce qui m'a déglinguée, pendant qu'on était tous les trois dans cette cuisine, c'était de me sentir petite. Petite comme petite fille. Et ça, c'était pour le moins bizarre. C'était comme s'il avait fallu ce grand moment de ma vie pour qu'une vague d'enfance déferle sur moi à retardement.

Bien sûr, j'avais été petite. Mais à ma naissance, mon frère, qui avait été un nourrisson souffrant de mégacoliques et un bébé hyperactif, puis un enfant « vif et éveillé » (traduisez : « impossible »), avait déjà épuisé mes parents. Il les épuisait toujours, d'ailleurs, mais depuis la vieille Europe, qu'il arpentait avec l'allégresse des grands explorateurs. De temps à autre, il nous envoyait des mails illuminés où il décrivait minutieusement sa dernière vocation en date, avec une demande en règle de fric pour concrétiser son grand et fabuleux nouveau projet. Au moins, son voyage en Europe lui donnait un petit air nomade et arty chicos : mes parents racontaient à leurs amis que Hollis admirait Paris du haut de la tour Eiffel en fumant des gauloises à la chaîne au lieu de glander au Quick Zip du coin. Ça faisait quand même nettement plus classe.

Si Hollis était un grand gosse, moi, j'avais été une mini-adulte qui, dès l'âge de trois ans, écoutait les discussions intellos et littéraires des grands autour d'une table de cuisine en coloriant ses albums, sage comme une image. Qui avait appris à se distraire seule très jeune. Qui, dès la maternelle, avait été obsédée par les bonnes notes, parce que l'excellence à l'école, c'était top priorité pour mes parents. Et lorsque l'un de leurs invités lâchait un gros mot ou un truc d'adulte en ma présence, maman disait toujours : « Ne t'en fais donc pas, Auden est très mûre pour son âge. » Ça oui, je l'étais. À deux ans, à quatre ans et à dix-sept. Si Hollis avait besoin d'une surveillance permanente, moi, mes parents me traînaient partout sans complexe ; tous les trois à la queue leu leu au concert, aux expos, conférences universitaires ou aux réunions de commission. On m'exhibait, mais je ne devais surtout pas dire un mot. Avec un emploi du temps pareil, je n'avais évidemment pas beaucoup l'occasion de jouer. De toute façon, je n'avais pas besoin de jouets. Je ne réclamais pas non plus de bouquins : chez nous, il y en avait partout et à la pelle.

Résultat, j'avais eu du mal à me lier avec les enfants de mon âge. Je n'arrivais pas comprendre leurs explosions d'énergie, le délire de leurs bagarres de polochons ou leurs courses de malades à vélo. Ça paraissait rigolo, mais en même temps ça ne ressemblait pas à ma vie et je ne me voyais pas jouer avec eux. D'ailleurs, je n'en ai jamais eu l'occasion, parce que les lanceurs de polochons et les dingos du vélo ne fréquentaient pas les écoles privées expérimentales avec programme scolaire accéléré pour lesquelles mes parents avaient un très gros faible.

Ces quatre dernières années, j'ai changé de lycée trois fois. Je suis restée à Jackson High seulement deux semaines, jusqu'à ce que ma mère, qui avait repéré une faute d'orthographe et, le comble, une faute de grammaire dans mon support de cours d'anglais, me fasse transférer dare-dare à Perkins Day, un lycée privé de la région. Il était plus petit et plus rigide que Jackson, sur le plan scolaire, mais moins que Kiffney-Brown, le lycée alternatif où j'ai été transférée, en première.

Kiffney-Brown avait été fondé par d'anciens profs de la région. C'était un lycée d'élite, avec sa centaine d'élèves au maximum, qui favorisait les classes à effectif réduit et entretenait des rapports étroits avec l'université de la région où l'on pouvait suivre des cours niveau fac pour se constituer un meilleur dossier d'admission. J'avais deux ou trois amis à Kiffney-Brown, enfin amis, sans plus, parce que l'ambiance était ultracompétitive et la pédagogie, orientée totale autonomie.

Je m'en tapais. Car, amis ou pas, à l'école j'étais comme un poisson dans l'eau : apprendre, c'était fuir, avec la possibilité de me fabriquer des milliers de vies par procuration. Plus mes parents se plaignaient des notes catastrophiques de mon cancre de frangin, plus je bossais dur. Ils étaient fiers de moi et de mes résultats scolaires, et pourtant j'étais frustrée dans tous mes espoirs. J'étais si intelligente, j'aurais donc dû comprendre que la seule façon de susciter à coup sûr leur intérêt, c'était de les décevoir ou de me planter royalement en classe. Hélas, lorsque j'ai percuté que c'était la solution des solutions, j'étais si bien programmée à réussir qu'échouer m'était devenu impossible.

Papa a finalement quitté la maison au début de mon année de terminale. Il s'est loué un petit meublé pas très loin du campus, dans une résidence habitée surtout par des étudiants. J'étais censée passer tous mes week-ends chez lui, mais bon, papa déprimait grave : il planchait toujours sur son deuxième bouquin, se prenait la tête sur ses publications (enfin, son absence de publications), tout en cherchant à comprendre pourquoi ma mère attirait autant l'attention et pas lui. Dans ces conditions-là, passer du temps avec lui, non merci. Mais ça n'était pas la joie non plus chez maman, qui fêtait sa vie de néocélibataire et ses succès universitaires à tour de bras. Il y avait sans cesse du monde à la maison : des étudiants qui allaient et venaient, des dîners tous les week-ends. Je ne trouvais de juste milieu nulle part, sauf chez Ray's.

J'étais passée devant ce *diner* un bon millier de fois, mais je n'avais jamais pensé m'y arrêter, jusqu'à un soir où, à deux heures du mat, je rentrais chez maman. Je précise que mon père et ma mère ne me surveillaient pas des masses. Avec mon emploi du temps style casse-tête chinois (cours le soir, modules aux horaires flexibles la journée et autoformation avec tutorat), j'allais et venais sans que mes parents me posent de questions. Ou si peu. Ni l'un ni l'autre n'avait donc remarqué que mes nuits étaient blanches comme neige. Cette nuit blanche-là, donc, à deux heures du mat, j'avais regardé du côté du *diner* Ray's et j'avais eu le déclic : l'ambiance semblait chaleureuse et sympa, genre cocooning. De plus, les clients et moi, on avait un point commun. L'insomnie. Je m'étais donc garée. J'étais entrée, j'avais commandé un café et une part de tarte aux pommes et je m'étais incrustée jusqu'à l'aube.

Ce qui me plaisait chez Ray's, c'est qu'on me fichait la paix, même quand je suis devenue une habituée. Personne ne me demandait rien et les rares échanges n'étaient pas des prises de tête. Si seulement les relations humaines avaient été aussi cadrées, si j'avais eu un rôle bien défini que j'aurais connu par cœur, ma vie aurait été facile...

L'automne dernier, l'une des serveuses, une femme plutôt mûre qui s'appelait Julie, avait regardé le formulaire que je remplissais en me reservant du café.

— Defriese ? Bonne université.

— Oui. L'une des meilleures.

— Tu penses être admise ?

— Je crois, oui.

Elle avait souri comme si elle me trouvait bien mignonne et m'avait tapoté l'épaule.

— Ah, la jeunesse ! Toujours si confiante !

Puis elle s'était éloignée.

J'avais eu envie de lui dire que je n'étais pas confiante, que je bossais seulement comme une malade pour réussir, mais Julie était déjà passée au box suivant et discutait avec un client. De toute façon, elle n'en avait rien à cirer. Il existait un monde où les cours, les exams, les formulaires d'inscription, les classements, les admissions à l'université dès le printemps et de bonnes moyennes avaient de l'importance, et d'autres où ça n'en avait aucune. J'avais passé toute ma vie en immersion dans le monde n° 1, et même quand j'étais chez Ray's, qui faisait partie du monde n° 2, je n'arrivais pas à m'en extraire.

Vu que j'étais une psychorigide tendance compulsive et que je fréquentais un lycée alternatif, j'avais zappé tous les grands moments de l'année de terminale dont mes copines de Perkins Day m'avaient rebattu les oreilles. Le seul big événement qui m'avait intéressée, c'était le bal des terminales, et encore, seulement parce que Jason Talbot, mon principal rival pour être le meilleur de la classe, m'avait proposé une trêve dans la guerre des bonnes notes afin de devenir mon cavalier d'un soir. Pour des prunes, merci bien. Jason avait annulé à la dernière minute. Son excuse : une invitation à une espèce de conférence sur l'écologie. Je m'étais dit : allez, bon, ça n'est pas grave, le bal des terminales, c'est juste une version ado des batailles de polochons et des courses de vélo, en gros, du frivole et de l'inutile. Mais à cet instant encore, je me demandais ce que j'avais manqué ce soir-là et tant d'autres.

Je me trouvais toujours chez Ray's, il était deux ou trois ou quatre heures du matin, quand j'ai eu un drôle de petit pincement. J'ai levé le nez de mes bouquins pour regarder les gens autour de moi, des routiers, des automobilistes qui sortaient de l'autoroute pour s'offrir une pause-café avant de repartir, les tarés occasionnels, et j'ai eu exactement le même sentiment que le jour où maman m'a annoncé la séparation. En gros, celui de n'être pas au bon endroit et à ma place, pour la raison que j'aurais plutôt dû être à la maison, dans mon lit, comme ceux de ma classe que j'allais retrouver dans quelques heures. Mais c'est passé aussi vite que c'est venu, et tout s'est remis gentiment en ordre et à sa place. Et au moment où Julie est revenue avec sa cafetière pour me resservir, j'ai poussé ma tasse vers le bord de la table sans lui dire ce que nous savions toutes les deux. Que j'allais rester encore un sacré bon bout de temps.

Ma demi-sœur, Thisbé Caroline West, est née la veille de la remise de mon diplôme de fin de secondaire. Elle pesait 3,425 kg. Mon père appela le lendemain. Épuisé.

— Je suis désolé, Auden. Je m'en veux terriblement de manquer ton discours.

— C'est bon, lui dis-je, tandis que maman entrait dans la cuisine en robe de chambre et se dirigeait vers la cafetière. Comment va Heidi ?

— Bien. Fatiguée. Ça a été long, et finalement on lui a fait une césarienne, ce qui l'a contrariée. Mais je suis certain qu'elle s'en remettra et le prendra moins au tragique, une fois qu'elle se sera reposée.

— Félicite-la de ma part.

— Je n'y manquerai pas. Et toi, montre-leur ce que tu as dans le ventre, ma fille !

Typique : pour mon père, grand combatif, lycée plus notes, etc., égalent guerre sans merci.

— En tout cas, je penserai à toi, Auden.

Je souris, le remerciai et raccrochai tandis que maman se versait du lait dans son café. Elle le remua, faisant tinter sa cuillère contre la tasse, avant de prendre la parole.

— Laisse-moi deviner. Il ne vient pas.

— Heidi vient d'accoucher. C'est une petite fille. Ils l'ont appelée Thisbé.

— Seigneur ! s'exclama maman avec mépris. Parmi tous les prénoms dans les œuvres de Shakespeare, il a fallu que ton père choisisse celui-là. Pauvre gosse ! Elle va devoir en expliquer le sens jusqu'à la fin de ses jours !

Ma mère aurait mieux fait de se taire, vu qu'elle avait laissé mon père choisir celui de mon frère et le mien. Detram Hollis était un prof que mon père admirait follement, et Wystan Hugh Auden, né en 1907, mort en 1973, était son poète préféré.

Quand j'étais petite, j'aurais donné ma main droite pour m'appeler Ashley ou Katherine, parce que ça m'aurait simplifié la vie, mais maman aimait à dire que mon prénom avait valeur de test : comme Wystan H. Auden était moins célèbre que Robert Frost ou Walt Whitman, si mon interlocuteur le connaissait, il valait la peine que je lui consacre mon temps et mon énergie, parce qu'il était de mon niveau intellectuel. Je pensai que ce raisonnement vaudrait aussi pour Thisbé, mais je gardai mes réflexions pour moi et je m'assis avec les petites fiches cartonnées de mon discours que je passai de nouveau en revue.

Au bout d'un moment, maman vint s'asseoir en face de moi.

— Je présume que Heidi a survécu à son accouchement ? demanda-t-elle en buvant son café.

— Il a fallu lui faire une césarienne.

— L'heureuse femme ! Hollis pesait cinq kilos et la péridurale était restée sans effet. J'ai failli mourir.

Je continuai de lire mes fiches, attendant l'une des anecdotes qui suivaient invariablement cette intro que j'avais cent mille fois entendue : Hollis avait été un bébé avec un appétit monstrueux qui épuisait ses réserves de lait. Ses mégacoliques avaient transformé la vie de maman et celle de mon père en triple enfer, parce qu'il fallait sans cesse le promener, et que même en le promenant, il hurlait comme un perdu pendant des heures et des heures. Sans compter que papa ne...

— J'espère que Heidi ne compte pas sur ton père pour l'aider à s'occuper de son bébé ? dit-elle en prenant deux de mes fiches qu'elle parcourut avec attention. Moi, j'avais de la chance lorsque d'aventure il changeait les couches. Quant à se lever la nuit pour donner le biberon, la pauvre, elle peut tirer un trait dessus. Ton père soutient mordicus qu'il doit avoir ses neuf heures de sommeil s'il veut être en pleine forme pour assurer ses cours du lendemain. Ce qui est finalement bien pratique.

En parlant, elle lisait mes fiches, et j'ai eu un petit pincement dans le ventre, comme chaque fois qu'elle passait à la loupe ce que je faisais.

Elle reposa mes fiches sans dire un mot.

— D'accord, mais tout cela, c'était il y a longtemps, dis-je tandis qu'elle buvait une autre gorgée de café. Il a peut-être changé.

— Les gens ne changent pas, Auden. Au contraire. En vieillissant, ils s'enferment dans leurs petites habitudes et manies.

Puis elle secoua la tête et ajouta :

— Je me revois dans notre chambre, seule avec Hollis qui braillait. J'espérais que la porte allait s'ouvrir et que ton père entrerait en disant : « Donne-moi donc Hollis, et toi, va dormir. » En vérité, ça n'était pas l'aide de ton père que j'attendais : j'aurais accueilli le premier venu les bras ouverts.

Elle regardait par la fenêtre, les mains autour de son mug qu'elle avait cessé de porter à ses lèvres. Je repris mes fiches et les classai.

— Excuse, mais il faut que j'aille me préparer, dis-je en me levant.

Ma mère était toujours immobile, façon statue. Pétrifiée par le souvenir de ses heures passée seule avec Hollis, à attendre une aide providentielle qui n'était jamais venue.

— Tu devrais revoir ta citation de Faulkner, me rappela-t-elle tandis que je sortais de la cuisine. C'est too much pour un début de discours. Tu vas passer pour une prétentieuse.

Je baissai les yeux sur ma première fiche où j'avais écrit avec soin : « Le passé n'est jamais mort, il n'est même pas passé[1]. »

— D'accord.

Elle avait raison. Évidemment. Maman avait toujours raison.

— Merci.

---

1. Faulkner, *Le bruit et la fureur*.

J'avais été si concentrée sur ma dernière année de lycée et ma future rentrée à l'université que je n'avais pas pensé au creux des grandes vacances. Et lorsque l'été m'est tout à coup tombé sur la tête, je n'ai plus rien eu à faire qu'attendre le retour de l'automne, de la rentrée, bref, de la vraie vie.

J'ai passé deux semaines à acheter des trucs pour Defriese et j'ai voulu assurer des petits cours au Hunt-singer Test Prep (tutorat et coaching), mais comme c'étaient les grandes vacances, tout restait vachement calme. J'avais l'impression d'être la seule à penser école et devoirs. J'en ai vite eu la preuve lorsque mes anciennes copines de Perkins m'ont invitée à des petites bouffes ou à des virées au bord du lac. J'étais contente de les voir, mais dès qu'on se retrouvait, je me sentais décalée. Je n'avais passé que deux ans à Kiffney-Brown, mais j'étais tellement différente et intello que je n'arrivais pas à m'intéresser à leurs blablas sur leurs jobs d'été et leurs mecs. Après des sorties un poil embarrassantes, j'ai fini par refuser toutes leurs invitations en disant que j'étais très occupée. Après un flottement, le message est passé, les copines de Perkins ne m'ont plus invitée.

À la maison aussi, l'ambiance était étrange, parce que maman avait obtenu une allocation de recherche pour un projet et travaillait comme une brute. Et quand elle ne bossait pas, ses assistants doctorants débarquaient pour des dîners improvisés ou des apéros qui s'éternisaient. Quand ils faisaient trop de boucan, quand la maison débordait, je m'installais dans la véranda avec un livre et j'attendais la nuit noire pour filer chez Ray's.

Un soir, je lisais un bouquin passionnant sur le bouddhisme lorsque je vis une Mercedes verte descendre la rue, ralentir devant chez nous et se garer. Une blondinette assez canon en jean taille basse, brassière rouge et sandales compensées en descendit avec un paquet sous le bras. Elle a bien observé la maison, puis baissé les yeux sur son paquet, avant de remonter l'allée.

Elle arrivait en bas des marches quand elle m'a vue.

— Salut ! dit-elle d'une voix si amicale que je me suis méfiée.

Je n'ai pas eu le temps de répondre, car elle fondait sur moi avec un beau sourire.

— Tu dois être Auden ?

— Oui, répondis-je avec hésitation.

— Moi, je suis Tara !

Je la connaissais ? Quand elle a compris que je ne tiltais pas, elle a ajouté :

— Tara. La petite amie de Hollis !

Oh là...

— Ah oui. Bien sûr ! dis-je poliment.

— Je suis super contente de faire ta connaissance, dit-elle en me serrant si fort dans ses bras que j'ai cru tomber dans un bouquet de roses (son eau de toilette) et d'adoucissant (sa lessive). Il savait que je passerais par ici, au retour. Il m'a donc demandé de te remettre ce cadeau. Ça vient direct de Grèce !

Elle m'a tendu le paquet enveloppé dans du papier kraft, avec mon nom et mon adresse écrits dessus. J'ai reconnu l'écriture inclinée et bordélique de mon frère. Il y eut ensuite un moment d'embarras : Tara attendait évidemment que j'ouvre. Alors, j'ai ouvert et j'ai découvert un petit cadre entouré de pierres de couleurs. En bas, il y avait écrit : « Le meilleur de la vie ». Et dans le cadre se trouvait une photo de Hollis devant le Taj Mahal. Avec l'un de ses petits sourires cool. En short cargo et tee-shirt, avec un sac à dos sur une épaule.

— Génial, hein ? demanda Tara. On l'a dégoté dans un marché aux puces d'Athènes !

Je ne savais pas quoi dire, parce que je trouvais mon frère drôlement narcissique de m'offrir une photo de lui.

— C'est beau, dis-je sans plus.

— Je savais que tu adorerais ! fit-elle en applaudissant. J'avais dit à Hollis que tout le monde adorait les cadres ! Une photo dans un cadre, ça embellit aussitôt le souvenir, pas vrai ?

J'observai de nouveau le cadre, les jolies petites pierres de couleurs et la photo de mon frère, la coolitude incarnée. Ou plutôt, l'illustration du meilleur de la vie...

— Tu as raison.

Tara m'a adressé un sourire de star, avant de regarder notre maison.

— Ta mère est là ? J'aimerais beaucoup la rencontrer. Hollis l'adore. Il n'arrête pas de parler d'elle !

— C'est réciproque.

J'ai souri.

— Maman est dans la cuisine. Cheveux longs noirs et robe verte. Tu ne peux pas la louper.

— Merci !

Elle m'a de nouveau serrée dans ses bras.

— Merci beaucoup !

Pas de quoi. Toutes les petites amies de mon frère avaient une assurance incroyable, enfin, tant qu'elles étaient encore sa petite amie. C'est seulement plus tard, quand Hollis cessait de leur téléphoner ou de leur envoyer des mails, qu'il semblait s'être volatilisé de la surface de la terre, que l'on découvrait leur face cachée. Yeux rouges, messages larmoyants laissés sur notre répondeur, freinages fous furieux devant chez nous. Tara ne semblait pas être une malade du dérapage contrôlé, mais qui sait ?

Vers onze heures du soir, les admirateurs de maman étaient toujours là et parlaient toujours aussi fort. Je revins dans ma chambre et vérifiai ma page Ume.com (pas de messages, normal, je n'en attendais pas) et mes mails (juste un de papa, qui venait aux nouvelles). Je me suis demandé si je n'allais pas téléphoner à une copine pour savoir s'il y avait quelque chose dans l'air, ce soir, mais je me suis souvenue du malaise lors de mes dernières sorties et je me suis assise sur mon lit.

J'ai repris le cadre de Hollis, que j'avais posé sur ma table de nuit, et j'ai observé les perles bleues. « Le meilleur de la vie »… Quelque chose dans ces mots et dans le sourire cool de mon frère m'a rappelé ce que mes anciennes copines m'avaient raconté sur leur année de terminale. Elles ne parlaient jamais de moyenne trimestrielle, de cours, mais de choses aussi bizarres – enfin pour moi – que le Taj Mahal : les ragots, les mecs et les cœurs brisés en dix mille morceaux. Elles avaient sans doute des millions de photos à mettre dans un cadre. Moi, je n'en avais pas la moitié d'une.

Je regardai de nouveau mon frangin, avec son sac à dos sur une épaule. C'est sûr, voyager, ça vous ouvrait le monde et ça vous faisait changer d'air. Je ne pouvais peut-être pas filer en Inde ou en Grèce, mais je pouvais quand même partir ailleurs.

Je me suis approchée de mon ordi, j'ai ouvert ma messagerie et le mail de mon père. Sans réfléchir, je lui ai répondu par une question. Une demi-heure plus tard, je recevais sa réponse.

Mais bien entendu tu peux venir ! Et rester aussi long-temps que tu le voudras. On sera ravis de t'avoir avec nous !

Et voilà comment mon été a changé de couleur.

Le lendemain, j'ai chargé ma voiture avec un petit sac de marin, mon ordi et une énorme valise remplie de manuels. Au début de l'été, je m'étais procuré deux des supports de cours que j'allais suivre à Defriese dès l'automne, et j'avais fait une descente à la librairie de l'université pour acheter des manuels, dans l'idée que ça ne me ferait pas de mal de me familiariser avec le programme. Hollis, qui voyageait léger, aurait été mort de rire en me voyant chargée comme un âne, mais quoi ! Mis à part la bronzette et la conversation de Heidi, ce qui n'était déjà pas génial, ce serait bof bof, côté distractions.

J'avais fait mes adieux à maman hier soir, parce que j'étais certaine qu'elle dormirait encore, à l'heure où je prendrais la route. Bizarrement, pourtant, lorsque je suis entrée dans la cuisine, elle était en train de débarrasser la table d'une multitude de verres à vin et de serviettes froissées, vestiges de la fête de la veille, avec un air assez fatigué.

— Ça s'est terminé tard ? demandai-je, même si je le savais, grâce à mes nuits sans sommeil.

La dernière voiture était même partie vers une heure trente du matin.

— Pas vraiment, me répondit-elle en ouvrant le robinet de l'évier.

Elle tourna la tête et aperçut mes bagages rassemblés devant la porte du garage.

— Tu pars bien tôt. Tu es impatiente de me quitter ?

— Non, je veux juste éviter la circulation.

J'étais étonnée que ma mère s'intéresse à mes projets d'été. En réalité, elle s'en serait complètement fichue si je n'étais pas allée chez mon père. Dès que papa était concerné, ça changeait la perspective. Ç'avait toujours été ainsi.

— J'imagine sans peine la situation dans laquelle tu vas te fourrer ! Ton père avec un bébé ! À son âge ! C'est d'un comique !

— Je te raconterai.

— Absolument ! Je veux que tu me fasses des rapports sur la situation avec des mises à jour régulières ! dit-elle en plongeant les mains dans l'eau pour laver des verres.

— Au fait, que penses-tu de la petite amie de Hollis ?

Elle poussa un soupir.

— Qu'est-ce qu'elle est venue faire ici ?

— Hollis lui a remis un cadeau pour moi.

— Ah oui ? dit-elle en déposant deux verres dans l'égouttoir. C'est quoi ?

— Un cadre qu'il a acheté en Grèce. Avec une photo de lui.

— Ah bon.

31

Elle a refermé le robinet puis, du poignet, dégagé son front.

— Tu lui as dit qu'elle aurait dû garder la photo, parce qu'elle ne le reverra plus jamais en chair et en os ?

J'avais pensé pareil. Mais après avoir entendu maman le dire, j'ai eu mal au cœur pour Tara et son sourire confiant, cette assurance avec laquelle elle était entrée chez nous, persuadée d'être le grand amour de mon frère.

— On ne sait jamais, répondis-je. Hollis a peut-être changé. Et s'ils se fiançaient ?

Ma mère a fait un brusque demi-tour.

— Auden, qu'est-ce que je t'ai déjà dit ?

— Que les gens ne changeaient pas.

— Exact.

Là-dessus, elle a plongé une assiette dans l'eau savonneuse. Au même instant, j'ai aperçu des lunettes à monture noire hype sur le plan de travail près de la porte, et j'ai tout compris : les voix jusque tard dans la nuit, maman déjà levée, étonnamment impatiente de tout nettoyer, tout ranger. J'ai failli prendre les lunettes avec un geste théâtral, juste pour marquer un point contre elle. Et puis non. On s'est seulement dit au revoir. Maman m'a serrée fort dans ses bras (elle vous serrait toujours comme si elle ne voulait pas vous lâcher) avant de me laisser prendre la route de mon été.

Chapitre 2

La maison de mon père et de Heidi était comme je l'avais imaginé. Mignonne, blanche avec des volets verts, une véranda remplie de rocking-chairs, des pots de fleurs plus une guirlande de pommes de pin en céramique jaune qui, sur la porte d'entrée, formaient un « bienvenue » très amical. Il ne manquait plus que la petite barrière blanche pour terminer le cliché de la famille américaine moyenne.

En me garant, je repérai la vieille Volvo de mon père dans le garage grand ouvert et une Prius neuve à côté. Je coupai le moteur, et tout à coup, j'entendis l'océan qui devait être tout près. Je regardai derrière la maison et je vis des dunes de sable blanc où poussaient des oyats, et au-delà, l'océan dont le bleu rejoignait l'azur du ciel.

La vue était belle, pas de doute, mais pour le reste, je nageais dans l'incertitude. C'est que je n'avais jamais été du genre spontané... Et plus je m'étais rapprochée du cœur de la cible, donc de Colby, plus j'avais réalisé que j'allais passer l'été pour de vrai avec Heidi. Ferait-on des manucures-parties à trois, elle, le bébé et moi ? Insisterait-elle pour que nous allions bronzer ensemble sur la plage en portant les mêmes tee-shirts eighties ringards « I love Unicorns » ? D'un autre côté, je n'arrêtais pas de penser à Hollis devant son Taj Mahal, comme à ma solitude et à mon ennui mortels, à la maison. Et puis, je n'avais pas beaucoup vu mon père, depuis son remariage. Et passer huit semaines avec lui, sans cours à suivre pour moi et sans l'enseignement pour lui, c'était une occasion en or pour se retrouver avant ma rentrée en fac et le commencement de la vraie vie.

Un, deux, trois, allez, je me suis décidée à descendre de voiture. En arrivant sous la marquise, je me suis promis juré de sourire, quoi que Heidi fasse ou dise, et d'acquiescer jusqu'à ce que je me retrouve entre les quatre murs de la chambre d'amis où je pourrais dire ouf, super, j'ai franchi la première épreuve avec succès.

J'ai sonné. Puis je me suis placée ni trop près ni trop loin de la porte, et j'ai posé un sourire en tranche de melon sur mes lèvres. Bon, pas de réponse. J'ai sonné de nouveau. Alors j'ai tendu l'oreille, certaine que j'allais bientôt entendre le « clac clac » joyeux des talons de Heidi et sa voix toujours si enjouée : « Oui-i, j'arrive ! »

Mais de nouveau, rien.

Alors, j'ai décidé d'entrer. J'ai ouvert la porte et j'ai passé la tête à l'intérieur.

— Hou, hou ! Il y a quelqu'un ?

Ma voix a rebondi sur les murs jaunes, décorés au pochoir, de l'entrée déserte et silencieuse

Je suis entrée. J'ai refermé la porte. Tout de suite après j'ai entendu le bruit de l'océan, mais différent : plus fort et plus proche que celui que je venais d'admirer très près dehors. J'ai suivi le murmure de ces vagues, qui devenait plus bruyant au fur et à mesure que j'avançais dans le couloir. Il devait y avoir une fenêtre ou une porte ouverte sur la mer, pas loin, parce que lorsque j'ai pénétré dans le salon, c'était carrément les quarantièmes rugissants. Heidi était là, assise sur le canapé, avec son bébé dans les bras.

Du moins, j'en ai déduit que c'était Heidi. C'était assez difficile de l'affirmer avec certitude, parce que cette Heidi-là ne ressemblait pas du tout à la Heidi que j'avais connue. Elle avait une espèce de queue-de-cheval qui avait l'air d'un palmier après une tempête, plus précisément, en état de catastrophe naturelle, avec des mèches qui lui dégoulinaient sur les yeux. Elle portait un jogging miteux et un tee-shirt trois fois trop grand pour elle avec une tache dégoûtante sur l'épaule. Elle avait les yeux fermés et la tête inclinée. Je pensais qu'elle dormait, jusqu'à ce que je l'entende dire à voix basse :

— Si jamais tu me la réveilles, je te jure que je te *tue*.

Je me suis figée, terrorisée, puis j'ai reculé prudemment.

— Heu, désolée, je voulais...

Heidi a ouvert les yeux d'un coup, tourné la tête dans ma direction et plissé les yeux pour mieux voir. Quand elle m'a reconnue, elle a eu la surprise de sa vie, et la seconde d'après, elle s'est mise à pleurer comme une Madeleine.

— Oh, mon Dieu, c'est toi, Auden, prononça-t-elle d'une pauvre voix tendue. Je suis tellement, tellement désolée. J'avais oublié que tu... De plus, je pensais que... Je n'ai aucune excuse...

Elle n'a pas achevé. Elle se voûtait, se recroquevillait sur son bébé, qui était si calme, si endormi, petit et tellement délicat qu'il semblait irréel.

Merde, où était mon père ? me demandai-je en regardant autour de moi, paniquée. C'est à ce moment-là que j'ai compris que le rugissement des vagues ne venait pas de l'océan dehors, mais d'un petit appareil blanc posé sur la table basse. Heidi écoutait un enregistrement d'océan alors que le vrai, le grand, était à moins de deux minutes de marche ! Encore quelque chose qui, à cet instant très précis, me parut vraiment zarbi.

Heidi continuait de pleurer. Ses sanglots étaient à moitié couverts par l'enregistrement des vagues et parfois interrompus par ses reniflements.

— Est-ce que je peux... Tu as besoin d'aide, ou... ? repris-je.

Elle a poussé un pauvre petit soupir tremblant et a levé les yeux sur moi. Elle avait des cernes violettissimes et un horrible bouton sur le menton. Et elle s'est remise à pleurer.

— Non. Je vais bien... si, vraiment.

Faux, et ça se voyait bien sûr comme le nez au milieu de la figure. Je n'ai pas eu le temps de répondre, parce que mon père entrait avec un plateau chargé de gobelets de café et un sac en papier marron. Il portait sa tenue typique : pantalon kaki froissé, chemise déboutonnée qui sortait de son pantalon. Comme d'habitude, ses lunettes étaient de traviole. Quand il donnait des cours à la fac, papa mettait tout de même une cravate et une veste sport en tweed, mais les

Converse, ça ne loupait pas, qu'il soit en vacances ou non.

— La voilà !

Papa a posé ses cafés et son sac en papier pour me serrer dans ses bras. Derrière moi, j'ai continué de fixer Heidi : elle se mordillait la lèvre en regardant l'océan par la fenêtre.

— Tu as fait bonne route, Auden ?

— Oui, répondis-je au ralenti.

Il m'a lâchée pour me tendre un gobelet de café. Je l'ai pris, pendant qu'il se servait et posait le dernier gobelet sur la table, juste devant Heidi qui n'a pas bougé, mais qui a regardé son café comme si c'était un OVNI.

— Tu as fait connaissance avec ta petite sœur ? demanda papa.

— Heu, ben non, pas encore.

Papa s'est approché de Heidi, qui s'est raidie, comme si elle craignait un terrible malheur, mais mon père n'a pas semblé le remarquer et il lui a pris le bébé des bras.

— Je te présente Thisbé !

Ma petite demi-sœur avait un joli visage de poupée et des cils très fins, un peu collés. Elle dormait et l'un de ses tout petits poings était refermé sur sa couverture.

— Elle est belle, dis-je, parce que c'est toujours ce qu'on dit, dans ces occasions-là.

— N'est-ce pas ? renchérit mon père qui souriait de bonheur en la berçant.

À cet instant, Thisbé a ouvert de grands yeux, a cillé, et comme sa mère tout à l'heure s'est mise à pleurer.

— Hop, hop, hop ! s'exclama mon père en la berçant à toute allure.

Hélas, Thisbé pleurait de plus en plus fort. Alors,
papa s'est tourné vers Heidi, immobile, bras ballants
et muette sur son canapé.

— Chérie ? Je pense qu'elle a faim.

Semblant sur le point d'imploser, Heidi s'est levée
et s'est approchée sans répondre. Elle lui a pris Thisbé,
qui pleurait toujours plus fort, pour revenir près de la
fenêtre d'un pas d'automate.

— Allons dehors ! décida mon père.

Il a repris son sac en papier et m'a fait signe de le
suivre vers la grande baie vitrée qui ouvrait sur une
terrasse. En temps normal, je serais restée muette
d'admiration devant la vue, vraiment trop belle, parce
que la maison donnait sur la plage et un tout petit
chemin conduisait direct à l'océan. Mais j'étais distraite : je me suis détournée pour regarder dans le
salon. Heidi avait disparu, sans avoir touché à son café,
qu'elle avait laissé sur la table basse.

— Elle va bien ? demandai-je à papa.

Il a sorti du sac un muffin qu'il m'a tendu. J'ai refusé
d'un geste.

— Elle est fatiguée, répondit-il en mordant dedans.

Il a épousseté les miettes d'une main, puis a continué de manger.

— Le bébé ne fait pas ses nuits et je ne lui suis pas
d'une grande aide, parce que j'ai besoin de mes neuf
heures de sommeil, tu sais bien. Je tente de la convaincre d'engager une nounou, ou une baby-sitter, mais
elle refuse.

— Pourquoi ?

— Tu sais comment est Heidi, dit-il comme si je la connaissais depuis la nuit des temps. Elle a eu l'habitude de tout gérer seule et elle y est toujours parvenue. Allons, ne te fais pas de souci, elle ira bientôt mieux. Les deux premiers mois sont difficiles, voilà. Je me souviens, ta mère a failli devenir folle avec Hollis. Bien sûr, ton frère souffrait de mégacoliques et nous avions beau le promener pendant toute la nuit, il ne cessait de hurler. Et quel appétit ! Ta mère n'avait plus de lait, mais il en redemandait...

Il continua là-dessus, mais comme j'avais entendu ces histoires-là cent fois et plus, et avec les mêmes mots, j'ai bu mon café en silence. Sur ma gauche, j'ai aperçu quelques maisons, et puis, je crois, une promenade de planches bordée de magasins ainsi qu'une plage encombrée de parasols et de transats.

— C'est bien beau, mais il faut que je me remette au travail ! Je vais donc te montrer ta chambre, conclut mon père. On aura tout le temps de causer pendant le dîner. Ça te convient ?

— Super !

On est rentrés. Dans le salon, on entendait toujours le bruit des vagues. Mon père a secoué la tête avant d'éteindre le petit appareil. Le silence soudain m'a paru discordant.

— Alors, comme ça, tu écris ? demandai-je.

— Oh oui. Je suis bien parti, et d'ailleurs j'ai presque fini. Mettre la dernière touche à un bouquin, c'est juste une question d'organisation.

On est repassés par l'entrée pour monter à l'étage. Dans le couloir d'en haut, nous avons longé la nursery. Par la porte ouverte, j'ai vu ses murs roses et la bordure de ronds couleur chocolat. Dedans, rien, pas un bruit.

Mon père a ouvert la porte de la chambre suivante et m'a fait signe d'entrer.

— Désolé, c'est petit, mais tu as une belle vue.

C'est vrai, la chambre était minuscule, avec un lit jumeau, un bureau et guère de place pour le reste, mais son unique fenêtre donnait sur la plage, l'océan et les dunes blanches couvertes d'oyats.

— C'est super !

— N'est-ce pas ? Avant, c'était mon bureau. Mais comme nous devions installer la nursery près de notre chambre, j'ai déménagé à l'autre bout de la maison. Je ne voulais pas gêner Thisbé avec tout le boucan que je fais, lorsque je suis en phase de création ! expliqua mon père en riant comme si c'était la blague de l'année. Et d'ailleurs, il faut que j'y retourne ! Ces derniers temps, je suis très productif le matin. Alors, c'est d'accord, on se voit ce soir au dîner ?

— Heu...

Je regardai l'heure. Il était à peine onze heures cinq.

— Oui, ça marche.

— Parfait, ma grande !

Là-dessus, il m'a gentiment pressé le bras et il est sorti en fredonnant, et au même instant, j'ai entendu la porte de la nursery se refermer.

Je me suis réveillée à six heures et demie en entendant le bébé pleurer.

Non, pas pleurer, c'était un mot trop faible : Thisbé hurlait à pleins poumons. Je l'entendais déjà nettement de ma chambre, séparée de la nursery par une cloison, mais lorsque je suis sortie pour aller me brosser les dents, j'ai eu les oreilles massacrées.

Je me suis approchée de la nursery, pour écouter les

hurlements. Ils montaient, crescendo, retombaient brusquement puis repartaient de plus belle. Je me demandais si j'étais la seule à entendre jusqu'à ce qu'un « chhhut » s'élève de la nursery pendant un intervalle de silence trop bref et trop rare. Hélas, tout de suite après, les hurlements ont repris.

Chhhut...

Ça m'a rappelé un souvenir. Lorsque mes parents s'engueulaient, la nuit, j'avais l'habitude de me répéter en boucle : « Chhhut, tout va bien... » pour couvrir le bruit de leurs disputes et plonger dans le sommeil. Ça m'a fait drôle de l'entendre maintenant, parce que ce « chhhut » n'avait existé que dans ma tête et dans la nuit autour de moi. Un peu perturbée, je n'ai pas traîné et j'ai continué jusque vers le bureau de mon père.

— Papa ?

Papa était devant son ordi, assis à son bureau contre le mur. Il était tellement concentré qu'il n'a pas tourné la tête.

— Hmm ?

Je regardai dans la direction de la nursery rose et chocolat, puis de nouveau mon père. Il ne tapait pas, il fixait son écran avec un bloc jaune couvert de notes à côté de lui. Avait-il passé tout le temps de mon somme, en gros sept heures, le nez sur son ordi ?

— Dois-je, heu, préparer le dîner ? Ou autre chose ?

— Heidi ne s'en occupe pas ? demanda-t-il, toujours sans détacher les yeux de son écran.

— Non, elle est avec le bébé.

Il a enfin tourné la tête.

— Je vois. Eh bien, si tu as faim, il y a un super fast-food, à un bloc d'ici. Je te jure que les beignets d'oignons sont à tomber !

Je souris.

— Pas mal. Je vais demander à Heidi si elle en veut.

— Bien entendu ! Et pendant que tu y es, Auden, prends-moi un cheeseburger et des beignets d'oignons frits, tu seras un amour !

Il a sorti des billets de sa poche et me les a tendus. Je les ai pris. Quelle idiote ! Évidemment, papa ne pouvait pas venir dîner avec moi : il devait s'occuper de son bébé et de sa femme.

— Pas de problème. À plus.

Mais il avait déjà reporté ses yeux et son attention sur son écran, il ne m'écoutait plus.

Je suis revenue devant la nursery où Thisbé hurlait toujours. Comme je ne risquais pas de la réveiller, j'ai frappé deux fois.

Lorsque Heidi a ouvert, elle avait l'air encore plus hagard que ce matin – je sais, c'est difficile à croire. Sa queue-de-cheval n'était plus qu'un lointain souvenir, elle était complètement ébouriffée.

— Salut, dis-je, ou plutôt criai-je pour me faire entendre. Je vais acheter le dîner. Je te prends quoi ?

— Le dîner ? répéta-t-elle, parlant fort elle aussi. C'est déjà l'heure ?

Je regardai ma montre.

— Ben oui, il est presque sept heures et quart.

— Oh non...

Elle a fermé les yeux.

— Je voulais préparer un petit festin pour fêter ton arrivée... J'avais même tout prévu... Poulet grillé, méli-mélo de légumes, enfin le grand jeu. Mais Thisbé n'a pas cessé de pleurer et...

— T'inquiète. Je vais acheter des hamburgers. Papa dit qu'il y a un super fast-food, pas loin.

— Ah bon, ton père est à la maison ?

Elle a soulevé Thisbé dans ses bras et a jeté un œil très fatigué dans le couloir.

— Je pensais pourtant qu'il était parti à la fac ?

— Heu non, il bosse dans son bureau.

Elle s'est penchée parce qu'elle ne m'avait pas bien entendue.

— Il bosse sur son bouquin, criai-je. Bon, j'y vais. Qu'est-ce que je te prends ?

Mais Heidi, toujours immobile avec Thisbé qui pleurait dans ses bras, fixait le bureau de papa, dont la porte entrouverte laissait passer un peu de lumière dans le couloir. J'ai cru qu'elle allait parler, mais non, elle a seulement poussé un soupir.

— Ce que tu veux, ça ira. Merci.

Tandis qu'elle refermait la porte de la nursery, j'ai fixé Thisbé, rouge écarlate, qui continuait de hurler.

Par bonheur, dehors, c'était plus calme. Je n'ai entendu que le roulement des vagues et les bruits du voisinage – des gosses qui braillaient, un autoradio mis à fond quand une auto passait, ou la télé trop fort – tandis que je descendais la petite rue qui débouchait dans le quartier commerçant, plein de boutiques le long d'une étroite promenade de planches. J'ai repéré un bar à smoothies, puis un bazar à la con, le genre qu'on trouve sur toutes les plages du monde et où l'on vend des serviettes qui n'essuient rien et des horloges en coquillages, et enfin, une pizzeria. Arrivée au milieu de la promenade, je suis passée devant Clementine's, un magasin de fringues avec un store orange vif. Sur la porte de verre, on avait scotché un faire-part de naissance : « C'est une fille ! Thisbé Caroline West est née le 1er juin et pèse 3,425 kg. »

C'était donc le magasin de Heidi. À l'intérieur, il y avait des étagères remplies de jeans et de tee-shirts, un rayon maquillage et soins du corps. Derrière la caisse, une petite brune en robe rose examinait ses ongles en causant dans son portable collé à l'oreille.

Plus haut se trouvait le fast-food dont mon père m'avait parlé : « Le Last Chance Café, les meilleurs beignets d'oignons frits de la plage ! » promettait la pub. Juste avant, il y avait un magasin de vélos. Des garçons de mon âge étaient assis sur un misérable banc en bois et discutaient en regardant les gens passer.

— Ce nom, il faut qu'il ait du peps, tu vois ce que je veux dire ? Qu'il soit tonique, dit l'un d'entre eux, un petit trapu en short dont le portefeuille était attaché à une chaîne.

— À mon avis, il vaudrait mieux qu'il soit intelligent, répondit un autre, plus grand, plus mince et tout bouclé, le style gentil mais gentil niais. Et c'est pour cette raison que vous devriez voter pour le nom que j'ai choisi : La Petite Reine. Moi, je le trouve parfait.

— Ah non, c'est bon pour les filles, pas pour un magasin de vélos ! répliqua le mec en short.

— Mais enfin, c'est le surnom qu'on donne au vélo !

— Ouais et carrosse, c'est celui qu'on donne aux voitures.

— Et caisse, c'est celui qu'on donne à la mienne, hélas, se plaignit le grand mince.

— Tu veux tout de même pas appeler le magasin Passez à la caisse ?

— Tu es vraiment un gros nul ! s'exclama le grand mince tandis que les deux autres se marraient. Ce que je veux vous faire comprendre, c'est qu'il ne faut pas focaliser sur le contexte.

— On s'en tape de ton contexte, soupira le petit trapu. Tout ce qu'il nous faut, c'est un nom original qui frappe et fait vendre, pas un truc gnangnan. Par exemple, Zoom Vélo. Ou À tout vélo.

— Atout vélo ? Tu parles d'une connerie ! Ça n'est pas une partie de poker ! dit le troisième, qui me tournait le dos. Débile.

— Pas du tout ! Oh, et puis au lieu de critiquer, faites des propositions ! marmonna le petit trapu.

Je continuai vers le Last Chance. Au même instant, le mec qui me tournait le dos s'est brusquement détourné, et nos regards se sont croisés. Il avait des cheveux noirs coupés court, il était bronzé comme un surfeur californien et il avait un sourire de star, qu'il m'adressa.

— Et si je vous disais que la fille la plus canon de Colby est en train de passer devant nous ? dit-il sans me lâcher des yeux.

— Arrête, tu es chiant avec ça, dit le petit trapu en secouant la tête alors que l'autre éclatait de rire.

Je l'ai ignoré et j'ai continué de m'éloigner, mais j'étais bien sûr très rouge. Je sentais, je savais qu'il me regardait et me souriait toujours.

— Je souligne seulement une évidence, dit-il à ses potes, alors que j'étais presque trop loin pour l'entendre. Hé, me rappela-t-il, tu pourrais me dire merci !

Merci pour quoi ? Ça va pas, la tête ? Si en amitié j'en étais au b.a.-ba, question mecs, c'était le vaste inconnu. Mes seuls rapports avec eux se limitaient à la guerre des notes.

Mais attention : j'avais déjà été amoureuse. Pendant les deux semaines que j'avais passées à Jackson High, j'avais flashé grave sur un mec de mon cours de SVT, un nul en équations. Quand on était en binôme pour faire des expériences, j'avais toujours les mains moites et des picotements partout. Après, à Perkins, j'avais flirté, comme un manche, avec Ben Cross, qui était à côté de moi en maths, mais toutes les filles de Perkins étaient dingues de Ben Cross, alors côté exploits je pouvais repasser. C'est seulement lorsque j'avais débarqué à Kiffney-Brown et fait la connaissance de Jason Talbot que je m'étais dit, cette fois c'est la bonne, je vais enfin pouvoir raconter aux anciennes copines de Perkins que moi aussi, j'ai un petit copain, ah mais ! Jason était intelligent, mignon, malheureusement, il avait le cœur en lambeaux et des vagues pleins l'âme : il en bavait des ronds de chapeau depuis que sa petite amie de Jackson l'avait largué pour, je cite Jason, « un soudeur tendance délinquant juvénile et de surcroît tatoué ».

À Kiffney-Brown, on n'était pas nombreux en cours, donc Jason et moi, on se voyait souvent et on se battait pour avoir les meilleures notes. Lorsque Jason m'avait demandé de l'accompagner au bal des terminales, j'avais été excitée comme une puce, et j'avais même été étonnée de me mettre dans un état pareil à cause d'un mec. Hélas, Jason avait annulé, à cause de « l'occasion unique ! inespérée ! » que lui offrait cette conférence sur l'écologie. « Je savais que tu comprendrais ! » m'avait-il dit, alors que j'acquiesçais bêtement, sidérée et accablée par la fatalité. « Toi, au moins, Auden, tu sais ce qui est important dans la vie ! »

J'aurais préféré qu'il me dise que j'étais belle à tomber par terre, mais bon, c'était tout de même un compliment.

En attendant, le Last Chance Café était rempli comme un œuf et une longue file espérait qu'une table se libère. À travers le passe-plat, les deux cuistots complètement débordés couraient dans tous les sens tandis que les commandes s'accumulaient, embrochées sur un pic. J'ai passé la mienne à une jolie serveuse aux cheveux noirs avec un piercing à la lèvre, puis je me suis assise près de la fenêtre où j'ai patienté. Les trois types de tout à l'heure étaient toujours sur leur misérable banc. Le mec mignon qui m'avait souri s'était assis et il avait croisé ses mains derrière la nuque. Il riait en regardant le petit trapu qui passait et repassait à vélo devant lui, en faisant des espèces d'acrobaties.

Il a fallu un bon bout de temps avant que ma commande soit prête, mais mon père avait raison : ça en valait largement la peine. J'ai commencé à dévorer les beignets d'oignons frits avant de retourner sur la promenade maintenant envahie par des familles qui mangeaient des glaces à l'italienne, des couples d'amoureux et des tonnes de gamins qui couraient partout. Le coucher du soleil était beau, avec ses fabuleux oranges et ses milliers de roses. Je l'admirais tout en marchant, et quand j'ai été assez loin du magasin de vélos, je me suis retournée et j'ai regardé dans sa direction. Le mec au sourire hollywoodien était toujours là, mais il parlait maintenant avec une grande rousse qui portait de grosses lunettes de soleil.

— Hé ! m'appela-t-il. Si tu cherches un truc à faire, ce soir, il y a un feu de joie au Tip. Je te garde une place, si tu veux !

La rouquine m'a regardée comme si elle allait m'étrangler, aussi j'ai préféré ne pas répondre.

— Ah, je vois : tu es du genre briseuse de cœurs ! reprit-il.

Il a ri. J'ai continué de marcher, sentant le regard de la rousse me transpercer pile entre les omoplates, façon javelot.

— N'oublie pas de venir : je t'attendrai ! conclut-il.

De retour à la maison, j'ai sorti trois assiettes et des couverts, avant de mettre la table et de déballer mes hamburgers. Je posais les dosettes de ketchup lorsque mon père est descendu.

— J'ai senti l'odeur des oignons frits ! dit-il en se frottant les mains, tout heureux. Miam !

— Heidi vient ? demandai-je tandis que je mettais son cheeseburger sur une assiette.

— Pas sûr, reprit-il en prenant un beignet d'oignons frits.

Puis, la bouche pleine, il ajouta :

— Thisbé pleure toujours. Heidi va sans doute attendre qu'elle dorme pour venir dîner.

J'ai jeté un œil vers l'escalier. Pas possible, j'étais partie pendant une heure et Thisbé avait hurlé sans s'arrêter pendant tout ce temps ?

— Je pourrais, heu, lui demander si elle préfère que je lui monte son hamburger ?

— Ah oui ! Très bonne idée ! dit mon père en s'attablant.

Je l'ai regardé dévorer un second beignet d'oignons en dépliant un journal de son autre main. J'avais voulu dîner avec papa, oui, c'est vrai, mais pas comme ça. Là, c'était vraiment trop malaise.

En haut, Thisbé pleurait *toujours*. Je l'entendis dès que j'arrivai à l'étage, avec le hamburger de Heidi sur une assiette. La porte de la nursery rose et chocolat était entrouverte. Les yeux fermés, Heidi se balançait sur son rocking-chair, d'avant en arrière, d'avant-en-arrière, d'avanten... J'avais de gros scrupules à la déranger, ça se comprend, mais elle a dû sentir l'odeur des oignons et du hamburger, car elle a subitement ouvert les yeux.

— J'ai pensé que tu pourrais avoir faim..., dis-je. Est-ce que... heu, enfin, je peux te poser ça quelque part ?

Elle a cligné des yeux, sa façon de dire oui, puis elle a baissé les yeux sur Thisbé, qui continuait de pleurer.

— Pose l'assiette ici, dit-elle en me montrant un petit bureau blanc. Je mangerai tout à l'heure.

J'obéis. En passant, je vis une girafe en peluche et un bouquin *Votre bébé : les bases*, ouvert au chapitre : « Les pleurs : leurs causes et les solutions ». Soit Heidi n'avait pas eu le temps de potasser le sujet, soit son bouquin ne touchait pas une bille.

— Merci, me dit Heidi.

Elle se balançait toujours, un peu comme le balancier d'une horloge. C'était hypnotisant, assoupissant, mais ça n'hypnotisait ni n'assoupissait Thisbé qui criait toujours.

— Je... je ne sais pas ce que je fais de mal... où je me trompe... Je l'ai changée, je lui ai donné son biberon, je la berce... et c'est comme... si elle me haïssait...

— Elle a peut-être des coliques ?

— Qu'est-ce que cela signifie, en fait ?

Malade d'angoisse, elle se tut pour baisser les yeux sur son bébé.

— Ça n'a pas de sens... Je fais tout ce qui est humainement possible...

Elle n'a pas achevé. Sur la fin, sa voix s'était tendue, et j'ai tout à coup pensé à mon père en bas dans la cuisine, qui bouffait tranquille ses beignets d'oignons frits en tête à tête avec son journal. Mais enfin, qu'est-ce qu'il foutait ? Pourquoi n'était-il pas auprès de Heidi ? Moi non plus, je ne touchais pas une bille, avec les bébés. C'est ce que je me disais lorsque Heidi a levé les yeux sur moi.

— Oh, je suis sincèrement désolée, Auden.

Puis elle a secoué la tête pour ajouter :

— Mes problèmes sont bien sûr le dernier de tes soucis. Tu es jeune, tu devrais plutôt t'amuser, sortir.

Elle a reniflé et s'est essuyé les yeux du dos de la main.

— Tu devrais aller faire un tour au Tip, ce soir. Ça ne se trouve pas très loin d'ici, sur la plage. Toutes mes vendeuses iront. Ce sera tout de même mieux que de rester ici.

Ça c'est vrai, pensai-je, mais ç'aurait été impoli de le lui dire.

— Peut-être, on verra.

Elle a hoché la tête comme si nous venions de passer un marché, puis elle a de nouveau baissé les yeux sur Thisbé.

— En tout cas, merci pour le dîner, Auden. C'est très gentil de ta part.

— Je t'en prie.

Je ne sais pas si elle m'a entendue, car elle observait son bébé avec son pauvre regard épuisé. J'en ai donc déduit que ç'avait été sa façon de me souhaiter une bonne soirée, et je suis sortie, refermant bien la porte derrière moi.

Dans la cuisine, mon père finissait son dîner en lisant la page sports. Quand je me suis assise en face de lui, il a levé les yeux et m'a souri.

— Alors ? Comment va Heidi ? Le bébé dort, maintenant ?

— Pas vraiment, répondis-je alors que je sortais mon hamburger de l'emballage. Thisbé pleure toujours.

Il s'est levé.

— Bon, bon, bon. Je crois que je vais aller aux nouvelles.

Ben, c'est pas trop tôt, pensai-je en le regardant monter. Mon hamburger était froid mais délicieux quand même. J'en avais mangé la moitié lorsque mon père est redescendu. Il a ouvert le réfrigérateur pour sortir une bière. J'ai continué de manger tandis qu'il la décapsulait, puis la levait en contemplant l'océan par la fenêtre.

— Ça va, là-haut ?

— Oh oui, répondit-il avec calme, passant sa bouteille dans son autre main. Thisbé a juste des coliques, tout juste comme Hollis. Il n'y a rien à faire, sinon attendre que ça se passe.

Je jure que j'adore mon père. Vraiment. Oui, d'accord, il avait ses petites sautes d'humeur, il était parfois égoïste, mais il avait toujours été super avec moi et je l'admirais à la folie. Mais à cet instant précis, je comprenais aussi pourquoi on pouvait le détester.

— Est-ce que Heidi… enfin, je veux dire, sa mère va venir l'aider ?

— Sa mère est morte il y a deux ans, dit-il pendant qu'il buvait une autre gorgée de bière. Heidi a un frère, mais il est plus âgé qu'elle et il habite à Cincinnati avec ses enfants.

— Et une nounou, ou quelque chose dans le genre ?

— Heidi refuse. Comme je te l'ai dit, elle veut se débrouiller toute seule.

Je revis Heidi qui regardait vers le bureau de mon père, tout à l'heure, puis son air reconnaissant, lorsque je lui avais apporté son hamburger.

— À ta place, j'insisterais. Parce qu'elle semble hyperfatiguée.

Il m'a dévisagée, l'air impassible. Mais sa réponse a claqué :

— Tu n'as pas à t'occuper de cela, Auden. C'est notre problème à Heidi et à moi, et nous le réglerons ensemble.

En d'autres mots, mêle-toi de tes affaires, ma fille. Oh oui, bien sûr, il avait raison. C'était sa maison, j'étais son invitée. J'étais tout de même culottée de me pointer la bouche en cœur et de mettre mon grain de sel partout alors que je venais de débarquer.

Je pliai ma serviette.

— C'est sûr.

Il s'est détendu.

— Bon, je vais remonter dans mon bureau et me remettre au travail. J'aimerais finir mon chapitre ce soir. Ça ira, de ton côté ?

Ça n'était pas une question, seulement une phrase qui voulait y ressembler. Marrant comme les intonations vous transforment le sens d'une phrase ou d'un mot.

— Oui, bien entendu. Vas-y. Moi, ça ira.

Chapitre 3

En vérité, ça n'allait pas fort du tout. Je m'ennuyais à crever et Thisbé continuait de hurler. J'ai défait mon sac, j'ai essayé de me plonger dans mon futur manuel d'économie et j'ai fait le ménage sur mon portable. Le tout m'a pris quarante minutes. Mais quarante minutes plus tard, Thisbé pleurait toujours. J'hallucinais. J'ai attrapé ma veste, j'ai relevé mes cheveux et j'ai décidé d'aller faire un tour.

Je n'avais pas l'intention d'aller au Tip, d'ailleurs, je ne savais pas où c'était, ni ce que c'était. Moi, tout ce que je voulais, c'était m'aérer la tête, faire un break silence et réfléchir à la remarque un peu acide de mon père, avant qu'il ne remonte dans son bureau. Mais après avoir pris la direction opposée à la promenade de planches, j'ai débouché dans une impasse où, partout, des voitures étaient garées n'importe comment. Un petit chemin partait en virgule sur le côté, vers plein de lumières. J'y vais, j'y vais pas ? J'ai repensé à la photo de Hollis dans son cadre « Le meilleur de la vie », et j'ai pris le petit chemin jusqu'au bout.

Il sinuait entre les oyats, les euphorbes maritimes et les giroflées des dunes pour aboutir sur une large bande de sable. L'érosion, à moins que ça ne soit une tempête, avait dû provoquer le recul de la plage et créer cette avant-plage où il y avait un monde fou. Des gens étaient assis sur des morceaux de bois flotté, qui avaient été empilés pour former des bancs, d'autres étaient debout autour d'un grand feu.

J'ai vu un pick-up, sur le côté, avec un tonnelet à l'arrière. Le grand mince aux bouclettes du magasin de vélos était assis à côté. En me voyant, il a paru vachement surpris et a regardé illico vers le feu. Le mec mignon qui m'avait souri y était, en coupe-vent rouge et avec un gobelet à la main. Il parlait à deux nanas, la grande rousse de tout à l'heure, et une petite brune avec des couettes. Il faisait de grands gestes de sa main libre.

— ...Tention. Pousse-toi ! entendis-je crier dans mon dos.

J'ai entendu un zzzz, et je me suis détournée. Le petit trapu du magasin de vélos fonçait sur moi à bicyclette à la vitesse grand V et en pédalant comme un malade. Je me suis écartée au moment où il est passé pour faire le tour de la dune et atterrir sur la plage. Je reprenais mon souffle quand j'ai de nouveau entendu un bruit de vélo : deux autres ont émergé du petit chemin plongé dans la nuit. Les cyclistes, un blond et une fille aux cheveux coupés très court, riaient en se parlant. J'ai de nouveau reculé, et je suis rentrée dans quelque chose. Plutôt, dans quelqu'un.

Lorsque je me suis retournée, je me suis retrouvée nez à nez avec un type aux cheveux noirs noués sur la nuque, en sweat bleu miteux et jean. Il m'a regardée rapide, sans me voir, mais j'ai eu le temps de remarquer qu'il avait des yeux d'un vert intense.

— Désolée, dis-je, même si ça n'était pas ma faute.

C'est lui qui s'était planté derrière moi. Mais il a hoché la tête, genre merci de t'excuser, et il a continué vers la plage, mains dans les poches.

Pas besoin d'attendre un troisième signe du ciel et des étoiles pour comprendre que je devais vraiment m'arracher. J'allais donc faire demi-tour quand j'ai entendu une voix.

— Je savais bien que tu ne pourrais pas me résister !

Je me suis tournée vers le dragueur du magasin de vélos, toujours avec son gobelet. La rouquine et la brunette aux couettes, maintenant près du tonnelet, le regardaient s'approcher de moi en me lançant des regards au laser. Je suis tout de suite devenue nerveuse. Quoi répondre ? Puis j'ai repensé à maman, au milieu de ses thésards dans notre cuisine. Très bien, j'allais la jouer trop belle et inaccessible.

— Bien sûr que je peux te résister. Qu'est-ce que tu crois ?

— Tu peux toujours parler : je ne suis même pas passé à l'offensive.

— Offensive ?

Il a souri. Un sourire immense comme la mer, limite candide et charmant. C'était son atout maître, et il le savait.

— Je m'appelle Jake. Je t'offre une bière ?

— Je me l'offrirai toute seule. Montre-moi juste le chemin.

C'est quoi, ton problème ?

Je n'avais pas répondu tout à l'heure, lorsque Jake m'avait posé la question. Je l'avais repoussé avant de rabattre mon tee-shirt et me tirer de cette galère. Je n'avais toujours pas de réponse maintenant, tandis que je remontais la rue de mon père, en secouant mes cheveux pleins de sable. Mes lèvres étaient gonflées, tellement on s'était embrassés. Je suis rentrée, j'ai fermé la porte en sentant l'agrafe de mon soutien-gorge, remise à la hâte, me gratter.

Je suis montée à l'étage. Puis j'ai pris le couloir plongé dans le noir, soulagée de n'entendre que le tout petit bruit feutré de mes pas. Thisbé dormait enfin. Après une longue douche brûlante, j'ai enfilé un pantalon de yoga et un débardeur, puis je suis allée dans ma chambre où j'ai de nouveau ouvert mon bouquin d'éco. Mais j'ai eu beau essayer de me concentrer, les événements de la soirée se répandaient à grand fracas dans ma tête. Pour commencer, il y avait eu le ton cassant de mon père, quand il m'avait jetée sur les roses, puis le sourire sexy cool de Jake et notre pelotage à la con derrière les dunes, et la brusque impression que c'était faux, nul, que ça n'était pas moi. Ma mère savait jouer les garces sans problème, et ce soir, c'est exactement ce que j'avais fait. Jouer. Jusqu'à ce que le jeu n'en soit plus un. Merde, j'étais une fille intelligente. Pourquoi j'avais fait un truc aussi con ?

J'ai senti plein d'eau remplir mes yeux. Après, j'ai vu les mots se gondoler sur ma page et j'ai pressé mes paumes sur mes paupières pour empêcher mes larmes de couler. Malheureusement mon désespoir, même silencieux, devait être contagieux parce que, un quart de seconde plus tard, j'ai entendu Thisbé se remettre à pleurer. Un bruit de pas dans le couloir m'a ensuite avertie que quelqu'un, Heidi à tous les coups, remontait le couloir, ouvrait et refermait la porte de la nursery.

Heidi est restée auprès de Thisbé pendant une heure, longtemps après que mes propres larmes eurent séché. À ce moment-là, je suis sortie de ma chambre et je me suis approchée de la nursery. Pourquoi ? Parce que je me sentais coupable de ma connerie avec Jake ? Pour me changer les idées ? Aucune importance. Je n'ai pas frappé, j'ai ouvert d'un coup. Heidi, le visage ravagé et inondé de larmes, berçait Thisbé dans son rocking-chair. Elle a levé les yeux sur moi.

— Donne-la-moi, dis-je en lui tendant les bras. Et toi, va dormir.

Je suis certaine que *Votre bébé : les bases* ne disait pas un mot sur les bienfaits des balades au lever du soleil avec les bébés souffrant de mégacoliques.

Pour commencer, je ne savais pas si Heidi accepterait de me confier Thisbé. Malgré les heures qu'elle avait passées à la calmer et en dépit de son épuisement, elle avait hésité. C'est seulement quand je m'étais approchée et que j'avais ajouté : « Allez ! » qu'elle avait poussé un soupir et cédé. L'instant d'après, ma petite sœur était dans mes bras.

Thisbé était toute petite. Et elle gigotait, ce qui la rendait encore plus fragile. Cela dit, avec un coffre pareil, elle était aussi sacrément robuste. Elle était en outre toute chaude contre moi. Je sentais son cou et ses cheveux en sueur. Pauvre petite puce, pensai-je, surprise par mon attendrissement subit.

Heidi reprit sa place dans le rocking-chair qui, clac, heurta le mur.

— Je ne sais pas ce qu'elle veut. Je... je n'en peux plus de l'entendre hurler.

— Va dormir.

— Je ne sais pas..., murmura-t-elle, peut-être que je devrais... ?

— Va dormir, je te dis.

Ma voix avait été trop tranchante, tant pis, au moins ça a marché. Heidi s'est levée et elle est retournée se coucher.

Je suis donc restée seule avec Thisbé, qui continuait de hurler. Pendant un moment, j'ai marché en la berçant. Dans la nursery, puis en bas dans le salon, dans la cuisine où j'ai tourné autour de la table, puis de nouveau dans le salon, ce qui l'a un peu calmée. Enfin, j'ai remarqué sa poussette près de la porte d'entrée. Il était presque cinq heures du matin lorsque j'ai couché Thisbé, qui hurlait toujours, dedans. On était à peine sorties qu'elle se taisait.

Pas possible ! pensai-je en m'arrêtant pour la regarder. Une seconde s'est écoulée, puis une deuxième. À la troisième, je l'ai vue respirer, prendre son élan et se remettre à hurler, encore plus fort. Alors, je me suis remise à marcher. De nouveau, grand silence. J'ai donc continué la balade.

Quand on est arrivées sur la promenade, Thisbé dormait, le visage enfin détendu et bien au chaud sous sa couverture. Il n'y avait pas un chat sur les planches balayées par une petite brise fraîche. Je n'entendais que l'océan, le bruit des roues de la poussette et de mes pas.

J'arrivais au Last Chance Café, lorsque j'ai remarqué que nous n'étions pas tout à fait seules, même si l'autre promeneur était assez loin de nous, pas plus grand qu'une tache de couleur en mouvement. C'est seulement sous le store orange de Clementine's que je l'ai réalisé : le promeneur était en réalité un cycliste qui roulait là où la promenade rejoignait la plage. J'ai cligné des yeux pour mieux voir, tandis que le mec projetait son vélo sur sa roue avant, bondissait dans les airs et retombait avec un tour de guidon. Puis il a pédalé en arrière, zigzagué, avant d'accélérer pour repartir en avant, bondir par-dessus un banc et de nouveau retomber. Ses mouvements étaient fluides, hypnotiques. Je repensai à Heidi sur son rocking-chair, en avant, en arrière, en avant-en-arrière, et à Thisbé endormie dans sa poussette, en avant tout doux, en avant-tout-doux. J'étais tellement fascinée par le cycliste que je ne l'ai reconnu que lorsque j'ai quasiment eu le nez sur lui. C'était le grand brun en sweat bleu et aux cheveux noirs noués sur la nuque que j'avais embouti en m'écartant, cette nuit.

Cette fois, c'est moi qui lui ai filé la trouille. Il a sursauté et stoppé net dès qu'il nous a vues, Thisbé, la poussette et moi. À son regard, j'ai compris qu'il me reconnaissait, lui aussi, mais il a été aussi aimable qu'une porte de prison : il ne m'a même pas décroché un bonjour. Et moi non plus, d'ailleurs. On est donc restés l'un en face de l'autre, sans parler. La situation aurait pu devenir affreusement gênante si Thisbé ne s'était remise à hurler.

— Oh ! dis-je, me remettant à marcher.

Elle s'est tout de suite tue, mais elle a gardé les yeux

ouverts et a fixé le ciel. Le type la regardait, et je ne sais pas pourquoi, j'ai eu le besoin de prendre la parole.

— Elle... C'est que la nuit a été longue, tu vois...

Il m'a de nouveau fixée avec ce regard sérieux, plein d'ombres émouvantes. Hanté. C'est exactement le mot qui m'est venu à l'esprit, et je ne sais pas pourquoi. Là-dessus, il a de nouveau observé Thisbé.

— Ne le sont-elles pas toutes ?

J'allais répondre, dire que ça oui, c'est bien vrai, mais il ne m'en a pas laissé le temps. Il repartait déjà sur son vélo. Sans dire au revoir, sans rien. Il a tourné son guidon, s'est levé sur ses pédales et il a dévalé la promenade. Pas en ligne droite, mais dans un lent zigzag jusqu'au bout.

Chapitre 4

— Tiens, c'est pour toi !

Le « pour moi » était sur la table, sur une petite assiette jaune soleil : c'était un muffin dodu aux myrtilles. Et une lichette de beurre à côté, façon accessoire.

— Ton père m'a dit que c'étaient tes préférés ! continua Heidi. Je suis allée acheter les myrtilles au marché bio, ce matin, et je viens juste de les sortir du four !

Ma belle-mère avait toujours l'air très fatigué, mais elle ressemblait davantage à la Heidi que j'avais connue, avant la journée d'hier : elle s'était fait une belle queue-de-cheval, s'était mis du gloss et portait un jean et un chemisier assortis et propres.

— Ça n'était pas la peine, tu sais.

— Oh si, c'était la peine ! répondit-elle d'une voix posée et sérieuse.

Il était deux heures de l'après-midi. Après avoir dormi sept heures d'affilée, je venais d'entrer dans la cuisine où Heidi rinçait un bol d'une main, Thisbé endormie sur l'autre bras. Je m'étais dirigée vers la cafetière, pas bien réveillée du tout, lorsque Heidi m'avait serrée dans ses bras avant de me servir des muffins dodus.

— Grâce à toi, j'ai eu quatre bonnes heures de sommeil ininterrompues depuis mon accouchement. C'est un miracle ! reprit-elle en s'asseyant à côté de moi et en redressant Thisbé.

— Je n'ai rien fait de spécial.

Sérieux, j'aurais aimé qu'elle passe à autre chose. Tout ce bruit pour rien, c'était désespérant.

— Je suis très sérieuse ! insista-t-elle lourdement. Tu es dès aujourd'hui élue femme de l'année dans mon panthéon personnel.

Formidable, on n'arrête pas le progrès. Je retirai la barquette en papier de mon muffin et je mordis dedans pour éviter de répondre. Miam, il était encore tiède. Un délice. Du coup, je me suis sentie horriblement ingrate de mépriser autant Heidi.

— Très bon.

— Tant mieux ! dit-elle tandis que le téléphone sonnait. Mais je te le répète, c'est le moins que je pouvais faire !

Je mangeais toujours mon muffin tandis qu'elle se levait, mettait le bébé sur son autre bras, puis décrochait.

— Allô ? Oh, Maggie ! Je me demandais justement si cette livraison était bien arrivée ? Allô, Maggie ? Mais que se passe-t-il ? Ça va ?

Elle a soudain pris un air soucieux.

— On dirait que tu pleures. Tu pleures, Maggie ?

Nous voilà bien, me dis-je en prenant le journal

pour lire les gros titres. Qu'est-ce qui faisait pleurer les filles de Colby ?

— Ah..., reprit Heidi d'une voix lente. Excuse-moi, c'était juste une remarque... Non, bien entendu. Quoi ? Non, tu devrais le trouver dans le bureau, dans le tiroir de gauche. Il n'y a rien ? Attends, laisse-moi réfléchir.

Elle a regardé autour d'elle, plaquant sa main sur la bouche, puis repris d'une voix plus basse :

— Zut et rezut. Il est là. Je le vois. Mais enfin, qu'est-ce que j'ai fichu ? Non, non, je te l'apporte tout de suite ! Ça n'est pas un problème ! Je mets Thisbé dans sa poussette et je...

La dénommée Maggie prononça quelques mots d'une voix affolée et stridente. Je bus mon café, puis un autre, alors que Thisbé se remettait à pleurer. Les émotions des femmes ensemble, c'est comme la fin d'un cycle menstruel : tout le monde se met à sangloter.

— Oh, mon Dieu ! s'exclama Heidi en regardant sa montre. Écoute, je vais donner son biberon à Thisbé avant de passer. Dis juste au coursier... Attends, est-ce qu'il y a assez de liquide dans la caisse ? Tu peux vérifier ?

Il y eut une pause, durant laquelle Thisbé qui geignait jusque-là se mit à hurler. Heidi a soupiré.

— Bon, d'accord, dit-elle à Maggie. On arrive tout de suite. Tiens bon, ma belle.

Elle raccrocha, puis se dirigea vers l'escalier en berçant Thisbé.

— Robert ? Chéri ?

— Oui, répondit mon père un instant plus tard et d'une voix étouffée.

— Tu peux donner son biberon à Thisbé en mon absence ? Il faut que j'apporte le chéquier au magasin.

J'entendis des pas à l'étage, puis la voix de mon père, claire et nette cette fois.

— Tu m'as parlé, chérie ?

Thisbé choisit ce moment pour monter le volume. Heidi répondit donc en criant.

— Je me demandais juste si tu ne pouvais pas donner son biberon à Thisbé, parce que je dois filer à la boutique. J'ai laissé le chéquier à la maison. Je pensais que Maggie pourrait payer avec le liquide dans la caisse, mais il n'y en a pas assez, alors je dois apporter le chéquier tout de suite au magasin.

Trop d'informations, ma pauvre, pensai-je en finissant mon café. Pourquoi est-ce qu'elle compliquait tout ?

— Ça tombe vraiment très mal, chérie. Je ne peux pas m'arrêter maintenant. Ça ne pourrait pas attendre vingt minutes ?

Thisbé hurla, ce qui en fait répondit bien à sa question.

— Je ne sais pas trop, déclara Heidi en observant Thisbé.

— Parfait ! dit mon père.

Je reconnus aussitôt sa voix d'homme surexploité et excédé.

Parfait, c'est toi qui nous fais vivre, disait-il à ma mère. Parfait, tu sais mieux que moi quelles sont les exigences du monde de l'édition. Parfait, je laisse tomber mon bouquin, après tout, qu'est-ce que ça peut bien faire, ça n'est pas comme si j'étais sur la liste du National Book Award !

— Donne-moi une minute et je...

— C'est moi qui vais aller au magasin, coupai-je en me levant.

Heidi me regarda, surprise, mais moins que moi. Je pensais avoir renoncé aux élans de solidarité depuis des siècles.

— De toute façon, je voulais aller à la plage, ajoutai-je.

— Tu en es certaine ? demanda Heidi, parce que tu m'as déjà tellement aidée, cette nuit. Je ne veux pas...

— Puisqu'elle t'offre son aide, Heidi ! coupa mon père toujours invisible et dont la voix semblait tomber du ciel comme celle de Dieu le père. Alors arrête de jouer les martyres, par pitié.

Voilà un bon conseil, pensai-je, dix minutes plus tard, tandis que je remontais la promenade avec le chéquier et plein de muffins aux myrtilles pour les vendeuses. Vingt-quatre heures à Colby et je ne me reconnaissais plus. Maman aurait été complètement dégoûtée. Mais pas autant que moi.

Quand je suis entrée chez Clementine's, j'ai aussitôt reconnu la brune en rose d'hier près de la caisse. Elle racontait sa vie au coursier d'UPS.

— Je sais, c'est nul de pleurer pour un mec, mais on est sortis ensemble pendant deux ans, tout de même : ça n'était pas une amourette, vous voyez ? C'était du sérieux. Du solide. Alors il y a des jours, comme aujourd'hui, où je craque.

Le mec d'UPS ne savait plus où se mettre, et il a été vachement content de me voir.

— Regardez, le voilà votre chéquier !

La brune se détourna et cligna des yeux, surprise.

— Est-ce que Heidi... Tu es... ?

— Sa belle-fille.

— Pas possible ? Génial. Tu es venue lui donner un coup de main, pour le bébé ?

— Non, je...

— Il me tarde tellement de voir la petite crevette ! J'adore son prénom. C'est original, c'est fou ! Je pensais pourtant que Heidi voulait l'appeler Caroline ou Isabel ? Mais bon, je m'étais trompée...

Je lui remis le carnet de chèques et le sac avec les muffins. À son air étonné, je précisai :

— Ce sont des muffins.

— Vraiment ? s'exclama-t-elle, tout excitée.

Puis elle ouvrit le sac.

— Hum, ils sentent bon ! Hé, Ramon, tu en veux un ?

Elle tendit le sac au coursier d'UPS, qui se servit, puis me le rendit.

— Non, pas pour moi.

Elle se servit et en reprit.

— Encore merci ! Je vais faire le chèque tout de suite pour que tu puisses rapporter le chéquier à la maison. Je pense que Heidi en aura besoin pour payer des factures. Et je veux t'éviter de cumuler les allers-retours ! Bien que, d'un autre côté, ça soit utile d'avoir le chéquier à la boutique. En même temps...

Et voilà, de nouveau trop d'informations. Je me suis dirigée vers le rayon des jeans en la laissant blablater. Derrière les jeans, tout contre un mur, il y avait des maillots de bain en solde, et j'ai farfouillé dedans. J'en admirais un rouge, avec un boxer, genre mec, mais pas moche, lorsque j'entendis la clochette de l'entrée du magasin, puis une voix de fille.

— Voilà les cafés ! Double moka et crème fouettée. Celui que tu préfères !

— Et moi, j'ai le dernier numéro de *Hollyworld*. Ils venaient de le recevoir, dis donc ! carillonna une autre voix.

— Super, les filles ! s'écria Maggie.

Je regardai derrière moi pour mieux voir, mais le portant de maillots de bain me bouchait la vue et je ne vis que Maggie. Visiblement, Ramon en avait profité pour prendre la poudre d'escampette. Veinard.

— Et en quel honneur ? reprit Maggie.

Grand silence soudain. Je me remis à passer les maillots de bain en revue.

— On a un truc à te dire, Maggie, dit enfin l'une des filles.

— Ah. À me dire ?

— Oui, enchaîna l'autre.

Nouveau grand silence. Puis :

— Mais avant, tu dois comprendre que si on te le dit, c'est pour ton bien, d'accord ?

— D'accord, dit Maggie lentement. Mais j'ai un mauvais...

— Jake a branché une nana, hier soir au Tip.

Oh, merde.

— Quoi ? s'exclama Maggie.

— Tu es tout de même incroyable, Leah ! intervint l'autre. On s'était mises d'accord pour lui annoncer la nouvelle en douceur !

— Je te ferais remarquer que c'est toi qui l'avais décidé ! riposta Leah. Moi, je disais qu'il valait mieux faire vite, comme pour l'épilation des sourcils à la cire.

— Vous êtes sérieuses, les filles ?

La voix de Maggie était tendue, suraiguë. Je me faufilais dans les maillots de bain, cherchant une éventuelle issue de secours.

— Comment vous le savez ? Qui c'est, cette nana ? Et comment vous avez...

— On était là, coupa Leah d'une voix unie. On l'a vue se pointer. Puis on les a vus aller faire des cochonneries derrière les dunes.

— Vous ne l'en avez pas empêché ? s'écria Maggie.

— Hé, calmos !

— La ferme avec ton calmos, Esther ! Qui c'était, cette nana ? reprit Maggie.

Nouveau silence. Idiote de Heidi avec son crétin de carnet de chèques, pensai-je en cherchant à me perdre dans les maillots de bain.

— Aucune idée, dit Leah. Une nana en vacances à Colby. Une espèce de touriste, tu vois.

— Comment elle est ? demanda Maggie.

— C'est vraiment important ? riposta Esther.

— Bien sûr ! C'est capital !

— Mais non, pas du tout, fit Leah avec un soupir.

— Elle est plus mignonne que moi ? insista Maggie. Plus grande ? Je parie que c'est une blonde ! Alors ? C'était une blonde ?

Silence. Je jetai un œil depuis les maillots de bain, et ne fus pas surprise de reconnaître la rouquine et la brunette aux couettes d'hier soir. Elles se sont regardées, et la fille aux couettes, qui s'appelait Esther, a repris :

— C'est une brune avec une jolie peau, je dois dire. Plus grande que toi mais style squelette ambulant.

— Une jolie peau ? Bof, bof, seulement entre les boutons. Et encore ! contra la rouquine, Leah.

En entendant ça, j'ai ressenti un sacré choc. Primo, je n'étais pas squelettique. Secundo, j'avais peut-être deux, trois boutons sur la tronche, mais c'était passager, pas permanent. Mais enfin, c'était qui ces gonzesses pour me...

Soudain, les portants de maillots de bain se sont écartés comme la mer Rouge devant Moïse, et c'est dans un claquement de cintres que je me suis retrouvée nez à nez avec Maggie. Cette fois, j'étais bel et bien dans la merde, ça allait être ma fête.

— Elle lui ressemblait ? demanda Maggie en m'observant attentivement.

— Oh, la vache ! s'écria Leah.

Derrière elle, Esther a plaqué la main sur sa bouche.

— Je n'arrive pas à y croire ! s'exclama Maggie alors que je luttais contre le désir de me planquer derrière un haut de maillot de bain. C'est toi qui as allumé Jake, hier soir ?

J'ai eu une espèce de hoquet.

— Non.

Ma voix tremblait, quelle horreur, alors je me suis tue, et j'ai pris une grande inspiration pour ajouter :

— C'était rien.

Maggie aspira comme si elle manquait d'air, et avec une telle énergie que ses joues se creusèrent.

— *Rien ?* répéta-t-elle.

Elle lâcha les portants et resta bras ballants.

— Tu as branché le grand amour de ma vie. Le mec avec qui je voulais me marier !

— Ça craint, viens, on se tire, Esther, souffla Leah.

— Et pour toi, c'était *rien* ! insista Maggie. Vraiment ?

Esther s'approcha d'elle.

— Arrête, Mag, ça n'est pas sa faute.
— Alors c'est la faute à qui, s'il te plaît ?
Esther soupira.
— Tu savais que ça finirait par arriver.
— Non ! protesta Maggie. Je ne le savais pas ! Pas du tout. Je le jure !
— Mais si, voyons, poursuivit Esther tandis qu'elle posait gentiment sa main sur son épaule. Regarde la vérité en face, Mag. Si ça n'avait pas été elle, ç'aurait été une autre.
— Ouais, une autre gourde, ajouta Leah en prenant le magazine qu'elle se mit à feuilleter.
Puis elle me regarda et ajouta :
— Ne le prends pas mal, surtout. Ce type, c'est un abruti fini.
— C'est faux ! protesta Maggie, les larmes aux yeux.
— Arrête, Mag, tu sais que c'est la vérité, reprit Esther.
Elle serra la main de Maggie tout en me regardant.
— À partir de maintenant, tu vas pouvoir tirer un trait sur lui. Si tu y réfléchis bien, c'est ce qui pouvait t'arriver de mieux.
— Ça, c'est sûr, ajouta Leah en tournant une page de son magazine.
— Comment ça ? pleurnicha Maggie.
Elle se laissa reconduire près de sa caisse par Esther et prit le gobelet de café que Leah lui tendait distraitement.
— Parce que tu t'accrochais, expliqua Esther d'un ton doux. Tu te faisais du mal en te répétant qu'il allait revenir. À partir de maintenant, tu vas passer à autre chose. Elle t'a rendu service, en fin de compte.
Maggie a tourné les yeux vers moi, et je me redressai.

Je n'arrivais pas à croire que j'avais eu peur de cette Barbie girl habillée en rose. J'ai émergé des maillots de bain, et j'ai foncé direct vers la sortie.

— Attends ! me rappela-t-elle.

J'avais ô combien le droit de ne pas m'arrêter, pourtant j'ai tout de même ralenti. Je me suis retournée mais je n'ai rien dit.

— Tu as vraiment flashé sur lui ? me demanda-t-elle. Dis-le-moi. Je sais, c'est pathétique, c'est lamentable, mais je te jure que j'ai besoin de savoir.

Je l'ai observée, sentant leurs regards à toutes les trois.

— Il ne m'intéresse pas. Je n'en ai rien à faire, de ce mec.

Elle ne me quittait pas des yeux. Puis elle a pris le carnet de chèques, s'est approchée et me l'a rendu.

— Merci.

Dans le monde des filles, c'est censé être le moment où tout bascule. Le moment où on se reconnaît au-delà des différences, où on se rend compte qu'on a des points communs et qu'on est bien parties pour devenir de vraies amies. Mais le monde des filles, je ne le connaissais pas bien, et je n'avais pas trop envie de le découvrir, même en touriste. Alors j'ai pris le carnet de chèques, hoché la tête et je suis partie, les laissant en plan, comme j'avais laissé en plan tant d'autres filles, avec la certitude que ces trois-là allaient déblatérer sur moi dès que j'aurais le dos tourné.

— Raconte-moi *tout* ! ordonna ma mère.

C'était la fin de l'après-midi, et je dormais comme trois souches quand mon portable avait sonné. Inutile de regarder l'écran, j'avais deviné que c'était maman.

D'abord parce que c'était son heure, en gros, l'heure de l'apéro. Et puis, personne d'autre ne me téléphonait, à l'exception de Hollis qui appelait seulement au beau milieu de la nuit parce qu'il n'était pas fichu de s'y retrouver dans les fuseaux horaires.

— C'est beau ici, commençai-je en bâillant. Tu devrais voir la vue sur l'océan. Grandiose.

— Ça, je n'en doute pas. Mais laisse tomber l'océan, et viens-en aux faits. Comment va ton père ?

Je soupirai, tournai les yeux vers la porte de ma chambre, fermée, comme si je pouvais voir à travers jusqu'au bureau de mon père. Ma mère avait toujours eu l'art d'aborder direct les sujets dont je ne voulais jamais parler.

J'étais chez papa depuis maintenant trois jours, et au cours de ces trois jours-là, j'avais dû le voir, allez, à vue de nez et en faisant le cumul, trois heures à tout casser. Soit il bossait non-stop dans son bureau, soit il dormait dans sa chambre, soit il avalait un truc en passant dans la cuisine avant de regagner, au choix, sa chambre pour roupiller, son bureau pour écrire. Raté pour les moments complices père-fille, les beignets d'oignons frits partagés à la bonne franquette, les grandes conversations sur la littérature et mon avenir. Papa et moi, ça se limitait à deux phrases et demie lancées rapidement au milieu de l'escalier, l'un le montant, l'autre le descendant : « Ça va, Auden ? Tu es allée à la plage, aujourd'hui ? » Et encore, je n'avais pas à me plaindre, parce que c'était mieux que d'aller frapper à son bureau : dans ce cas, mon père ne se donnait même pas la peine de détourner les yeux de son ordinateur et toutes mes tentatives pour dialoguer se heurtaient à son dos, en gros, à un mur.

Ça me soûlait fortissimo. Mais le pire, c'est que si mon père était inexistant, Heidi était *partout*. Lorsque je descendais dans la cuisine boire mon café, elle y donnait le biberon à Thisbé. Lorsque j'essayais de me planquer sur la terrasse, elle surgissait, Thisbé dans son BabyBjörn, et me proposait d'aller faire une balade sur la plage. Je n'étais pas en sécurité non plus dans ma chambre, qui était hélas voisine de la nursery. Et mon plus petit mouvement, le moindre signe de vie de ma part était pour Heidi une manifestation désespérée de ma solitude, et de mon désir éperdu d'avoir *sa* compagnie.

En clair, Heidi se sentait horriblement seule. Pas moi, parce que j'avais l'habitude de la solitude et que je l'appréciais. C'est pourquoi j'étais étonnée de remarquer, et pire, d'être perturbée par l'indifférence de mon père, que la super camaraderie et les muffins aux myrtilles de Heidi ne faisaient que renforcer.

J'aurais pu le raconter à maman, parce que c'est exactement ce qu'elle voulait entendre. Mais ça me faisait mal de reconnaître que c'était le flop total. D'autant que ça me pendait au nez, hein ? Alors j'ai choisi une autre stratégie.

— Eh bien, papa écrit beaucoup. Il passe des heures dans son bureau. Si tu savais !

Silence. Maman enregistrait et analysait l'information.

— Ah. Vraiment ?

— Oui, oui. D'ailleurs, il a presque terminé son bouquin. Il en est aux finitions. Il peaufine, tu vois ?

— Il peaufine, je vois. Ses finitions vont prendre des jours. Voire des mois.

Et vlan dans les dents.

— Et le bébé ? Ton père aide un peu Heidi ?

— Hum...

J'ai tout de suite regretté mon « hum » qui signifiait non et j'ai embrayé.

— Oh oui, bien sûr, il l'aide. Mais Heidi est du genre à vouloir tout faire toute seule, tu comprends

— Par pitié ! coupa ma mère.

J'entendais et je voyais sa jubilation.

— Je ne connais pas une mère au monde qui ait envie de s'occuper seule de son bébé de A à Z ! s'exclama-t-elle. Et si une mère l'affirme envers et contre tout, c'est seulement parce qu'elle n'a pas le choix ! Est-ce que ton père a déjà changé le bébé ?

— Je suis sûre que oui !

— Certes, mais est-ce que tu l'as *vu* à l'œuvre, Auden ?

Bonjour, l'interrogatoire de police. Maman ne me lâcherait pas tant que je n'aurais pas confessé tous les péchés de papa.

— Eh bien, heu, pas vraiment.

— Ah, tu vois ! exhala-t-elle de nouveau.

Cette fois, je l'ai entendue sourire de contentement.

— C'est rassurant de constater que certaines choses ne changent décidément pas, conclut-elle.

J'ai eu envie de préciser qu'elle n'avait pas besoin de s'étonner, puisqu'elle le savait déjà.

— Et toi, comment tu vas ? demandai-je simplement.

— Moi ?

Soupir.

— Bah, toujours la même rengaine. On m'a demandé de diriger le comité des programmes d'études afin de réviser le contenu des cours fondamentaux d'anglais, pour l'année universitaire prochaine, avec tout le pathos et le suspense que ça implique, misère. Il faut aussi que j'écrive des articles dans plusieurs périodiques. Je dois bientôt me rendre à Stratford et, bien entendu, je dois lire beaucoup trop de thèses, qui seront insuffisantes et nécessiteront un gros travail de supervision.

— Super été.

— Je ne te le fais pas dire ! Ces thésards, je te jure, ils te vampirisent ! Ils sont insatiables.

Tandis qu'elle soupirait de nouveau, je pensai aux lunettes noires oubliées sur la table.

— Tu vois, j'aurais presque envie de filer sur la côte, comme toi, et de paresser sur la plage, les doigts de pied en éventail, en oubliant le reste du monde.

Je tournai les yeux par la fenêtre et admirai l'océan, la plage sous le soleil et le Tip que je voyais bien aussi, d'ici. Ouais, c'est tout moi en ce moment, eus-je envie de lui répondre.

— Au fait, tu as eu des nouvelles de Hollis récemment ? demandai-je.

— Il a appelé avant-hier soir.

Elle se mit à rire.

— Tu sais ce qu'il m'a raconté ? Il a rencontré des Norvégiens qui se rendaient à une convention, à Amsterdam. Ils ont une start-up, et Hollis les intéresse. Ils pensent en effet qu'il est représentatif de leur public cible américain, alors Hollis les accompagne à Amsterdam. Il pense qu'il pourrait se dénicher un job bien payé.

Mieux valait entendre ça que d'être sourd. Marrant que maman lise en moi comme dans un livre ouvert, mais avale tout ce que Hollis lui racontait, et en plus en disant amen. Parce que franchement, le départ de Hollis pour Amsterdam avec des inconnus et son fantasme de se trouver un superboulot, c'était n'importe quoi.

Au même instant, on a frappé à ma porte. J'ai ouvert. Surprise : c'était papa.

— On sort dîner en ville, dit-il avec un sourire. J'ai pensé que tu aimerais venir ?

— Oui, répondis-je en espérant que maman, qui parlait toujours de Hollis, n'entendrait pas.

— Auden ? Tu es toujours là ?

Pas de bol. J'entendais sa voix claire et bien nette dans mon portable. Papa aussi, vu la tête qu'il a faite, tout à coup.

— Oui. Papa vient de m'inviter à dîner, alors je te laisse.

— Il a donc terminé ses finitions de la journée ?

— Je te rappelle, dis-je rapidement en fermant mon portable que je serrai fort dans la main.

Mon père soupira.

— Alors, comment va ta mère ?

— Bien. On y va ?

Heidi nous attendait en bas, portable verrouillé à l'oreille, avec Thisbé dans sa poussette. Mon père lui a ouvert la porte et elle a roulé la poussette dehors sans cesser de parler au téléphone.

— Mais enfin, ça n'a aucun sens ! C'est moi qui ai fait les salaires, et le compte est approvisionné. C'est juste que... Oui, bien sûr. La banque serait au courant... Je suis terriblement désolée, Esther, c'est très embarrassant. Écoute, nous sommes en route, là. Je vais retirer du liquide au distributeur et nous réglerons cette histoire tranquillement lundi, d'accord ?

Mon père a pris une grande inspiration.

— J'aime l'air de l'océan ! dit-il en portant ses mains à la poitrine. C'est vivifiant pour l'esprit !

— Tu es de bonne humeur, on dirait, répondis-je tandis que Heidi parlait toujours, descendant les deux marches avec la poussette.

Il la lui prit des mains quand on a été sur la route. Heidi lui sourit et s'écarta.

— Eh bien, ce sont les effets de l'inspiration ! Je me suis vraiment battu avec ce chapitre central, je n'arrivais pas à trouver mon rythme. Mais aujourd'hui, tout à coup… j'ai eu le déclic.

Il a claqué des doigts.

— Comme ça, d'un coup ! Les chapitres suivants couleront de source !

Je regardai Heidi, qui parlait maintenant de frais bancaires avec un air très inquiet.

— Ah bon, je pensais que tu en étais aux finitions ? demandai-je à mon père.

— Hein ?

Il a fait un signe à un joggeur qui passait en écoutant son Ipod.

— Oh oui, bien sûr. C'est juste une question d'assemblage, tu sais. Encore quelques jours aussi fastes que celui-ci, et j'aurai terminé début août au plus tard.

— Ah, ça c'est génial, dis-je pendant que Heidi, soucieuse, refermait son portable et passait une main dans ses cheveux.

Mon père s'approcha d'elle, la prit par la taille, puis l'attira à lui et l'embrassa sur la joue.

— N'est-ce pas merveilleux ? lui dit-il, tout sourire.

Nous sommes ensemble et Thisbé fait sa première sortie au Last Chance !

— Oui, c'est merveilleux, convint Heidi. Mais avant, je dois passer au magasin, Robert. Il y a manifestement un problème avec les chèques de salaire.

— Voyons, c'est vendredi soir, chérie ! coupa mon père. Laisse tomber ! Ces histoires de chèques attendront jusqu'à lundi matin !

— Oui, mais…, répondit Heidi, alors que son portable sonnait de nouveau. Allô ? Ah, c'est toi, Leah. Oui, qu'est-ce… ? Oh. Non, j'en suis consciente. Écoute, tu es au croisement, en bas de la promenade ? Alors continue et je te rejoins. Je cherche une solution.

— Ses vendeuses sont des ados typiques ; elles ont toujours des problèmes à n'en plus finir, m'expliqua papa en montrant Heidi du pouce.

J'ai acquiescé, comme si je n'avais pas été une ado. Mais pour papa, je n'en étais pas une.

— Leurs salaires sont bloqués, expliqua Heidi. La situation est grave.

— Eh bien, appelle ton comptable et laisse-le s'en occuper, déclara mon père en faisant une grimace rigolote à Thisbé qui se réveillait. On est en famille.

— Mais c'est moi qui m'occupe des salaires, pas mon comptable, objecta Heidi.

— Bon, demande à tes vendeuses d'attendre que nous ayons fini de dîner !

— Je ne peux pas leur demander une chose pareille, Robert ! Elles méritent leur salaire, et…

— Écoute, coupa mon père d'un air contrarié. Tu me reprochais de ne pas passer assez de temps avec toi, le bébé et Auden, tu t'en souviens ? Tu as même *insisté* pour que je délaisse mon roman afin que nous sortions tous dîner en famille, n'est-ce pas ?

— Oh oui, c'est vrai, dit Heidi alors que son téléphone sonnait de nouveau. Mais...

— J'ai donc cessé de travailler plus tôt. Alors que j'étais dans un jour particulièrement inspiré ! reprit-il, tandis que nous arrivions sur la promenade. Et maintenant, c'est toi qui ne veux pas lâcher prise !

— Écoute, Robert, il s'agit de mon magasin et de mes vendeuses.

— Et mon roman ? Et l'écriture, l'inspiration ? Qu'est-ce que c'est ?

Oh, boy... C'était le même genre de dispute qui opposait papa à maman, quelques années plus tôt, sauf que cette fois, le thème n'en était pas le professorat et les comités de programmes d'études, mais le magasin de Heidi et ses vendeuses. Heidi stressait au fur et à mesure qu'on se rapprochait de Clementine's, où nous attendaient Esther et Leah.

— Pourquoi ne continues-tu pas avec Auden et Thisbé ? proposa-t-elle à mon père. Je vous rejoins très vite. Ça me prendra deux minutes, pas plus, d'accord ?

— Parfait, répondit mon père qui n'en pensait évidemment pas un mot.

D'ailleurs, il n'était pas le seul à se trouver contrarié ; vingt minutes plus tard, on s'asseyait à notre table lorsque Thisbé s'est réveillée et s'est mise à pleurer. Ça a commencé lentement, pour continuer crescendo. Et lorsque la serveuse est venue nous donner les menus, Thisbé hurlait.

— Bon, Auden, est-ce que tu peux... ? commença

mon père qui faisait rouler la poussette d'avant en arrière.

Comme il n'a pas ajouté de verbe, je n'ai rien pu. En attendant, Thisbé continuait de pleurer et d'attirer l'attention sur nous trois. Mon malheureux père m'a adressé un regard complètement paniqué et j'ai déduit qu'il voulait que je me bouge. C'était le comble de l'absurdité, mais je me suis bougée quand même.

— Je m'en occupe, dis-je en prenant la poussette que je roulai vers la sortie. Mais pourquoi tu ne... ?

— Moi, je reste pour passer notre commande. Reviens quand elle sera calmée, d'accord ?

Il rêvait. Comme si Thisbé allait se calmer dans une demi-seconde et trois dixièmes.

J'ai roulé la poussette sur la promenade, certaine que ses pleurs seraient moins assourdissants en plein air, et je me suis posée sur un banc en gardant la poussette à côté de moi. Puis j'ai observé le visage rouge et fripé de Thisbé, avant de regarder vers le restaurant. Mon père était seul à une table pour quatre personnes, un menu grand ouvert devant lui. J'ai soupiré, j'ai passé la main sur mon visage et j'ai fermé les yeux.

Maman avait affirmé que les gens ne changeaient pas, et elle avait raison. Mon père était *toujours* aussi égoïste et immature, mais je refusais *toujours* de le croire, même si j'en avais la preuve flagrante sous les yeux. Peut-être qu'on était tous conditionnés à répéter les mêmes conneries, sans jamais piger la leçon ? À côté de moi, Thisbé hurlait maintenant. Moi aussi, j'ai soudain eu envie de hurler à la face du monde, de me lâcher une bonne fois pour la frustration et la tristesse que j'avais accumulées pendant des années. J'ai crié en dedans de moi, en silence et immobile, jusqu'à ce que je sente un regard.

J'ai ouvert les yeux. Le mec que j'avais vu au Tip, puis à vélo sur la promenade, observait Thisbé dans sa poussette. Il portait un jean, un tee-shirt vieux comme le monde avec l'inscription « Je t'aime, moi non plus », et des Converse qui devaient dater du siècle dernier. C'était si inattendu que je me suis sérieusement demandé s'il ne s'était pas téléporté jusque devant mon banc. Pendant qu'il examinait Thisbé, j'en ai profité pour l'observer moi aussi. Il était bronzé, avec des yeux décidément très verts et des cheveux noués n'importe comment sur la nuque. Il avait aussi une cicatrice qui remontait sur son bras et faisait une fourche au coude, comme une rivière sur une carte de géo.

Je ne savais pas ce qu'il faisait là, d'autant qu'il avait détalé comme un lapin, la dernière fois qu'on s'était rencontrés, à peu près au même endroit d'ailleurs. De toute façon, je n'avais pas l'énergie de chercher la petite bête.

— Elle vient juste de se mettre à hurler, expliquai-je.

Il a eu l'air de méditer le problème, mais il n'a rien dit. Alors, je ne sais pas pourquoi, j'ai continué.

— Elle hurle tout le temps, en fait. Ce sont des coliques, ou… je ne sais pas quoi faire…

Toujours rien. Comme l'autre soir au Tip. Comme l'autre matin sur la promenade. J'avais compris qu'il était du genre sphinx et silencieux, mais j'ai tout de même continué. Ce qui ne me ressemblait pas, parce que en général j'étais celle qui…

— On peut toujours essayer l'ascenseur.

Décidément, il avait l'art de me surprendre.

— L'ascenseur ?

Il n'a pas répondu, il a sorti Thisbé de sa poussette avant que je l'en empêche – et j'aurais dû l'en empêcher. Ma première pensée, c'est que je m'étais attendue à tout sauf à ça. La seconde, c'est qu'il se débrouillait vachement bien avec Thisbé, mieux que moi, mon père et Heidi réunis.

Il a fait pivoter Thisbé (qui hurlait toujours, évidemment) pour qu'elle lui tourne le dos, et il l'a bien tenue à la taille pendant qu'elle agitait les pieds et les mains dans tous les sens.

— C'est ça, l'ascenseur.

Là-dessus, il a plié les jambes, les a détendues comme deux ressorts, puis a recommencé. Deux, trois, quatre fois. À la quatrième, Thisbé a brusquement cessé de hurler et sur son visage est apparue une expression de calme assez bizarre, je dois dire.

J'étais bluffée. Mais qui c'était, ce mec ? L'homme qui ne souriait jamais ? Un cycliste acrobate de cirque ? L'homme qui chuchotait à l'oreille des bébés ? Ou...

— Eliot ! cria Heidi en surgissant derrière lui. Je me disais bien que c'était toi !

Le type l'a regardée, puis il a rougi, mais à peine, et pas plus longtemps que ça.

— Salut, dit-il en cessant de faire l'ascenseur.

Thisbé a cligné des yeux comme une poupée de porcelaine et s'est remise illico à pleurer.

— Oh, mon Dieu ! dit Heidi en la lui prenant. Où est ton père, Auden ?

— Il garde notre table. On venait de s'installer quand Thisbé a commencé à pleurer.

— Elle doit avoir faim, dit Heidi, regardant sa montre.

Thisbé pleurait de plus en plus fort. Moi, je regardais le type, Eliot, hein ? c'est ça ? et j'essayais de comprendre ce qui venait de se passer.

— Mon Dieu, quelle journée ! reprit Heidi. Tu ne peux pas imaginer le nombre de problèmes que j'ai dû régler, au magasin ! Le registre des chèques est sens dessus dessous, j'ai dû oublier de noter un dépôt d'argent, je n'en sais rien. Dieu merci, les filles ont été vraiment compréhensives. Je sais que leur salaire ne s'élève pas à des millions, mais tout de même, elles travaillent dur et...

Entre ce monologue et les pleurs de Thisbé, sans oublier le dénommé Eliot qui regardait comme s'il était au cinéma, je me sentais bouillir à 60 degrés. C'est pas possible, pourquoi est-ce qu'elle faisait toujours un drame des petites choses de la vie ?

— Je ferais mieux de retourner au magasin, dit Eliot à Heidi. Ah, et au fait, félicitations, pour le bébé.

— Merci, Eliot, c'est gentil comme tout ! répliqua Heidi en berçant Thisbé. Et je suis tellement ravie que tu aies fait la connaissance d'Auden ! Elle vient d'arriver à Colby, tu sais, et elle ne connaît personne. J'espérais qu'elle rencontrerait un jeune de son âge, qui la sorte un peu.

Je me suis sentie rougir encore plus fort. Naturellement, il avait fallu qu'elle donne l'impression que je crevais d'ennui, que j'aurais donné père et mère pour avoir trois miettes de compagnie. J'ai été si mortifiée que j'ai à peine répondu au signe de tête d'Eliot, qui repartait déjà vers le magasin de vélos et disparaissait à l'intérieur.

— Thisbé, mon cœur de beurre, ça va aller, dit Heidi qui la remit dans sa poussette, sans remarquer que je brûlais littéralement de honte.

Elle me sourit.

— Je suis très contente qu'Eliot et toi vous soyez amis.

— On n'est pas amis. On ne se connaît même pas.

— Ah bon ? dit-elle en regardant vers le magasin de vélos, comme si elle cherchait une confirmation. En tout cas, c'est un véritable amour. Son frère, Jake, doit avoir ton âge. C'était le petit ami de Maggie, jusqu'à récemment. Une rupture terrible, d'après ce que j'ai cru comprendre... La pauvre, elle a du mal à s'en remettre.

Jake était son frère ? Alors ça, c'est le bouquet ! pensai-je en rougissant de nouveau. Ce patelin était décidément à peine plus grand qu'une boîte d'allumettes ! Et Heidi continuait de blablater.

— On retourne au restaurant ? À moins que je ne ramène Thisbé à la maison, elle semble vraiment contrariée ? Qu'est-ce que tu en penses, Auden ? C'est sûr, j'aimerais beaucoup dîner au Last Chance, mais tout de même, je me demande...

Là, j'ai explosé.

— C'est ton problème et je m'en fous, d'accord ? m'entendis-je répondre, regrettant aussitôt mes paroles. Tu fais ce que tu veux. Moi, ce que je sais, c'est que je meurs de faim et que je veux dîner avec mon père. Alors, c'est ce que je vais faire, si ça ne te gêne pas trop.

Elle m'a regardée le souffle coupé, tandis que son regard prenait une expression peinée.

— Oh oui, oui, bien sûr, dit-elle après un moment.

Je sais, sur ce coup-là, je n'ai pas été sympa. Mais j'avais beau le savoir, ça ne m'a pas empêchée de la planter là, elle et le bébé qui hurlait. Mais les cris de Thisbé m'ont suivie comme mon ombre, emplissant toujours mes oreilles, tandis que je progressais entre les passants sur la promenade, entrais dans le restaurant et m'approchais de la table où mon père mangeait déjà. Il a vu la tête que je tirais, et il a glissé le menu vers moi pendant que je m'asseyais en face de lui.

— Détends-toi, me dit-il en l'ouvrant. C'est vendredi soir.

Exact ! Et quand on m'a servi les beignets d'oignons frits, quelques minutes plus tard, j'ai essayé de me détendre. Mais chose bizarre, les oignons n'ont pas eu le même goût que la première fois. Bons, oui, mais pas super bons, comme le soir de mon arrivée.

Je savais (merci, l'expérience) quand une dispute se terminait, ou au contraire quand elle commençait. Après le dîner, j'ai donc évité la maison et j'ai traîné sur la plage, puis j'ai pris le chemin le plus long pour rentrer. Mais j'arrivais encore trop tôt : j'allais ouvrir la porte, deux bonnes heures plus tard, lorsque j'ai entendu Heidi et mon père se disputer.

— Je ne comprends pas ce que tu attends de moi ! Tu m'as demandé de laisser mon roman en plan pour venir dîner. C'est exactement ce que j'ai fait et tu n'es pas satisfaite.

— Je voulais que l'on dîne tous ensemble, Robert.

— Mais on aurait dîné ensemble, si tu ne nous avais pas lâchés pour passer au magasin ! C'est un monde, ça !

Je laissai tomber ma main sur la poignée, et je reculai. Je n'avais pas envie de débarquer là au milieu.

— J'espérais juste..., commença Heidi dont la voix se brisa.

Puis plus rien. Le silence devenait insupportable, lorsque mon père l'a rompu.

— Tu espérais quoi au juste ?

— Je n'en sais trop rien. Je pensais que tu voulais passer plus de temps... avec nous.

— Mais je suis là tout le temps, Heidi, dit mon père comme s'il énonçait une vérité fondamentale.

— Oui, mais tu es toujours dans ton bureau et pas très souvent avec Thisbé. Tu ne t'occupes pas d'elle. Tu ne la berces pas, tu ne te lèves pas quand elle pleure...

— Nous en avons parlé dès que tu as appris que tu étais enceinte, dit-il en haussant le ton. Je t'ai dit que je ne pouvais pas fonctionner si mon sommeil était interrompu. Tu sais bien qu'il me faut mes neuf heures de sommeil !

— Oui, oui, je comprends, mais tu pourrais tout de même t'occuper de Thisbé pendant la journée, ou le matin, pour que je puisse gérer les affaires du magasin. Ou même...

— Je crois que nous étions convenus que l'important, c'était que je termine mon roman cet été, n'est-ce pas ? Parce que je n'ai pas le temps d'écrire pendant l'année universitaire. L'été, c'est ma seule chance de travailler sans interruption, d'accord ?

— Oui, bien sûr, mais...

— Et c'est pourquoi j'avais proposé qu'on engage une nounou, coupa-t-il sans l'écouter. Ou une baby-sitter. Mais tu n'as rien voulu entendre.

— Je n'ai pas besoin de baby-sitter. J'ai juste besoin d'une heure ou deux pour vaquer à mes affaires.

— Eh bien, demande à Auden de t'aider ! C'est bien pour cette raison que tu voulais qu'elle vienne nous rendre visite cet été, non ?

J'ai eu l'impression de me prendre une vraie claque, sous le choc, j'ai même senti le sang me monter au visage et cogner à mes tempes.

— C'est faux, je n'ai pas invité Auden pour qu'elle fasse du baby-sitting.

— Alors, pourquoi ?

Nouveau silence. Que j'ai bien accueilli. Parce que ça me donnait un répit.

— Pour la même raison que je veux que tu t'occupes de Thisbé, répondit enfin Heidi. Parce que c'est ta fille. Parce que tu devrais avoir envie de passer du temps avec elle.

— Oh, mon Dieu ! Tu penses vraiment que... ?

Mon père s'emballait et il était bien parti : il ne prononçait jamais une seule phrase quand il pouvait tartiner un roman. Mais je n'ai pas supporté d'entendre la suite. J'ai donc sorti mes clés et j'ai couru vers ma voiture.

J'ai roulé pendant trois heures dans les rues de Colby en long, en large et en travers. J'ai fait le tour du lycée, j'ai pris par le port, puis j'ai recommencé. Colby, c'était vraiment trop petit pour que je me paume, mais je jure que j'ai fait de mon mieux. Et lorsque je suis revenue à la maison, j'ai bien regardé pour voir si toutes les lumières étaient éteintes avant d'oser descendre de voiture et envisager de rentrer.

Dans l'entrée, c'était calme. J'ai refermé la porte tout doucement. A priori, pas de signe de casse. La poussette était sous l'escalier, le bavoir, sur la rampe, et les clés de mon père, sur la tablette près de la porte. Dans la cuisine, par contre, c'était foutoir et compagnie. La table disparaissait sous les chéquiers professionnels de Heidi, une montagne de documents divers, et deux blocs jaunes où elle avait pris des notes, posé des questions, en clair, essayé de comprendre ce qui déconnait dans sa comptabilité. « DÉDUCTION ? », « DÉPÔT/VIREMENT DU 11 JUIN ? » « VÉRIFIER TOUS LES DÉBITS DEPUIS AVRIL, ERREURS ? ». Vu le bordel ambiant et désespéré, elle n'avait rien trouvé.

J'ai regardé le bazar sur la table, puis j'ai revu son visage si peiné, tout à l'heure, après que je l'eus rembarrée. Puis je me suis aussi souvenue de ce qu'elle avait dit sur moi à mon père. C'était tellement inattendu qu'elle soit de mon côté et qu'elle prenne ainsi ma défense. Mais le plus surprenant, c'était cette espèce de reconnaissance (momentanée) que j'avais pour elle.

J'ai regardé l'heure. Minuit et quart. En gros, trop tôt pour mon horloge interne. J'avais la nuit devant moi. Avec la cafetière déjà prête pour le lendemain matin. Bon, je n'étais pas chez Ray's, mais ça marcherait. J'ai donc fait couler le café, je me suis assise devant les registres de chèques et les chéquiers de Heidi. Je les ai ouverts et je suis partie à la recherche de ce qu'elle avait perdu.

Chapitre 5

— Hellooo, Aud ! C'est moi ! Comment va la vie ?

La voix de mon frère, sonore et joyeuse, retentissait dans mon portable, avec le boum boum d'une basse en fond sonore. J'étais certaine que Hollis ne passait pas tout son temps dans les bars, et pourtant, c'est de là qu'il m'appelait toujours.

— Rien de particulier, dis-je en regardant l'heure à ma montre.

Ici, il était huit heures et demie du soir, donc six heures de plus en Europe.

— Prête à aller bosser, c'est tout, ajoutai-je.

— Bosser ? demanda-t-il comme si j'avais parlé une langue inconnue.

Mais le monde du travail, pour lui, c'était l'inconnu.

— Je croyais que tu avais prévu de buller sur la plage, les doigts de pied en éventail, en oubliant le reste du monde.

Il avait prononcé texto les mots utilisés par maman

lors de notre dernière conversation au téléphone. Hollis était l'enchanteur des pensées de maman, et réciproquement. Ces deux-là se télépathaient ; ils avaient une connexion quasi magique, si magnétique qu'on la sentait physiquement lorsqu'ils étaient ensemble.

Maman disait que c'était à cause de toutes les nuits qu'elle avait passées à le bercer et le calmer, quand il était bébé, mais je me demandais plutôt si Hollis n'avait pas un don inné avec les femmes, qu'il avait exercé et développé au contact de la première femme de sa vie.

— Je ne voulais pas bosser, mais ça s'est trouvé ainsi, dis-je tandis que j'entendais la musique jouer plus fort, puis soudain baisser, derrière lui.

— C'est chiant ! Un peu d'inattention, et tu te retrouves piégée. Un conseil de grand frère, Aud : il faut toujours rester sur ses gardes.

Je savais bien. Le problème, c'est que, dans ce cas-là, je n'avais pas été piégée, c'est moi qui avais foncé tête baissée. J'étais la seule fautive.

— C'est incroyable ! avait dit Heidi lorsque j'étais descendue dans la cuisine, après avoir passé ma nuit sur sa compta.

Comme toujours, elle y était déjà, avec Thisbé dans son BabyBjörn.

— Quand je suis allée me coucher, c'était une vraie catastrophe, et ce matin, c'est... c'est réglé ! Tu es une vraie bénédiction, Auden ! Comment se fait-il que tu t'y connaisses si bien ?

— L'été dernier, j'ai eu un petit boulot chez un comptable. Ça n'était pas grand-chose, tu sais, dis-je en sortant le café du réfrigérateur.

Quand je me levais, il n'en restait plus depuis long-temps, alors j'en faisais couler du frais rien que pour moi.

— Hier soir, j'ai passé *deux* bonnes heures à vérifier le registre des chèques ! continua Heidi en l'agitant sous mon nez. Et je n'ai jamais réussi à trouver où était mon erreur. Comment as-tu compris que j'avais payé deux fois le montant de la retenue d'impôts à la source ?

J'ai préparé le café, en espérant en boire une tasse avant qu'il faille ouvrir la bouche et faire la conversation, hélas, c'était trop demander.

— Le registre des chèques indique que ce verse-ment a été effectué à la fin du mois de mai, expliquai-je. J'ai donc pensé que tu avais dû faire deux fois le même virement. Là-dessus, j'ai regardé ta déclaration d'impôts et...

— Ça aussi, c'était la jungle ! Une poule n'y aurait pas retrouvé ses poussins ! Et maintenant, c'est orga-nisé, classé. Tu as dû y passer des heures !

Quatre.

— Pas trop, non.

Elle a secoué la tête, son regard toujours admiratif posé sur moi. La cafetière était à peine remplie au quart, mais je me suis versé une tasse à toute vitesse.

— Cela fait des mois que j'ai besoin de quelqu'un pour tenir ma comptabilité, mais j'hésite. C'est une tâche que je ne peux pas confier à n'importe qui.

Pitié, Heidi, laisse-moi boire mon café.

— Mais si ça t'intéresse, je t'embauche. Et je te paierai. Je suis sérieuse, tu sais.

J'attendais toujours que la caféine me réveille quand j'ai répondu.

— Hum... en réalité, je n'avais pas trop envie de bosser, cet été. De plus, je ne suis pas vraiment du matin...

— Pas besoin d'y passer des journées ! Les filles déposent la recette à la banque tous les jours, et ça, c'est bien sûr incontournable. Mais pour le reste, le livre de comptes et le journal d'inventaire, et puis les salaires, tu peux t'en occuper en fin de journée. C'est même mieux !

Voilà, j'étais cernée : comme quoi une bonne action est toujours punie. Pourquoi j'avais eu cet immense élan du cœur, c'était la question. On sait où ça commence, on ne sait pas où ça finit : la preuve, il paraît qu'un battement d'ailes d'un papillon au Brésil pourrait déclencher une tornade au Texas !

— C'est très sympa, mais...

Un bruit de pas dans l'escalier m'a interrompue. Mon père est entré dans la cuisine avec une assiette vide et un Diet Coke dessus. Heidi et lui se sont regardés, et vu leur air, j'ai compris qu'ils n'avaient pas fait la paix. Ça n'était pas les grandes glaciations, mais c'était tout de même une bonne gelée matinale.

— Je constate que tu es finalement levée, me dit-il en déposant le tout dans l'évier. À quelle heure te couches-tu donc, en ce moment ?

— Tard. Ou tôt. Ça dépend de quel côté de l'horloge tu te places.

Il a lavé l'assiette et l'a placée dans l'égouttoir.

— Ah, la jeunesse... Debout toute la nuit sans se soucier du reste du monde ! Comme je t'envie.

À tort.

— En réalité, Auden a passé ma comptabilité au

crible toute la nuit, intervint Heidi. Elle a trouvé l'erreur qui déséquilibrait ma balance.

— Ah bon ? dit mon père en me jetant un regard perplexe.

— J'essaie de convaincre Auden de faire la comptabilité de Clementine's, ajouta Heidi. À raison de quelques heures par jour au magasin.

— Heidi, Auden n'est pas venue à Colby pour travailler, tu le sais, répliqua mon père en se rinçant les mains.

C'était juste un commentaire, mais il a frappé là où ça fait mal, et Heidi a flanché.

— Oh oui, je sais. Mais je pensais tout de même qu'elle pourrait...

— Elle devrait plutôt profiter de ses vacances en famille.

Papa me souriait.

— Qu'est-ce que tu en dis, Auden ? Aimerais-tu que l'on dîne ensemble, ce soir ?

Impec, la stratégie de mon père, je devais lui reconnaître au moins ça. Bon, d'accord, c'était sa façon de se venger de Heidi, après la soirée d'hier, mais tant pis, j'étais trop contente d'avoir un plan dîner avec lui ce soir. Lui et moi ensemble. C'était tout ce qui comptait. Le reste ? Rien à faire. Si, si, je le jure.

— C'est une idée fantastique, commenta Heidi.

Elle me sourit, mais je trouvai que c'était un peu forcé.

— Ne t'inquiète pas pour cette histoire de petit boulot, Auden. Ton père a raison : tu dois profiter à fond de ton été.

En attendant, mon père finissait son Diet Coke sans la lâcher des yeux. La dernière dispute de mes parents

datait, mais je reconnaissais la tension et les piques.
Et le regard triomphant de mon père lorsqu'il savait
qu'il avait gagné.

— En vérité, répondis-je sans réfléchir, ça ne me
dérangerait pas de me faire un peu d'argent. Ça serait
toujours ça, pour l'université. Je veux bien m'occuper
de ta compta, mais seulement si cela ne me prend pas
trop de temps.

Heidi a paru surprise, puis elle a regardé mon père
dont l'expression était, hum, comment dire ? contrariée tout à coup.

— Ça ne sera pas harassant, je te le garantis. Environ quinze heures par semaine, pas davantage !

— Auden, intervint mon père. Ne te sens surtout
pas obligée. Tu es notre invitée.

Si je ne les avais pas entendus se disputer hier soir,
cet échange n'aurait jamais existé, mais maintenant je
savais et je ne pouvais pas oublier.

Plus tard dans la soirée, mon père et moi, on s'est
installés dans un petit boui-boui au bout de la promenade, et on s'est commandé une livre de crevettes
cuites à la vapeur. Après, on a choisi une table près
de la fenêtre qui donnait sur l'océan. Au début, ça a
été tendu. Parce que je ne cessais de penser à ce qu'il
avait dit ? Parce qu'il était toujours énervé que j'aie
accepté la proposition de Heidi (donc, dans son esprit,
choisi son camp) ? Aucune idée. Mais une fois qu'il a
bu une bière, et après une conversation aussi agréable
qu'une séance chez le dentiste, ça s'est détendu et il
m'a posé plein de questions sur Defriese et ce que je
comptais faire, après mon diplôme d'éco.

Pour lui rendre la politesse, je l'ai interrogé sur son
bouquin (« le portrait psychologique assez complexe

d'un homme qui tente de conjurer son passé familial »)
et ses progrès dans le développement de l'intrigue (il
avait dû faire des coupes, au milieu, parce que ça ne
cadrait pas avec le reste, mais ce qu'il avait écrit,
depuis, était indiscutablement meilleur). Ça a pris du
temps, mais quelque part entre notre deuxième livre
de crevettes à la vapeur et ses explications détaillées
sur les conflits qui agitaient son héros, je me suis
souvenue de ce que j'aimais chez papa : sa passion
pour l'écriture et l'impression, quand il en parlait, que
plus rien n'existait, que le monde avait été englouti.

— Il me tarde de lire ton roman, lui dis-je tandis
que la serveuse nous donnait la note. Ça a l'air super !

Entre nous, il y avait un tas de carapaces, transpa-
rentes et rose orange dans le soleil couchant qui passait
par la fenêtre.

— Toi, au moins, tu comprends que c'est important ! dit-il en s'essuyant la bouche. Tu étais présente
quand *La Corne du narval* est sorti, et tu as vu combien
le succès a changé notre existence. J'aimerais qu'il se
passe la même chose pour moi, le bébé et Heidi.
J'aimerais tant qu'elle le comprenne.

Tout en parlant, il observait sa bouteille de bière
qu'il tournait dans sa main.

— Elle est un peu à cran, en ce moment. Avec le
manque de sommeil et tout, dis-je.

— Possible.

Il but une gorgée de sa bière.

— Tu veux la vérité, Auden ? Heidi ne pense pas
comme nous. Sa force, c'est le business, ce sont les
résultats et les chiffres. C'est différent du monde universitaire et des écrivains, tu vois ce que je veux dire ?

Je voyais bien, oui. Mais je savais aussi que ma mère,

qui était prof et écrivain, avait eu les mêmes frustra-
tions que Heidi, à l'époque où papa écrivait son premier roman. Mais je n'ai rien dit, parce que c'était
trop sympa qu'il ait eu envie de se confier à moi.

Après le dîner, nous nous sommes séparés et je me
suis rendue chez Clementine's. J'avais en effet promis
à Heidi d'y faire un tour pour prendre mes marques,
avant de commencer officiellement demain. Je ne
mourais pas d'impatience d'y arriver, et pour de nombreuses raisons. J'étais donc contente que mon frère
téléphone, parce que ça me faisait de la distraction.

— Tara est sympa, lui dis-je tandis que la musique
se remettait à jouer, derrière lui.

— Qui ça ?

— Tara. C'est ta petite amie ?

— Ah oui.

Il y eut un silence éloquent qui a répondu à toutes
les questions sur Tara que j'aurais aimé lui poser.

— Tu as donc eu ton cadeau d'anniversaire ? reprit-
il.

Je revis instantanément le cadre « Le meilleur de la
vie » avec la photo de mon frère, souriant devant le
Taj Mahal, que j'avais mis dans ma valise avant de
partir.

— Oui. Super. J'adore.

Il a ri.

— Arrête, Aud. Je sais que tu détestes.

— Mais non, j'adore.

— Pas du tout. C'est total kitsch.

— Eh bien, c'est...

— Horrible ! acheva-t-il. Cheap et ridicule. Le pire
cadeau jamais offert pour la remise d'un diplôme de

fin du lycée ! C'est d'ailleurs pour cette raison que j'ai osé te l'offrir.

Il se marrait, et son rire toujours si contagieux m'a donné envie de rire.

— J'ai pensé que je n'arriverais jamais à la cheville des autres, qui allaient te filer plein de fric, des bons d'épargne et une nouvelle bagnole, j'ai donc décidé que mon cadeau te laisserait un souvenir impérissable.

— C'est réussi. Bravo.

— Tu aurais tout de même dû voir les autres cadres !

Nouveau rire.

— Il y en avait avec toutes sortes de formules. Il y en avait un avec « Salut l'ami ! » en jaune poussin. Et aussi « Party Queen » en rose bonbon. Et il y en avait un autre qui disait, va savoir pourquoi, « Ceci est un dingue » en vert pomme. Je me demande qui a envie de mettre ses photos dans un cadre pareil !

— Un dingue comme toi.

— Tu parles ! dit-il en rigolant. Mais le plus cool de l'histoire, c'est que tu peux sans cesse changer de photo. Parce que personne n'a qu'un seul meilleur moment dans sa vie. Il en faut plusieurs, chacun étant évidemment meilleur que le précédent. Tu comprends ce que je veux dire ?

— Oui.

Et voilà, il avait de nouveau réussi. Hollis prenait au vol une de vos pensées parmi cent mille autres, et pof, il l'ancrait et lui donnait tout son sens. Résultat, ça faisait résonner quelque chose en vous. Hollis était un artiste de la haute voltige. Il ne calculait jamais et c'était son charme.

— Tu me manques ! lui dis-je.

— Moi aussi. Bon, écoute, je vais t'envoyer un cadre « Ceci est un dingue » et tu y mettras la photo de moi devant le Taj Mahal, juste à côté de celle que tu as pour illustrer « Le meilleur de la vie »... Ça sera presque comme si nous étions ensemble.

Je souris.

— Pas mal.

— Yes, cool !

Puis j'entendis un bruit étouffé, suivi par des éclats de voix.

— Je dois te laisser, Aud. Ramona et moi, on doit filer à une fête. À plus, d'accord ?

— D'accord, je...

Mais il avait déjà raccroché avant que j'aie eu le temps de lui demander qui était Ramona ou encore, comment ça s'était passé avec ses Norvégiens, à Amsterdam. C'était bien mon frère : « À suivre... » Exactement comme le bouquin de mon père. Toujours en devenir.

Je refermai mon portable et le rangeai dans ma poche. Hollis m'avait distraite de mes pensées, mais mes regrets d'avoir accepté le job de comptable revinrent m'accabler lorsque j'ouvris la porte de Clementine's et que je vis Maggie derrière la caisse, encadrée par Leah et Esther. Il n'y a rien de plus intimidant que de s'approcher d'un groupe de nanas qui se sont déjà fait une idée de vous. Je me sentais comme Wendy face au capitaine Crochet dans *Peter Pan* : destinée au supplice de la planche.

— Bonjour, dit Leah, la rouquine.

Elle était grande, bien fichue et avec une peau de lait. Elle portait une robe bain de soleil courte avec de fines bretelles. Sa voix n'était ni sympa ni hostile, juste en harmonie avec ce qu'elle venait de me dire.

— Qu'est-ce qu'on peut faire pour toi ?

— Elle vient pour la compta, la renseigna Maggie, qui me fixait.

Au moment où je croisai son regard, elle rougit et baissa les yeux sur ses papiers, puis farfouilla dedans.

— Heidi cherche quelqu'un pour faire la compta depuis la naissance de son bébé, tu ne t'en souviens pas ?

— Ah oui, c'est vrai, dit Leah.

Elle a reculé et a bondi sur le petit meuble derrière elle, et croisé ses longues jambes.

— Peut-être que nos chèques de salaire ne seront plus bloqués, dorénavant.

— Vaudrait mieux, dit Esther.

Ses cheveux étaient lâches sous sa casquette de l'armée. Elle portait une robe bain de soleil noire, avec une veste en jean, et des tongs.

— Bon, d'accord, j'adore Heidi, mais se faire payer par retrait d'argent au distributeur du coin, c'est limite.

— Tu as été payée, alors de quoi tu te plains ? Heidi, c'est une boss géniale, et elle a reconnu qu'elle s'était trompée ! répliqua Maggie.

Elle évitait au maximum de me regarder tandis qu'elle ouvrait la caisse, en sortait un tas de billets et les lissait. Elle était habillée en rose, comme l'autre jour, la chemisette et les claquettes. C'était sa couleur fétiche, le rose ? Sûr que oui.

— Il faut que quelqu'un lui fasse visiter, reprit Maggie.

— Qui ? À Heidi ? demanda Leah.

— Non, répondit Maggie qui referma le tiroir-caisse en levant enfin les yeux sur moi.

Un instant plus tard, Leah et Esther l'imitèrent. Et moi, je me suis jetée à l'eau.

— À Auden, dis-je enfin.

Pause. Puis Leah est descendue de son meuble avec un « clunk ».

— Viens. Le bureau est par là.

Esther et Maggie nous ont suivies du regard. Après avoir passé deux portants de jeans, une vitrine de chaussures et le bac des articles en soldes, Leah et moi on a débouché dans un couloir assez étroit.

— Là, ce sont les toilettes, dit-elle en me montrant une porte sur la gauche. Jamais pour les clients et aucune exception n'est autorisée. Et voilà le bureau. Recule, parce que la porte colle plus ou moins.

Elle a tourné la poignée, puis s'est jetée contre le battant. Après un pop, la porte s'est ouverte comme une bouteille de champagne.

Première impression : c'était rose du sol au plafond. Les quatre murs avaient été peints en rose malabar, une couleur assez proche, finalement, de la couleur préférée de Maggie. Ce qui n'était pas rose (enfin, ce qui, à première vue, n'y ressemblait pas) était orange. Et ce cauchemar rose-orange était rempli jusqu'à la gueule de tous les trucs possibles et imaginables de la planète girly : petits casiers roses emboîtés, pot à stylos et crayons Hello Kitty, un bol rempli de gloss et de rouges à lèvres. Même les meubles de rangement destinés aux dossiers portaient des étiquettes roses et orange. Un boa rose avait été tendu, au-dessus.

— Eh ben…, dis-je, incapable de garder le silence plus longtemps.

— Oui, je sais, dit Leah. On a l'impression d'être dans une fraise Tagada. Bon, le coffre est sous la table, le registre des chèques, dans le deuxième tiroir à ta gauche, enfin s'il n'est pas ailleurs. Et toutes les fac-tures sont sous le nounours.

— Le nounours ?

Leah se dirigea vers le bureau et souleva un petit ours en peluche rose. Avec un chapeau orange.

— Là, dit-elle en montrant les papiers dessous. Ne me demande pas pourquoi ce machin sert de presse-papiers, c'était déjà comme ça quand j'ai été embau-chée. Bon, des questions ?

J'en avais un bon paquet, mais j'étais sûre qu'elle ne pourrait répondre à aucune.

— Non. Merci.

— Pas de quoi. Appelle si tu as besoin.

Elle est ressortie dans le couloir, où j'étais restée, parce que je n'avais pas trouvé la force de m'aventurer dans cette espèce de fraise Tagada géante. Leah s'éloi-gnait lorsqu'elle a repris la parole.

— Ah, et au fait, Auden.

Je me détournai.

— Oui ?

Elle regarda derrière elle et revint.

— Pour Maggie, ne te prends pas trop la tête. Elle est juste un peu... à cran en ce moment. Elle s'en remettra.

— Oh, ah, dis-je, me demandant ce que j'étais cen-sée répondre à un truc pareil.

Tout en sachant qu'il valait mieux éviter de parler d'une fille avec sa meilleure copine.

Leah m'a fait un petit signe et elle est repartie dans le magasin, où Esther et Maggie, penchées sur un carton, mettaient des prix sur des lunettes de soleil. Elles ont regardé Leah s'approcher et lui ont fait une petite place.

J'ai tourné les yeux vers le bureau rose bonbon et tout à coup, j'ai pensé à maman, sans doute parce que c'est la seule qui aurait eu encore plus de mal à entrer dans un endroit pareil. J'imaginais son visage, son regard plissé par un immense dégoût et le gros, très gros soupir qui exprimerait, mieux que des mots, ce qu'elle en penserait.

« Mon Dieu, on se croirait dans un utérus géant ! dirait-elle. C'est un environnement totalement régulé par des stéréotypes liés à la femme. Et aussi pathétique que celles qui l'ont créé et qui ont choisi d'en faire leur bureau. »

Amen, pensai-je en entrant.

Deux heures plus tard, j'avais découvert que si le bureau de Heidi était sens dessus dessous, ses livres de compte étaient bien tenus. L'été dernier, quand j'avais bossé pour le comptable de maman, j'avais vu des comptabilités aberrantes. On voyait des gens qui se pointaient avec des livres comptables où les chèques n'avaient pas été reportés sur des mois entiers, d'autres qui notaient leurs recettes et dépenses sur des boîtes d'allumettes ou des serviettes en papier. Mais la compta de Heidi était vraiment bien organisée, et ses dossiers, cohérents. Il n'y avait que quelques bizarreries, toutes survenues au cours des dix derniers mois. La virtuosité de Heidi m'a étonnée, même si mon père m'avait prévenue qu'elle était une businesswoman de première.

Mais au début, la couleur du bureau m'a vraiment distraite, normal. J'avais la nausée d'être enfermée là-dedans, et c'était pire lorsque j'allumais la lampe, parce que son abat-jour orange rendait le rose ambiant encore plus shocking. Mais une fois que j'ai pris la calculette et le registre des chèques, j'ai oublié le rose et l'orange. C'est à cet instant que j'ai réalisé combien la simplicité des nombres m'avait manqué... J'avais oublié que la vie prenait un sens avec les additions et les divisions. Aucune émotion là-dedans. Pas la moindre complication. Rien que des chiffres sur la calculette qui s'alignaient pour former des résultats parfaits.

J'étais tellement absorbée par mes calculs que je n'ai pas tout de suite entendu la musique qui venait du magasin. C'est quand elle est devenue plus forte, sans doute parce qu'on avait monté le volume à fond, que j'ai levé les yeux de mes formulaires d'impôts.

Je regardai l'heure. Neuf heures et une minute. Je me levai. Ouvris la porte. Dans le couloir, la musique était assourdissante : c'était une chanson sur un grand amour d'été avec les boum boum boum typiques du disco. Je me demandai si Esther, Leah et Maggie avaient un problème de stéréo lorsque j'ai aperçu Esther se trémousser entre les pendants de jeans et agiter les bras au-dessus de la tête, genre danseuse tahitienne. Une demi-seconde plus tard, c'est Leah qui est passée, en valsant lentement avec un cavalier imaginaire, et enfin Maggie qui sautillait comme une danseuse sur ses pointes. Ça ressemblait à un genre de conga, trois pas de côté avant de lever le pied et hop pour repartir de l'autre.

Je me suis rapprochée et j'ai regardé dans tout le magasin : il n'y avait pas un client. Et pourtant, dehors sur la promenade, on voyait un monde fou. Je décidai de repartir dans mon bureau, en espérant que le silence reviendrait vite, lorsque Esther a surgi de derrière les portants de maillots de bain, en faisant des pas de danse country et en agitant la tête comme une folle. Elle a tendu la main à Leah, l'a fait tourner et retourner. Elles riaient. Puis elles se sont lâchées, et Maggie est venue entre elles en se trémoussant, alors qu'elles l'encerclaient sans cesser de gigoter.

J'avais oublié que je les regardais quand Esther, les joues toutes roses, m'a repérée.

— C'est la danse de neuf heures ! Viens !

J'ai automatiquement secoué la tête.

— Non, merci.

— Tu ne peux pas dire non ! hurla Leah en prenant la main de Maggie pour la faire de nouveau tourner et retourner. La participation des employés à la danse de neuf heures est obli-ga-toire !

Dans ce cas, je démissionne tout de suite ! pensai-je, mais elles se remettaient déjà à danser leur espèce de conga, cette fois avec Maggie en tête qui sautillait. Juste derrière elle, Esther claquait des doigts. Leah, à la queue, m'a regardée une dernière fois. Comme je ne disais rien, et que je ne bougeais pas non plus, elle a haussé les épaules et a suivi les deux autres qui tournoyaient autour des portants et des rayonnages en se dirigeant vers la porte.

Je revins donc dans mon bureau. Toutes les trois devaient penser que j'étais une quiche, mais je m'en fichais bien. Leur danse à la noix faisait partie de toutes les activités que j'avais évitées, pendant ma scolarité, et en général concentrées entre midi et deux : fausse lutte de sumo pour rigoler, concours du plus gros bouffeur de gâteaux en un minimum de temps, contorsions monstres au Twister. La question, c'était de savoir pourquoi tout ça ? Par nostalgie de l'enfance et de tous ses jeux ? Parce que la nostalgie, c'était la moitié du fun ? Mais moi, je n'avais jamais joué à rien, alors j'avais un regard neuf sur ces délires qui de toute façon m'intimidaient.

Je repris mon stylo et me remis à mon formulaire 1099s. Un moment plus tard, la musique s'arrêta aussi vite qu'elle avait commencé. Puis une autre heure passa, dans le silence des chiffres, jusqu'à ce que tout à coup, on frappe à mon bureau.

— On ferme ! annonça Esther en entrant avec un sac de banque. Excuse, mais il faut que je mette la recette de la journée dans le coffre. Tu me laisses passer ?

Je poussai ma chaise pour lui faire de la place. Elle s'accroupit et ouvrit le coffre.

— On part dans dix minutes, me dit-elle en se relevant et en s'époussetant les genoux. Tu viens ou tu restes tard ?

J'allais lui dire que, pour moi, dix heures, c'était tôt, mais je savais qu'elle ne cherchait pas à faire la conversation.

— J'ai presque fini.

— Cool. On t'attend dehors. Après, on fermera.

Elle est sortie en laissant la porte ouverte, tandis que je terminais. Puis je l'ai entendue parler avec Leah et Esther, près de la caisse. C'est Esther qui a commencé.

— Tu les as eus où ces Dragibus, Mag ?

— À ton avis ? lui répondit Leah.

— Ah, ah, je vois ! reprit Esther.

Je l'entendis sourire.

— Allez, Mag ! Avoue ! C'est encore Adam, hein ?
Maggie soupira.

— Je vous ai déjà dit que ça ne signifiait rien ! C'est
juste un *shopboy*, comme Wallace et les autres.

— Possible, dit Leah. Mais ça n'est pas une raison
pour qu'il t'achète des Dragibus ou je ne sais quoi à
chaque fois !

— Ah, mais il ne m'achète pas toujours quelque
chose, objecta Maggie.

— Laisse-moi rire, enchaîna Esther. Tu peux dire
ce que tu veux, n'empêche, avec un shopboy, c'est un
signe. C'est là que tu piges que tu as la cote.

— Exact ! s'exclama Leah.

— Mais non, enfin ! protesta Maggie. C'est juste
des bonbecs, alors arrêtez vos interprétations à la
gomme ! Vous êtes vraiment nulles, les filles.

Ça, c'était vrai. C'était hallucinant de penser
qu'après avoir passé toute la journée ensemble, elles
avaient encore des trucs à se dire. Même s'il s'agissait,
sans surprise, de mecs et de bonbecs.

Plus tard, quand je les ai rejointes dans le magasin,
toutes les trois m'attendaient pour sortir et fermer.

— Je comprends que tu ne veuilles pas sortir avec
lui, dit Leah. Après tout, c'est rien qu'un petit mec
qui date du lycée.

— Mais il va à l'université comme nous, cet
automne, lui rappela Esther.

— Justement, il n'y est pas encore ! Il y a un été
entre lui et la fac, et cela fait une énorme différence.

— Qu'est-ce que tu en sais ? Tu ne sors qu'avec des
étudiants de première ou de deuxième année.

— Pourquoi ça vous chiffonne à ce point ? À la fac,

on sortira toutes avec des étudiants, alors si je veux m'y mettre plus tôt, je ne vois pas où est le problème ?

— On n'a jamais dit que c'était un problème, répliqua Esther, alors qu'on quittait le magasin et que Maggie prenait les clés. Ce que je pense, c'est que tu rates peut-être quelque chose de sympa, en refusant de sortir avec un type de ton âge.

— Qu'est-ce que tu veux que je rate, à la fin ?

— Je ne sais pas, répliqua Esther en haussant les épaules. Mais je trouve que c'est plutôt cool d'avoir le même âge que son petit copain.

— Venant de la part d'une nana qui n'est pas sortie avec un mec depuis un an, je trouve ça tordant.

— Je suis seule parce que je suis très exigeante ! riposta Esther.

— Trop, même, intervint Maggie. Aucun mec n'est assez bien pour toi.

— Je place la barre très haut, c'est tout. Ça m'évite de sortir avec des cons finis.

Il y eut soudain un petit silence si embarrassé que, même moi, je l'ai senti. Maggie a verrouillé la porte, tendue.

— Oh, Mag, tu sais bien que je ne parlais pas de Jake ! reprit Esther.

— Justement, on n'en parle pas ! dit Maggie en soupirant.

Ben, c'est pas gagné, pensai-je en regardant sur ma droite, vers le magasin de vélos. Je vis le type tout bouclé sur son vélo qui parlait avec deux autres mecs que je n'ai pas reconnus. Juste derrière lui, il y avait Jake, la veste sur l'épaule. Quand il s'est tourné, il m'a pile regardée.

Génial, pensai-je, lui tournant le dos rapidement, ce qui m'obligea à faire face à Esther et à Leah qui cherchaient où passer la soirée.

— Il y a toujours le Tip, dit Esther. J'ai entendu dire qu'il y aurait de la bière, ce soir.

— Ras le bol du sable et de la bière, grogna Leah. Allons dans un club, ou je ne sais pas, moi...

— Tu es la seule à avoir ta carte d'identité.

— Je vous ferai entrer, les filles.

— C'est toujours ce que tu dis, fit Esther, mais tu n'y arrives jamais. Mag, qu'est-ce que tu proposes ?

Maggie haussa les épaules et rangea les clés dans son sac.

— Je m'en fiche. Je crois que je vais rentrer.

Leah a regardé Jake, puis m'a regardée.

— Pas question. Allons au moins...

Elle a été interrompue par le grand mince aux bouclettes qui s'est dirigé vers nous avant de freiner dans un crissement de pneus.

— Mesdames !

Leah a pris son air exaspéré.

— Que diriez-vous d'aller faire un tour au BMX Jump Park ?

— Oh non, par pitié ! s'écria Leah. Plus de soirées vélos. On n'a plus douze ans, tout de même.

— Ce ne sont pas seulement des *vélos* ! répliqua le bouclé, vexé. Comment tu peux dire une chose pareille !

— Ben, en le disant ! De toute façon, Adam...

— Eh bien, moi, j'y vais ! coupa Maggie.

Adam sourit et remonta sur son vélo tandis que Maggie grimpait sur le porte-bagages et posait son sac sur les genoux.

— Quoi encore ? dit-elle à Leah qui soupirait. C'est quand même mieux que d'aller s'enfermer dans un club.

— Pas du tout ! fit Leah.

— On se calme, les filles, fit Adam en se mettant à pédaler.

Maggie a fermé les yeux, et ils sont partis. Les autres devant le magasin de vélos les ont suivis direct. Leah a secoué la tête, contrariée, mais a laissé Esther lui prendre le bras pour s'y rendre à pied. Moi, je suis restée seule avec Jake.

J'allais rentrer à la maison, manque de bol, en deux pas, il m'a rejointe.

— Alors ? Que s'est-il passé l'autre soir ? Tu as filé à une de ces vitesses !

Ce type, il était trop tout : trop confiant, trop près de moi. Et il en voulait trop.

— Il ne s'est rien passé du tout.

— Oh..., dit-il à voix basse. Je ne pense pas, non. Je pense au contraire que toi et moi, c'est toujours d'actualité. Alors on fait un tour, ou ce que tu veux ?

Casse-pieds. Je regrettais notre escapade pelotage derrière les dunes bien avant de savoir qu'il était l'ex de Maggie et le frère d'Eliot. C'était tout de même incroyable, je ne voulais rien apprendre de ce qui se passait dans cette ville, alors comment se faisait-il que je sois au courant de toutes ces histoires ?

— Écoute, ce qui s'est passé l'autre soir, c'était une erreur, d'accord ?

— C'est moi, l'erreur ?

— Il faut que j'y aille, dis-je en m'éloignant.

— Tu as tout fichu en l'air ! dit-il, alors que je rentrais la tête dans les épaules, en me concentrant sur le bout de la promenade. Tu n'es qu'une sale petite allumeuse !

Vite, plus vite, plus loin. J'arrivais au bout de la promenade et je respirais déjà mieux lorsque je vis Eliot qui venait en face. Il marchait lentement derrière des nanas genre la trentaine toutes trop bronzées et habillées fashion flashy pour sortir en boîte. Je me suis ratatinée pour ne pas me faire remarquer, mais juste quand il est passé, il m'a regardée. Allez, bouge de là et fiche-moi la paix, toi aussi ! pensai-je en fixant la chemise du mec devant moi.

Mais Eliot était différent de son frère. Il n'a pas dit un mot. Rien du tout. En fait, il m'a effleurée des yeux et ne s'est même pas arrêté.

Chapitre 6

— Auden, excuse, mais est-ce que tu n'aurais pas... ?

Je m'arrêtai de lire et tendis l'oreille. Mais comme d'habitude rien ne suivit sauf le silence.

Je posai mon bouquin d'éco avec un soupir. Puis je me levai et ouvris la porte de ma chambre. Heidi, avec Thisbé dans les bras, m'a regardée avec un air perplexe.

— Oh non ! Je suis venue pour une raison précise, mais j'ai oublié laquelle. C'est incroyable ! se lamenta-t-elle.

Eh bien, non, justement. Parce que les petites amnésies de Heidi faisaient désormais partie de mon quotidien, comme mon premier café du matin ou mes éternelles insomnies. J'avais tout essayé pour mener ma vie loin de la sienne et de celle de mon père, même si l'on vivait sous le même toit, mais c'était inutile. J'étais à Colby depuis deux semaines et j'étais obligée de me mêler aux autres et de me socialiser, que ça me plaise ou non.

Je savais donc que l'humeur de mon père dépendait en totalité de son inspiration de la journée. En cas de matinée créative, papa était heureux comme un roi jusqu'à la nuit noire. Dans le cas contraire, il longeait les murs, sombre et soliloquant. Je connaissais également tous les hauts et les bas post-partum de Heidi, par exemple ses amnésies temporaires, ses humeurs fantasques et ses inquiétudes, toujours nombreuses, compliquées et qui ciblaient exclusivement Thisbé et ses étranges activités de bébé – son dodo, ses « miam » et « burp », et ses cacas. Je participais intensément au quotidien de Thisbé : j'entendais ses hurlements (qui continuaient) et je savais qu'elle avait la manie d'avoir le hoquet au moment où elle s'endormait. Heidi et Thisbé étaient-elles aussi conscientes de mon existence, de mes faits et gestes ? Franchement, j'en doutais.

Résultat, j'avais appris à apprécier, et même à attendre avec impatience, ma poignée d'heures quotidiennes chez Clementine's. C'était une chance inouïe de faire du concret, avec un début, un milieu et une fin. Sans émotions folles. Sans entendre des exclamations bruyantes sur la couleur des cacas de Thisbé ou sur ses hoquets. La seule chose qui me gâchait le plaisir, c'était la proximité de Leah, Esther et Maggie, ainsi que tous leurs sketches. Cela dit, ces trois-là me fichaient une paix royale, une fois que je fermais la porte du bureau.

Heidi était toujours devant moi, sourcils froncés tandis qu'elle essayait de se souvenir pourquoi elle était montée. Thisbé, bien réveillée, fixait le plafond en se demandant sans doute si elle allait se remettre à hurler ou pas.

— Cela a un rapport avec le boulot ? demandai-je, car je savais qu'après une petite stimulation de ses neurones, elle retrouvait la mémoire.

— Non, non, dit-elle en passant Thisbé sur son autre bras. J'étais en bas, et je réfléchissais. Je pensais que je devrais bientôt coucher Thisbé, mais c'est de plus en plus dur, parce qu'elle passe si vite d'un extrême à un autre, alors j'ai beau faire, elle est très fatiguée.

J'ai pensé à autre chose. Je me suis récité le tableau périodique des éléments, ce qui me distrayait toujours lorsque Heidi partait dans ses monologues interminables.

— J'allais donc la coucher, mais je ne l'ai pas fait, parce que...

Elle a claqué des doigts.

— Ça y est, j'y suis ! C'est le BabyZen ! Je n'arrive pas à remettre la main dessus ! Tu ne l'aurais pas vu, par hasard ?

J'ai failli dire non pour en finir. C'est d'ailleurs ce que j'aurais répondu sans hésiter, deux semaines plus tôt, à mon arrivée, mais comme depuis je me mêlais aux autres et que je me socialisais, j'ai répondu aimablement.

— Je crois que je l'ai vu sur la table, vers l'entrée.

— Magnifique ! s'écria-t-elle en baissant les yeux sur Thisbé qui bâillait. Bon, je vais le prendre et... croiser les doigts pour qu'elle s'endorme ! Hier, j'ai voulu la coucher à cette heure-là, parce qu'elle était épuisée, mais bien sûr, à peine l'avais-je couchée qu'elle a commencé à crier. Je te jure, c'est comme...

Je commençai à fermer la porte doucement jusqu'à ce qu'elle pige que je voulais la paix et recule.

— ... alors, souhaite-nous bonne chance ! dit-elle au moment où il y a eu le petit déclic de la poignée.

Je me suis assise sur mon lit, et j'ai regardé la plage et l'océan par la fenêtre. Il y avait beaucoup de choses que je ne comprenais pas, dans cette baraque, et ça ne me dérangeait pas plus que ça. Mais le BabyZen ? Le BabyZen me rendait dingue.

Ici, on était à deux pas du vrai océan, et cependant Heidi se serait fait hacher menu plutôt que d'endormir Thisbé sans son enregistrement de vagues, et volume à fond, cela va de soi. Ce qui signifiait que moi aussi, je profitais largement de son BabyZen. Ça m'aurait été égal si ce fichu océan en boîte ne m'avait pas empêchée d'écouter le vrai. Je séjournais dans une maison sur la plage, où j'écoutais un bruitage d'océan, ce qui résumait bien au fond tout ce qui déconnait dans cette situation.

J'ai entendu de nouveau un bruit de pas dans le couloir, puis une porte s'ouvrir, se refermer. Un instant plus tard, ça n'a pas loupé, j'ai perçu l'enregistrement des vagues. À fond et perpétuel.

Je me suis levée, j'ai pris mon sac et je suis sortie de ma chambre, puis j'ai longé la nursery, dont la porte était entrouverte, sur la pointe des pieds. En haut de l'escalier, je me suis arrêtée pour regarder vers le bureau de mon père dont la porte était toujours entrebâillée. Papa était devant son ordi, face au mur, avec une canette de Diet Coke et une pomme intacte devant lui. C'était le signe que sa journée avait été bonne.

Comme je le disais, je connaissais bien maintenant les habitudes de mon père. J'avais donc remarqué qu'il prenait toujours une pomme en remontant dans son bureau après le déjeuner. Si la journée était inspirée, il était tellement concentré qu'il oubliait de la manger. Mais les jours sans, il rongeait sa pomme jusqu'au trognon, et parfois la mettait à mort en deux coups de dent. Les jours où il ne décapitait pas ses pommes, il descendait dîner l'air gai et l'humeur bavarde. Les jours de décapitation, surtout en deux bouchées, il valait mieux l'éviter, si d'aventure il descendait.

Mais la plupart du temps, cependant, je n'étais pas là pour le dîner. Je partais chez Clementine's vers cinq heures, et en route, je m'achetais un sandwich que je mangeais pendant que je travaillais jusqu'à la fermeture du magasin. Après, je me baladais sur la promenade pendant une heure ou deux avant de rentrer. Pour finir, je prenais ma voiture et je repartais pour trois ou quatre heures.

Je m'étais dégoté un petit café-restau ouvert toute la nuit, le Wheelhouse Diner, qui se trouvait à environ dix-sept kilomètres de Colby, mais sincèrement, ça n'avait rien à voir avec Ray's. Les boxes étaient étroits et puaient l'eau de Javel. Le café, c'était de la flotte. De plus, les serveuses me regardaient d'un sale œil parce que j'avais le malheur de rester plus longtemps que le temps nécessaire à un repas, et cela même s'il n'y avait pas un chat. Je préférais donc me rendre au Gas/Gro, la supérette de la station-service la plus proche, où je m'achetais une mégatasse de café que je buvais en continuant de rouler. Au bout de deux semaines, je connaissais Colby jusque dans ses moindres recoins. Ça me faisait une belle jambe.

Quand je suis arrivée chez Clementine's, il était presque six heures, et le service changeait. En gros,

Esther avait terminé sa journée et Maggie prenait le relais. Cependant, le plus souvent, et c'était pour moi inexplicable, celle qui partait restait, mais sans se faire payer. D'un autre côté, rester groupé, ça semblait être la devise des jeunes de Colby. Les filles se regroupaient chez Clementine's et papotaient en feuilletant des magazines de mode, tandis que les garçons, sur leur banc de misère devant le magasin de vélos, faisaient leur causette à eux en feuilletant des magazines de vélos. Limite débile. Mais c'était comme ça tous les jours, toute la journée.

— Salut, me lança Esther, la plus amicale des trois, lorsque j'entrai. Ça va, la vie ?

— Ça va, répondis-je, comme tous les jours.

J'avais décidé d'être sympa, sans plus, de peur de me retrouver embringuée dans une conversation sur un people en cure de désintox ou sur un débat sur les robes à bretelles contre les robes sans bretelles.

— Des livraisons aujourd'hui ?

— Juste ça, dit-elle en prenant une pile de papiers qu'elle me tendit. Ah, et puis la banque nous a donné un rouleau de pièces en trop. J'ai mis le récépissé du versement sous le nounours.

— Génial. Merci.

— Pas de quoi.

Une minute plus tard, j'étais dans mon bureau, porte fermée et toute seule. Bonheur... qui aurait été total si les murs de ce foutu bureau avaient été blancs.

Les trois quarts du temps, j'étais tellement concentrée que je réussissais à oublier le petit monde du magasin. Mais parfois, par exemple lorsque je passais d'un truc à un autre, il y avait un intervalle où je décrochais et où j'entendais ce qui s'y passait. Lorsque c'était Leah qui bossait, elle blablatait pendant des heures sur son portable. Esther, elle, passait les quatre quarts de son temps à fredonner et à chantonner. Et Maggie... Ah, Maggie. Elle parlait sans cesse aux clients.

— Oh, celui-là est extra ! l'entendis-je dire un soir vers sept heures trente alors que je commençais à faire les salaires de la semaine. Les Petunia's, ce sont les meilleurs jeans que je connaisse, je vous assure. Moi, je suis mariée au mien !

— Ma foi, je ne sais pas trop, répondit la cliente. J'aime bien les poches de celui-là, mais je m'inquiète pour le lavage.

— Il est un peu sombre, dit Maggie.

Pause.

— D'un autre côté, reprit-elle, c'est bien d'avoir un jean habillé, vous ne pensez pas ? Avec une lessive pour le noir, il ne décolorera pas. Tous les jeans ne font pas un effet aussi bluffant avec des escarpins. Mais celui-là, je vous jure que oui !

— Ah bon ?

— Oh, totalement ! Mais si c'est le lavage qui vous tracasse, on peut aussi regarder les autres marques. Les poches des Pink Slingbacks, par exemple, sont géniales. Et puis, il y a toujours les Courtney Amandas. Ils vous font un postérieur de rêve. À croire qu'ils ont des pouvoirs magiques !

La fille se mit à rire.

— Alors, je dois absolument essayer un Courtney Amandas !

— D'accord. Laissez-moi vous trouver votre taille !

Je levai les yeux au plafond en pianotant sur ma calculette. Chaque fois que j'entendais Maggie décrire des jeans en détail, les différences entre les marques de tongs, les pour et les contre des boxers *vs* culottes (pour les bas de maillots de bain), j'avais une impression d'immense gâchis. Dans la vie, on avait la possibilité de faire et de connaître un tas de belles choses, mais réserver ses neurones et son enthousiasme à l'étude des chaussures et des fringues, ça me dépassait. Leah, au moins, semblait intelligente et Esther suivait son instinct, cela dit très personnel. Mais Maggie était exactement comme Heidi. Girly, Barbie et la vie en rose Le pire, elle semblait heureuse, la malheureuse.

— Et voilà ! l'entendis-je dire. Je vous ai déniché une paire de Dapper à talons compensés. On vient juste de les recevoir, vous verrez donc comment elles rendront avec un look plus conventionnel.

— Merci ! dit la cliente. Elles sont super belles. J'adore les chaussures !

— Évidemment ! Quelle femme n'aime pas les chaussures ?

Au secours ! Je préférais encore écouter les vagues du BabyZen, c'est dire.

Un peu plus tard, j'entendis la sonnerie du magasin, puis la musique à fond, avec un boum boum assourdissant. Pas besoin de regarder ma montre : c'était l'inénarrable danse de neuf heures, qui se déroulait sans exception tous les soirs, une heure avant la fermeture, qu'il y ait une des filles ou les trois réunies, et qui durait le temps d'une chanson, ni plus ni moins. Je ne savais pas comment les clients réagissaient, mais je me souvenais encore de ma réaction, la première fois que j'avais vu le spectacle. C'est d'ailleurs pour cette raison que je préférais carrément rester planquée dans mon bureau.

De neuf heures trois à dix heures, il y avait encore quelques clientes et beaucoup de bavardage futile, en général, sur les projets de la soirée ou le vide de la soirée. De nouveau, j'essayais de ne pas écouter, mais parfois, c'était impossible. Je savais donc que Leah insistait régulièrement pour aller dans les clubs (afin d'avoir de meilleures chances de rencontrer des types plus âgés et inconnus) tandis qu'Esther préférait aller écouter de la musique (manifestement, elle avait un goût pour les soirées underground avec chansons à thèmes et militantes). Maggie, elle, traînait plutôt avec les mecs du magasin de vélos. À mon avis, elle cherchait plutôt à récupérer Jake, même si elle jurait que lui et elle, c'était fini.

Ce soir, c'était kif-kif, lorsque j'entendis Leah prendre la parole.

— C'est la soirée des filles au Tallyho !

— Tu as oublié le serment que nous avons fait, la dernière fois que nous y sommes allées ? interrogea Esther.

— Tallyho no no ! chantonna Maggie.

— Je ne comprends pas ce que vous détestez autant, au Tallyho ! ronchonna Leah.

— Et si je te répondais : tout ? proposa Esther.

— Ouais, ben, c'est quand même mieux que d'aller à un Open Mic à l'Ossify et regarder un mec qui prend le micro pour te déballer la liste de ses courses, avec en fond des coups de grosse caisse.

— C'est vraiment comme ça ? demanda Maggie.

J'ai entendu un soupir à fendre l'âme. De Leah sans doute.

— Écoute, dit Esther, je n'ai jamais dit que nous irions à l'Ossify. Mais ce soir, je ne me sens pas de rentrer de nouveau dans un touriste complètement bourré.

— Il reste toujours le BMX Jump Park, intervint Maggie.

Cette fois j'ai entendu un grognement. Toujours de Leah.

— Mais quoi, enfin ? s'étonna Maggie. C'est gratos, de plus, les garçons...

— Tu parles ! Des types qu'on connaît depuis la maternelle ! coupa Leah.

— ... et en plus, c'est vraiment fun, acheva Maggie. Et vous savez la meilleure ? J'ai entendu dire qu'Eliot y serait, ce week-end !

Je tapais justement un chiffre à la suite de nombreux autres sur ma calculette, mais à ce moment-là, j'ai perdu le fil et j'ai dû tout effacer pour recommencer de zéro.

— Tu parles d'une nouvelle ! On entend cette connerie-là tous les week-ends ! s'exclama Leah.

— Peut-être. Mais cette fois, c'est Adam qui me l'a dit.

— Ouais, mais c'est pas Eliot !

Silence de Maggie.

— C'est bien ce que je pensais ! Eliot au Jump Park, c'est une invention, comme le monstre du Loch Ness.

Nouveau silence. Plus long. Enfin, Esther reprit la parole.

— Cela fait tout de même un an, maintenant... On pourrait penser qu'il... ?

— Clyde était son meilleur pote ! coupa Leah. Tu sais bien qu'ils étaient inséparables.

— Je sais, mais il faudra bien qu'il s'en remette un jour.

— Qui a dit ça ?

— Ce qu'elle essaie de t'expliquer, intervint Maggie, c'est que c'était toute la vie d'Eliot, à l'époque. Et maintenant, il gère seulement le magasin de vélos. C'est comme si tout s'était brutalement arrêté...

Troisième silence.

— « Comme si » ? Non. Pour lui, tout s'est arrêté, conclut Leah.

À cet instant, j'ai entendu frapper et j'ai sursauté. C'était Esther, qui s'était détachée du groupe pour venir mettre la recette du jour dans le coffre.

— On ne va pas tarder à y aller, me dit-elle. Tu as terminé ?

Comme tous les soirs, je me suis écartée pour la laisser accéder au coffre.

— Oui, dis-je.

Elle ferma la porte, sortit la clé.

— J'arrive, heu... dans une seconde.

— Bien.

Quand elle est sortie, je me suis remise à la calculette et j'ai recommencé les additions. À mi-chemin de mes calculs, pourtant, je me suis arrêtée et je suis restée immobile en me demandant si la conversation allait reprendre. Mais non. Alors, j'ai tapé les chiffres, plus lentement cette fois, un par un pour ne pas me tromper.

Vers minuit, j'avais déjà parcouru la promenade et fait en voiture un tour complet de Colby. Il me restait encore quelques heures avant d'avoir envie de rentrer à la maison. J'avais un besoin urgentissime de café, alors j'ai tourné dans la direction du Gas/Gro.

Je venais de me garer et je fouillais dans mon cendrier pour trouver de la petite monnaie lorsque j'ai entendu un bruit de moteur, juste derrière moi. Quand j'ai levé les yeux, j'ai aperçu un vieux van vert qui se garait, quelques places plus loin. Tout de suite, j'ai reconnu le petit trapu au volant, avec Adam, le copain de Maggie. Il a coupé le moteur. Ils ont sauté de leur van et sont rentrés dans la supérette. Après un moment, je les ai suivis.

Le Gas/Gro était petit mais propre avec ses rayons bien rangés et ses lumières assez douces. Je me suis dirigée vers le distributeur de GroRoast, et comme d'habitude, j'ai choisi un café extrafort, dans une tasse XXL. Adam et son pote étaient à l'autre bout du magasin, près des frigos, où ils ont pris des boissons fraîches avant de passer dans le rayon des friandises et sucreries.

— Cacahouètes ! dit Adam tandis que je mettais de la crème dans mon café. Réglisse. Et… Mm… pourquoi pas des bonbons à la menthe ?

— Tu n'as pas besoin d'en faire profiter tout le monde !

— C'est ma façon de fonctionner, d'accord ? Je prends de meilleures décisions lorsque je réfléchis à voix haute.

— C'est chiant, alors parle tout seul mais à voix basse.

Je posai un couvercle sur mon gobelet, on ne sait jamais, un accident est si vite arrivé, et je me dirigeai vers la caisse, où une bonne femme payait ses tickets de loto. Un moment plus tard, Adam et l'autre se sont retrouvés derrière moi. Je les voyais bien, dans le reflet de la pub juste au-dessus de nos têtes.

— Un dollar et quatorze cents, me dit la caissière.

Je lui donnai la somme exacte en petite monnaie et repris mon gobelet. Je partais quand Adam a dit :

— Ah ! J'étais sûr que je t'avais déjà vue quelque part ! Tu... heu, travailles chez Clementine's, n'est-ce pas ?

Son heu disait tout : grâce à l'escapade de ma première nuit derrière les dunes, j'étais cataloguée comme l'allumeuse qui avait branché Jake, mais Adam était assez sympa pour ne pas me le balancer dans la figure.

— Oui.

— Moi, c'est Adam, et lui, c'est Wallace.

— Auden.

— Regarde ! reprit Adam en donnant un coup de coude à Wallace. Elle ne s'est acheté qu'un café : quelle discipline !

— Tu m'étonnes ! fit Wallace en posant leurs articles sur le tapis de la caisse. Personne ne vient au Gas/Gro seulement pour un seul achat.

— Oui, mais elle n'est pas d'ici, dit Adam alors que la caissière scannait les leurs.

— C'est vrai, dit Wallace. Surtout, ne le prends pas mal, Auden, c'est juste que nous sommes...

— Des shopboys, oui, je sais, dis-je sans réfléchir.

Il a paru surpris, et a échangé un sourire avec Adam.

— Exact.

— Quinze dollars quatre-vingt-cinq cents, annonça la caissière.

J'ai profité de ce qu'ils sortaient des billets froissés de leurs poches pour retourner à ma voiture. Peu après, je les ai vus, chacun avec son sac de courses, remonter dans leur van. Leurs phares m'ont repeinte en jaune quand ils ont reculé.

Là-dessus, j'ai bu mon café. Tout ça, c'est bien beau,

mais maintenant ? me suis-je demandé. Passer au *diner* ouvert toute la nuit ? Refaire Colby by night ? J'ai regardé ma montre. Minuit et quart, pas plus. Encore tellement de temps devant moi et pas la moindre idée pour le tuer. C'est sans doute pour cette raison que j'ai suivi Wallace et Adam. Pas afin de chercher le monstre du Loch Ness, non, juste quelque chose. Autre chose.

Je n'ai pas eu de mal à trouver le Jump Park : il suffisait de suivre les vélos.

Il y en avait partout. Roulant sur les trottoirs étroits, posés sur les galeries ou dans les coffres des voitures. J'ai collé au train d'un van Volkswagen sur lequel était perchée une superbe bicyclette orange et qui a tourné à deux ou trois rues de la plage. En me garant, j'ai repéré des gradins bordés par deux grands lampadaires qui éclairaient des rangées d'obstacles et des rampes en sable et en bois. Par moments, un cycliste s'élevait dans les airs, haut, très haut, et y restait comme suspendu telle une marionnette au bout d'un fil pendant un quart de seconde avant de retomber.

Il y avait aussi une piste ovale, très technique, avec différents types de virages relevés et des obstacles, et plus bas, deux half-pipes, enfin deux grandes rampes en forme de demi-tube qui se faisaient face, comme dans les pistes de skateboard. Je suis restée dans ma voiture pendant un moment, à regarder un cycliste avec un casque noir descendre d'un côté, remonter de l'autre, recommencer, régulier comme une aiguille de métronome. J'avais l'impression qu'on me balançait un pendule devant le nez. Et c'est en entendant claquer la portière de la Volkswagen que je suis sortie de mes transes et ai fait un saut de grenouille.

Bon. Pour résumer, qu'est-ce que je fichais ici ? Je n'étais pas dans mon biotope : je n'avais rien à voir avec ces riders. Les gradins étaient en majorité occupés par des nanas sans doute concentrées sur leur gloss ou occupées à baver sur les mecs qui sautaient dans les airs. Le preuve : en m'approchant, j'ai aperçu Maggie quelques rangs plus haut, toute de rose Barbie vêtue, logique. Je n'avais pas repéré Jake parmi les types qui faisaient des figures à vélo, mais il devait être dans le coin si Maggie y avait pris racine.

Je me suis adossée à mon siège, j'ai attrapé mon gobelet et bu mon café. Des voitures continuaient d'arriver, de se garer, et parfois des gens passaient devant moi en parlant. À chaque nouveau passage je me sentais plus mal à l'aise et prête à démarrer. Mais une fois qu'ils avaient disparu, je renonçais. Après tout, je n'avais rien d'autre à faire... Et au moins, en restant ici, je ne gaspillais pas mon essence à tourner en rond dans Colby.

— Oh, comme elle est mignonne ! entendis-je hurler sur ma droite. Où tu vas faire la fête ? Attends, je viens avec toi !

J'ai immédiatement reconnu la voix de Jake. Et lorsque j'ai tourné la tête, je l'ai vu, tout près, appuyé contre une voiture gris métallisé. Il portait un jean et une chemise rouge à longues manches dont les pans flottaient dans le vent, et il avait un gobelet en plastique bleu à la main. Ouf, il ne s'était pas adressé à moi, mais à une grande blonde qui passait, les mains dans les poches de son blouson. Elle a levé les yeux sur lui et lui a souri timidement, mais elle a continué sa route. Jake l'a rattrapée alors qu'elle se trouvait à deux voitures de la mienne.

Et merde, pensai-je lorsque Jake lui eut adressé son sourire à deux balles. Si je partais maintenant, j'attirerais son attention, d'un autre côté, je n'avais pas envie de rester là à regarder ma connerie la plus récente s'illustrer avec une nana. Alors j'ai réfléchi, puis j'ai ouvert avec précaution ma portière et je suis sortie. Après l'avoir refermée, j'ai filé tête baissée entre les voitures.

J'ai zigzagué jusqu'à un terrain sur la gauche du Jump Park où se trouvaient seulement deux racks à vélo et trois ou quatre arbres qui se battaient en duel. J'étais planquée dans la nuit, je pouvais tout voir sans être vue. Parfaitissime.

Je me suis appuyée contre l'un des racks et j'ai regardé des riders faire la queue devant la piste de sauts. À première vue, ils faisaient tous pareil, mais en regardant mieux, j'ai remarqué que chacun avait son style et attaquait les obstacles à sa vitesse. Certains restaient prudemment proches du sol, mais d'autres s'élevaient haut dans les airs, et parfois même plus haut encore lors de leur saut suivant. De temps à autre, le public du gradin applaudissait ou criait. Sinon, c'était étrangement calme. On n'entendait que les pneus sur le gravier, puis de grands moments de silence lorsque les riders s'élevaient.

C'est alors que j'ai repéré Adam et Wallace sur leurs BMX. Ils avaient retiré leurs casques et étaient dans une file. Wallace mangeait des Pringles tandis qu'Adam regardait vers les gradins en faisant signe à quelqu'un de venir les rejoindre. J'ai suivi son regard et j'ai de nouveau aperçu Maggie, toujours seule, qui

regardait vers les half-pipes. Tu peux toujours courir,
ma vieille ! pensai-je. Ton Jake est sans doute sous les
gradins avec sa nouvelle conquête, pas devant. Mon
Dieu, mais quelle cloche !

Elle s'est levée brusquement comme si elle m'avait
entendue penser, et s'est fait une queue-de-cheval. Elle
a ensuite sorti un casque de vélo intégral de son sac,
et l'a tenu par la lanière en descendant les gradins,
jusque vers les garçons qui l'attendaient.

J'ai été soufflée. Une fois qu'elle est arrivée auprès
d'Adam, il a sauté de son BMX qu'il lui a tendu. Elle
est montée dessus et a mis son casque. Adam lui a
ensuite parlé, elle a hoché la tête et a reculé lentement
en serrant bien les poignées de son BMX. Enfin, elle
a reculé de plusieurs mètres, s'est levée sur ses pédales,
puis a redressé les épaules et a roulé vers les obstacles.

Maggie a attaqué le premier à petite vitesse en soulevant un mininuage de poussière, puis elle a pris de
la vitesse pour s'approcher du suivant qu'elle a attaqué
franchement. Au troisième, elle s'est élevée vraiment
haut, les épaules rentrées avec son BMX qui semblait
flotter sous elle. Je n'y connaissais rien en BMX, mais
à mon avis, elle assurait. Elle prenait les obstacles
direct et ses atterrissages étaient bien amortis, pas
lourdingues comme chez certains autres riders. Elle a
terminé la piste de dirt, toute cool et en un rien de
temps, pour revenir auprès des garçons. Wallace lui a
tendu son paquet de Pringles. Elle s'est servie, a relevé
la visière de son casque et a dévoré sa poignée de chips.

J'étais tellement concentrée que je n'ai pas tout de
suite remarqué une présence, à ma droite. Celle
d'Eliot. En jean et tee-shirt vert à manches longues,
et cheveux dénoués, ce soir. Manque de chance, je l'ai

dépiauté des yeux tant et si bien qu'il a fini par le remarquer. Il a tourné la tête vers moi, et je lui ai adressé un petit signe en espérant avoir l'air normal.

Il m'a fait le même signe en fourrant ses mains dans ses poches, et j'ai repensé à ce qu'Esther, Leah et Maggie avaient dit tout à l'heure : Eliot faisait du BMX, il n'en faisait plus, à cause de quelque chose ou de quelqu'un. Bon, ça n'était pas mes affaires. De toute façon, moi je partais.

Mais je devais passer devant lui pour retourner à ma voiture.

— Tu pars déjà ? demanda-t-il de sa voix impassible. Ça n'est pas assez fun pour toi ?

— Heu, non, mais il faut que j'y aille... Des trucs à faire.

— Occupée ?

— Oui.

Je ne connaissais pas du tout Eliot, néanmoins, j'avais remarqué que les hiéroglyphes, à côté de lui, c'était de la rigolade. Je ne savais jamais s'il plaisantait ou s'il était sérieux. C'est ce qui m'énervait le plus. Ou m'intriguait ? Peut-être bien les deux.

— Toi aussi, tu fais des sauts en BMX ? demandai-je, songeant que je ne perdais rien à lui poser la question.

— Non. Et toi ?

J'ai cru qu'il se moquait de moi, puis j'ai pensé à Maggie, superpro du BMX, malgré sa panoplie de robes roses. Eliot était peut-être sérieux, après tout ?

— Non. En fait, je ne... Enfin, je veux dire, je n'ai pas fait de vélo depuis une éternité.

Il a regardé les obstacles, pensif tout à coup.

— Ah, vraiment...

Toujours cette voix qui n'exprimait rien. Autant continuer, même sur la défensive :

— C'est que je ne faisais pas beaucoup de trucs de plein air, quand j'étais petite.

— Des trucs de plein air. Ah.

— C'est sûr, j'allais jouer dehors. Je ne vivais tout de même pas enfermée, mais je ne faisais pas beaucoup de vélo. Et je n'ai pas roulé depuis un bail.

— Je vois.

Ça ne ressemblait pas à une critique. Pourtant je l'ai très mal pris.

— Quoi ? C'est un crime ? Comme de n'acheter qu'une seule bricole au Gas/Gro ?

J'avais essayé de plaisanter, mais ma voix avait été trop aiguë, limite hystérique, même à mes oreilles.

— Hein ? demanda Eliot.

J'ai senti mon visage prendre feu.

— Non, rien. Laisse tomber.

J'ai sorti mes clés. Mais je n'avais pas fait deux pas qu'il reprenait :

— Si tu ne sais pas faire de vélo, ça n'est pas une honte.

— Je sais faire du vélo, je te dis.

J'avais appris quand j'avais sept ans. C'était à Noël, devant chez nous et sur le vieux vélo à roulettes de chez Schwinn qui avait appartenu à Hollis. Si mes souvenirs étaient bons, j'avais aimé, du moins, je n'avais pas détesté. Ce qui n'expliquait pas pourquoi je ne me rappelais pas être remontée sur un vélo, depuis.

— C'est que je n'ai pas eu l'occasion d'en faire depuis un moment, voilà.

— Mm.

Juste « Mm ». Mm ? Franchement !

— Mais quoi enfin ?

Eliot a levé les sourcils très haut. Sans doute parce que, de nouveau, ma voix avait dérapé dans les crescendos. Lorsque je parlais avec des garçons, j'étais assez nerveuse, mais avec Eliot, c'était différent. Il me donnait envie de lui raconter ma vie d'un coup, pas moins, et c'était très inquiétant.

— Ce que je voulais dire, c'est que nous sommes au BMX Jump Park, dit-il.

— Oui, bon, et alors ? Je ne vais tout de même pas monter sur un vélo dans la minute pour te prouver que je sais en faire ?

— Je ne t'ai rien demandé. Cela dit, si tu cherches une occasion, profites-en. C'est tout.

Logique et mathématique. Je venais de lui dire que je n'avais pas eu l'occasion de faire du vélo depuis des lustres, il me répondait qu'elle s'offrait à moi, là, tout de suite. Alors pourquoi j'étais énervée à ce point ?

J'ai pris une grande inspiration, puis une seconde, pour parler avec calme.

— Eh bien, pas ce soir.

— Tu fais ce que tu veux, c'est ta vie, répondit-il comme s'il s'en foutait.

Je suis revenue vers ma voiture. Fin de la conversation. Rideau. Mais quand même, ça signifiait quoi son « Tu fais ce que tu veux, c'est ta vie » ?

Une fois au volant, et la portière fermée, j'ai fixé Eliot en me disant que j'aurais pu assurer la conversation d'une douzaine d'autres façons. Tant pis. Là-dessus, j'ai démarré et j'ai pris la route. Juste avant de tourner, j'ai vu Eliot, immobile, qui observait toujours les sauts, tête inclinée, comme s'il réfléchissait.

Devant lui, les riders faisaient sans cesse des figures acrobatiques. De loin, on ne les voyait pas bien, on distinguait mal leur style ou leur attaque. Ils se suivaient, tous pareils – un saut, un atterrissage –, visibles un moment, invisibles le moment suivant. Ça ressemblait à une chorégraphie.

Chapitre 7

Heidi se souciait de Thisbé pour un oui ou pour un non et pour un rien. Dormait-elle assez ? Avait-elle suffisamment mangé ? Ou mangeait-elle trop ? Et oh, mon Dieu, qu'est-ce que c'était, cette marque rouge sur son bras (teigne ? eczéma ? marque du diable ?). Souffrait-elle de pleurer ? Ses cheveux allaient-ils tomber ? Ses cacas avaient-ils la couleur qu'il fallait ?

Et maintenant, elle embrouillait Thisbé avec son identité qu'elle remettait en question.

— Oh, là là, comme tu es forte ! l'entendis-je s'exclamer, tandis que je descendais boire mon café, un après-midi vers quatre heures.

Elles étaient toutes les deux dans le salon, sur le tapis. C'était l'heure de « la position ventrale » de Thisbé. Heidi s'y conformait religieusement, parce que c'était censé éviter à Thisbé d'avoir le derrière de la tête plat comme une crêpe.

J'étais trop en manque de caféine pour avoir les yeux

en face des trous, donc, au début, je n'ai pas fait attention à elles. Il faut dire aussi que je zappais Heidi au maximum, sauf en cas de nécessité. Mais après avoir bu la moitié de mon café, je me suis rendu compte qu'il y avait comme un problème.

— Ca-ro-line ! chantonnait-elle en détachant bien chaque syllabe. Mais où est donc ma gentille petite Caroline ?

Je me servis une deuxième tasse de café et j'entrai dans le salon. Heidi se penchait vers Thisbé qui, sur le ventre, tentait de redresser sa petite tête encore ronde, mais dangereusement menacée d'aplatissement.

— Caroline ! dit-elle en lui gratouillant le dos. Miss Caroline, ma toute mignonne.

— C'est drôle, mais je pensais qu'elle s'appelait Thisbé ?

Heidi a fait un bond de carpe et a levé les yeux sur moi.

— Oh... Auden... je... je ne t'avais pas entendue.

— Je passais seulement, je te laisse, dis-je en faisant demi-tour.

J'ai filé. J'atteignais l'escalier et je pensais être en sécurité lorsqu'elle m'a rappelée.

— Je n'aime pas son prénom !

Je me suis détournée. Rouge comme une tomate, Heidi regardait en l'air, comme si c'était le plafond qui avait prononcé ces mots. Puis elle a soupiré et a posé les fesses sur ses talons.

— Je n'aime pas son prénom, répéta-t-elle, moins vive, plus calme. Je voulais l'appeler Isabel, comme ma meilleure amie à Colby. C'est un prénom que j'ai toujours aimé.

En entendant ça, j'ai regardé dans l'escalier, direction le bureau de papa avec une immense nostalgie : je regrettais, comme toujours, qu'il ne soit pas là pour régler ce nouveau problème. Seulement voilà, ces derniers temps, mon père était en immersion totale dans son roman, protégé par la muraille de pommes non entamées qui s'étaient empilées à côté et autour de son ordi.

— Alors pourquoi tu ne l'as pas appelée Isabel ? demandai-je en revenant auprès de Heidi.

Elle s'est mordillé la lèvre tout en caressant le dos du bébé.

— Ton père voulait qu'elle porte un prénom plus littéraire. Il prétendait qu'Isabel était trop ordinaire, commun. Qu'avec un prénom pareil, elle n'aurait aucune chance de devenir quelqu'un. Mais je crains que « Thisbé » ne soit au contraire trop original et trop exotique. Ça doit être difficile de porter un prénom dont personne n'a jamais entendu parler, tu ne crois pas ?

— Eh bien, pas forcément.

Elle a ouvert la bouche toute grande.

— Oh, Auden ! Je ne voulais pas dire que ton...

— Oui, oui, je sais ! dis-je, levant la main pour l'arrêter.

Si elle commençait à s'excuser, on allait y passer la journée.

— Personnellement, ça n'a jamais été un handicap. C'est tout.

Heidi a hoché la tête et baissé les yeux sur Thisbé.

— C'est bon à savoir.

— Mais si tu n'aimes pas ce prénom, appelle-la Caroline. Je...

— Qui s'appelle Caroline ?

J'ai sursauté et vu mon père en haut de l'escalier. Allons bon, je n'étais pas la seule à laisser traîner mes oreilles.

— Oh, je disais juste que c'était le second prénom de Thisbé..., fis-je.

— Second prénom seulement. Et encore, parce que Heidi a insisté. Si ça n'avait tenu qu'à moi, elle se serait appelée Thisbé Andromède.

Du coin de l'œil, je vis Heidi ciller.

— Ah, vraiment ?

— Oui, Thisbé Andromède, voilà une association qui est tonique ! répliqua-t-il, se frappant la poitrine avec la solennité d'un empereur romain. Ça marque les esprits, on s'en souvient ! De plus, on ne peut le raccourcir pour en faire un diminutif. Et tel doit être un prénom ! Si tu t'appelais Ashley ou Lisa, et pas Auden, penses-tu que tu serais aussi unique ?

Heu... Qu'est-ce que je devais répondre ? Que c'était grâce au prénom qu'il m'avait choisi, et non grâce à mes efforts pour être la meilleure à l'école, que j'allais entrer dans une bonne université ?

Par chance, papa n'avait posé la question que pour la forme, parce qu'il n'attendit pas la réponse : il se dirigeait déjà vers le réfrigérateur pour en sortir une bière.

— Le choix du prénom est important, mais c'est tout de même la personne qui le définit, déclara Heidi en me regardant. Alors, si Thisbé est une Thisbé, tant mieux. Mais si elle désire être une Caroline, elle aura le choix.

— Elle ne sera certainement pas une Caroline ! tonna mon père, qui décapsulait sa bière.

Mais enfin, depuis quand mon père était-il devenu aussi pédant et impossible ? Il n'avait tout de même pas été comme ça depuis ma naissance ? Zut alors, je m'en serais souvenue !

— Au fait, je ne connais pas ton deuxième prénom, Auden ? demanda Heidi à la hâte, en prenant le bébé dans ses bras pour se diriger vers la cuisine,

— Pénélope, répondis-je sans lâcher mon père des yeux.

— Tu vois ! s'exclama mon père comme si j'avais effectué la démonstration du siècle. C'est puissant. Littéraire. Unique !

Embarrassant, pensai-je. Trop long. Prétentiard.

— C'est très mignon ! s'exclama Heidi d'un ton trop enthousiaste pour être sincère. Si je m'étais doutée !

Je n'ai pas pipé. J'ai fini de boire mon café et j'ai posé ma tasse dans l'évier. Mais je sentais toujours le regard de Heidi sur moi, même lorsque mon père est sorti sur la terrasse. Puis je l'ai entendue soupirer, comme si elle allait commenter. Par chance, mon père lui a demandé ce qu'elle voulait faire, pour le dîner.

— Je ne sais pas.

Tout en me regardant, elle a installé Thisbé dans son siège sur la table de la cuisine et, comme si elle s'excusait, elle est allée le rejoindre.

— Tu as envie de quoi, au juste ?

Je les ai observés pendant qu'ils contemplaient la mer. Mon père buvait sa bière et Heidi parlait. Il a passé le bras autour de sa taille pour l'attirer à lui, et elle a posé sa tête sur son épaule. Dans la vie, on se demande parfois comment certaines choses fonctionnent... J'étais juste en train de m'instruire en live sur ce profond mystère.

Sur la table, Thisbé fit un glouglou rigolo en agitant les bras dans tous les sens, et je me suis approchée d'elle ; elle ne savait pas encore regarder droit dans les yeux, elle vous fixait toujours le milieu du front.

Peut-être serait-elle une Thisbé et jamais une Caroline, qui sait ? Mais c'est au souvenir du visage de mon père, lorsqu'il avait affirmé le contraire, que je me penchai sur son oreille pour la baptiser de nouveau. Moitié Thisbé, moitié Isabel, en définitive, un prénom qui n'appartenait qu'à moi.

— Salut, Isby. Tu es une jolie petite Isby.

Vivre au bord de la mer en été, c'est tout de même très spécial. On s'habitue tellement au soleil et à la plage qu'on oublie le temps qu'il fait ailleurs dans le monde le reste de l'année. Ainsi, deux jours plus tard, lorsque j'ai ouvert la porte d'entrée et constaté qu'il pleuvait, je suis restée baba : j'avais oublié qu'il existait des jours de pluie et de grisaille.

Comme je n'avais pas de ciré, j'ai dû en emprunter un à Heidi, qui en possédait trois de trois couleurs différentes : rose vif, rose pastel et, selon ses propres mots, un « rose poudré » (kesako ?). J'ai donc pris le rose pastel, mais je me suis sentie quand même positivement radioactive tandis que toute de rose vêtue et en contraste avec le gris mouillé ambiant, je suis partie chez Clementine's.

Chez Clementine's, Maggie était à la caisse en minijupe, tongs et vieux tee-shirt où était inscrit « Vélos d'Abe » avec des roues de bicyclette sous le O et le B. Elle feuilletait un magazine, sans doute son *Hollyworld* chéri, d'où elle leva les yeux pour m'adresser un petit geste endormi.

— Pleut toujours dehors ? me demanda-t-elle en prenant les factures de la journée toujours sous la caisse pour me les tendre.

— Oui. Des livraisons ?

— Pas encore.

Elle s'est remise à lire, a tourné une page. Si Esther et Leah essayaient de faire la conversation, Maggie, elle, s'en tenait au minimum, ce que j'appréciais de tout mon cœur. On n'avait pas besoin de feindre d'être copines ou d'avoir des trucs en commun, si ce n'est qu'on avait la même patronne. Et même si j'étais encore étonnée de l'avoir vue faire des figures, au Jump Park, j'étais certaine de l'avoir tout de même bien cataloguée, et elle avait sans doute la même opinion, à mon propos.

J'entrai dans mon bureau, qui étrangement me sembla aussi glacé qu'une glace à la fraise. J'ai donc gardé le ciré de Heidi tandis que je m'installais, sortais la calculette et le registre des chèques. L'heure qui a suivi, le magasin est resté désert, à l'exception de quelques nanas qui sont entrées farfouiller dans le bac des soldes et se sont extasiées devant des chaussures. J'entendais parfois le bip du portable de Maggie, quand elle recevait un texto, sinon rien que le grand calme. Jusqu'à six heures, où la sonnerie du magasin a retenti.

— Bonjour, fit Maggie. Puis-je vous aider ?

Silence. La cliente n'avait peut-être pas entendu. Puis une voix que je connaissais comme ma poche s'est élevée.

— M'aider ! Mon Dieu, non ! répliqua ma mère, et

j'entendis le frisson d'horreur dans sa voix. Je cherche juste ma fille.

— Vous êtes la mère d'Auden ? Super ! Elle est dans le bureau ! Je suis certaine qu'elle...

Je me suis redressée, je me suis levée et je me suis précipitée dans le magasin. J'avais été rapide tel l'éclair, mais pas assez. Ma mère, habillée comme à son habitude tout en noir – jupe et pull – et avec un chignon, se tenait devant le rayon maquillage. Elle tenait un petit flacon en verre devant elle, les yeux plissés pour mieux en déchiffrer l'étiquette.

— *Sexy à la framboise*, lut-elle lentement, et en détachant chaque syllabe.

Puis elle a regardé Maggie par-dessus ses lunettes.

— Qu'est-ce donc ?

— Du parfum ! répondit Maggie.

Puis elle me sourit.

— Ou plutôt, un spray corporel. C'est comme du parfum, mais c'est plus léger, et cela tient plus longtemps. C'est destiné à un usage quotidien.

— Bien sûr, lâcha ma mère, imperturbable.

Elle a remis le flacon à sa place, a observé longuement la boutique avec une moue de dégoût. Lorsqu'elle m'a vue, elle n'a pas paru plus satisfaite.

— Ah. Te voilà.

— Salut !

Elle me fixait avec un tel sérieux que je me suis sentie devenir mal, et quasi défaillante, lorsque je me suis souvenue que je portais toujours le ciré rose pastel de Heidi.

— Heu... quand as-tu décidé de venir à Colby ?

Ma mère a soupiré, est passée devant Maggie qui, sans raison apparente, lui souriait, et a observé les maillots de bain avec une expression que l'on réserve plutôt à une tragédie humaine.

— Ce matin, répondit-elle en secouant la tête, alors qu'elle touchait un bas de maillot de bain orange bordé de froufrous. J'avais envie de prendre le large, mais je crois que j'ai apporté le mauvais temps et la mauvaise humeur avec moi...

— Ne vous faites surtout pas de souci ! intervint Maggie. La pluie devrait s'arrêter en soirée. Et demain, on prévoit un temps magnifique. Idéal pour la plage ! Vous allez bronzer et vous faire un joli teint caramel !

Ma mère la dévisagea comme si elle avait parlé une langue magique.

— Oh, oui. N'est-ce pas merveilleux ? ironisa-t-elle.

— Tu as déjeuné ? demandai-je, trop fébrile, trop impatiente.

Je me calmai et repris.

— Il y a un bon *diner* pas loin. Je pourrais prendre une heure de pause ?

— Évidemment ! renchérit Maggie. Tu dois profiter de ta mère ! Les livres de comptabilité attendront !

Ma mère dévisagea de nouveau Maggie, comme si elle doutait qu'elle sût ce qu'était un livre ou fût même alphabétisée.

— Je pourrais toujours y boire un verre, dit-elle en regardant partout dans la boutique avant de sortir. Bon, on y va ?

Même son pas était désapprobateur. Mais Maggie l'observait, littéralement fascinée.

— Je reviens très vite, d'accord ? lui dis-je.

— Prends tout ton temps ! Cela ne me dérange pas de rester seule.

Ma mère exprima son dédain sans discrétion, et nous sortîmes.

— Mon Dieu, Auden, c'est encore pire que je ne le pensais ! dit-elle dès que nous fûmes seules, et sous la pluie.

J'ai rougi, et pourtant je n'aurais pas dû être surprise qu'elle soit si directe.

— J'avais besoin d'un imper. Normalement, je n'aurais...

— Je savais que le magasin de Heidi heurterait ma sensibilité. Mais du *Sexy à la framboise* ! Et ces bas de maillots de bain néololita ! On habille les femmes comme des gamines, maintenant ? Ou plutôt, on cantonne les petites filles dans le style petite fille pour mieux exploiter leur innocence ? Comment Heidi peut-elle être femme, et surtout mère, et cautionner ce genre de choses ?

En entendant ça, je me suis détendue, parce que les plaintes de maman étaient aussi familières que des comptines.

— Elle connaît bien le marché du vêtement. Et ça se vend, tu sais.

— Je n'en doute pas ! Mais cela ne signifie pas qu'elle a raison !

Ma mère soupira, ouvrit son parapluie. Puis elle m'offrit son bras, que je pris.

— Et tout ce rose... On se croirait dans un utérus géant !

Je pouffai en plaquant ma main sur ma bouche.

— Et voilà tout le problème, déclara-t-elle. C'est terrible, parce que c'est ce à quoi la femme est réduite. À des stéréotypes. À du pur sucre, pur miel, et mignon, enveloppé dans un package gnangnan. À un objet destiné à plaire, conclut-elle en soupirant.

Nous étions au Last Chance, maintenant, et pour une fois, il n'y avait pas de file d'attente.

— On y est, lui dis-je, le lui indiquant. Tu verras, les beignets d'oignons sont à tomber !

Ma mère jeta un coup d'œil dans le *diner*.

— Il n'est pas question que je mette les pieds dans ce boui-boui infect ! Je veux un vrai restaurant avec une jolie nappe et une carte des vins. Allons ailleurs.

Au bout du compte, on s'est retrouvées au Condor, l'hôtel où elle était descendue et qui donnait sur la promenade. Le restaurant de l'hôtel était petit et bondé, parce qu'il n'avait que quelques tables, de plus, il était vachement sombre, à cause de ses lourds rideaux grenat et de son épaisse moquette, grenat elle aussi. Ma mère s'est installée dans un box, satisfaite de voir une bougie allumée au milieu de la table. Là-dessus, elle a commandé un sauvignon blanc en ôtant son pull. Après un regard appuyé de sa part, j'ai retiré le ciré de Heidi et je l'ai planqué sous mon sac.

— Raconte-moi tout ! dit-elle, une fois qu'on lui eut servi son vin et qu'elle en eut bu une bonne gorgée. Parle-moi du roman de ton père ! Il doit avoir fini, depuis le temps ? Est-il prêt à l'envoyer à son agent ? Il te l'a fait lire, au moins ?

Je baissai la tête et les yeux sur mon verre d'eau, et avec, je fis des petits ronds sur la table.

— Pas encore, non, répondis-je avec prudence, sachant qu'elle attendait une réponse claire avec des développements précis. Mais il y travaille jour et nuit, tu sais.

— À t'entendre, j'ai plutôt l'impression qu'il est en phase d'écriture et de création, pas de relecture et de correction, fit-elle observer en prenant le menu qu'elle parcourut avant de le reposer.

Je suis restée prudemment silencieuse.

— Cela dit, ton père a toujours eu des habitudes de travail on ne peut plus déconcertantes. Il n'a jamais eu de facilité pour écrire, à la différence de certains écrivains.

Très vrai, pensai-je. Mais il était temps de changer de sujet.

— Thisbé est trop mignonne. Elle pleure toujours beaucoup, mais Heidi pense que ce sont des coliques.

— Si elle *pense* que son bébé a des coliques, alors ça n'en est pas, riposta ma mère en buvant une gorgée de vin. Je sais de quoi je parle ! Avec Hollis, la question ne se posait même pas. Dès la première nuit à la maison, il a hurlé. Et ça a duré trois mois.

— C'est vrai que Thisbé pleure pas mal.

— Thisbé !

Ma mère secoua la tête.

— Décidément, je n'arrive toujours pas à me faire à ce prénom. Ton père et ses idées de grandeur ! Et son deuxième prénom, c'est quoi ? Perséphone ? Béatrice ?

— Caroline.

— Ah bon ? C'est d'un commun ! Et cela ne ressemble pas à ton père.

— C'est Heidi qui s'est battue pour imposer Caroline.

— Elle aurait dû se battre plus dur, parce que ça ne change rien au fait que sa fille s'appelle Thisbé.

À cet instant, la serveuse est venue nous demander

si nous avions choisi. Maman a repris le menu et nous a commandé une marinade de noix de Saint-Jacques et du fromage. Pendant ce temps, je regardais le ciré de Heidi, dont le rose se détachait bien sur le noir de la banquette du box. Puis je revis son visage, le jour où nous avions parlé de prénoms, et sa hâte à me complimenter sur le mien pour me faire plaisir.

— Cela dit, je doute que ton père ait choisi Heidi pour sa forte personnalité, ajouta ma mère, une fois que la serveuse se fut éloignée. Bien au contraire. Il voulait une midinette évaporée et facile à manipuler.

Peut-être avait-elle raison. Après tout, Heidi n'avait pas beaucoup montré qu'elle avait du caractère, depuis mon arrivée.

— Heidi n'est pas une nunuche, tu sais, m'entendis-je toutefois répondre.

— Ah ?

— C'est vrai. C'est même une excellente femme d'affaires.

Maman me regarda droit dans les yeux.

— Vraiment ?

— Oui. Je le sais parce que je fais la compta de son magasin.

J'avais oublié à quel point le regard de ma mère pouvait être pénétrant. Je détournai donc le mien très vite et me concentrai sur mon verre d'eau.

— Clementine's fait le plus gros de son chiffre en été, mais Heidi se débrouille bien le reste de l'année. Et elle a vraiment du nez, pour deviner les tendances, tu sais. La plupart des trucs qu'elle a commandés, l'année dernière, font un tabac cet été !

— Je vois, prononça-t-elle d'une voix lente. Comme ce *Sexy à la framboise* ?

Je rougis. Au fait, pourquoi est-ce que je défendais Heidi ?

— Elle n'est pas ce qu'elle semble être, voilà ce que je veux dire.

— Nous en sommes tous là ! répliqua maman.

Et voilà, comme d'habitude, elle avait le dernier mot et l'emportait depuis le premier. Je ne sais vraiment pas quelle était sa méthode.

— Mais assez parlé de Heidi. Parlons plutôt de toi. Comment se déroulent tes lectures ? Tu as tout de même dû avancer dans ton programme, depuis le début de l'été !

— Oui, mais lentement. Ces manuels ne sont pas passionnants. Surtout celui d'éco. Mais je pense que...

— Voyons, Auden, tu ne dois pas t'attendre à ce que l'économie soit une matière facile ! J'ajoute que tu ne devrais pas te plaindre de la complexité de ce que tu étudies. Plus c'est ardu, plus tu es récompensée de tes efforts.

— Je sais. Mais c'est dur de se plonger là-dedans toute seule, tu vois ? Une fois que je suivrai le cours d'éco, à la fac, je m'y retrouverai plus facilement.

Maman secoua la tête.

— Tu ne devrais même pas avoir besoin d'un cours, ma fille ! Tu me fais penser à mes étudiants : ils attendent que je leur mâche le travail, que je leur explique le sens d'un dialogue ou d'une direction scénique par rapport au contexte de telle ou telle pièce. Ils n'essaient même pas de réfléchir par eux-mêmes. Mais à l'époque de Shakespeare, il n'y avait que le texte. Et c'est à toi d'en pénétrer le sens, de t'en imprégner. Il n'y a pas de façon plus authentique d'apprendre !

Elle s'animait, et c'est pourquoi j'ai fait une grosse erreur en disant :

— Mais moi, j'étudie l'éco, pas la littérature. C'est différent.

Elle m'a fusillée du regard.

— Non, Auden. C'est ce que j'essaie de te faire comprendre. Ne t'ai-je pas appris à prendre en considération l'avis d'autrui ?

Cette fois, j'ai carrément préféré me la boucler. Par chance, nos plats sont arrivés pile à cet instant. Et de nouveau, c'est maman qui a eu le dernier mot.

À partir de là, ça ne s'est pas arrangé. Maman a commandé un autre verre de vin et a renoncé au dialogue pour se lancer dans un long monologue sur une dispute avec des collègues, qui, manifestement, lui pompaient son temps et son énergie. J'écoutais à moitié, en plaçant des « oui », « ah bon » si nécessaire, entre deux bouchées de salade et de pâtes. Quand on a eu fini, il était plus de huit heures, et quand on est sorties, il avait cessé de pleuvoir et le ciel était strié de rose.

— Oh, regarde, ta couleur préférée ! me fit remarquer ma mère.

J'ai eu mal, et j'ai été certaine que ç'avait été son intention.

— Je n'aime pas le rose, répondis-je d'une voix aussi tendue que mon cœur était touché.

Elle me sourit et caressa mes cheveux.

— « *The lady doth protest too much, methinks*[1]. »

---

1. Shakespeare, *Hamlet*. Acte III, scène 2. LA REINE (Gertrude, la mère de Hamlet) : « La dame fait trop de protestations, ce me semble. »

Autrement dit, il n'y a que la vérité qui blesse.

— De plus, ce ciré dément ton affirmation, ajouta-t-elle.

— Cet imper n'est pas à moi mais à Heidi. Je te l'ai déjà dit.

— Voyons, Auden, je plaisantais. Ne prends donc pas tout au tragique !

Elle a inspiré avec force, expiré et fermé les yeux.

— Finalement, c'est normal que tu changes au contact de Heidi et de ses petites vendeuses. Tu ne vas tout de même pas rester mon *doppelgänger*, enfin, mon double parfait toute ta vie. Et au bout du compte, tu finiras par tester *Sexy à la framboise*.

— Non.

Ma voix avait été dure. Maman l'a remarqué, car elle a paru surprise et a ouvert de grands yeux.

— Je n'en ai pas envie. Je fais la compta de Heidi, maman, point barre !

— Mais c'est parfait, ma chérie, déclara ma mère en ébouriffant de nouveau mes cheveux.

Cette fois, je m'écartai, parce que je détestais sa condescendance, son sourire supérieur et sa façon de hausser les épaules.

— Nous avons tous nos petits secrets honteux, n'est-ce pas, Auden ?

Et c'est par le plus grand des hasards que, à ce moment-là, j'ai regardé derrière moi, dans la direction de la piscine de l'hôtel, où il n'y avait qu'une personne. Un type avec des lunettes à monture noire, blanc comme un cachet d'aspirine, qui portait un caleçon rouge et lisait un petit bouquin à couverture rigide, le genre Littérature avec un grand L. Je regardai ma mère dans les yeux, puis de nouveau le type en m'assurant bien que son regard suivait le mien. Et c'est seulement après que j'ai répondu :

— On dirait, oui.

Maman a essayé de garder l'air cool, mais quand même, elle a eu une crispation, et j'ai compris que ma remarque avait touché le cœur de la cible. Le plus beau, ça ne m'a fait ni chaud ni froid. En vérité, je ne ressentais rien.

— J'imagine que ton petit boulot t'attend, reprit-elle au bout d'un moment.

Elle avait prononcé ces mots de la même façon qu'elle parlait du roman de papa, sur le bout des lèvres, comme si ça comptait pour du beurre.

Elle s'est rapprochée, s'est penchée, joue tendue, mais je n'ai pas bougé. Elle m'a souri de nouveau.

— Allons, chérie, ne fais pas ta mauvaise tête. C'est le premier signe de faiblesse. Et la faiblesse est le seul défaut que l'on ne saurait corriger.

Je me suis mordu la lèvre et lui ai tourné le dos sans répondre. Puis j'ai fourré mes mains dans les poches du ciré rose pastel de Heidi, comme si je voulais en arracher le rose, et je me suis éloignée. Une autre m'aurait rappelée. Pas ma mère. Elle avait eu le dernier mot, et en plus, elle avait eu un trait d'esprit. Pour elle, c'était le plus important.

En repartant vers Clementine's, j'ai gardé la tête baissée, et j'ai essayé de pulvériser mon chagrin. Ce qui avait énervé maman, c'est que je prenne la défense de Heidi ; enfin, prendre la défense, même pas, j'avais seulement dit que Heidi n'était pas « une nunuche » et je lui avais accordé, en bonus, deux petits compliments. Mais cela avait suffi à ma mère pour me placer dans le camp des rose bonbon. Si je n'étais pas totalement d'accord avec elle, ça signifiait que j'étais du côté de Heidi. Pas de partage pour maman. C'était tout ou rien.

J'avais les yeux pleins d'eau lorsque je suis entrée chez Clementine's. Par chance, Esther et Leah étaient à la caisse avec Maggie, et toutes les trois parlaient de leurs projets de la soirée. Elles m'ont à peine regardée quand je suis passée. Une fois dans mon bureau, je me suis assise avec l'intention de me remettre au boulot. Mais au bout de vingt minutes, lorsque les nombres ont trembloté devant mes yeux que j'essuyais sans cesse, j'ai laissé tomber.

Avant de quitter le bureau, j'ai noué mes cheveux avec un chouchou, puis j'ai essayé de prendre un air stoïque et cool. Après deux grandes inspirations, je suis sortie.

— Le souci, c'est que je ne rencontrerai jamais un mec canon dans un café, entendis-je dire Leah.

— C'est quoi encore, cette théorie à la con ? demanda Esther.

— Logique ! Les mecs canon ne vont jamais dans ces endroits-là.

— Et les mecs canon, sensibles et arty ? Eux, ils squattent les cafés !

— Excuse-moi, mais les mecs arty ne sont pas du tout canon ! répliqua Leah.

— Je vois. Tu craques seulement pour les dandys avec leurs petits cheveux raides gominés tendance gras qui font partie des fraternités estudiantines ! répliqua Esther.

— Non, les mecs aux cheveux gras, c'est ta spécialité : les mecs arty qui se lavent la tête une fois tous les trente-six du mois.

J'espérais que cette conversation serait assez passionnante pour qu'elles ne me remarquent pas. Hélas non. Quand elles m'ont vue, j'ai eu toute leur attention.

— Bon, ben j'y vais, dis-je d'une voix que j'espérais naturelle. J'ai payé les factures et je viendrai plus tôt, demain, pour terminer les salaires.

— D'ac, répondit Maggie. Au fait, tu t'es bien amusée avec...

— Ta remarque est vraiment dégueulasse ! répliqua tout à coup Esther à Leah. Je n'ai jamais vu un type avec des cheveux aussi gras que le taré de l'US Air Force que tu as branché, l'été dernier.

— Il n'avait pas les cheveux gras, il avait du gel coiffant effet mouillé ! riposta Leah en prenant son portable et en consultant son écran.

— Pareil !

— Non.

— Mais quelle mauvaise foi !

Alléluia. Grâce à cette conversation sur les gels capillaires, j'ai fait comme si je n'avais pas entendu le début de la question de Maggie et j'ai filé. Elle n'a pas semblé le remarquer. Quand je me suis détournée, elle riait à une remarque de Leah tandis qu'Esther levait les yeux au ciel. Toutes les trois cocoonaient dans leur monde rose, comme toujours.

Je suis passée au Beach Beans, plus bas, où je me suis acheté un grand café, puis je me suis assise sur la plage et je l'ai bu devant le coucher du soleil. Après, j'ai pris mon téléphone et j'ai appuyé sur une touche raccourci.

— Docteur Victoria West.

— Maman, c'est moi.

Petit silence.

— Auden. Je pensais bien avoir de tes nouvelles très vite.

Mauvais début, mais j'ai continué.

— Je voudrais savoir si tu n'aimerais pas un petit déjeuner avec moi, demain.

Elle soupira.

— Oh, chérie, je serais ravie, mais je repars très tôt. Je crains que cette excursion à Colby n'ait été bien mal inspirée. Honnêtement. J'avais oublié combien je détestais les plages. Tout est si...

J'attendis l'adjectif tueur qui remplirait le blanc, sachant qu'il serait aussi destiné à me décrire. Mais elle n'a rien dit, m'épargnant et épargnant le littoral par la même occasion.

— Quoi qu'il en soit, j'ai été ravie de te revoir, ajouta-t-elle après un silence particulièrement assourdissant. N'oublie pas de me tenir informée de tes progrès estivaux. Je veux tout savoir.

C'est ce qu'elle m'avait dit, le jour où j'étais partie chez mon père et Heidi. Mais à l'époque, elle faisait allusion aux détails trash et méchants sur eux et leur petite vie. Et j'appartenais au paysage, maintenant que je portais un ciré rose.

— D'accord. Bon retour et bonne route. Sois prudente, surtout.

— Oui, chérie. Au revoir.

Je raccrochai et restai sur la plage, la gorge de nouveau serrée. J'avais toujours bossé dur pour attirer l'attention de maman, pour l'arracher à ses cours, ses publications, ses collègues de fac, ses étudiants et mon frère. Je m'étais souvent demandé si je n'étais pas ridicule de faire tant d'efforts désespérés. Si. Et en plus mon instinct ne m'avait pas trompée : non seulement c'était difficile d'obtenir l'attention de maman, mais c'était incroyablement facile de la perdre.

Je suis restée longtemps sur la plage. J'ai contemplé les couleurs du ciel se fondant dans le gris et le noir de la nuit qui tombait, et les gens qui se baladaient. Des familles avec des enfants qui couraient et jouaient dans les vagues. Des couples qui marchaient en se tenant par la main. Des nanas, des mecs, des surfeurs qui surfaient sur les vagues au loin, alors que la nuit continuait de tomber. Enfin, la plage s'est vidée, les lumières se sont allumées dans les maisons derrière moi et sur la promenade, plus loin. La nuit était là. Et il restait tellement de temps à tuer, jusqu'à demain. Ça m'a fatiguée à un point...

— Auden ?

Je sursautai. Maggie me rejoignait, cheveux volant au vent, son sac à l'épaule. Derrière elle, la promenade n'était qu'une guirlande de lumières dans le noir.

— Ça va ?

Comme je ne répondais pas, elle a enchaîné :

— Tu avais l'air triste, quand tu es partie, tout à l'heure.

J'ai revu ma mère, son dédain quand elle avait toisé Maggie, les bas de maillots de bain, le flacon de *Sexy à la framboise*, et même moi. Le tout se résumait à : « Pas à mon goût ». Sur la carte des relations humaines, il y avait un pays immense comme cette plage et son océan, mais que j'avais toujours évité de mon mieux. Et maintenant que j'y étais arrivée, je me suis rendu compte que j'étais contente de ne pas y être seule.

— Non, pourtant.

Je ne savais pas quelle serait la réaction de Maggie. Je débarquais en pays inconnu et je n'en connaissais ni les mœurs ni les coutumes. Mais Maggie, elle, y avait déjà séjourné, et elle le connaissait bien. Je l'ai compris à la façon dont elle a lâché son sac et s'est assise à côté de moi. Elle ne m'a pas prise dans ses bras pour une étreinte à la guimauve. Elle ne m'a pas non plus couverte de consolations qui m'auraient fait décamper à la vitesse grand V. Elle est seulement restée là. Elle avait compris, avant moi, que dans ma solitude, c'était de compagnie que j'avais besoin.

Chapitre 8

— J'ai découvert un truc : quand tu achètes un paquet de chewing-gums, ça ne suffit pas, déclara Maggie. Parce qu'un chewing-gum, quand tu y réfléchis bien, il ne calme pas les petits creux.

— Ça, c'est vrai ! s'exclama Esther.

— Du coup, lorsque j'achète des chewing-gums, je me prends aussi des chips ou un minipack de deux cookies. Résultat, j'ai un petit truc à grignoter et un chewing-gum frais pour mon dessert.

Leah secoua la tête.

— Bof, je ne sais pas. Et les Tic Tac, tu en penses quoi ? C'est comme un chewing-gum, finalement, et il paraît qu'il faut en avaler un avant chaque repas.

— Oui, mais les Tic Tac, ça s'avale, ça passe. Un chewing-gum, ça dure, ça assure, fit remarquer Esther.

Maggie sourit.

— Impressionnant.

— Merci, répondit Esther. Je me sens toujours très inspirée quand je suis au Gas/Gro.

Pour l'instant, je ne me sentais ni inspirée ni impressionnée. En réalité, je me sentais comme une étrangère dans un monde d'étrangeté. Tout à l'heure, j'étais seule sur la plage, et soudain, j'étais une fille au milieu d'une bande de filles. Peut-être même une future *shopgirl*.

Quand Maggie s'était assise à côté de moi, je ne savais pas ce qui allait se passer. J'avais eu des copines dans les écoles où j'étais allée, mais je n'avais jamais fait des trucs de fille avec elles. Nos contacts se limitaient à des discussions sur les cours, les notes, les profs, enfin, du solide qu'on avait en commun. Je ne connaissais que deux ou trois trucs girly, que j'avais pêchés dans les séries à la télé : copiner en picolant, en écoutant de la musique disco et en dansant, ou les trois ensemble. Mais comme il n'y avait ni alcool ni musique, malgré mon état de dépression, je m'étais demandé comment on allait copiner.

Lorsque Maggie avait repris la parole, une fois de plus, elle avait réussi à me surprendre.

— Alors comme ça, ta mère, c'est le genre amazone ?

J'avais tourné les yeux vers elle. Elle contemplait la mer. Ses cheveux volaient autour de son visage et elle avait les genoux sous le menton.

— C'est un mot qui peut la définir, oui.

Elle a souri, pris son sac avant de le poser entre nous pour fouiller dedans. Au bout d'un moment, elle en a sorti un magazine. Je me suis tendue, certaine qu'elle allait me comparer à une célébrité, au secours. Mais je suis restée sur les fesses, quand j'ai constaté que c'était le catalogue des cours de l'université de maman qu'elle étalait sur ses genoux. Elle l'a feuilleté jusqu'à ce qu'elle trouve une page, qu'elle avait cornée. Là-dessus, elle me l'a tendu.

Anglais première année.

J'ai eu du mal à lire, parce que je n'avais que la lumière d'une maison loin derrière. Mais j'aurais repéré la photo de ma mère, qui dirigeait un séminaire, lunettes à la main et manifestement en train de lire, avec moins de lumière et d'encore plus loin.

— Où as-tu trouvé ce bulletin ? lui demandai-je.

— Je l'ai reçu avec mon dossier d'inscription. Je voulais être admise dans cette université à cause de son département d'anglais.

— Toi, tu vas à l'université à l'automne ?

Elle a acquiescé d'un signe de la tête, et j'ai eu honte de lui avoir posé la question : si elle n'avait pas été admise, j'aurais évidemment raté une bonne occasion de me taire.

— J'ai cherché, car je me disais bien que je connaissais ta mère quand je l'ai vue au magasin, aujourd'hui, mais je n'arrivais pas à me souvenir où, jusqu'à ce que je rentre chez moi et que je retrouve le catalogue des cours.

J'ai de nouveau regardé la photo de ma mère, puis j'ai refermé le bulletin.

— Elle est compliquée. Ce n'est pas facile d'être sa fille, dis-je.

— Je me dis souvent que c'est difficile d'être la fille de sa mère.

J'ai réfléchi à cela tandis qu'elle rangeait son catalogue. Puis on est restées silencieuses, à regarder la mer. De toutes les personnes que j'avais rencontrées à Colby, c'était bien la dernière avec qui je pensais vivre un moment de grâce. Ce qui m'a rappelé quelque chose, là, tout à coup.

— Au fait, Jake, je m'en fiche complètement. Ça m'embête d'être sortie avec lui.

Elle a acquiescé, l'air grave.

— C'est l'effet qu'il produit, en général.

— Je suis sincère. Et si je devais revenir en arrière...

J'ai pris une grande inspiration.

— Je ne le ferais pas.

— Toi, tu es sortie avec lui rien qu'une soirée. Tu t'imagines gâcher deux ans de ta vie avec ce mec ? dit-elle en étendant ses jambes devant elle.

Impossible, bien sûr. D'autant que je n'avais jamais eu l'ombre d'un petit ami, même un crétin fini, alors...

— Tu l'as beaucoup aimé ?

— Oui.

C'était dit simplement. Comme la vérité.

— Mais tout le monde passe par là.

— Par quoi ?

— Le premier grand amour... Le premier garçon qui te brise le cœur. Pour moi, c'est arrivé avec le même. Au moins, j'ai été efficace.

Elle a de nouveau fouillé dans son sac et en a sorti un paquet de chewing-gums. Remarquant qu'il était vide, elle a froncé les sourcils.

— C'est l'heure de faire une razzia au Gas/Gro.

Je l'ai regardée se lever, épousseter le sable puis reprendre son sac.

— Bon, eh bien, merci d'être passée, lui dis-je.

— Tu ne viens pas ?

— Au Gas/Gro ?

— Ou ailleurs.

Elle a mis son sac sur son épaule.

— Tu peux rester ici, mais tu seras seule. Et si tu déprimes, ça va pas le faire.

Je n'ai pas bougé. Je l'observais. Je songeais que j'aurais dû être franche et lui dire que la solitude, ça me plaisait, même quand j'étais déprimée, même quand je cafardais, et que c'était même ce qui pouvait m'arriver de mieux après cet après-midi de merde. Puis je me suis souvenue de ma tristesse, devant le coucher du soleil, avant qu'elle ne me rejoigne. Je voulais vraiment rester seule ? Oui ? Non ? C'était si difficile de décider, tout à coup. Alors j'ai contourné le problème et j'ai fait une réponse sans risque.

— Je pourrais toujours m'offrir un autre café.

Et je me suis levée. J'ai jeté mon gobelet dans une poubelle de la plage. Puis j'ai suivi Maggie sur la promenade pleine de touristes, jusqu'au Gas/Gro. Esther et Leah nous attendaient devant, assises sur le capot d'une vieille Jetta.

À présent, Maggie prenait un pack de deux cookies, des chewing-gums. Elle a hésité devant des réglisses avant de se raviser. À côté, Esther lorgnait un sachet de graines de tournesol.

— J'en ai rêvé toute la soirée ! Mais maintenant, je ne sais plus. Ces graines de tournesol, c'est carrément snick snack.

— Snick snack ?

— C'est l'antisnack intelligent par excellence, ma vieille ! Si tu veux snacker intelligent, tu dois suivre cette règle d'or : saveur super et super apport nutritif, expliqua Maggie tandis que Leah prenait une boîte de Tic Tac et la secouait. Et les graines de tournesol, c'est pas top, de ce côté-là. Mais le bœuf séché, oui, parce que c'est bourré de protéines.

— Tout ça me dépasse, dis-je.

— Qu'est-ce qui te dépasse ?

— Cette obsession des magasins, les snick trucs, la chasse au snack intelligent, la prise de tête sur le pourquoi du comment d'un snack unique, ou d'un snack entrée-dessert ? Ça vous sert à quoi, à la fin ?

Elles se sont regardées.

— Je ne sais pas comment t'expliquer, répondit enfin Esther. C'est comme si on se préparait pour partir en voyage, tu vois ? On ne sait jamais ce qui va se passer, alors on fait des provisions pour la route.

— Nous sommes des shopgirls toujours prêtes à l'aventure !

Là-dessus, elles se sont dirigées vers la caisse. Au passage, je me suis servi un café GroRoast, tout simplement, parce que c'était juste ce qu'il me fallait. Et pourtant, en m'approchant de la caisse, j'ai pris un minipaquet de deux cupcakes au chocolat. Je n'en avais pas besoin, ils étaient hautement toxiques et caloriques ; j'aurais jeté l'argent qu'ils coûtaient par la fenêtre que ç'aurait été pareil. Mais je me demandais si les trois n'avaient pas eu raison, en fin de compte ? Quand on ne sait pas où on va, il vaut mieux prévoir.

— Ah non, pitié, les filles, on est déjà venues ici cent mille fois ! gronda Esther.

Nous étions à l'entrée d'une grande maison qui donnait sur la plage. Il y avait du monde devant, à l'intérieur où on voyait des silhouettes se découper sur les fenêtres comme des ombres chinoises, dehors sur les deux terrasses et enfin sur la plage en contrebas. Sans compter les voitures qui arrivaient sans cesse et se garaient derrière celles qui embouteillaient déjà l'étroite impasse. Nous étions là depuis deux minutes et au moins quinze personnes étaient rentrées.

— Et c'est justement parce qu'on est déjà venues que je propose qu'on se tire tout de suite, pendant que nous avons encore notre dignité ! continua Esther alors qu'une voiture passait avec la radio qui braillait.

— Ah, mais moi, je n'ai pas du tout envie de me voir humilier ! Je veux juste m'amuser ! déclara Leah en ouvrant sa boîte de Tic Tac pour en avaler un.

— C'est pareil.

— Non, ça n'est pas pareil ! s'exclama Leah. Tu ne pourrais pas te détendre, pour une fois ? Ça sera peut-être le fun !

— Non ! Car ce genre de fête, c'est chiant comme la mort ! répliqua Esther. Sauf si ça t'éclate de te faire arroser de bière, ou de te faire mettre la main aux fesses par un gros nul au milieu d'un couloir parce qu'il y a tellement de monde que tu ne peux pas bouger le petit doigt. On dirait que tu n'attends que ça !

Leah soupira.

— Écoute, l'autre soir, je suis allée au club Caramel, et j'ai écouté une nana jouer du xylophone et chanter non-stop dix chansons sur le communisme. Est-ce que je me suis plainte ? Non.

— Si ! dirent Maggie et Esther en même temps.

— Haut et très fort ! précisa même Esther.

— Je suis tout de même venue, poursuivit Leah sans les écouter. Alors, en échange, vous devez me laisser choisir ce qu'on fait ce soir. J'ai choisi cette soirée, alors c'est parti !

Elle n'attendit pas leur accord, rempocha ses Tic

Tac et se dirigea vers l'entrée à grands pas. Esther la suivit d'un pas moins décidé et moins enthousiaste, tandis que Maggie me souriait.

— Viens, ça ne sera pas aussi terrible qu'Esther le dit. C'est seulement le genre de fête qu'on organise, le samedi soir. Enfin, tu sais ce que c'est.

Non, justement. Mais plutôt mourir que de le lui avouer. J'ai donc suivi Maggie en évitant les canettes de bière qui roulaient dans l'allée et sur l'escalier devant la maison.

Il devait y avoir un million de personnes dans ce couloir, ça n'était pas possible autrement ! Les filles et les garçons s'alignaient comme des sardines en boîte le long du mur. On ne pouvait avancer qu'en file indienne, c'était une horreur. Ça puait l'eau de Cologne, la bière et la sueur à plein nez, et il faut dire que ça ne s'arrangeait pas, au fur et à mesure qu'on s'enfonçait dans la maison.

Je regardais droit devant moi, mais de temps en temps, du coin de l'œil, je remarquais un mec qui me matait, le front dégoulinant de sueur, ou j'entendais une voix qui roucoulait un truc du genre : « Hey baby, ça va ? » Adressé à moi, ou à une autre, c'était difficile à dire.

Nous débouchâmes finalement dans le salon, où l'on avait plus d'espace pour respirer mais où il y avait toujours autant de monde. La musique qui braillait s'élevait d'une chaîne stéréo invisible (à mes yeux). Des nanas dansaient dans un coin, pendant que des mecs les reluquaient. Dans la cuisine directement sur ma droite, j'ai aperçu un tonnelet et de nombreuses bouteilles d'alcool près de l'évier. J'ai aussi vu, et ça, c'était vraiment insolite, deux plateaux de pâtisseries ;

le premier, garni de mignons cupcakes glacés maison et décorés de roses rouge vif en pâte d'amande, et un autre avec des carrés au citron, chocolat et framboise joliment arrangés sur d'élégants napperons.

Maggie a surpris mon regard et m'a fait signe de me rapprocher.

— Les parents de Belissa sont propriétaires de Sweet Petite Bakery. On est chez elle, me souffla-t-elle à l'oreille.

Là-dessus, elle me montra une fille en jean et top blanc, avec de longs cheveux noirs parsemés de mèches blondes qui dansait avec le petit groupe du salon.

— Il nous faut de la bière ! annonça Leah.

Elle a dégoté deux tasses rouges et me les a tendues.

— À toi de jouer, tu es la plus proche.

J'ai regardé les tasses, puis le tonnelet derrière moi. Leah et Maggie se parlaient, Esther avait disparu, donc personne ne m'a vue hésiter avant d'affronter le tonnelet. Bon, ça semblait simple : j'ai tourné le robinet. Rien. Rien ?

J'ai regardé autour de moi. Leah et Maggie se parlaient toujours, et le couple qui s'embrassait contre le frigo était bien trop occupé pour s'intéresser à mes problèmes de tonnelet, ou au reste du monde, d'ailleurs. J'ai de nouveau tourné le robinet. Toujours rien. J'ai senti la honte me brûler comme un coup de soleil. Je n'avais jamais su demander de l'aide, et je n'avais certainement pas l'intention d'en demander à qui que ce soit pour ouvrir un crétin de robinet, un geste à la portée de n'importe quelle andouille. Merde enfin, j'étais un puits de science, j'aurais dû savoir. Mais un robinet de tonnelet, c'était tout nouveau pour moi.

J'ai pris une grande inspiration, et je m'apprêtais à faire un nouvel essai, quand une main a soudain couvert la mienne, des doigts ont pressé le robinet et la bière a coulé dans la tasse que je tenais en dessous.

— Laisse-moi deviner, me dit ensuite Eliot de sa voix imperturbable. J'imagine que boire de la bière en tonnelet, ça fait partie des activités de plein air ?

Il était en jean, avec le même sweat à capuche bleu qu'il portait, la première fois que je l'avais rencontré. J'avais eu la honte bien avant d'avoir un témoin, je l'avais triplement maintenant et sa remarque m'a énervée.

— On n'est pas dehors, que je sache ?

Il a regardé autour de lui, comme s'il avait besoin de confirmer.

— Non. En effet.

— Alors ma réponse à ta question, c'est non, dis-je en reportant mon attention sur le tonnelet.

Il a retiré sa main toujours sur la mienne pendant que je remplissais la deuxième tasse.

— Je te trouve bien susceptible, dit-il.

— Et toi, bien critique !

— Oh, je vois : tu es toujours en colère, à cause de cette histoire de vélo ?

— Je sais faire du vélo !

— Mais tu ne sais pas comment on ouvre le robinet d'un tonnelet de bière.

J'ai soupiré.

— Et c'est important à quel titre, s'il te plaît ?

Il a haussé les épaules.

— Ici, c'est obligatoire. Comme d'acheter plus d'une bricole au Gas/Gro.

Il s'en souvenait aussi ? Impressionnant. Mais embarrassant, vu la nullité de cette réflexion. J'ai donc préféré ne pas répondre, et je me suis rapprochée de Leah et Maggie pour leur donner leurs bières. Toutes les deux me fixaient, les yeux ronds comme des billes.

— Quoi ? demandai-je.

Elles ont pris leurs bières, se sont éloignées et ont bu en se regardant.

Je suis revenue remplir ma dernière tasse au tonnelet. Quand j'ai eu fini, elles m'observaient toujours avec leur drôle d'air, alors j'ai bu. La bière était tiède et éventée. Dégueulasse. Franchement, si c'était ça, les fêtes qui mettaient mes anciennes copines de lycée en transe, je n'avais pas manqué grand-chose.

À côté de moi, Eliot observait maintenant les cupcakes et les carrés au citron. Comme je n'avais pas été très sympa avec lui, j'ai ouvert le dialogue pour faire la paix.

— Il paraît que les parents de la fille qui organise la fête ont une pâtisserie.

— Ah bon ?

J'ai bu une autre gorgée de bière, pourquoi ? je me le demande : cette bière était vraiment infecte.

— Oui. On est chez la fille avec le tee-shirt blanc, que tu vois, juste là-bas. Celle qui a le rouge à lèvres.

Il a suivi mon regard et observé les filles qui dansaient.

— Ah oui, je la vois.

La fille se trémoussait maintenant comme une vraie malade, en tournant la tête et les cheveux dans tous les sens, et ondulait des hanches devant un mec bodybuildé aux cheveux gominés à mort.

— Waouh, c'est quelque chose ! dis-je.

— Ce qui signifie ?

J'ai haussé les épaules. La fille a regardé dans notre direction. Son regard a croisé le mien et j'ai bu une autre gorgée de bière.

— Eh bien, parfois, l'excès en toute chose est un défaut. Rien de trop, ça n'est pas sa devise ! dis-je.

Il a souri, comme si j'avais dit quelque chose de mignon, ce que je n'ai pas apprécié. J'ai regardé Leah et Maggie qui, je me demande pourquoi, me fixaient toujours avec des yeux de hibou.

— Mais que ça ne t'empêche pas de goûter aux pâtisseries de ses parents, repris-je à l'adresse d'Eliot. Elles ont l'air délicieuses.

— Nan, je n'en ai pas envie.

— Ah, mais si tu ne sais pas comment dépiauter un cupcake de sa barquette de papier, il ne faut pas avoir honte.

Cette fois, il a eu un vrai sourire.

— Je sais comment faire, t'inquiète.

— Je n'en doute pas.

— Mais je n'ai pas envie de manger ceux-là.

— Ah ?

J'ai posé ma bière pour fouiller dans mon sac et sortir le pack que j'avais acheté tout à l'heure au Gas/Gro. Je l'ai posé devant lui.

— Prouve-le-moi, que tu sais t'y prendre.

— Vraiment ?

— C'est indispensable. Comme de savoir faire du vélo.

Après une hésitation, il a pris mon minipack, l'a ouvert et s'est servi. Je le regardais faire en buvant une énième gorgée de bière quand j'ai tout à coup senti une main sur mon poignet. Maggie ?

— On s'arrache, grouille !

— Quoi ?

Mais Maggie m'entraînait déjà, sous le nez d'Eliot, qui mangeait tranquillement son cupcake en nous regardant, direction la terrasse de derrière où Leah nous ouvrait la voie au milieu des autres invités.

— Dépêchez ! hurla-t-elle vers nous.

Maggie acquiesça en me tirant toujours.

— Si on prend par l'escalier, on pourra se tirer plus vite et éviter ça !

— Tu l'as dit ! renchérit Maggie. Il faut *à tout prix* l'éviter !

— Mais enfin, qu'est-ce qui se passe ? demandai-je tandis qu'on prenait l'escalier, vers la terrasse du bas, moins bondée. Éviter quoi ?

Maggie allait me répondre ; malheureusement, elle n'en a eu pas le temps, parce que la baie vitrée s'est ouverte sur notre droite, et la danseuse au rouge à lèvres, miss cupcake et adepte du tout en trop, nous a carrément interceptées. Deux des nanas qui dansaient avec elle, une rouquine en robe noire et une petite blonde boulotte, ont jailli derrière elle, comme ses deux anges gardiens.

— Stop ! dit-elle en levant les mains, paumes face à nous.

Elle avait un petit filet de voix, comme on dit, et parlait du nez.

— Qu'est-ce qui vient de se passer ? Et c'est qui, celle-là ?

« Celle-là », c'était moi qu'elle regardait. La rouquine et la blondine aussi. Brusquement, j'ai eu des sueurs froides, un truc que j'avais souvent lu dans les

167

romans, mais que je n'avais jamais vécu en vrai. Maggie m'a lâché le poignet.

— Il ne s'est rien passé du tout, Belissa.

— Rien ?

Belissa s'approcha de moi. De près, je vis qu'elle avait une peau avec des pores gros comme des cratères lunaires et un nez trop pointu qui devait la rendre folle, le matin devant sa glace.

— C'est quoi ton nom, pétasse ?

Au début j'ai pensé qu'elle posait la question et donnait la réponse, mais je me suis rendu compte que c'était bien une question, donc j'ai donné la réponse.

— Auden.

Elle a plissé les yeux.

— Auden, répéta-t-elle, l'air dégoûté comme si j'avais dit plusieurs gros mots à la suite. C'est quoi, ça ?

— Eh bien..., commençai-je.

— Laisse tomber, Belissa. Maggie vient de te dire qu'il ne s'était rien passé, intervint Leah à toute vitesse.

— Elle branchait Eliot, oui ou non ? demanda Belissa.

— Bien sûr que non ! répondit Leah d'une voix assurée.

La blondine et la rouquine se sont regardées.

— Elle n'est pas d'ici. Elle ne connaît personne, continua Leah.

— Et elle n'est au courant de rien, ajouta Maggie qui semblait dans ses petits souliers.

Belissa a tourné son nez trop pointu vers elle.

— Tu vois ce que je veux dire..., ajouta Maggie.

— J'ai vu comment il lui parlait, dit Belissa.

C'était surréaliste, parce qu'elle me regardait, et en même temps, elle agissait comme si j'avais été invisible.

— Il *souriait*, merde !

— Pourquoi ? Il n'a pas le droit de sourire ? demanda Leah.

Maggie lui a lancé un regard inquiet.

— Écoute, Belissa, c'est un malentendu, et maintenant on se casse. D'accord ?

Belissa a paru réfléchir, puis elle s'est approchée de moi.

— Je ne sais pas qui tu es, me dit-elle, en ponctuant chaque mot d'un coup d'index sur ma poitrine, et je m'en fiche, mais pas touche à mon mec, et encore moins quand tu es chez moi. Pigé ?

Je regardai Maggie qui hochait la tête de toutes ses forces.

— Oh oui, c'est clair, répondis-je.

— C'est clair, répéta Belissa.

Derrière elle, Leah a soupiré et levé les yeux au ciel.

— Maintenant, fichez le camp !

Maggie a repris mon bras, m'a entraînée dans l'escalier et ne m'a plus lâchée tandis qu'on suivait Leah sur la plage. On a contourné une dune, débouché sur un petit chemin pour se retrouver dans l'impasse devant chez Belissa. Et on a continué de courir jusqu'à la voiture où Esther nous attendait.

— Mais enfin, tu étais où ? lui demanda Leah. Ça ne t'est pas venu à l'idée qu'on pouvait avoir besoin de toi ?

— Laissez-moi deviner, fit Esther alors que Maggie et moi, on montait derrière. Déshonneur ? Humiliation ?

— Quasi. Grâce à Auden, on a failli se faire lyncher ! expliqua Leah.

Elle a claqué la portière, puis s'est tournée pour me regarder.

— Tu es complètement cinglée ou quoi ? Flirter avec Eliot Stock sous le nez de Belissa Norwood, chez Belissa Norwood, en mangeant les cupcakes de Belissa Norwood ?

Toutes les trois me fixaient.

— On ne mangeait même pas les cupcakes de Belissa, répondis-je bêtement.

Leah a levé les mains en signe de capitulation et s'est détournée tandis qu'Esther démarrait.

— Vous êtes dures, les filles, Auden n'est pas au courant, déclara Maggie qui était assise à côté de moi.

— Elle n'était pas non plus au courant, pour toi et pour Jake, répliqua Leah. Mais cela ne t'a pas empêchée d'avoir envie de l'étrangler, quand elle est sortie avec lui.

— C'est vrai, reconnut Maggie, mais je me trompais. Comme Belissa. Et puis Belissa et Eliot, c'est fini. Il a le droit de parler avec qui il veut, non ?

— Justement, Eliot ne parle pas ! À personne. Jamais. Alors, pourquoi lui parle-t-il à elle ? fit remarquer Leah en me regardant.

Silence. Puis j'ai toussoté pour m'éclaircir la voix.

— Il me parle depuis le soir où je l'ai vu sur son vélo.

Silence toujours. Elles me fixaient comme si j'avais été une erreur de la nature, même Esther dans le rétro.

— Tu as vu Eliot sur son vélo ? demanda doucement Maggie. Que faisait-il ?

Je haussai les épaules.

170

— Je n'en sais rien. Des espèces de figures. C'était au bout de la promenade.

Maggie et Leah se sont regardées.

— Eh bien, moi, je pense que..., commença Leah.

— Moi aussi ! On a bien besoin de snick snacker, et ça urge ! enchaîna Esther en tournant dans le parking du Gas/Gro.

— Avant de parler d'Eliot, il faut qu'on te parle de Clyde, commença Maggie.

On était assises sur un banc, face à l'océan. Avant d'arriver tout au bout de la jetée, on avait dépassé de nombreux pêcheurs concentrés et installés en rang d'oignons. Mais là où on était maintenant, on était seules avec le ressac et le vent.

— Clyde et Eliot étaient inséparables, continua Maggie. Ils se connaissaient depuis la maternelle. Jamais l'un sans l'autre.

— Mais ils étaient vachement différents, précisa Esther. Eliot, un calme, avec ses airs de beau ténébreux, alors que Clyde était...

Silence, puis Leah enchaîna :

— Un gaffeur de première !

— Un vrai clown ! continua Maggie. Complètement givré ! Il nous faisait hurler de rire.

— Même Eliot.

— Surtout Eliot ! précisa Leah en souriant. Hé, vous vous souvenez d'Eliot, avant la mort de Clyde ? Ce qu'il était amusant !

— Clyde est mort ? demandai-je.

Maggie hocha la tête d'un air grave et ouvrit son paquet de chewing-gums.

— Oui, en mai de l'année dernière. Clyde et Eliot

étaient à Brockton, à cette manifestation de Concrete Jungle. Ils étaient sponsorisés depuis deux ans, d'ailleurs. Au début, ils faisaient de la race, mais ils sont vite devenus freestyler. Eliot a choisi de faire de la vert' dans des half-pipes, et Clyde, du flat, au moins en compétition. Mais tous les deux étaient aussi super bons en street, bien que ça ne soit pas surprenant, quand on y réfléchit bien, parce qu'on est tous des citadins, en fin de compte.

— Maggie, pitié, on ne comprend rien à ton jargon à la con, coupa Leah, parle normalement et on te baisera les pieds.

— Oh oui, désolée, fit Maggie en mettant une barre de chewing-gum dans sa bouche. Eliot et Clyde étaient vraiment de très bons riders. Si bons, même, qu'on les payait pour participer à un tas de manifestations. Et c'est pour cette raison qu'ils étaient à Brockton, ce jour-là.

— Et c'est en revenant de Brockton qu'ils ont eu un accident, enchaîna Esther.

— Un accident, répétai-je.

— Oui, dit Leah. Eliot conduisait et Clyde a été tué.

— Oh, mon Dieu..., m'entendis-je dire.

— Je l'ai appris très vite, fit Maggie en pliant son papier de chewing-gum jusqu'à ce qu'il devienne un confetti. J'étais avec Jake, quand Eliot a téléphoné. Nous étions chez lui, et j'ai entendu la voix d'Eliot. Il était à l'hôpital, il essayait de parler, mais tout ce que j'entendais, c'était...

Elle ne termina pas et fixa l'océan, si sombre et mouvant autour de nous.

— Ça n'était pas la faute d'Eliot, reprit Esther, ils

traversaient un carrefour, mais un chauffard leur a grillé la priorité et leur a foncé dedans.

— Un mec complètement bourré, précisa Leah.

— Ça a bousillé Eliot, continua Esther. Il n'est plus le même, depuis l'accident. C'est comme si Clyde avait emporté une partie de lui. Il n'a plus jamais été pareil.

— Il a tout largué ; ses sponsors, le BMX. Tout. Il avait été admis à l'université, à l'époque, mais il a reporté son inscription pour continuer la compétition, mais ça aussi, il a laissé tomber. Puis il a trouvé un boulot dans le magasin de vélos et il a arrêté de faire du BMX.

— Du moins, c'est ce qu'on pensait, précisa Leah en me regardant fixement.

— Je l'ai vu à vélo, un soir, sur la promenade, expliquai-je. Il était tard, enfin, tôt le matin.

— Pour moi, c'est un signe ! dit Maggie. Mais un signe de quoi, c'est la question que je me pose.

Un bruit l'a interrompue. Je me suis retournée : l'un des pêcheurs tirait sur sa ligne. Sa prise gigotait et le pêcheur l'a fourrée dans sa nasse. Les autres ont regardé, puis ont reporté leur attention sur leur ligne.

— Et Belissa ? C'est quoi, le topo, avec elle ? demandai-je en mettant mes mains autour de mon gobelet pour me réchauffer.

— Eliot et Belissa sortaient ensemble depuis la seconde, expliqua Leah. Elle ne l'a pas quitté pendant l'enterrement et les mois suivants, puis ils ont rompu. Elle serait sortie avec un autre mec, d'après ce que j'ai entendu. Mais elle voit les choses autrement, on dirait.

— On dirait, oui.

Leah sourit et secoua la tête.

— Je te jure, quand elle t'a interrogée sur ton prénom, et quand j'ai vu que tu allais lui répondre, j'ai failli filer et te laisser te débrouiller toute seule.

— Elle m'avait posé une question !

— Mais elle ne voulait pas de réponse.

— Alors, pourquoi me l'a-t-elle posée ?

— Mais parce qu'elle te cherchait des embrouilles ! expliqua Leah. Putain, Auden ! Les ex-petites amies jalouses, tu ne connais pas ?

— Pas vraiment, non.

Maggie sourit.

— Eh bien, il va te falloir un cours de mise à niveau en urgence.

— Tu m'étonnes ! ajouta Leah. Tu as vu la tête de Belissa ? Et puis, quand elle t'a dit de te tirer, enfin de te casser, toi, tu as répondu...

— Elle a répondu : « C'est clair », acheva Maggie.

Esther a ouvert de grands yeux.

— Pas possible !

— Si, je te jure ! Et elle l'a dit ainsi, la bouche en cœur. Comme si elle lui faisait une fleur !

— Mais c'est faux ! protestai-je.

Silence.

— C'est vraiment l'impression que j'ai donnée ? repris-je.

— Ouais, dit Leah en secouant sa tasse et en aspirant sa paille. Ce que j'ai trouvé incroyablement culotté. Ou super débile. Ça reste à voir.

Esther a ri, et moi j'ai contemplé mon café, repensant à mon malaise, à cette fête, puis à cette espèce de folle furieuse. J'avais passé ma vie à apprendre, mais j'ignorais la vie. Au point de m'attendre à un sale quart d'heure, si Leah et Maggie ne m'avaient pas sortie de cette galère.

— C'était idiot, dis-je pensant à voix haute.

Leah, Esther et Maggie m'ont regardée, l'air inter-rogateur.

— Ce que j'ai dit à Belissa, précisai-je. Mais ça se comprend : je n'allais jamais à des fêtes, au lycée. Je ne me suis pas socialisée.

Un silence gigantesque a accueilli mes paroles, enfin, c'est ce qui m'a semblé.

— Ça explique *beaucoup* de choses, déclara Leah.

— Tu m'étonnes ! renchérit Maggie.

— Qu'est-ce que vous voulez dire ? demandai-je.

— Non, rien, répondit Maggie trop vite.

Puis regardant Leah rapide, elle ajouta :

— À peine arrivée, tu allumes grave Jake, et après, tu t'étonnes que les gens, hum, te cataloguent comme, hum, une pouffe.

— Les gens, c'est nous, précisa Leah.

— J'avais compris, merci.

— La vérité, tu te la joues vachement princesse, avec tes grands airs, précisa Esther.

— Jusqu'à ce soir, ajouta Leah.

— Oui, jusqu'à ce soir, convint Maggie. Nous, on pensait que tu te croyais sortie de la cuisse de Jupiter, que tu nous méprisais, mais au fond tu ne sais peut-être pas te lâcher ?

J'aurais aimé choisir l'option numéro deux, mais je savais que je les avais snobées. D'un regard et en une seconde chrono, pour ce qui concerne Maggie.

— Seule une nana qui n'a jamais eu de vraies amies se fendrait d'une explication sur son prénom ! reprit Leah.

— Mais je pensais vraiment qu'elle voulait savoir, insistai-je.

— Ça m'étonnerait que Belissa Norwood s'intéresse à la vie d'un poète contemporain, réputé pour sa poésie qui s'exprime par le haïku, la villanelle, j'en passe, et qui a aussi écrit des essais sur la littérature, l'histoire, etc., récita Maggie.

— Toi, tu connais Wystan Hugh Auden ? lui demandai-je.

— En terminale, j'ai rédigé un exposé sur la façon dont il exprime l'idée de la mort et du chagrin dans *Funeral blues*. C'est grâce à ce travail que j'ai été acceptée à Defriese. Dis, Leah, il te reste des Tic Tac ?

Je suis restée médusée, tandis que Leah lui passait ses Tic Tac. Sacrée journée. Ma mère avait fait le déplacement jusqu'à Colby, j'avais failli recevoir la bastonnade d'une folle jalouse et j'avais appris le drame d'Eliot. Mais ce qui me laissait sans voix, c'est que Maggie allait à Defriese. Comme moi !

— Il est plus de minuit. Je rentre, dit Esther en regardant l'heure. Je reconduis quelqu'un ?

— Moi ! dit Leah qui se leva en lissant son jean. Normal, vu que je n'ai rencontré aucun mec potable pour me reconduire chez moi, après la fête de Belissa.

— Désolée, c'est ma faute, dis-je.

— Elle s'en remettra ! déclara Esther qui passa un bras autour des épaules de Leah alors que nous remontions la jetée. Demain soir, nous allons au Bentley's pour un micro ouvert, et peut-être qu'elle se trouvera un mec arty aux cheveux gras.

— Ne serait-ce que pour te casser les pieds ! fit Leah.

— Et toi, Auden ? demanda Maggie en venant à mes côtés. Tu veux qu'on te reconduise chez Heidi ?

J'ai regardé vers la promenade, la route au-delà, et la lumière des lampadaires qui perçait la nuit.

— Non. Je crois que je vais aller boire un café avant de rentrer.

— Encore ! s'exclama Esther. Ça ne t'empêche pas de dormir ?

— Non.

On s'est dit au revoir au bout de la jetée, puis elles sont reparties vers la voiture. Je les entendais toujours parler, parce que le vent portait leur voix, tandis que je prenais l'autre direction pour retourner au Gas/Gro, où j'ai été la seule cliente. J'ai rempli mon gobelet de café, pris une dosette de lait et une touillette à café. Et après réflexion, tiens, une barre chocolatée. La caissière, une blonde entre deux âges qui s'appelait Wanda (d'après son badge), faisait des mots croisés. Elle les a posés, et elle a encaissé en étouffant un bâillement.

— Sacrée longue nuit, dit-elle tandis que je lui tendais mes sous.

— Elles le sont toutes, non ? répondis-je.

Dehors sur le parking, le vent était chaud et soufflait fort. Pendant un moment, j'ai fermé les yeux pour le plaisir de le sentir caresser mon visage. Six heures plus tôt, j'avais voulu être seule, mais j'avais découvert, surprise, surprise, que c'était de compagnie que j'avais besoin. Cela dit, je me doutais bien que Maggie avait dû se prendre par la main, pour venir aux nouvelles. Elle avait certainement dû se demander comment je réagirais en la voyant se pointer. Le plus simple, pour elle, ç'aurait été de me laisser mijoter dans mon coin, mais elle n'avait pas choisi la simplicité.

Moi aussi, j'aimais les défis. Du moins, j'aimais à

me penser téméraire. Alors je suis partie à la recherche d'Eliot.

Sur la promenade, un flic conduisait tout doucement, avec sa radio qui craquait, et deux filles marchaient bras dessus, bras dessous, l'une trébuchant, l'autre pas. Les bars allaient fermer dans une petite heure, mais ils étaient encore bondés et pleins de musique. Plus bas, c'était calme, c'était sombre. Tous les magasins étaient fermés. Sauf le magasin de vélos : il y avait de la lumière.

En arrivant devant, j'ai levé la main pour frapper, mais j'ai hésité, puis renoncé. Bon, j'avais passé une soirée sur la planète filles. Oui, et alors ? Est-ce que ma vie avait changé pour autant ? Ou est-ce moi qui avais changé ? Immobile, je réfléchissais toujours, lorsque j'ai vu Eliot, cheveux noirs et chemise bleue, qui sortait de l'arrière-boutique. Je n'ai fait ni une ni deux, j'ai frappé spontanément à la vitrine.

Il a levé les yeux, l'air méfiant. Quand il s'est approché et m'a reconnue, il n'a pas paru soulagé ni surpris. Il a déverrouillé et ouvert.

— Laisse-moi deviner. Tu veux apprendre à faire du vélo et tu ne peux pas attendre jusqu'à demain ?

— Non.

Il a laissé tomber sa main de la poignée et m'a fixée en silence. Ah, il attendait que je m'explique.

— J'étais dans le coin, j'ai vu de la lumière.

Je lui ai montré mon gobelet de café, comme si cela prouvait ma présence par a + b.

— Encore une longue nuit, et tout ça.

Il continuait de me fixer.

— Bon, allez, rentre.

J'ai obéi. Il a refermé la porte et je l'ai suivi dans l'arrière-boutique, plutôt une espèce de garage-atelier. Il y avait des pièces détachées de vélos sur des établis, des roues çà et là tout contre, des engrenages et des outils partout. Dans un coin, on voyait un vélo en cours d'assemblage, et dessus, un mot : « Poste de travail d'Adam : si tu y touches, tu es mort. » Et dessous, une tête de mort. Sympa, l'ambiance.

— Assieds-toi là, me dit enfin Eliot en me montrant un tabouret à côté.

— C'est dangereux de s'aventurer ici, dis donc.

Eliot a lu le mot d'Adam et a levé les yeux au ciel.

Je me suis assise, mon gobelet à la main, tandis qu'il s'installait derrière un bureau encombré de papiers et de pièces détachées de vélo, et, sans surprise, de bouteilles de soda vides et de bidules divers.

— Tu n'es donc pas venue pour le vélo, dit-il en prenant une enveloppe qu'il parcourut.

— Non.

— Alors, pourquoi ? Tu te balades juste au beau milieu de la nuit ?

Eliot ne parle pas, avait dit Leah tout à l'heure. À personne. Jamais. Mais à moi, si. Et ça, c'était un signe. Mais un signe de quoi ?

— Je ne sais pas, répondis-je. Je pensais… eh bien, je pensais que tu aurais envie de parler. Ou je ne sais pas.

Eliot a refermé lentement le tiroir, pourtant, ça a fait clac, comme une détonation.

— Parler, dit-il de sa voix impassible.

— Oui.

Il me regardait avec son air de sphinx. Je me sentis

179

sur le point de me liquéfier d'embarras, comme quand j'étais dans la ligne de mire de ma mère.

— Je ne dors pas, tu ne dors pas, alors j'ai pensé...

— Ah, ça y est, j'y suis ! Tu sais tout, maintenant !

— Je...

Il a secoué la tête.

— J'aurais dû m'en douter quand je t'ai vue à la fête avec les filles ! Maggie n'a jamais su tenir sa langue.

Je ne savais plus quoi dire.

— Écoute, je suis désolée. Je pensais juste...

— Je sais ce que tu pensais.

Il a pris des papiers qu'il a feuilletés.

— C'est sympa que tu aies envie de m'aider, mais pas besoin, compris ?

J'ai acquiescé bêtement. J'étais mal. Soudain, la lumière me semblait trop forte et, le pire, mettait mes défauts **en** évidence. Je me suis levée.

— Il faut que je file. Il est tard.

Eliot m'a observée. Je me souvins de ce que j'avais pensé, la première fois que je l'avais vu, avant de savoir ce qui lui était arrivé. Que son regard était rempli d'émotions mouvantes. Hanté.

— Tu veux savoir pourquoi je te parlais à toi ? reprit-il.

— Oui.

— Parce que tu étais différente des autres. Tu n'étais pas dans tes petits souliers, tu n'agissais pas bizarrement, tu ne me regardais pas avec cet air-là.

— Quel air ?

— Eh bien, celui-là, dit-il en pointant le doigt sur mon visage.

J'ai rougi.

— Tu étais... normale. Enfin, jusqu'à ce soir...

Jusqu'à ce soir... C'est ce que m'avaient dit Leah et Maggie, une heure plus tôt. Eliot continuait de farfouiller dans un autre tiroir et ne me regardait plus. J'ai repensé au jour où il avait fait l'ascenseur à Thisbé, la facilité avec laquelle il l'avait sortie de sa poussette. Il existe de nombreuses façons pour réconforter quelqu'un. L'ascenseur en était l'une des plus insolites.

— Je suis soulagée de te l'entendre dire, répondis-je en m'appuyant contre l'embrasure de la porte. Parce que c'est pas de la compassion que je ressens pour le moment.

— Non ? demanda-t-il sans lever les yeux.

— Pas un poil. En réalité, je suis plutôt en colère contre toi.

— En colère ?

Oui. Il a levé les yeux. Enfin, j'avais son attention.

— Pourquoi ?

— Parce que, à cause de toi, j'ai failli me faire bastonner, ce soir.

— À cause de moi ?

Il ne voulait pas comprendre, ou quoi ?

— Tu sais très bien que je te parle de ta gonzesse ! Même que tu la regardais, pendant que je te parlais d'elle, à la fête.

— Attends, elle...

— Tu m'as laissée déblatérer, coupai-je, et quand elle est venue me faire son sketch...

— Sérieux ?

— Elle m'a collé son doigt sur la poitrine et m'a traitée de pétasse.

Il a levé les sourcils.

— Et pendant ce temps, tu te gavais de cupcakes je ne sais où.

— Excuse-moi, mais c'est toi qui m'avais proposé de bâfrer.

— À ce moment-là, je ne savais pas encore que ma vie était en danger !

J'ai soupiré.

— En résumé, tu m'as lâchée. Tu m'as laissée me dépatouiller toute seule. Pas très sympa, je trouve.

— Pour commencer, Belissa n'est pas ma petite amie.

— Alors, tu aurais pu le lui rappeler. Au lieu de t'empiffrer de cupcakes.

Eliot m'a fixée sans rien dire. Comme d'habitude, c'était impossible de savoir ce qu'il pensait. Et de nouveau, j'ai été morte de honte. Mais pas pour la même raison que tout à l'heure.

— À propos, qu'est-ce que tu fais dehors si tard ? demanda-t-il.

— Je ne dors pas.

— Pourquoi ?

— J'ai arrêté de dormir quand mes parents ont commencé à se disputer la nuit. C'était il y a long-temps, mais je ne dors toujours pas et je ne sais pas pourquoi.

C'était sorti tout seul.

— Alors, qu'est-ce que tu fais pour tuer le temps ? demanda Eliot. Mis à part que tu ne fais pas de vélo ?

J'ai haussé les épaules.

— Je bouquine. Je conduis. Chez moi, il y avait un *diner* ouvert vingt-quatre heures sur vingt-quatre, sept jours sur sept. Mais ici, il n'y a que le Wheelhouse, et ça n'est pas l'idéal.

— Tu vas au Wheelhouse ? Ma pauvre, le café est dégueulasse.

— Je sais. Et les serveuses sont de vraies peaux de vaches.

— Même s'il n'y a pas un chat, elles pensent que tu squattes.

Il a soupiré.

— Tu devrais aller où je vais. Ouvert vingt-quatre heures sur vingt-quatre, sept jours sur sept, café d'enfer *et* tarte aux pommes, je te dis pas.

— Vraiment ? C'est la combinaison gagnante !

— Je sais !

— Mais ça n'existe pas : j'ai passé en revue tous les cafés du coin dans un rayon de quatre-vingts bornes mais je n'ai rien vu, à part cette horreur de Wheelhouse.

— Parce que c'est un des secrets de la région.

— Ah, je vois, dis-je m'appuyant de nouveau contre l'embrasure. De nouveau, un truc typique de la région.

— Oui, dit-il en se baissant pour prendre une besace de toile qu'il a mise en bandoulière, mais t'inquiète, moi, je peux t'introduire.

— Ça n'est pas un café !

Seulement un pauvre Lavomatic, avec des machines à laver alignées d'un côté, et les sèche-linge de l'autre. Plus des tables pour plier le linge entre les deux, des chaises en plastique et un distributeur de lessive et d'adoucissant avec un « en panne » collé dessus.

— Ah, mais je n'ai jamais dit que c'était un café, déclara Eliot en s'approchant d'une machine où il a posé sa besace.

— Mais tu n'as pas dit non plus que c'était un Lavo-matic.

— Très juste.

Il a sorti un flacon d'Ariel liquide de sa besace, puis le contenu de sa besace dans une machine à laver. Il a mis des pièces, l'eau a commencé à couler et à mous-ser.

— Viens, maintenant.

Je l'ai suivi en hésitant entre les machines à laver et les sèche-linge jusque dans un couloir très étroit avec une porte blanche au bout. Eliot a frappé deux fois avant d'ouvrir et m'a fait signe de passer la pre-mière. J'ai de nouveau hésité. Puis j'ai senti une odeur de café et ça a suffi à me décider.

J'ai eu l'impression d'entrer dans la quatrième dimension. Finis le lino et les appareils électromé-nagers éclatants de blancheur, j'étais dans une salle cosy un peu sombre et toute rouge avec une seule fenêtre encadrée par des néons multicolores et quelques tables. Près de la porte ouverte où s'intro-duisait le vent se trouvait un petit comptoir. Un type grisonnant, genre la cinquantaine, était assis derrière et lisait un magazine. Quand il a levé les yeux et reconnu Eliot, il a souri.

— Salut, toi ! J'aurais parié que tu passerais, ce soir !

— Plus de chemises propres, pas le choix, répondit Eliot.

Le type a posé son magazine et s'est frotté les mains.

— Que puis-je faire pour vous, les amis ?

— Ça dépend du menu, dit Eliot qui tira un tabou-ret devant le comptoir.

J'allais l'imiter, mais il m'a fait signe que le tabouret, c'était pour moi.

— Tarte aux pommes. Rhubarbe. Mûres-framboises, énuméra le type, reculant pour regarder sous son comptoir.

— Mûres-framboises, pas mal.

— Très moelleux. Savoureux. Fond de pâte à tarte sucré et massepain. Un goût très intense. Mais ça en vaut la peine.

— Ça me tente ! dit Eliot.

Il se tourna vers moi.

— Et toi. Qu'est-ce que tu veux ?

— Un café ?

— Seulement ? intervint le type.

— C'est qu'elle n'est pas du coin, expliqua Eliot.

Puis à moi :

— Fais-moi confiance : tu as envie d'une part de tarte.

— Alors tarte aux pommes, dis-je sous leurs regards attentifs.

— Très bon choix ! apprécia Eliot tandis que le type prenait deux tasses dans un rack derrière lui et les remplissait avec la cafetière à proximité.

Ensuite, il a sorti deux assiettes de dessous son comptoir, puis deux tartes. Il en a coupé deux belles parts qu'il a arrangées joliment avec une petite fourchette et nous les a servies.

J'ai commencé par boire mon café. Eliot ne s'était pas fichu de moi. Le breuvage était à tomber. Et la tarte aux pommes était carrément divine.

— Je te l'avais dit ! fit Eliot. Le Wheelhouse, à côté, c'est en dessous de tout.

— Le Wheelhouse ! s'exclama le type, mais personne ne mange là-bas, voyons !

Eliot me montra du menton.

— Si, elle.

— Oh, ma pauvre petite, j'en suis malade pour toi ! reprit-il.

— Selon Abe, la tarte aux pommes est un art à part entière, expliqua Eliot.

— Ma foi, je fais de mon mieux, répondit Abe, l'air flatté. Je débute dans la pâtisserie fine. C'est parce que j'ai commencé sur le tard.

— Abe est le propriétaire du magasin de vélos, m'expliqua ensuite Eliot. Et d'environ quatre autres magasins à Colby. C'est un vrai seigneur.

— Je préfère le terme *d'homo universalis* ! corrigea Abe en reprenant son magazine, *Gourmet*. Ça n'est pas parce que je suis un excellent homme d'affaires que je suis incapable de réaliser une pâte à tarte bien croustillante. Du moins, j'essaie.

Je croquai de nouveau dans ma part de tarte, à mon avis proche de la perfection, et regardai autour de moi.

— Il faut tout de même admettre que c'est mieux que de rouler dans Colby ou de bouquiner seule dans son coin, me dit Eliot tandis qu'Abe tournait les pages de *Gourmet* et étudiait une recette de gratin de pommes de terre.

— Cent fois mieux ! dis-je.

— Auden est insomniaque, comme moi, expliqua Eliot à Abe qui hocha la tête.

Puis il ajouta en me regardant :

— Abe a acheté ce local pour s'occuper l'esprit, la nuit.

— Exact. En revanche, le transformer en café, c'était l'idée d'Eliot.

— Bof, non.

— Mais si, voyons.

Abe tourna sa page.

— On glandait dans le Lavomatic pendant tout un cycle de lavage, avec une Thermos de café et des pâtisseries que j'avais préparées pendant la journée. Eliot m'a convaincu que nous n'étions peut-être pas les seuls à chercher un endroit sympa ouvert la nuit et qui ne soit pas un bar.

Eliot planta sa fourchette dans sa part de tarte.

— « Tout un cycle ». Pas mal, comme nom, pour un magasin de vélos ?

— Tiens, c'est vrai. Tu devrais le noter pour ne pas l'oublier.

Eliot a pris son portefeuille et en a sorti un morceau de papier plié en quatre. A priori, c'était une liste. Et sacrément longue. Abe lui a tendu un stylo et Eliot a griffonné.

— Il nous faut un nouveau nom pour le magasin de vélos, m'expliqua-t-il. Nous en cherchons un depuis déjà pas mal de temps.

Je me souvins de la conversation que j'avais surprise entre Jake, Wallace et Adam, le jour de mon arrivée à Colby.

— Comment s'appelle-t-il, pour le moment ?

— Magasin de vélos, répondit Eliot d'une voix unie.

Je levais les sourcils.

— Pas mal, hein ? ajouta-t-il.

— En réalité, il s'appelle Vélos d'Abe, me renseigna Abe en me servant une nouvelle tasse de café. Mais l'enseigne s'est envolée lors de l'ouragan Beatrice, l'année dernière. Lorsque j'ai voulu la remplacer, je me suis dit que c'était le moment ou jamais de le rebaptiser.

— C'est ce que nous essayons de faire depuis un an, acheva Eliot. Mais Abe n'arrive pas à se décider.

— J'aurai le déclic le moment venu, expliqua-t-il. Et en attendant, tout le monde l'appelle Le Magasin de vélos. C'est ce que c'est, pas vrai ?

La sonnerie du téléphone l'interrompit. Abe décrocha.

— Qu'est-ce que je te disais ! me fit Eliot. Pas mal, hein !

— Pas mal du tout ! Tu as raison. Toute seule, je n'aurais jamais trouvé.

— Jamais.

Nous avons mangé en silence. De l'autre côté du mur, j'entendais le tambour d'un sèche-linge. Il était deux heures et quart.

— Bon, tu as autre chose à me montrer ? demandai-je.

Je pensais que j'étais l'insomniaque dynamique par excellence, mais Eliot me battait.

Après le Lavomatic, on a pris son van, une vieille Toyota avec une galerie dont le coffre était rempli de pièces détachées de vélo qui faisaient un raffut terrible à chaque virage, puis on a roulé une bonne vingtaine de kilomètres jusqu'au Park Mart, ouvert vingt-quatre heures sur vingt-quatre. À trois heures du matin, on pouvait y acheter de la bouffe, du linge, divers accessoires, et même changer ses pneus de voiture. Alors qu'on passait les rayons en revue, avec un chariot entre nous, on a parlé de tout sauf de Clyde.

— Dis donc, comme ça, tu vas à Defriese, à la rentrée ? demanda-t-il tandis qu'il comparait les différentes marques de pop-corn pour micro-ondes. Comme Maggie, je crois ?

— Tu crois bien, dis-je en prenant une boîte.

— Alors, ça doit être une super bonne université. Maggie, c'est Einstein et Freud à la fois.

Silence.

— Toi aussi tu es une tête, dans ton genre ? ajouta-t-il.

— Je me débrouille.

Il a levé un sourcil et posé son pop-corn dans le chariot.

— Eh bien, si tu es un petit génie, tu devrais savoir qu'il ne faut jamais flirter avec le mec d'une autre dans sa propre cuisine.

— Excuse, mais je connais bien les livres, pas la racaille.

Eliot fit une grimace.

— Belissa, une racaille ? Loin de là. Figure-toi qu'elle fait nettoyer ses jeans à sec.

— Tu plaisantes ?

— Non.

— Waouh...

On a continué. Eliot n'avait pas de liste, mais il savait exactement ce qu'il lui fallait.

— À propos, tu avais raison, j'ai...

Je n'ai pas terminé, il n'a pas insisté. Ça m'a plu.

— J'ai zappé pas mal de trucs au lycée, repris-je. Je veux dire, je me suis pas socialisée.

— À mon avis, tu n'as pas manqué grand-chose,

dit-il en mettant des rouleaux d'essuie-tout dans son chariot. Il y a beaucoup de trucs nuls, mais je ne sais pas pourquoi, on en fait tout un plat.

— C'est ce que tu dis parce que tu étais populaire, au lycée.

Là-dessus, on a suivi le rayon des soupes. À mi-chemin, on a vu un dingue avec un long manteau qui parlait tout seul. Le problème, quand on est un couche-très tard ou un lève-très tôt, ce sont les siphonnés, qui sont également l'un ou l'autre. Eliot a eu la même attitude que moi, dans ce cas-là : ne pas regarder, s'écarter et agir comme si de rien n'était.

— Qu'est-ce que tu en sais ?

— Tu étais un pro du vélo, donc tu l'étais. Forcément.

— Dis plutôt que j'étais un abruti de pro du vélo.

Après réflexion et un regard sceptique de ma part, il a repris :

— Bon, d'accord, je n'étais pas non plus du genre à faire tapisserie.

Il a pris une canette de soupe à la tomate, puis une deuxième.

— Mais qu'est-ce que ça peut bien faire ? Parce que ça ne change rien sur le long terme ? continua-t-il.

— Si, peut-être.

Je regardai dans le chariot et enchaînai :

— Regarde, moi, j'ai été une élève modèle, mais je n'ai jamais eu beaucoup d'amis. Conclusion, j'ignore certaines choses de la vie.

— Par exemple ?

— Par exemple, je ne savais pas qu'il ne fallait pas brancher le mec d'une autre, et en plus, chez elle.

On s'est écartés du dingue en manteau qui parlait

toujours tout seul pour s'approcher d'une employée à moitié endormie qui réapprovisionnait le rayon en assiettes de charcuterie.

— Tu as failli te faire tabasser, bon, et alors, il n'y a rien de tel que l'apprentissage sur le vif. Tu n'es pas près de recommencer.

— Ça, c'est sûr, mais pour le reste ?

— Le reste ? C'est-à-dire ?

Je haussai les épaules et me penchai sur le chariot tandis qu'il prenait un pack de lait et en vérifiait la date de péremption. Le regardant, je pensais, et d'ailleurs ça n'était pas la première fois depuis le début de la soirée, que cela aurait dû me faire drôle d'être avec lui, là, maintenant. Mais pas du tout. C'est le must de la nuit. Ce qui aurait semblé insolite en plein jour devenait normal, passé une certaine heure. Un peu comme si la nuit, ça vous décomplexait la vie et les relations. Comme si le noir, ça égalisait les niveaux.

— C'est trop tard pour rattraper ce que j'aurais dû faire en dix-huit ans : soirée pyjama, me tirer en douce le vendredi soir pour faire la fête, continuai-je.

— Ou faire du vélo.

Je cessai de pousser le chariot.

— Mais enfin, c'est quoi, ton problème avec le vélo ?

— Ça n'est pas mon problème, c'est ma spécialité. Et puis, le vélo fait partie de l'apprentissage pour devenir adulte, dit-il alors que nous passions dans le rayon des fromages. Et il n'est pas trop tard.

Je n'ai pas répondu. On se dirigeait maintenant vers les caisses où une seule caissière louchait sur les pointes de ses cheveux.

— Il n'est pas trop tard pour les soirées pyjama, et

tous les trucs de l'époque du lycée, reprit Eliot en posant ses articles sur le tapis roulant. Mais tu peux barrer « faire le mur » de ta liste.

— Pourquoi ?

— Parce qu'il est plus de quatre heures du matin et qu'on est au Park Mart, expliqua-t-il tandis que la caissière scannait ses articles. Ça compte, non ?

Je réfléchis en regardant les pommes rouler sur le tapis.

— Je ne sais pas. Tu as peut-être raison, ce que j'ai manqué au lycée n'en vaut peut-être pas la peine, en définitive ? Pourquoi est-ce que je devrais me prendre la tête ? Où est le problème ?

— Et pourquoi ce serait un problème ? Pourquoi chercher une raison ? Si tu as besoin de rattraper le temps perdu, fais-le et c'est marre, répondit-il après réflexion.

Il a rangé ses achats dans des sacs pendant que je réfléchissais à ses dernières paroles.

Fais-le et c'est marre.

Il n'expliquait ni ne justifiait rien. J'ai bien j'aimé.

Après Park Mart, on est partis chez Lumber & Stone, le supermarché des fournitures pour la maison, qui ouvrait tôt, pour les entrepreneurs, m'informa Eliot. On n'était pas des entrepreneurs, mais personne ne nous a fait les gros yeux lorsque nous sommes entrés. Eliot a acheté un nouveau jeu de clés de bricolage, des clous et une boîte d'ampoules. Pendant qu'il payait, je l'ai attendu sur un banc à l'entrée en regardant le soleil se lever sur le parking. Quand on est repartis, il était près de six heures, et le reste du monde se réveillait pour se joindre à nous. J'ai étouffé un bâillement derrière ma main.

— Je t'ai vue ! me dit-il.

— C'est l'heure où je m'effondre, en général.

— Encore un arrêt et je te ramène.

Dernier arrêt : le Gas/Gro. Évidemment. La même bonne femme, qui lisait un journal maintenant, était derrière le comptoir, portable pressé contre l'oreille.

— Tu as besoin de quelque chose ? me demanda Eliot.

J'ai secoué la tête, et je me suis laissée glisser sur mon siège tandis qu'il sortait. Au même moment, une Honda bleue s'est garée, pas très loin. Je bâillais de nouveau quand j'ai vu un mec en descendre et claquer sa portière. Sa passagère est restée à l'intérieur. Le type était grand, avec un pantalon kaki froissé, une chemise écossaise et des lunettes à monture noire.

Je me suis penchée pour mieux le suivre des yeux. Quand il est entré dans la supérette, je me suis retournée vers la Honda, vers la passagère du mec, et, comme je m'y attendais, j'ai vu maman. Avec son chignon, un petit pull noir (son préféré) noué sur les épaules. Elle semblait fatiguée. Dans la supérette, son doctorant se servait un gobelet de café. Je le vis ensuite prendre un paquet de chewing-gums, une part de tarte aux pommes avant de passer à la caisse où Eliot parlait avec la caissière qui scannait ses achats. Ma mère sortait avec un shopboy. Rigolo.

Là-dessus, Eliot est revenu avec une bouteille d'eau et un sachet de Doritos. Ma mère l'a bien dévisagé, quand il est passé devant la Honda. Ce que maman voyait ? Un mec avec des cheveux noirs trop longs, un tee-shirt trop naze, qui avait une façon trop cool de jouer avec ses clés de voiture. Elle a dû le cataloguer en deux secondes : niveau secondaire, aucune ambition universitaire, milieu prolo.

Exactement ce que j'aurais pensé, à un moment donné. Mais j'étais à une nuit et à des centaines d'heures de ma mère, maintenant, même si elle n'était qu'à quelques mètres de moi.

Peut-être qu'elle a regardé Eliot monter dans la voiture et refermer la portière. Aucune idée. Parce que je lui ai tourné le dos pour sourire à Eliot. Elle ne pouvait pas me reconnaître : de dos, j'étais seulement une nana parmi tant d'autres. Une nana qui hochait la tête parce que son copain lui demandait si elle voulait rentrer.

Chapitre 9

— J'ai fini !

J'ouvris les yeux, les clignai. Les refermai. Je rêvais ?
Non. Parce que j'ai entendu le même cri, une seconde
plus tard.

— J'ai fini ! C'est terminé !

Une porte s'ouvrit. Se referma. Puis des pas se sont
rapprochés.

— Hé ? Il y a quelqu'un ?

Je me redressai. Il était quatre heures et quart de
l'après-midi, je m'étais couchée à six heures ce matin.
Enfin, le matin de tout à l'heure. Bon, bref, j'étais
fâchée avec le temps.

Je me levai, ouvris ma porte au moment où mon
père s'approchait de la nursery et s'apprêtait à y entrer.

— Auden ! s'écria-t-il. Tu sais quoi ? Je...

J'ai retenu sa main à temps.

— Non, ne fais pas ça, murmurai-je.

— Hein ?

Je l'entraînai dans ma chambre dont je refermai doucement la porte, puis je lui fis signe de me suivre vers la fenêtre, le plus loin possible de la cloison qui séparait ma chambre de la nursery.

— Auden, tu peux m'expliquer à quoi ça rime ? s'écria-t-il de nouveau.

— Thisbé a eu des coliques pendant la nuit. Et ce matin aussi. Mais elle dort, maintenant. Alors Heidi aussi, sans doute.

Il regarda sa montre, puis la porte de ma chambre.

— Mais comment sais-tu qu'elle dort ?

— Qui ?

— Thisbé. Ou Heidi.

— Tu entends pleurer ?

On a écouté. Rien. Enfin, rien que le BabyZen.

— Je suis heureux, j'exulte d'avoir fini mon roman et tout le monde s'en fout ! Ce qui s'appelle chuter de haut : un dénouement inattendu et faiblard ! déclama mon père.

— Tu as fini ! Mais c'est génial !

Il sourit.

— Je viens de terminer le dernier paragraphe. Tu veux que je te le lise ?

— Évidemment !

— Alors, viens.

Je le suivis sur la pointe de la pointe des pieds jusqu'à son bureau, où il vivait terré depuis près de deux semaines : il suffisait de voir l'alignement de tasses, de bouteilles d'eau vides et de trognons de pommes à un stade de décomposition plus ou moins avancé.

— Bon ! Prête ? dit mon père.

Il s'assit devant son ordi et pressa sur une touche. À la vue de son fichier Word, il s'est frotté les mains et a fait glisser le curseur tout en bas.

— Prête.

Il s'éclaircit la voix et commença.

— « Le chemin était devenu plus étroit, maintenant, et les branches entrelacées formaient comme une voûte en berceau au-dessus de ma tête. Devant, plus loin, il y avait la mer. »

On est restés silencieux et immobiles, laissant les mots se poser autour de nous. C'était un grand moment, mais j'étais un peu distraite parce que j'avais tout à coup l'impression d'avoir entendu pleurer. Pourvu que ça ne soit qu'une impression...

— C'est super bien.

— La route a été longue et semée d'embûches, mais c'est fini et bien fini ! dit-il s'adossant à son siège qui craqua. Dix ans pour arriver à ces vingt-neuf mots ! Je n'arrive pas à croire que j'aie enfin terminé !

— Félicitations.

Thisbé pleurait pour de bon maintenant, et de plus en plus fort. Mon père l'entendit et se redressa joyeusement.

— Ah, ah, ah ! On dirait que mes petites biches sont réveillées ! Allons vite leur annoncer la bonne nouvelle !

Il s'est levé d'un bond et a filé vers la nursery. Dès qu'il a ouvert la porte, j'ai entendu Thisbé pleurer *fortissimo*.

— Chérie, devine quoi ! cria papa à Heidi tandis que je le rejoignais. J'ai fini mon roman !

Mais Heidi, c'est clair, s'en foutait complètement. En pyjama, avec une espèce de pantalon de yoga et un tee-shirt avec une tache humide devant, les cheveux plats et raides, les yeux rouges, elle nous dévisageait comme si elle cherchait à savoir où et quand elle nous avait déjà rencontrés.

— Oh, Robert, c'est merveilleux, réussit-elle à prononcer tandis que Thisbé hurlait dans ses bras, le visage rouge et déformé.

— Nous devons fêter ce grand événement ! s'exclama mon père en tournant les yeux vers moi pour que je confirme.

Je me demandais comment réagir, par chance, il a tout de suite repris :

— Nous pourrions nous organiser un dîner en amoureux ! dit-il à Heidi. Qu'est-ce que tu en penses, chérie ?

C'était difficile, impossible, de zapper Thisbé quand elle hurlait. Je le sais parce que j'essayais depuis le jour de mon arrivée. Mais mon père la zappait avec grand art. Enfin, à ce qu'il semblait.

— Eh bien, je ne sais pas trop, articula Heidi en regardant Thisbé, qui continuait à hurler crescendo. Je ne peux pas la sortir quand elle est dans cet état...

— Mais bien sûr que non ! coupa mon père. Nous allons prendre une baby-sitter pour la soirée. Isabel n'avait-elle pas proposé de nous dépanner, un de ces soirs ?

Heidi cligna des yeux. Sans mentir, elle ressemblait aux prisonniers de guerre dont j'avais vu la photo dans mes bouquins d'histoire. Sous le choc et égarée.

— C'est vrai, mais...

— Si, si ! Appelons-la ! Après tout, c'est la marraine de Thisbé. Je m'en occupe si tu veux ! Donne-moi son numéro !

— C'est qu'Isabel n'est pas à Colby, prononça Heidi d'une voix faible.

— Oh...

Mon père a réfléchi. Puis lentement il a tourné les yeux vers moi.

— Eh bien... Auden ? Tu pourrais nous dépanner ?

Heidi a secoué la tête.

— Oh non, ça n'est pas juste ! On ne peut pas laisser Auden gérer une situation pareille !

— Moi, je suis certain qu'elle ne fera pas de manières !

Puis me regardant :

— N'est-ce pas, Auden ? Juste une heure ou deux. Pas plus.

Ça aurait dû m'énerver de le voir si sûr de lui, mais honnêtement, il suffisait d'observer la tête de Heidi pour comprendre que je devais accepter afin de lui sauver la vie.

— Ça ne me dérange pas.

— Mais... tu dois aller au magasin, objecta Heidi, en passant Thisbé sur son autre bras, ce qui ne l'empêcha pas de continuer à hurler. Il y a la compta... et les salaires à faire pour demain...

— Eh bien, commença mon père qui me regarda de nouveau. Peut-être que...

Il se tut. J'avais déjà remarqué que c'était devenu sa spécialité de s'arrêter au beau milieu d'une phrase, pour que les autres (moi dans le cas présent) la finissent à sa place. Ça ressemblait au jeu surréaliste du cadavre exquis (je commence une phrase sur un papier, tu la complètes sans savoir le début), mais c'était surtout de la résistance passive chez papa.

— Je la prendrai avec moi au magasin, dis-je à

Heidi. Et vous passerez la chercher quand vous sorti-
rez du restau.

— J'hésite, répondit Heidi en berçant Thisbé. Elle
n'est pas très en forme pour sortir...

— Le bon air de la mer lui fera du bien ! décréta
mon père qui lui prit Thisbé des bras.

Il sourit à son petit visage froncé, puis il s'assit et
la berça. Heidi suivait ses mouvements avec le même
air égaré.

— Et à toi aussi, chérie ! dit mon père à Heidi.
Allez, hop, file à la douche et prends tout le temps
qu'il faut pour te faire belle. On en a, grâce à Auden !

Heidi m'interrogea du regard, et j'acquiesçai. Elle
sortit, mais une fois dans le couloir, elle s'est retournée
vers mon père qui, sans paraître gêné par ses hurlements, berçait toujours Thisbé – elle semblait se
demander qui c'était, ce type-là. Moi aussi, je commençais à me le demander.

Heidi partie, je m'attendais à ce que mon père me
donne Thisbé, mais non, il a continué de la bercer et
de lui tapoter le dos. Avait-il remarqué que j'étais
toujours là et que je l'observais attentivement du pas
de la porte ? Nous avait-il bercés ou cajolés, moi et
Hollis ? D'après maman, a priori non. Je ne l'en aurais
certes pas cru capable, moins de dix minutes plus tôt.
Mais finalement, les gens changent peut-être, en tout
cas ils essaient. Je commençais à en voir des preuves
partout, même si je n'en étais pas encore tout à fait
convaincue.

Une semaine s'était écoulée depuis ma première longue nuit avec Eliot, et depuis, je continuais de découvrir les charmes de Colby by night. Finies, les nuits

de solitude où je squattais une table au Wheelhouse, puis roulais à travers les rues en repassant de temps à autre au Gas/Gro : ç'avait été chiant comme la mort. Et c'est maintenant avec Eliot que la nuit devenait réelle.

Il y avait le passage obligé au Washroom d'Abe où on se partageait une part de tarte et un café pendant qu'Abe nous détaillait ses dernières aventures culinaires. Après, on jouait à esquiver les tarés qui erraient dans le Park Mart, tout en cherchant du fil dentaire, un carillon éolien, enfin, ce qu'il y avait sur la liste d'Eliot (tout dans la tête). Il y avait la balade sur la promenade, lorsque tout avait fermé, au moment où un certain Mohammed garait sa voiture à pizzas devant le club le plus populaire du coin pour vendre ses pizzas au fromage, à un dollar cinquante pièce (les meilleures que j'aie jamais mangées). On pêchait sur la jetée et on contemplait la mer qui devenait phosphorescente avec les premières lueurs du soleil levant. Je quittais Clementine's à la fermeture, papotais avec les filles, et après une excuse bidon, je filais à l'aventure dans mes étoiles. Quinze minutes, une demi-heure ou une heure plus tard, je croisais Eliot au Gas/Gro, ou au Beach Beans, et en avant.

— Comment peut-on arriver à l'âge de dix-huit ans sans avoir jamais joué au bowling ? m'avait-il demandé hier soir.

On était au Ten Pin, un bowling ouvert tard qui se trouvait non loin de Colby. Les pistes étaient étroites, les bancs poisseux et je préférais ne pas penser aux milliers de pieds qui avaient sué dans les chaussures de bowling que j'avais été obligée de louer. Mais Eliot avait insisté pour qu'on vienne à peine lui avais-je dit que le bowling, ça faisait partie des activités qui avaient été exclues de mon enfance.

— Je t'ai déjà dit que le sport, ça n'était pas le dada de mes parents, fis-je alors qu'il s'asseyait en tête de la piste et glissait notre feuille de score sous un clip.

— On joue au bowling dans un bowling, pas en plein air. Tu aurais donc pu y jouer et devenir une pro.

Je lui ai fait une grimace.

— Lorsque je t'ai dit qu'il y avait une tonne de trucs que je n'avais pas faits, je ne voulais pas forcément dire que je les regrettais *tous*.

— Tu le regretterais, si tu ne jouais pas au bowling, me dit-il en me tendant une boule. Allez, go !

J'ai pris la boule, j'ai placé mes doigts dans les trous, comme il me l'avait montré. Puis il m'a fait signe de le suivre devant la piste.

— Quand j'étais petit, on jouait en s'accroupissant et on poussait la boule des deux mains.

J'ai regardé les pistes de chaque côté de la nôtre, toutes désertes, évidemment, il était deux heures du matin. Il y avait bien des gens au bar derrière nous, mais ils étaient à peine visibles derrière leur écran de fumée de cigarette.

— M'accroupir ! Et puis quoi encore ?

— En ce cas, tu vas devoir apprendre à lancer correctement la boule.

Il a levé la main, pour me montrer, et fait un pas sur le côté. Puis il s'est baissé, a lancé le bras vers l'avant et ouvert la main.

— Comme ça. C'est bon ?

— C'est bon.

J'ai levé la boule. Comme il restait à côté de moi, je

lui ai jeté un regard cinglant. Il a compris le message, haussé les épaules, reculé pour se poser sur un banc.

Depuis notre première soirée ensemble, une semaine plus tôt, ça se passait comme ça, entre nous : un pas en avant, deux pas en arrière. Sans arrêt. Parfois pour rire. Le plus souvent, non, et ça durait de la nuit au lever du soleil. Si j'avais passé les journées avec Eliot, ou le début de la soirée, j'aurais aussi appris à le connaître, mais pas aussi bien, pas pareil. Parce que la nuit, ça vous change la vision du monde. Ça vous ouvre aux choses et aux gens. Ça vous les explique même mieux. C'est comme si le temps accélérait tout en ralentissant.

C'est peut-être pour cette raison qu'on avait toujours l'impression de parler du temps, quand on allait de rayon en rayon sous les néons des magasins, buvait du café chez Abe, en attendant que ses fringues soient lavées et séchées, ou roulait à travers les rues désertes, prêts à toutes les aventures. Il y avait le temps au futur, avec l'université, et le temps au passé, avec l'enfance. Mais le plus souvent, nous parlions du temps perdu qu'il fallait rattraper. On se demandait si c'était possible. Eliot semblait penser que oui, du moins en ce qui me concernait.

— Il n'est jamais trop tard pour se fabriquer un remake de son enfance et les beaux souvenirs qui vont avec, me dit-il, quelques nuits plus tôt à trois heures du matin, alors qu'on se servait des granités au Gas/Gro.

J'ai pris une paille et je l'ai plantée dans mon granité à la pastèque.

— Je ne dirais pas que mon enfance a été malheureuse. Elle n'a pas été...

Eliot a attendu la suite en posant un couvercle sur son gobelet.

— Très enfantine, voilà !

J'ai aspiré un peu de mon granité pastèque rose avec la paille, puis j'y ai versé du sirop de menthe, vert sur rouge, comme Eliot me l'avait appris, histoire de donner des couleurs à ma vie.

— Mon frère a épuisé mes parents avec ses trucs de gosse. Ils n'ont pas eu la patience de recommencer avec moi.

— Tu étais tout de même une petite fille.

— Mais dans leur esprit, je pouvais surmonter le handicap de l'enfance si je m'appliquais bien.

Il m'a lancé l'un de ses regards que j'avais appris à reconnaître : un mélange de confusion et de respect.

— Chez nous, c'était le contraire : l'enfant, c'était le roi.

— Sérieux ?

— Mm. Tu sais qu'il y a toujours une maison, dans le quartier, où tout le monde va faire du vélo, regarder des dessins animés, dormir ou construire une cabane dans les arbres. Tu vois ce que je veux dire ?

— Vaguement.

— Eh bien, c'était comme ça chez moi. Comme nous étions quatre enfants, nous étions toujours partants pour jouer au kickball ou au dodgeball. De plus, ma mère était souvent à la maison, du coup, on avait les meilleurs goûters du quartier. Ses tortillas pizzas sont devenues une légende !

— Ben, dis donc..., fis-je, le suivant à la caisse.

La caissière, toujours la même, à force je finissais par la reconnaître, leva les yeux de son magazine et sourit en encaissant.

— Votre mère a l'air géniale !

— Mieux que ça, dit-il avec simplicité, en payant. À tel point qu'elle a du mal à nous convaincre de déménager et de vivre notre vie. Il lui a fallu une éternité pour que ma sœur et mon frère aînés débarrassent le plancher. Jake, le plus jeune, est pourri-gâté. Il va taper l'incruste jusqu'à ce qu'une nana assez stupide ait envie de l'épouser.

Je me suis sentie rougir. J'ai revu notre bref épisode de pelotage derrière les dunes et je me suis concentrée de toutes mes forces sur Wanda, la caissière, tandis que je payais mon granité.

— Ne te vexe pas, surtout, reprit Eliot. Je sais que tous les deux...

— Je ne suis pas vexée, seulement humiliée, coupai-je, de peur qu'il ne mette un maudit adjectif là-dessus.

— On n'a pas besoin d'en parler.

— Alors, on n'en parle pas !

J'ai de nouveau aspiré mon granité avec ma paille. On a marché en silence jusqu'à ce que je reprenne :

— Pour ma défense, je dois dire que je n'ai pas non plus d'expérience avec... avec les garçons. Donc c'était...

— Pas la peine de m'expliquer. Mon frère, c'est un cas. Donc on laisse tomber.

J'ai souri, soulagée.

— Le mien aussi. Il est en Europe, en ce moment, où il tape du fric à mes parents depuis presque un an.

— Il peut taper tes parents avec un océan entre lui et eux ?

— Hollis a tous les talents. Un vrai artiste !

Eliot est resté pensif. Nous sortions maintenant dans la nuit chaude et venteuse.

— Ça me semble égoïste. Puisqu'il a eu une vraie enfance, lui.

C'est drôle, je ne l'avais jamais vu sous cet angle.

— Comme tu le disais, il n'est peut-être pas trop tard : pour revivre mon enfance en plus heureux et tout.

— C'est juste.

— Tu sembles bien sûr de toi. Tellement, même, que je me demande si tu n'as pas déjà concocté une nouvelle enfance pour toi ?

Il a secoué la tête et bu à sa paille.

— Moi, j'ai le problème inverse.

— Comment ça ?

— Un max d'enfance. Et trop parfaite.

On était arrivés près de son van. Il m'a ouvert la portière.

— J'ai toujours déconné. M'amuser, c'était ma vie.

— Vélo y compris.

— Oui. Et puis, un jour, tu te réveilles et tu te rends compte que tu n'as rien fichu d'intéressant. Seulement accumulé des histoires à la con qui semblent de plus en plus nulles au fur et à mesure que le temps passe.

— Si c'est ce que tu ressens, pourquoi veux-tu me coacher ? lançai-je par-dessus le toit de son van.

— Parce qu'il n'est jamais trop tard pour organiser une soirée pyjama ou faire le mur. Alors il faut en profiter parce que...

Il n'a pas achevé, mais avec Eliot, je n'avais pas besoin de remplir les blancs.

— Parce qu'on ne peut pas toujours rattraper le temps perdu, acheva-t-il. Enfin, c'est mon expérience.

Maintenant, juste devant moi, les lumières clignotaient, version clin d'œil, par-dessus les quilles. La piste s'étirait avec ses lattes en bois polies et usées. Aux yeux d'un enfant, ça devait ressembler à une immense autoroute.

Eliot cria derrière moi :

— Ne te prends pas la tête ! Lance, maintenant !

Je reculai, en essayant de me souvenir des gestes qu'il m'avait montrés, et je lançai. Ma boule a fait un superbe vol plané — à mon avis, j'avais tout faux —, pour atterrir sur la piste dans un bang monstrueux. Enfin sur la piste, je veux dire, sur la piste voisine. Avant de rouler avec une lenteur humiliante vers la gouttière.

— Hé ! hurla une voix qui venait de la section fumeurs. Fais gaffe !

J'étais toute rouge. C'était la honte absolue. Ma boule a roulé gentiment vers les quilles, et a disparu derrière. Un instant plus tard, il y a eu un requillage. Eliot a surgi derrière moi et m'en a tendu une autre.

— Heu, j'arrête là. Je suis nulle en bowling.

— Tu viens de commencer ! Tu pensais faire un strike du premier coup ?

Oui, c'est ce que j'avais pensé. Enfin, espéré.

— Le bowling, ça n'est pas pour moi, voilà tout.

— Juste parce que tu n'y as jamais joué.

Il m'a collé la boule dans les mains.

— Nouvel essai. Et cette fois, lance ta boule plus tôt.

Il est retourné sur son banc et moi, j'ai inspiré de toutes mes forces. C'est juste un jeu, je me suis dit. Pas de quoi en faire un drame, si je rate. Cette pensée en tête, je me suis avancée et j'ai lancé. Ça n'a pas été

très beau, ce fut même vacillant, de traviole et lent,
mais ma boule a quand même touché deux quilles sur
la droite.

— Pas mal ! fit Eliot, alors que la machine à requil-
ler requillait.

On a joué deux parties. Eliot a fait des strikes et des
spares, tandis que moi, j'essayais d'éviter la gouttière.
Mais j'ai tout de même fait deux frames, ah mais ! Et
ça m'a surprise d'être si fière de moi. Tellement même
qu'en partant, j'ai repêché la feuille de score de la
poubelle où Eliot l'avait jetée et je l'ai pliée en tout
petit. Quand j'ai levé les yeux, pour croiser les siens,
je me suis justifiée.

— C'est de la doc. Vachement important.

— Tu as raison, dit-il, m'observant pendant que je
rangeais le papier dans ma poche.

On s'est éloignés du néon clignotant du bowling, et
on a traversé le parking trempé par la pluie jusque
vers ma voiture.

— Tu as joué au bowling, tu as fait le mur et tu as
failli te faire casser la gueule à une fête, me dit-il. Quoi
d'autre sur ta liste ?

— Je ne sais pas. Qu'est-ce que tu as fait, pendant
les dix-huit premières années de ta vie ?

— Je t'ai déjà dit que je n'étais pas un exemple.

— Pourquoi ?

— Parce que j'ai des regrets. De plus, je suis un
mec. Et les mecs font des trucs différents.

— Du vélo, par exemple ?

— Ou plutôt une bonne bagarre de bouffe. Ou ils
piquent dans les magasins. Allument des pétards
devant les maisons.

— Parce que les filles n'allument pas de pétards, elles ?

— Elles peuvent, bien sûr, mais elles ont assez de jugeote pour s'en abstenir, dit-il tandis que je démarrais. C'est ça, la différence.

— Pas sûr. À mon avis, une bagarre de bouffe et piquer, c'est unisexe.

— Parfait. Mais si tu veux balancer des pétards devant les maisons, ne compte pas sur moi. !

— Ne me dis pas que tu as la frousse !

— Je n'ai pas la frousse, mais j'ai déjà donné. Et on m'a traîné chez les flics par la peau des fesses. J'apprécie et je comprends ta quête et tout, mais il y a des limites.

— Ma *quête* ?

On était à un feu rouge, et il n'y avait pas d'autres voitures en vue.

— Comme dans *Le Seigneur des anneaux*. Ou *La Guerre des Étoiles*. Tu cherches quelque chose que tu as perdu. Dont tu as besoin. Une quête, quoi.

Je ne savais que dire.

— C'est peut-être typique des mecs, reprit-il. Bon, si tu veux, ne l'appelons pas quête. Appelle-le, disons, machinchouette, trucmuche, peu importe. Je te suis, mais jusqu'à une certaine limite.

Une quête... Minute, moi, je pensais qu'on passait simplement un peu de temps ensemble. Qu'on tuait le temps à deux. Mais son idée de quête, truc de mec ou pas, l'aventure pour partir à la recherche de ce que j'avais perdu, de ce dont j'avais besoin, ça me plaisait bien.

Le feu est passé au vert, mais je ne démarrai pas.

— Machinchouette ? Trucmuche ?

— Machinchose. Tu n'as jamais dit ça quand tu étais môme ?

— Ben non.

— Mais enfin, qu'est-ce que tu as fait pendant toute ta vie ?

J'ai aussitôt eu une infinité de réponses sur le bout de la langue, toutes vraies et légitimes. Il y avait une multitude de façons de vivre sa vie, et aucune n'était bonne ou mauvaise. Mais qui refuserait la chance de revenir en enfance ? Rétrograder pour partir en quête du temps passé, du temps perdu ? Impossible de dire non ! C'était de la folie ? Complètement machin-chouette et trucmuche ? Rien à battre : j'étais partante !

— Eh bien, je dois dire que c'est joliment coordonné, déclara Maggie.

On regardait Thisbé dans sa poussette, en état de sidération, calme et les yeux grands ouverts depuis que toutes les deux, nous avions pris la route.

— Joliment ? Je ne comprends pas ?

— C'est Heidi qui lui a mis ça ? demanda Leah en s'accroupissant devant Thisbé.

— Non, c'est moi.

Leah regarda Maggie qui fronça les sourcils.

— Quoi ? Moi, je la trouve toute mignonne.

— Voyons, Auden, elle porte du noir ! fit remarquer Maggie.

— Oui, et alors ?

— Tu vois souvent des bébés ou des enfants porter du noir ?

Quand mon père était allé se préparer pour son dîner en amoureux avec Heidi, je m'étais dit que

Thisbé aussi devait se faire belle. J'avais donc cherché un babygros propre. Comme elle n'avait que des vêtements roses, ou avec du rose, j'avais décidé de jouer les contrastes. Au fond du tiroir, j'avais finalement trouvé un body noir et une espèce de pantalon vert. J'avais pensé qu'elle serait rock'n roll, mais à en juger par les regards des filles, sans compter la tête de Heidi, quand on était parties, je m'étais plantée.

— Ça n'est pas parce que tu es une fille qu'il faut porter du rose !

— Mais ça n'est pas une raison pour l'habiller comme un camionneur !

— Un camionneur ! N'importe quoi !

Leah a penché la tête d'un côté, puis de l'autre.

— Tu as raison, on dirait plutôt une bûcheronne. Ou peut-être un ouvrier de travaux publics ?

— Tout ça parce qu'elle ne porte pas de rose ?

— C'est un bébé, Auden ! répéta Maggie. Et les bébés portent des couleurs pastel.

— Qui a *édicté* cette *loi* ?

Esther a ouvert la bouche, mais déjà je reprenais :

— C'est un diktat de la société ! Cette même société qui postule que les petites filles doivent être douces et gentilles, ce qui les encourage à devenir de véritables cloches incapables de s'assumer. Et plus tard, elles deviennent des femmes qui manquent d'estime de soi, ce qui est à l'origine de leurs graves troubles alimentaires. De plus, elles tolèrent et acceptent l'insupportable : les abus sexuels, ou domestiques. Enfin, elles sont victimes de dépendance aux médicaments.

Elles me regardaient comme si j'étais devenue folle.

— Ce sont tes déductions à partir d'un body rose pour bébé ? lâcha Leah.

À ce moment-là, Thisbé se mit à gémir et à tourner sa tête dans tous les sens.

— Oh là, c'est mauvais signe, dis-je en faisant rouler sa poussette.

— Elle a peut-être faim ? hasarda Esther.

— À moins qu'elle ne souffre de son manque d'estime de soi ? renchérit Leah.

J'ai ignoré. J'ai défait le harnais de sécurité et je l'ai prise dans mes bras.

Thisbé était toute chaude. Elle a crié plus fort tandis que je la retournais et, mains autour de la taille, faisais l'ascenseur. Au troisième tour, elle était calmée.

— Toi, tu as un truc avec les bébés, c'est dingue ! dit Maggie.

— C'est la technique de l'ascenseur. Ça marche à tous les coups.

— Vous savez, je pense qu'Auden a raison, dit Esther après un silence. Le noir, ça n'est pas aussi bizarre qu'on le pense. C'est juste radical.

— Évidemment. Regarde la couleur de ce que tu portes ! dit Leah.

Esther baissa les yeux sur son tee-shirt noir.

— Ça n'est pas noir, c'est bleu marine.

Maggie et Leah ont levé les yeux au ciel.

— C'est ce qu'elle nous a rabâché pendant sa période gothique, quand elle ne voulait porter que du noir, et de la tête aux pieds, m'expliqua Leah.

— Avec de l'eye-liner noir et du rouge à lèvres noir.

— Vous n'allez pas en parler pendant cent sept ans ! s'exclama Esther.

Elle a soupiré.

— J'ai eu une période gothique, c'est bon. Vous n'avez jamais rien regretté, vous ?

— Si, et en deux mots et neuf lettres : Jake Stock ! s'exclama Maggie.

— C'est clair, renchérit Leah.

— Et toi, reprit Esther, tu oublies que tu t'es fait teindre en blonde pour les beaux yeux de Joe Parker ! Ce que...

— Aucune vraie rousse ne devrait faire une horreur pareille ! coupa Leah. Quand j'y repense, j'ai honte.

Et moi, pendant ce temps, je faisais toujours l'ascenseur avec Thisbé. Elle était de nouveau en transe et toute calme.

— C'est drôle, tout de même, de penser que nous avons été un jour aussi petites, déclara Maggie après un long silence.

— Tu l'as dit ! renchérit Leah en serrant la menotte de Thisbé. Elle est comme une page blanche. Pas encore d'erreurs.

— Elle en a, de la chance..., soupira Esther.

Puis se penchant sur Thisbé, elle ajouta :

— Laisse-moi te donner un bon conseil : ne deviens pas gothique. On te le rappellera jusqu'à ce que tu aies cent ans.

— Et ne change jamais de couleur de cheveux pour les beaux yeux d'un mec, ajouta Leah. Si un mec t'aime vraiment, il t'aimera comme tu es.

— Porte toujours un casque sur les tracks de dirt jump ! ajouta Maggie.

— Ne mange jamais de bœuf séché avant de faire le grand 8 ! dit Leah.

— Et surtout, pas de piercing au nez ! enchaîna Esther. Ça craint sur pas mal de gens, crois-moi.

Thisbé les a écoutées avec la même expression solennelle. Je l'ai soulevée dans mes bras, et me suis penchée pour sentir son odeur, mélange de lait et de shampoing pour bébé.

— Et toi, Auden ? reprit Leah. Tu dois bien avoir un sage conseil à lui donner ?

Je réfléchis.

— Ne flirte jamais avec le mec d'une nana chez elle. Et ne réponds pas si on te demande : « C'est quoi, ce prénom ? »

— Et comme elle s'appelle Thisbé, elle ne va pas y couper !

— Et qu'est-ce que vous pensez de ce conseil-là : évite les mecs mignons qui sont des pros du vélo. Ils te briseront le cœur ! lança Maggie.

Elle me sourit.

— Mais c'est plus facile à dire qu'à faire, pas vrai ? continua-t-elle.

Quel message voulait-elle transmettre ? Je ne leur avais pas parlé de mes virées nocturnes avec Eliot, parce qu'elles auraient pensé qu'on couchait ensemble. Logique, après tout, que peuvent faire une fille et un garçon pendant toute une nuit ? Il y avait tellement de réponses à cette question-là que je ne répondis pas à celle que Maggie posait sans la poser.

— Mais enfin, Maggie, je pensais que tu avais bouclé le chapitre Jake maintenant ! fit Leah.

— C'est le cas.

— Alors, pourquoi tu cherches Auden avec Jake ? continua Leah qui secoua la tête sans comprendre.

— Ça n'est pas ce que je…

Elle s'est interrompue en entendant un crash devant

la porte du magasin. Dehors, Adam reculait en se massant le bras.

— Ouvre donc avant d'entrer ! lui cria Maggie.

Leah leva les yeux au ciel et Maggie ajouta :

— Il ne s'en souvient jamais, c'est tout de même bizarre !

— Entrée ratée, déclara Adam, l'air content, bien qu'il se soit pris et la porte et la honte par la même occasion.

Il s'approcha avec un sac de courses.

— Les filles, écoutez-moi : j'ai une très grande nouvelle !

Leah jeta un regard méfiant à ses courses.

— Tu vends de nouveau des barres chocolatées pour financer ton club de maths ?

— Pitié, j'étais en troisième, à l'époque ! Le lycée, c'est du passé.

— Ne l'écoute pas ! lui dit Maggie alors que Leah allait derrière la caisse en haussant les épaules. C'est quoi, ta très grande nouvelle ?

Adam sourit et fouilla dans son sac.

— Hot-dog party, les amies ! cria-t-il en sortant un pack de saucisses. La toute première de l'été ! Après le boulot, rendez-vous chez moi et Wallace. Amenez la moutarde et le ketchup !

— Compte là-dessus et bois de l'eau fraîche, grogna Esther. Tu sais bien que je suis végétarienne.

Adam sortit un autre pack de son sac.

— Des saucisses au tofu rien que pour toi, beauté !

— Est-ce que la salle de bains sera propre ? demanda Leah.

— Comme toujours, non ?

— Non ! hurlèrent Leah, Esther et Maggie.

— Bon, je vous jure qu'elle sera clean ce soir. Je vais la récurer à l'eau de Javel, et la bouteille va y passer.

Maggie sourit tandis qu'il remettait les saucisses dans son sac et le refermait.

— Cela fait longtemps qu'il n'y a pas eu de hot-dog party... Et en quel honneur, ce soir ?

— La pendaison de crémaillère, qu'on a oublié de faire, après notre déménagement, il y a deux mois. Et puis, voilà longtemps qu'on n'a pas organisé de fête ! Alors, on s'est dit qu'il était temps de reprendre les bonnes habitudes !

— Eliot viendra ? demanda Esther.

— Il est invité, en tout cas. On verra bien, répondit Adam.

— La hot-dog party, c'était l'une des grandes traditions de Clyde, m'expliqua Maggie. Il en organisait une tous les samedis soir chez Eliot. Hot-dogs, haricots rouges...

— Des chips, ses légumes préférés ! s'exclama Leah.

— Et des esquimaux en dessert ! Il disait que c'était le menu idéal de l'été, continua Maggie en roulant une de ses boucles entre ses doigts. Clyde et Eliot achetaient le tout en gros au Park Mart. Ils avaient toujours un stock de bouffe pour les impromptus.

— Les HDPI ! précisa Esther.

Me voyant froncer les sourcils, elle expliqua :

— Hot-Dog Party Impromptue !

Je commençai à avoir mal aux genoux à force de faire l'ascenseur, j'ai donc serré Thisbé contre moi. Adam s'est approché d'elle en lui souriant.

— Toi, tu es bien trop jeune pour une hot-dog party, lui dit-il en lui tapotant le ventre avant de repar-

tir. Mais vous autres, on vous attend avec les condiments chez Wallace, après la fermeture. Et pas
d'excuses !

— Tu sais, le rappela Leah, je te préférais encore
quand tu vendais tes barres chocolatées.

— À plus ! cria-t-il.

Cette fois, il n'a pas oublié d'ouvrir la porte du
magasin et il a disparu en un rien de temps.

— Super, grommela Leah à l'adresse de Maggie. Il
est fou de toi, par ta faute, on doit aller se taper des
saucisses grillées ce soir.

— Mais non, Adam n'est pas amoureux de moi,
protesta Maggie en se dirigeant vers le présentoir de
boucles d'oreilles où elle arrangea quelques paires.

— En tout cas, moi, je n'y vais pas, déclara Leah
en ouvrant le tiroir-caisse.

Elle en sortit des billets qu'elle lissa.

— On est au milieu de l'été, et les seuls mecs qu'on
rencontre sont ceux qu'on connaît depuis le lycée. Ça
craint.

— Mais il y aura peut-être des beaux inconnus à la
ho-dog party, rétorqua Esther.

— Ah, ah, je suis morte de rire ! riposta Leah.

— Arrête de râler ! Les garçons ont pensé à acheter
des saucisses de tofu ! Alors, tout est possible.

Moi, les beaux inconnus ne m'intéressaient pas. Et
au cours de l'heure suivante, seule dans le bureau, pied
sur la poussette de Thisbé que je poussais d'avant en
arrière, d'arrière en avant, je ne pensais qu'à un seul
garçon, toujours le même, et de plus en plus fort.

Plus l'heure avançait, moins j'étais concentrée sur
mes nombres, parce que je me projetais déjà. Qu'est-ce
que la nuit à venir nous réservait, à moi et Eliot ?

C'était génial, je n'avais jamais eu ce pincement au bout du cœur, ni senti cette hâte impatiente. Alors, même si une hot-dog party, ça semblait sympa, même si ça pouvait aussi s'intégrer à ma fameuse quête, dès lors que Eliot ne venait pas, je n'irais pas non plus. Et tant pis s'il y avait des hot-dogs au tofu.

Vers huit heures trente, mon père et Heidi sont passés récupérer le bébé. Leur arrivée a été accueillie par des cris de joie dans le magasin.

— Oh, Heidi, tu es magnifique ! s'exclama Maggie. Tu as déjà retrouvé la ligne !

— Hélas non, déclara Heidi, je ne peux pas porter un seul article du magasin. Même les ponchos.

— Je ne suis pas d'accord : je te trouve sublime ! intervint Esther.

— Et Thisbé aussi ! ajouta Leah. On adore son prénom, tu sais.

— Tiens, tu vois, dit mon père à Heidi, je t'avais bien dit que c'était un nom qui frappait l'imagination. Il a une présence !

— D'un autre côté, l'histoire de Thisbé est plutôt tragique, reprit Maggie. Pyrame, son amant, pense qu'elle est morte et il se tue. Et en voyant son corps, Thisbé se suicide sous le mûrier blanc... et le sang des deux amants donne sa couleur rouge aux fruits du mûrier, blancs à l'origine. Romantique mais triste, non ?

Même par la porte fermée, donc sans rien voir, je sentis mon père vraiment épaté.

— Tu connais l'histoire de Thisbé ?

— On l'a lue en cours d'anglais, lorsque nous avons étudié les femmes dans les grands mythes, expliqua Maggie.

— Je pensais que c'était dans Shakespeare ? fit Heidi.

— La légende de Pyrame et de Thisbé a inspiré Shakespeare pour *Roméo et Juliette*, et il en a fait un pastiche dans *Le Songe d'une nuit d'été*, pour le mariage de Thésée, duc d'Athènes, et d'Hippolyte, reine des Amazones, expliqua mon père, mais elle a raison. L'histoire relatée par Ovide est très triste.

— Ça, c'est Maggie tout craché ! dit Leah. Spécialiste des tragédies.

— Auden est dans le bureau ? fit ensuite Heidi.

Le moment d'après, elle a frappé à ma porte et est entrée. Quand elle a vu Thisbé assoupie dans sa poussette, elle a souri.

— Regardez-moi mon petit bout de chou ! Et moi qui me faisais du souci ! Je pensais qu'elle hurlerait non-stop...

— Pas non-stop. Alors ? Comment était le dîner ?

— Merveilleux !

Elle a bâillé et mis la main devant sa bouche.

— Cela m'a fait du bien, de sortir et de fêter la fin du roman de ton père. C'est une telle réussite, pour lui. Il a travaillé si dur, depuis ces dernières semaines.

J'ai baissé les yeux sur Thisbé.

— Toi aussi.

— Oh, moi...

Elle a fait un petit geste, puis a roulé la poussette vers la porte.

— Je ne te remercierai jamais assez, Auden. Cela faisait si longtemps que nous n'avions pas eu un moment juste pour nous deux, que je ne m'en souviens pas.

— Cela m'a fait plaisir.

— Quand même. J'apprécie. Vraiment.

Elle a jeté un œil dans la boutique.

— Je ferais mieux de partir tant que ton père est de bonne humeur. Il prétend que cet endroit lui donne la migraine. Trop de rose à son goût. Inimaginable, n'est-ce pas ?

Pas tout à fait. Mais j'ai juste esquissé un mini signe de tête tandis qu'elle prenait le couloir et se retournait pour me dire au revoir.

Les deux heures suivantes, je me suis concentrée sur ma compta, distraite seulement par les clientes qui entraient et sortaient (flip flap de tongs), la danse de neuf heures (ce soir, Elvis, période rockabilly) et divers débats sur la présence, ou non, à la hot-dog party (Maggie était pour, Leah contre et Esther ne savait pas trop). À dix heures, j'ai fermé le coffre, la porte et je suis allée les rejoindre tandis qu'elles sortaient sur la promenade, toujours en discutant. Ces rituels faisaient partie de mes habitudes, comme la suite : trouver une excuse bidon pour filer rejoindre Eliot.

— On pourrait passer, sans plus, dit Maggie,

— Et toi, Auden ? demanda Leah. Tu es pour ou contre ?

— Oh, moi, je pense que je vais...

J'allais dire ce que je disais habituellement : « rentrer à la maison », « faire deux ou trois bricoles », mais j'ai regardé le magasin de vélos derrière Maggie, et j'ai vu Eliot sur le banc, avec la boutique fermée, lumières éteintes. Super : inutile de partir à sa recherche ce soir. Le problème, c'est que s'il était là, il n'était pas seul, mais avec Belissa Norwood.

Debout devant lui, cheveux voletant autour de son

visage et mains dans les poches. Pas habillée comme le soir de sa fête, mais avec une chemisette bleue sans manches, un jean et un pull noué à la taille. Ce qui m'a frappée, c'est qu'elle était vraiment jolie. Rien de trop, cette fois.

Elle parlait avec Eliot, qui était assis, tête entre les mains. À un moment donné, il a levé les yeux sur elle et a hoché la tête. Après, elle s'est assise à côté de lui et a pressé son genou contre le sien. Enfin, elle a posé la tête sur son épaule et a fermé les yeux.

— Auden ? demanda Leah.

Je devais faire une drôle de tête, car elle a suivi mon regard. Mais une bande de musclés en survêt sortait de la boutique de smoothies, juste à côté du magasin de vélos, et l'a empêchée de voir.

— Qu'est-ce qu'il y a ?

— Rien, répondis-je vite. Je viens.

L'appart de Wallace était à l'étage en contrebas d'une serre, à deux rues de la plage. Le jardin était assez moche avec ses trois malheureux brins d'herbe. Il y avait une machine à laver, sous la véranda, et une pancarte au-dessus du garage qui proclamait, mystère : « Voyage sentimental ».

— Intéressant, dis-je.

Maggic, Esther et moi marchions dans l'allée, en portant les condiments qu'on avait achetés au Gas/Gro (moutarde, ketchup, mayo et sauce au chocolat). Leah traînassait derrière nous, le téléphone collé à l'oreille, clairement dans l'espoir de trouver un plan plus sympa pour la soirée.

— Ce ne sont pas les garçons qui ont choisi, mais les proprios, m'expliqua Maggie. Les gens qui habitent sur les plages ont l'habitude de donner un petit nom à leur maison. La dernière où Wallace habitait s'appelait « Le cri de la mouette ».

— Un nom horrible ! enchaîna Esther. Eh, Mag, tu te souviens du trou à rats de la 4ᵉ Rue où vivaient Eliot et Clyde ? Comment ça...

— Ça s'appelait « Amour d'été », termina Maggie alors que nous montions les marches de la véranda. Rien à voir avec l'amour. C'était plutôt un tue-l'amour.

Au même instant, Adam, un gant de cuisine à la main, nous ouvrit la porte.

— Et voilà : vous critiquez alors que vous n'êtes même pas entrées ! dit-il en posant sa main sur son cœur, l'air offensé.

— Je ne parlais pas de votre maison ! reprit Maggie, alors qu'il s'effaçait pour nous laisser entrer. C'est... c'est sympa chez vous.

Des paroles gentilles très en dessous de la vérité. Le salon était minuscule et encombré de meubles pourraves et mal assortis : canapé écossais, fauteuil inclinable à rayures, table basse en très mauvais état, avec une suraccumulation de ronds de tasse. Cependant, des mesures radicales avaient été prises pour toiletter la maison. La preuve : un bol de cacahouètes sur la table et une bougie parfumée, visiblement neuve, sur le bar qui conduisait à la cuisine.

— La touche déco, ça crée vraiment la différence, vous ne trouvez pas ? demanda Adam.

— Je te ferai remarquer que ça pue toujours autant la bière, répliqua Leah qui entra en fourrant son portable dans son sac.

— Dois-je en déduire que tu ne veux pas de bière ? s'écria Wallace de la cuisine.

— Non !

Wallace sortit de la cuisine avec un pack de douze bières

— Mon œil !

Il fit la distribution. J'allais refuser, mais j'en pris une. Au moins pour être polie.

— Il y a des dessous-de-verre sur ta droite, dit Adam à Leah qui décapsulait la sienne.

— Mais c'est déjà couvert de ronds ! s'étonna-t-elle.

— Ça n'est pas parce que cette table est abîmée qu'il faut la maltraiter.

— Adam, c'est rien qu'une stupide table basse, pas un bébé phoque !

Esther a ricané. Mais Maggie, évidemment, a pris un dessous-de-verre sur lequel elle a posé sa bière tandis qu'Adam s'emparait de son appareil photo, sur la table de la cuisine.

— Notre première hot-dog party ! Je *dois* prendre une photo d'urgence !

La réaction d'ensemble fut rapide et unanime : tout le monde, sauf moi, a levé la main devant le visage. Les commentaires, eux, ont été assez variés. J'ai tout entendu : « Non, pitié ! » (Maggie), « Fiche-nous la paix, Adam ! » (Wallace) ou « Arrête ça tout de suite ou je te *tue* ! » (Leah, évidemment).

Adam a soupiré et baissé son appareil photo.

— Pourquoi ne voulez-vous pas que je vous prenne en photo de temps en temps ?

— Parce qu'on a passé un deal ! répliqua Wallace, le visage toujours caché derrière sa main.

— Un deal ? demandai-je.

Maggie écarta son index du majeur pour me regarder.

223

— Adam était responsable de l'annuaire du lycée en première et en terminale. Il *n'arrêtait* pas de nous mitrailler.

— Je n'avais qu'une personne dans mon équipe. Je n'avais pas le choix : il fallait bien que je prenne les photos ! protesta Adam.

— Nous lui avons dit qu'on tolérerait ses manières de paparazzi jusqu'à ce que ce fichu annuaire soit terminé. Mais après, finito ! reprit Wallace de derrière sa paume.

— Plus de photos, plus jamais ! s'exclama Maggie.

— Jamais plus ! ajouta Leah.

Adam a reposé son appareil photo, l'air sinistre, et les autres ont baissé leurs mains.

— Bon, d'accord. Mais dans dix ou vingt ans, vous serez morts de nostalgie quand vous repenserez à cet été dont vous ne pourrez pas vous souvenir, parce que vous n'aurez aucune photo. Vous ne viendrez pas vous plaindre !

— Mais on en a déjà des tonnes ! protesta Maggie. Dans l'annuaire du lycée, il n'y a que des photos de nous !

— Tant mieux, justement : vous n'oublierez jamais ces années-là ! D'un autre côté, le lycée, c'est déjà du passé. Moi, je vous parle de maintenant !

Leah a pris sa bière, qu'elle n'avait pas posée sur un dessous-de-verre, et en a bu une gorgée.

— Et *maintenant,* passons aux choses sérieuses : qui vient à cette soirée à la noix ?

Wallace s'assit sur le bras du fauteuil, qui fléchit.

— Eh bien, toute la bande. Les mecs du magasin de vélos, deux ou trois du Jump park et cette jolie fille du Jumbo Smoothie, et...

Un bruit de pas dans l'escalier et une voix l'inter-
rompirent.

— Salut, les mecs ! Vous avez intérêt à avoir de la
bière au frais, parce que je suis prêt à...

Jake Stock, dans un tee-shirt en stretch noir mou-
lant et plus bronzé que jamais, s'est tu dès qu'il nous
a vues, Maggie et moi, assises l'une à côté de l'autre.
On peut dire que son arrivée a plombé l'ambiance.

— Prêt à quoi ? s'enquit Leah en buvant.

Jake lui jeta un regard puis tourna les yeux sur Wallace qui haussait les épaules.

— C'est toujours un plaisir de te voir, dit-il à Leah.

Là-dessus, il a filé à la cuisine. J'ai regardé Maggie
qui, le dos bien droit et le visage indéchiffrable, observait sa bière sur le dessous-de-verre.

— Il n'est pas encore trop tard pour faire la tournée
des clubs, déclara Leah. Nouveaux mecs, nouveaux
horizons...

— Le barbecue est en marche ! Pour qui la première saucisse grillée ? lança Adam.

Maggie a pris sa bière et s'est levée.

— Pour moi.

Elle est passée devant Jake qui, adossé au bar, pro-
menait son nez au-dessus de la bougie parfumée.

Une heure plus tard, j'avais bu une bière et mangé
deux saucisses au tofu. En dépit de mes efforts pour
suivre la fête et les conversations, je n'arrêtais pas de
penser à Eliot et à Belissa ensemble tout à l'heure. Je
regardai ma montre. Presque minuit. À cette même
heure, hier, Eliot et moi, on sortait de chez Clyde.
Pendant que sa machine de blanc tournait, on s'était
partagé une part de tarte aux amandes délicatement

caramélisées. Je fixai le bol de cacahouètes, encore plein et toujours sur la table basse, puis bus une autre gorgée de bière.

Je m'étais fait des films... Quelle gourde ! Ça n'est pas parce que j'avais tué le temps pendant quelques nuits avec Eliot que lui et moi, c'était parti et bien parti.

Au même instant, mon portable a sonné. Et moi, la triple imbécile, j'ai répondu plus vite que mon ombre parce que j'ai tout de suite pensé : « Oh, super, c'est Eliot. » Qui, je m'en rendis compte dans la seconde qui suivit, n'avait jamais eu mon numéro de portable. Sur l'écran s'affichait le numéro d'un autre garçon toujours prêt à me surprendre. Mon frère adoré.

— Aud ! hurla-t-il. C'est moi ! Devine où je suis !

Chaque fois qu'il me l'avait demandé, j'avais perdu, alors j'ai gagné du temps.

— Je donne ma langue au chat.

— Ici !

Au début, j'ai cru entendre Paris. C'est quand je lui ai demandé de me le répéter, et qu'il l'a répété, que j'ai percuté ; il était seulement à trois cents kilomètres de là, au lieu d'en être à plusieurs milliers.

— Depuis quand ?

— J'ai débarqué il y a deux heures.

Il riait.

— Et à cause du décalage horaire, je suis complètement à la masse ! Je ne sais pas quelle heure il est ! Et toi ? Tu es où ?

Je me levai et m'approchai de la porte.

— À une fête.

— Une fête ? Non, sans blague ?

Il avait l'air tellement choqué que j'aurais dû me vexer. Il faut dire, c'est moi qui aurais été surprise, un bon mois plus tôt.

Je me suis assise sur la marche du haut.

— Eh oui, tout arrive. Mais toi, pourquoi tu es rentré ?

Silence. Théâtral.

— Pas pourquoi, Aud. Pour *qui*.

— Alors, pour qui ?

— Aud...

Nouveau silence magistral.

— Je suis amoureux !

J'ai levé les yeux vers un lampadaire. Des milliers de bestioles, des petites mouchetures en mouvement perpétuel, dansaient et voletaient dans sa lumière rousse.

— Toi, tu es amoureux ?

— Oui !

Il a éclaté de rire.

— C'est fou, je sais. Mais je suis malade d'amour, Aud. Si gravement atteint que j'ai abrégé mon petit voyage autour du monde pour rentrer avec elle.

Son petit tour du monde durait tout de même depuis deux ans, mais Hollis avait toujours été excessif.

— Qui c'est ?

— Elle s'appelle Laura. Elle est... fabuleuse ! Je l'ai rencontrée dans une auberge de jeunesse, à Séville. J'étais là-bas pour assister à un tekos, enfin un teknival, bon, une rave-techno qui durait trois jours !

J'ai soupiré. J'aurais décidément tout entendu...

— Et elle, elle était à Séville pour assister à une conférence sur la génétique. C'est une scientifique, Aud ! Elle est en doctorat à la fac, ici, imagine ! Elle étudiait à la bibliothèque, où je roupillais. Elle disait que mes ronflements l'empêchaient de faire ses recherches, alors je me suis levé et je suis sorti. C'est complètement ouf, hein ? Je raconterai cette histoire à mes petits-enfants !

— Hollis, tu te fiches de moi ? Tu es à Paris ou ailleurs et tu...

— Quoi ? Mais non ! Pas du tout ! Je te jure que c'est la vérité. Je vais même te le prouver.

Il y a eu des voix étouffées, puis des parasites, et enfin j'ai entendu maman scander de sa voix la plus impassible :

— **Oui**, Auden, c'est bien ton frère, il est amoureux et dans ma cuisine.

Je n'en suis pas revenue de l'avoir bel et bien entendue.

— Tu as reçu ça, Aud ? reprit Hollis. Tu vois que c'est vrai !

— Ben, heu... tu restes longtemps ? demandai-je toujours sans y croire.

— Aussi longtemps que Laura voudra bien de moi ! Nous cherchons un appart, et je vais m'inscrire en fac, en automne. Il est même possible que j'aille taper l'incruste au département d'anglais de maman !

Il s'est mis à rire.

— Non, avant, sérieux, j'aimerais venir à Colby, pour te rendre visite à toi, papa et Heidi. Je veux aussi voir la petite crevette et vous présenter l'amour de ma vie. Je te laisse leur annoncer ma prochaine visite, ça marche ?

— Ça marche. Je suis contente que tu sois de retour, Hollis.

— Moi aussi ! À plus !

Je raccrochai et je regardai la rue calme, l'océan noyé dans la nuit. Il était encore très tôt, mais étrangement, entre la vision de Belissa et d'Eliot, et le retour bizarroïde au bercail de mon fabuleux frangin, j'ai eu envie d'aller me coucher pour la première fois depuis longtemps. Mettre les couvertures sur ma tête, me blottir dans le noir absolu et me réveiller quand le jour l'aurait remporté sur la nuit.

Je suis donc rentrée pour dire au revoir, mais le salon était vide. La musique jouait toujours et il y avait des canettes de bière partout, sans dessous-de-verre, sur la table basse. J'ai pris mon sac, j'ai traversé la cuisine qui donnait sur le jardin. Tout le monde était sur la terrasse. Adam au barbecue avec Maggie. Leah et Esther assises près de la rampe. Wallace ouvrait une boîte de conserve de haricots au chili. Jake observait le tout, affalé sur un vieux transat.

— Tu sais bien qu'il ne viendra pas, dit-il à Adam, qui était occupé à retourner les saucisses sur son barbecue. Depuis l'accident, c'est un vrai sauvage, carrément antisocial.

— Asocial. Bon, mais ça fait tout de même plus d'un an, déclara Adam. Il faut qu'il recommence à sortir.

— Peut-être que c'est déjà fait, mais pas avec toi, intervint Maggie.

— Traduction, Maggie ? demanda Wallace.

Je restai immobile, attendant la réponse de Maggie. Mais elle est restée muette.

— Tu veux parler de Belissa ? reprit Wallace. Je te jure que c'est *impossible* !

— Évidemment : ils ont rompu depuis des mois, espèce d'abruti ! dit Jake.

— Oui, mais elle a continué de le coller, fit remarquer Wallace. Cela dit, ce soir, elle est venue au magasin lui annoncer qu'elle avait un nouveau mec. Un étudiant, qui sert au Cadillac, pendant l'été. Elle voulait lui annoncer la nouvelle en personne.

Silence. Bref.

— Et comment tu sais ça ? demanda Leah.

— J'étais près de la porte. Je vérifiais si les pneus des vélos en vitrine étaient bien gonflés.

Nouveau silence, avec un soupir méprisant de je ne sais qui.

— Tu fais dans les ragots, maintenant ? Pire qu'une gonzesse ! lui dit Adam.

— Hé, tu te calmes, toi ! répliqua Esther.

— Désolé, c'est juste une image, répondit Adam. Sérieusement, les mecs, Maggie a peut-être raison. Si ça se trouve, il a un autre plan ailleurs. Quand je l'ai invité à passer, ce soir, il a dit qu'il essaierait, mais qu'il devait faire des courses avec quelqu'un.

— Des courses au beau milieu de la nuit ?

— Je t'avoue que moi aussi, je n'y ai rien compris. Mais je te jure, c'est texto ce qu'il m'a dit, avoua Adam.

Je regardai partout dans la cuisine, m'approchai des placards, ouvris les tiroirs jusqu'à ce que je trouve l'annuaire de Colby. C'était si petit qu'il n'y avait qu'un Lavomatic de répertorié.

— Le Washroom. Abe à votre service.

Je regardai de nouveau dehors, puis me rapprochai du frigo.

— Salut, Abe, c'est Auden. Eliot est là ?

— Oui, je te le passe.

J'entendis des parasites, quelques mots et la voix d'Eliot.

— Tu es en train de manquer un crumble aux pommes particulièrement exceptionnel, et je pèse mes mots, me dit Eliot.

— Je suis à une hot-dog party.

Silence.

— Sérieux ?

— Sérieux.

Je refermai l'annuaire.

— Une hot-dog party, cela fait partie des rites de passage. Je voulais vérifier. Pour ma quête et tout. Tu vois ?

— Je vois bien.

Silence de nouveau. C'était la première fois depuis le début de nos aventures de la nuit que j'étais mal à l'aise et nerveuse avec lui. On avait passé des nuits folles à faire des trucs de fou, mais cette simple conversation téléphonique, c'était le comble de la difficulté.

— Laisse-moi deviner, reprit-il. En ce moment, Adam continue à cuire ses hot-dogs alors que plus personne n'en veut.

Je regardai dehors. En effet, Adam ouvrait un paquet de saucisses avec enthousiasme.

— Exact.

— Leah et Esther parlent sans doute déjà de se tirer : un vrai débat politique.

Nouveau regard et nouvelle preuve que oui : elles semblaient avoir une conversation assez vive. Leah faisait de grands gestes, en tout cas.

— En effet, mais comment est-ce que...

— Quant à ma grande gueule de frangin... coupa-t-il. Il s'est pointé en se jurant de picoler et de draguer à mort, et maintenant, il est bourré et roupille dans un coin. Tout seul.

231

Je regardai Jake. Il semblait dormir, oui. Seul.

— On a passé pas mal de temps ensemble, mais tu ne m'avais jamais dit que tu étais extralucide ?

— Je ne le suis pas. Tu veux que je vienne ?

Je n'ai pas hésité.

— Oui.

— Je suis là dans dix minutes.

Dix-sept minutes plus tard, j'étais sur la terrasse avec les autres, et on regardait Leah et Maggie qui se chamaillaient.

— J'avais accepté de venir seulement si on s'arrachait assez tôt pour trouver un spot plus glamour ailleurs. C'était le deal ! bafouilla Leah d'une voix pâteuse.

— Il est plus de minuit ! C'est trop tard pour bouger ! répondit Maggie.

— Ouais. Tout juste ce que tu voulais, en fin de compte ! Me traîner ici, me cuiter et...

— Excuse-moi, mais tu n'as eu besoin de personne pour te cuiter, souligna Adam.

— Et m'obliger à m'incruster ! termina Leah sans faire attention à lui. C'est toujours la même histoire ! On voulait vivre un été d'exception avant de commencer la fac ! Un été où on aurait vécu tous nos rêves, où on se serait fabriqué des souvenirs à mourir, qu'on aurait emportés avec nous au moment de se séparer. C'était censé être... être...

Elle cherchait ses mots. Je l'ai aidée.

— Le meilleur de la vie ?

— Ouais !

Elle a claqué des doigts.

— Le meilleur de la vie ! C'est où qu'il est passé, le meilleur de la vie, hein ?

Silence absolu. Parce que tout le monde méditait la question ? me demandai-je, étonnée. Et non parce que Eliot venait d'arriver et était derrière moi...

— Ne me le demandez surtout pas, je n'ai pas de réponse, déclara-t-il.

Tous les regards étaient braqués sur lui.

— Moi, je suis venu seulement pour les hot-dogs.

— Des hot-dogs ! hurla Adam, surexcité. On en a plein. Des tonnes ! Tiens ! Prends ! Mange !

Il a pris un petit pain, y a fourré une saucisse et le lui a tendu. Eliot a froncé les sourcils et l'a accepté.

— Merci.

— Pas de problème ! hurla de nouveau Adam. Il y en a encore, si tu en veux ! Mais il y a aussi des chips ! Des haricots rouges ! Et...

— Tu ne pourrais pas baisser d'un ton, Adam ? coupa Wallace à mi-voix.

— Oui, bien sûr ! s'écria Adam.

Puis il reprit, plus posément :

— Et des esquimaux.

On regardait toujours Eliot. C'était tellement malaise, tendu, qu'on se serait davantage crus à une veillée funèbre qu'à une soirée barbecue. Mais en y réfléchissant bien, c'était peut-être le cas...

— Alors, Eliot, comment ça va, avec le magasin ? demanda Maggie au bout d'un moment. Tu lui as trouvé un nouveau nom ?

Eliot a baissé, puis levé les yeux.

— On cherche toujours.

— Moi, personnellement, j'aime bien le Gang de la Chaîne ! déclara Adam.

— Ça fait groupe de rock ! déclara Wallace.

— Et un mauvais groupe, en plus ! précisa Leah.

— C'est tout de même mieux que Pump Cycle.

— C'est quoi, le problème avec Pump Cycle ? interrogea Wallace. Moi, je pense au contraire que c'est bon.

— Ouais, tu parles, ça fait menstruel, dit Adam.

Esther lui pinça le bras.

— Mais quoi ? C'est vrai !

— Moi, je pense qu'il nous faut un nom avec du peps. Quelque chose de sombre. Hyper dangereux, intervint Jake, ce qui nous a tous surpris, parce qu'on pensait qu'il dormait.

— Comme quoi ? demanda Eliot.

— Comme les Barbed Wire Bikes. Ou Les Pneus Crevés, dit-il, les yeux toujours fermés.

Adam leva les siens au ciel.

— On ne peut tout de même pas appeler Les Pneus Crevés un magasin de vélos pour les touristes !

— Ah bon, et pourquoi ?

— Parce que les touristes pensent positif ! Ils veulent faire des trucs cool. Quand ils louent un vélo, ils n'ont pas envie de penser mort et accidents de la route...

Adam avait parlé l'air relax et vachement convaincu, mais sur la fin, son visage s'est décomposé pour exprimer le choc, l'horreur et enfin la honte absolue. Les mots lui avaient échappé, il prenait conscience de leur énormité, hélas, c'était trop tard pour les remballer.

Un silence de mort, c'est le cas de le dire, est tombé.

Adam était d'une rougeur atroce. Maggie et Esther se regardaient avec un désespoir indescriptible. À côté de moi, Eliot était médusé. Le malaise était lourd, évident, et incontournable. Et moi, je me répétais que c'était ma faute si Eliot avait entendu ça, si on en était arrivés à cette gaffe monumentale. Je ne savais pas quoi faire, jusqu'à ce que j'aie vu un plat de haricots rouges, sur la table tout près.

J'ai pris une décision éclair, de celles qu'on prend dans une situation de vie ou de mort. On n'en était pas là, c'est vrai, mais je n'ai pas réfléchi, j'ai agi dans l'urgence : j'ai plongé la main dans les haricots. J'en ai pris une bonne poignée et je l'ai balancée sur Eliot sans hésiter.

Les haricots ont splashé sur son visage et sur sa tête, quelques-uns ont atterri sur la pointe de ses chaussures. J'ai entendu les autres complètement tétanisés suspendre leur souffle, ça peut paraître incroyable, mais c'est vrai ! Moi, je ne fixais qu'Eliot, qui clignait des yeux et s'essuyait le nez.

— Oh, merde, me dit-il. Tu vas voir ce que tu vas voir !

Là-dessus, il s'est emparé du plat de haricots rouges, si vite que je n'ai pas eu le temps de réfléchir et encore moins de réagir, pour me le retourner sur la tête. C'était tiède, beurk, et gluant, ça a dégouliné sur ma figure. Mais ça ne m'a pas empêchée de m'emparer d'une assiette avec une moitié de hot-dog, que je lui ai lancée en pleine figure.

— Mais qu'est-ce qui... ? s'exclama Leah.

Je n'ai pas entendu la fin parce que Eliot me bombardait de petits pains dont il avait saisi le sachet sur la table. J'ai baissé la tête, toujours couverte de haricots rouges, et j'ai traversé la terrasse en prenant au passage des munitions : un sachet de Cheetos chipito au fromage. Ce qui a fait hurler Adam.

— Ah non ! C'est mon petit-déj' de la semaine !

Mais Maggie a pris une poignée de coleslaw dans son assiette et la lui a jetée.

— Toi, la ferme !

Puis elle en a lancé une autre bonne poignée à Leah, qui n'en revenait pas. Bouche bée, elle a regardé sa chemisette dégoulinante de coleslaw, puis Maggie.

— Oh, *toi*, ma vieille, tu as intérêt à filer si tu tiens à la vie !

Là-dessus, elle a pris une bouteille de bière et l'a bien secouée avant de l'ouvrir.

Maggie a poussé un cri perçant et a disparu dans l'escalier, avec Leah à ses trousses qui l'aspergeait de sa bière, façon geyser islandais. Pendant ce temps, Adam et Wallace échangeaient un tir groupé de noisettes tandis qu'Esther, bras au-dessus de la tête, arrivait derrière Jake, endormi avec son visage dégouttant de coleslaw. J'ai eu le temps de remarquer ce spectacle surréaliste avant de rentrer fissa dans la maison, soucieuse d'esquiver les morceaux d'esquimau qu'Eliot m'envoyait et de riposter avec mes Cheetos. J'étais tellement occupée à me défendre tout en gardant ma position offensive que je me suis rendu compte, trop tard, qu'il m'avait piégée dans la cuisine.

Je m'appuyai contre le frigo et tentai de reprendre mon souffle.

— Attends...

Je levai les mains.

— Pouce !

— Jamais de trêve dans les bonnes bagarres de bouffe ! dit Eliot tandis qu'il me jetait un autre morceau d'esquimau fondu.

La glace a atterri sur mon épaule et fait tomber un reste de haricots rouges dans un « splash ».

— Alors, comment on les finit ?

— Celui qui n'a plus de munitions a perdu.

Je regardai mes mains, couvertes de morceaux de haricots et de chips, mais vides.

— Je n'aime pas perdre.

— Personne n'aime ça. Quand il le faut, tu te rends. Point.

On n'était pas très ragoûtants, tous les deux, avec nos haricots rouges dans les cheveux et un panaché de nourriture sur nos vêtements. Ça n'était pas franchement un moment clé de l'existence, le genre où on se dit qu'il va se passer un événement important, et pourtant, l'événement important s'est passé. C'était comme si le chaos remettait les choses à leur place et en équilibre, et me permettait de lui dire les mots que j'avais si souvent eus au bord des lèvres.

— Je suis vraiment désolée pour ton ami.

Eliot a acquiescé très lentement. Les yeux dans les miens, toujours immobile, il a répondu :

— Merci.

Dehors, j'entendais hurler, parce que c'était chaud : les autres continuaient de se bagarrer. Mais sous la lumière vive de la cuisine, il n'y avait qu'Eliot et moi. C'était comme les autres nuits, mais tout à coup et en même temps, différent. Avec plein de possibles...

On se regardait toujours. Et brusquement, j'ai imaginé que je dégageais son visage. C'était si réel dans ma tête que j'avais déjà la sensation de ma main sur sa joue, de ses cheveux entre mes doigts et aussi de ses mains sur ma taille. On était immobiles, mais c'était vivant. Expressif. Et puis j'ai entendu la porte faire « bang » derrière nous.

— Hé, vous deux ! s'écria Adam.

Je me suis retournée. Il nous visait avec son appareil photo.

— Dites ouistiti !

Clic. J'ai pensé que cette photo-là, je ne la verrais peut-être jamais. Mais même si je la voyais, elle ne montrerait qu'un centième de ce que j'avais ressenti, à cette seconde-là. Et si un jour j'obtenais un double de cette photo, je savais déjà où je la mettrais. Dans un cadre bleu qui portait quelques mots : « Le meilleur de la vie ».

Chapitre 10

— Jean bootcut ou boyfriend jean ?

Silence. Puis :

— À votre avis, lequel me va le mieux ?

— Ça n'est pas la question : demandez-vous plutôt lequel vous fait les plus jolies fesses.

Ben, on n'est pas sortis de l'auberge, pensai-je. Je rangeai le carnet de dépôts dans le coffre et fermai la porte de mon bureau de la pointe du pied. À chaque nouvelle journée, nouveau bonheur d'entendre Maggie chanter les louanges du jean : bootcut (coupe années soixante-dix pattes d'ef) ou boyfriend (jean retroussé, oversize, comme piqué à son mec). J'aimais bien Maggie, eh oui, c'était étonnant mais vrai, mais j'avais un mal de chien à supporter ses attitudes girly. Comme maintenant.

J'entendis la cliente sortir de la cabine d'essayage et Maggie reprendre :

— Le bootcut tombe impec de la cuisse à la cheville. Et c'est le revers qui attire le regard. On en oublie le reste !

— Tant mieux, parce que le reste, c'est mon problème, grommela la cliente.

— Je connais ça ! Mais vous savez, le boyfriend a aussi ses points forts. Essayez et nous pourrons comparer.

Je n'ai pas entendu ce que la cliente a répondu, parce que ça carillonnait à la porte du magasin. Peu après, Esther est entrée dans le bureau, en treillis et top noir. L'air grave, muette, elle s'est laissée tomber sur la chaise à côté de la mienne.

— Hé, Esther, qu'est-ce qu'il... ? commençai-je.

Au même instant, Maggie a déboulé, regard égaré et portable à la main. Elle a consulté son écran, puis levé les yeux sur Esther.

— Je viens de lire ton texto ! C'est vrai ? Hildy est... morte !

Esther a acquiescé en silence.

— Je n'arrive pas à y croire ! enchaîna Maggie en secouant la tête. Elle faisait partie de la bande. C'est vrai, quoi, après tout ce temps...

J'allais dire mes sympathies et condoléances, mais Esther reprenait déjà, la voix tendue :

— Je sais. C'était une super voiture.

On a soudain entendu la porte de la cabine d'essayage s'ouvrir, dans le magasin.

— Une voiture ? demandai-je.

— La meilleure Jetta du monde, expliqua Maggie. Hildy était notre seul moyen de transport pour aller au lycée. C'était la quatrième de la bande.

— Et brave, avec ça, enchaîna Esther. Je l'avais payée 3 000 dollars, et elle avait déjà 120 000 bornes au compteur. Mais elle ne nous a jamais laissés tomber.

— Oh, pas tout à fait, corrigea Maggie. Tu te souviens du jour où nous sommes parties pour le World of Waffles, sur l'interstate ?

Esther lui a jeté un regard blessé.

— Tu veux vraiment remettre cette histoire sur le tapis ? À un moment pareil ?

— Pardon...

Dans le magasin, la porte de la cabine d'essayage s'est ouverte de nouveau.

— Oh... Attendez, je reviens, dit Maggie.

Elle a disparu, et un moment plus tard, j'ai entendu sa cliente se plaindre.

— Je ne sais pas quoi en penser. Regardez-moi ça : le boyfriend me fait des chevilles de mammouth !

— C'est parce que vous avez l'habitude du jean bootcut, qui est plus couvrant à ce niveau-là. Mais vous avez vu les hanches que la coupe boyfriend vous fait ?

Esther a rejeté la tête en arrière et fixé le plafond.

— Et maintenant que tu n'as plus de voiture ? Tu vas devoir aller à pied ? lui demandai-je.

— Impossible. Je pars bientôt à l'université, et je dois absolument avoir une voiture d'ici là. J'ai bien un peu d'argent de côté, mais pas assez.

— Emprunte, alors.

— Pour accumuler les dettes ?

Elle a soupiré.

— Je vais déjà devoir rembourser l'emprunt que j'ai fait pour mes études jusqu'à la fin de mes jours.

La voix de la cliente s'élevait encore :

— Non, franchement, je ne sais pas... Ni le bootcut ni le boyfriend ne me vont...

— Trouver le jean parfait, c'est un vrai défi, vous savez ! lui répondit Maggie. Il doit vous faire flasher. Vous devez avoir un véritable coup de foudre, vous comprenez ?

Mieux valait entendre ça que d'être sourd... J'ai repris mon stylo et je me suis de nouveau concentrée sur ma balance de trésorerie.

Peu après, j'ai entendu la cliente qui retournait dans la cabine d'essayage et Maggie qui revenait.

— Bon, étudions les solutions qui se présentent à nous, dit-elle à Esther qui fixait toujours le plafond. As-tu pensé à emprunter ?

— Je vais déjà devoir rembourser le prêt que j'ai fait pour payer mes études jusqu'à la fin de ma vie, répéta-t-elle d'une voix morne. Non, je crois plutôt que je vais débloquer les bons d'épargne que mes grands-parents m'ont donnés.

— Oh, Esther, non ! Je doute que ça soit une bonne idée !

Toute cette histoire ne me regardait pas, mais j'avais vraiment de la peine pour Esther. J'ai donc décidé de clarifier le problème.

— Elle vient de te dire qu'elle ne voulait pas s'endetter davantage, expliquai-je à Maggie, regrettant qu'il n'existe aucun parallèle possible entre la mode des jeans et les emprunts bancaires. Si elle fait un nouveau prêt, elle devra rembourser plus.

Dans la boutique, la porte de la cabine d'essayage s'est de nouveau ouverte, et la cliente y est allée de son petit commentaire fashion.

— Je ne sais pas quoi penser de celui-là ? Est-ce

que mes jambes sont censées ressembler à deux saucisses ?

— Ça non ! jeta Maggie du couloir en secouant la
tête. Essayez donc le jean bootcut avec les poches
brodées, j'arrive tout de suite !

La porte de la cabine s'est refermée. Esther a soupiré.

— Plus tu empruntes, plus tu dois rembourser :
c'est mathématique, dis-je à Maggie.

— Certes, convint Maggie, mais une voiture, c'est
un bien de consommation, pas un actif, ou un bien
qui rapporte si tu préfères. L'acquisition d'une voiture
n'est donc pas un investissement, puisque tous les
véhicules se dévaluent dans le temps. Je comprends
qu'Esther ait envie de débloquer ses économies plutôt
que d'emprunter, mais je lui conseille de les garder au
chaud et de se renseigner sur le taux d'emprunt que
propose la banque de Colby.

— Tu crois ? demanda Esther.

— Bien sûr ! continua-t-elle. Quel est le taux
d'emprunt, en ce moment... Voyons, 5,99 % ou quelque chose dans le genre ? Conclusion, tu empruntes,
tu gardes tes bons d'épargne tant qu'ils ont de la
valeur. C'est ta garantie. La façon la plus rentable de
gérer son argent.

Je suis restée baba. Un vrai phénomène, cette Maggie. Soudain, la voix de la cliente s'est élevée du magasin.

— Et celui-là, qu'est-ce que vous en pensez ?

Maggie a regardé dans le couloir. A souri et
applaudi.

— Oh là là ! Et vous ?

— Je flashe complètement. C'est le coup de foudre !

Maggie a éclaté de rire. Elle est repartie vers les cabines d'essayage, tandis que j'essayai de donner un sens à ce que je venais d'entendre. Pas facile. En fait, plus tard dans la soirée, lorsqu'elle est revenue dans le bureau, juste avant la fermeture, j'y réfléchissais toujours.

— Comment es-tu au courant de tout ce pataquès financier ? lui demandai-je alors qu'elle posait la caisse sur le bureau.

— Ça date de mon époque vélo. Ma mère n'était pas très chaude pour que ça devienne mon hobby. J'ai donc dû financer l'achat de mon vélo, de l'équipement et tout le tralala.

— Impressionnant.

— Possible. En tout cas, ça n'a pas impressionné ma mère.

— Ah bon ?

Elle a secoué la tête.

— Alors, qu'est-ce qui l'impressionne ?

— Oh, je n'en sais trop rien. Je crois qu'elle aurait préféré que je participe au bal des débutantes : c'était son rêve. Ou à des concours de beauté au lieu de cavaler sur un BMX avec une bande de mecs grunge. Je lui ai dit cent mille fois que je pouvais faire les deux. Après tout, on peut être mignonne *et* intelligente. Passionnée de mode *et* branchée sport. La vie, ça ne devrait pas se résumer à un choix entre ceci et cela, tu ne crois pas ? On est quand même capable de mieux !

Elle, oui, c'est clair. Moi, je le réalisais seulement maintenant.

— C'est pas bête...

Elle a souri, pris les clés sur le bureau et les a rangées dans sa poche.

— Je vais aller remettre de l'ordre dans le rayon des jeans pendant que tu termines. Trouver un bootcut qui plaisait à cette cliente, ça n'a pas été facile, mais ça en valait la peine ! Tu aurais vu le joli petit cul qu'il lui faisait !

— J'imagine, oui.

Je suis restée seule dans mon bureau rose orange, me demandant ce qui impressionnait ma mère et m'interrogeant sur les choix dans lesquels j'avais été enfermée depuis ma naissance. Et si être une fille, finalement, c'était s'intéresser aux taux d'emprunt et aux jean slim, aux BMX et au rose shocking ? Ne pas avoir un seul centre d'intérêt, mais plusieurs, à l'infini.

Les deux semaines suivantes, j'ai pris mon rythme de croisière : dodo le matin, boulot le soir. Eliot toute la nuit.

Maintenant, plus besoin de feindre de tomber sur lui par hasard : c'était tacite, on se rencontrait après le boulot au Gas/Gro où on rechargeait nos batteries en café et en bouffe (on sait jamais de quoi on peut avoir besoin), puis on planifiait la nuit devant nous. En clair, et dans l'ordre : faire des courses, déguster une petite pâtisserie chez Abe, et continuer ma quête.

— Tu penses vraiment que je dois en passer par là ? lui demandai-je un soir.

Il devait être environ une heure du mat, on était devant le Tallyho, la boîte préférée de Leah.

Un néon HOLA MARGARITAS ! clignotait dans la vitrine. Le costaud assis sur un tabouret, devant, avait l'air de s'ennuyer mortellement et vérifiait ses textos.

— J'en suis convaincu ! déclara Eliot. Aller en boîte, ça fait partie des rites de passage, et c'est même bonus si c'est une boîte de merde.

— Mais je n'ai pas mes papiers, je ne peux donc pas prouver que je suis majeure, objectai-je tandis qu'on s'approchait et croisait fille en robe rouge et aux yeux gonflés qui trébuchait.

— Pas besoin.

— Certain ?

Il n'a pas répondu. Il m'a prise par la main, et j'ai senti un frisson dans le bas de mon ventre. Depuis la hot-dog party, Eliot et moi, on était plus proches, mais c'était notre premier vrai contact physique. Je me suis tellement pris la tête à en chercher le sens que j'ai compris, avec un temps de retard, que ça n'était pas la peine : sa main dans la mienne, c'était naturel comme le début de la vie.

— C'est combien, l'entrée ? demanda Eliot au costaud.

— Vous avez vos papiers ?

Eliot a sorti son portefeuille et lui a tendu son permis de conduire. Le costaud l'a regardé, puis il a regardé Eliot.

— Et elle ? dit-il avant de le lui rendre.

— Elle l'a oublié. Mais pas de souci, je me porte garant.

Le costaud m'a regardée avec autant d'intérêt que si j'avais été une clé à molette.

— La galanterie et l'honneur, ça ne marche pas ici.

— Je comprends, mais vous pouvez peut-être faire une exception ?

Le costaud n'a même pas réagi. Il avait l'air de s'emmerder gravissimo.

— Pas de papier d'identité, pas d'entrée.
— C'est bon, dis-je à Eliot. Je te jure, c'est pas grave.
Eliot a levé la main pour me faire taire et a repris.
— Écoutez, on ne veut pas entrer pour picoler, on ne veut même pas rester, mais seulement faire un tour. Pas plus de cinq minutes.
Le costaud a eu l'air contrarié, cette fois.
— Pas de papier d'identité, pas d'entrée. Il y a quelque chose que vous ne comprenez pas dans cette phrase ?
— Et si je vous disais qu'il s'agit d'une quête ? insista Eliot pendant que je me tortillais, inquiète parce que ma main dans la sienne devenait moite.
Le costaud l'a fixé. Derrière lui, j'entendais la basse.
— Quel genre de quête ?
C'est foutu, c'est mort, pensai-je.
— Elle n'a jamais rien fait de sa vie, expliqua Eliot en pointant le pouce sur moi. Pas une seule fête au lycée, de bal ou de soirées pyjama. Elle ne s'est jamais socialisée, la pauvre.
Le costaud m'a dévisagée, et j'ai essayé d'avoir l'air d'une vraie sauvage. Ou d'une parfaite demeurée.
— Alors, on essaie de rattraper le temps perdu, jour après jour. Tâche après tâche. Et ça, c'est sur la liste.
— Le Tallyho est sur la liste ?
— Entrer dans un club, ça fait partie des musts, continua Eliot. Pas picoler dans un club. Même pas y rester. Seulement y entrer.
Le costaud m'a de nouveau dévisagée.
— Cinq minutes. Pas plus.
— Peut-être même quatre ! s'exclama Eliot.
J'entendais mon cœur qui battait comme dix cloches. Puis le costaud a pris ma main et a sorti un

tampon en caoutchouc de sa poche de chemise et l'a pressé dessus. Il a fait un geste à Eliot pour qu'il tende la sienne.

— Vous n'approchez pas du bar. Et vous avez trois minutes.

— Fabuleux, dit Eliot en m'entraînant à l'intérieur.

— Attends. Comment tu as fait ? dis-je, tandis qu'on prenait un petit couloir sombre et étroit qui donnait sur une salle où clignotaient des milliers de flashes multicolores.

— Je te l'ai dit, tout le monde comprend le sens d'une quête ! me cria-t-il pour couvrir la musique.

Je n'ai rien trouvé à répondre. De plus, on entrait maintenant dans le club où la musique jouait si fort que je n'entendais plus ma propre voix. C'était une grande salle carrée avec des petits boxes sur trois côtés, le quatrième étant occupé par le bar. La piste de danse était au milieu, bondée de filles en tops ultramoulants avec des bières à la main et de mecs bronzés style surfeurs californiens qui gigotaient devant elle.

— C'est incroyable ! hurlai-je à Eliot qui me tenait toujours par la main.

Soit il ne m'a pas entendue, soit il ne s'est pas donné la peine de répondre, je n'en sais rien, mais il m'a conduite vers la piste de danse.

J'avais du mal à avancer, entre les sacs à main et les pieds, avec la piste qui tressautait comme les battements de mon cœur à chaque beat. Il faisait chaud et poisseux. Ça puait le parfum et la fumée de cigarette, et je transpirais déjà comme une malade, alors qu'on venait juste d'arriver. C'était un peu une fête foraine, mais sans odeur de gaufre et de barbe à papa, version musicale et danse, et surtout relookée bimbos et super frime.

— Dernière danse ! entendis-je hurler au-dessus de nos têtes. Enlacez qui vous voulez et battez la mesure ! C'est déjà demain !

La musique de fou s'est interrompue en deux beats, pour laisser place à un slow. Ça a râlé, certains ont quitté la piste, d'autres sont restés et se sont enlacés, pendant que des couples venaient les rejoindre. C'était un spectacle tellement passionnant que j'ai failli perdre l'équilibre et dégringoler quand Eliot a tiré sur mon bras.

— Attends ! Je ne sais pas si…, dis-je alors que nous passions devant un couple très enlacé, très immobile, et un autre, dansant à son rythme sexy et lent, avec la fille qui tenait toujours sa bière au bout des doigts.

À ce moment-là, Eliot s'est arrêté. Moi aussi, ma main toujours dans la sienne, et je me suis rendu compte qu'on était au milieu de la piste, avec les lumières de toutes les couleurs qui tournoyaient au-dessus de nos têtes. J'ai levé les yeux, puis regardé les gens autour, et enfin Eliot.

— Approche, me dit-il.

Il s'est avancé, lâchant ma main pour me prendre par la taille.

— Il nous reste deux bonnes minutes.

Je lui ai souri, et malgré moi, je me suis approchée. Plus près. Tout naturellement, j'ai passé mes bras autour de son cou et entrecroisé mes doigts derrière sa nuque. Et on a dansé.

— C'est dingue…, dis-je en regardant autour de moi. C'est…

— Ça vaut la peine de le faire au moins une fois dans sa vie. Mais seulement une !

J'ai souri. Et au milieu du Tallyho, au milieu de la nuit mais hors du temps, Eliot m'a embrassée. Ça n'était pas comme je l'avais imaginé, mais ça a été parfait.

Quand on a cessé de s'embrasser, la chanson finissait, mais tout le monde restait enlacé, continuant de danser. J'ai posé ma tête sur la poitrine d'Eliot pour faire durer le plaisir. Le DJ n'avait pas menti. C'était déjà demain. Et mon petit doigt me disait que la journée serait bellissime.

Quand j'ai ouvert les yeux, vers midi, la maison était calme. Pas de BabyZen, pas de cris. Rien sauf...

— Tu plaisantes, j'espère ! Mais bien sûr que je viens ! Je ne manquerais cela pour rien au monde !

Je cillai, roulai sur le flanc et me levai pour aller à la salle de bains où j'achevai de me réveiller en me brossant les dents.

J'entendais mieux la voix de mon père, plus forte à présent.

— Non, aucun problème : il y a deux vols par jour.

J'entendis le clic clic de ses clés.

— Tout à fait ! Le timing ne pouvait être plus parfait. J'emporte mon manuscrit. Oui. Magnifique ! Alors, à très vite.

Lorsque je suis descendue pour boire mon café, une dizaine de minutes plus tard, mon père – maintenant à la cuisine – faisait les cent pas, tandis que Heidi, assise à table, Thisbé dans les bras, avait l'air au bout du rouleau.

— C'est une occasion exceptionnelle de me montrer

et de faire ma promo ! s'exclama mon père. Beaucoup de personnes du monde de l'édition seront présentes. Justement des gens avec qui je dois être en contact. Je ne pouvais rêver mieux !

— Et c'est ce soir ? demanda Heidi. N'est-ce pas un peu juste, pour t'organiser ?

— Pas du tout ! Je vais réserver un vol, passer la nuit là-bas et je rentrerai !

Je sortis un mug du placard en regardant Heidi qui enregistrait l'info. Elle a mis le temps, normal : le matin, une fois que Thisbé était réveillée et pleurait, Heidi avait un temps de retard pour tout. Le manque de sommeil émoussait salement ses capacités, en particulier ses capacités cognitives.

— Quand ? demanda-t-elle enfin.

— Quand quoi ? interrogea mon père.

Thisbé couina. Heidi cilla, et la percha contre son épaule.

— Quand rentreras-tu ?

— Demain dans la journée. Ou peut-être dans la soirée.

Mon père était toujours en train de faire les cent pas, il semblait monté sur des ressorts.

— Je vais profiter de ce bref séjour pour rencontrer du monde. Et au moins programmer un rendez-vous déjeuner.

Heidi a avalé sa salive, puis baissé les yeux sur Isby qui reniflait contre son épaule.

— C'est juste que...

Elle s'est tue, puis a repris courageusement .

— Je doute que ça soit le bon moment pour que tu t'absentes.

— Quoi ? Mais pourquoi ?

J'ai bu une gorgée de mon café. En silence. Je ne devais surtout pas m'en mêler.

— Eh bien, continua Heidi. Thisbé est un peu difficile, ces temps-ci. Et puis, je ne compte plus mes nuits blanches... Je ne sais pas si...

Mon père s'est figé, comme transformé en statue.

— Tu veux que je reste.

Ça n'était même pas une question.

— Écoute, Robert, je me demande seulement si tu ne pourrais pas patienter encore une ou deux semaines. Juste le temps que Thisbé fasse ses nuits.

— Mais cette manifestation a lieu ce soir, dit-il lentement. C'est le hic.

— Oui, je sais, mais je pense que...

— Bien. Parfait !

J'ai pris la cafetière et me suis versé du café, bien que ma tasse soit encore pleine.

— Écoute, Robert, je...

— Non. Je vais rappeler Peter. Lui dire que je suis désolé. Que je ne peux pas venir. Je suis certain qu'il y aura une autre soirée organisée par la Writer's Guilde dans quelques semaines.

Je ne voulais pas m'en mêler. Plus jamais. Et encore moins aujourd'hui, qui avait si bien commencé par un baiser avec Eliot au Tallyho. J'évitai donc de regarder Heidi ou mon père, et je suis remontée dans ma chambre. J'ai ouvert tout grand la fenêtre, puis j'ai contemplé l'océan, le laissant absorber et noyer toutes les paroles que je venais d'entendre.

Deux heures plus tard, je suis redescendue dans la cuisine et je n'ai pas été surprise de voir une petite valise cabine près de la porte. Mon père avait eu l'air prêt à faire un compromis, mais en fin de compte, il avait obtenu ce qu'il voulait. Comme d'hab...

Au moment où je quittais la maison pour me rendre au magasin, papa était déjà parti. Heidi s'était retirée dans la nursery rose et chocolat. Installée dans son rocking-chair, elle berçait Isby.

Je l'ai regardée du seuil, hésitant à lui demander si ça allait, et puis zut, j'ai renoncé. Après tout, Heidi ne m'avait rien demandé et moi, j'en avais marre de proposer mon aide.

Une fois chez Clementine's, je me suis enfermée dans mon bureau et j'ai essayé de me concentrer sur Eliot et la nuit à venir. Dans le magasin, Maggie recevait un flot continu de clientes, parce qu'il y avait un concert en plein air qui se déroulait sur la promenade. Vers neuf heures trente, elle a passé la tête par la porte du bureau.

— Tu n'aurais pas vu une commande spéciale Barefoot par hasard ?

Je levai ma tête pleine de chiffres.

— Quoi ?

— Des tongs Barefoot ? Il paraît que Heidi en a commandé vingt paires, il y a pas mal de temps, mais je n'en trouve pas la trace.

— Tu as téléphoné à Heidi ?

— Je ne veux pas la déranger. Le bébé dort peut-être ?

— Ça, j'en doute.

J'ai composé le numéro de la maison et je lui ai tendu le combiné. Tout en surveillant le magasin, Maggie l'a calé entre le menton et l'épaule.

— Salut, Heidi. C'est Maggie, je veux juste... oh, ça va, toi ?

J'ai rapproché la calculette, effacé les chiffres sur l'écran. Dehors, j'entendais des filles qui criaient de bonheur devant le bac des soldes.

— Non, non, mais c'est juste que tu sembles un peu...

Maggie s'est tue.

— Quoi ? Oh oui, j'entends bien. Elle pleure vraiment beaucoup... Heu, écoute, je suis désolée de te déranger, mais je t'appelle à propos d'une commande...

Eliot, Eliot, Eliot, pensai-je en pianotant sur ma calculette. Ce soir, ce soir, ce soir, continuai-je en additionnant mes chiffres. Le reste, pas mon problème. Sous-total. Total. Trois opérations plus tard, Maggie a raccroché.

— Heidi dit que les claquettes sont dans la réserve, dans l'un des cartons des jeans. Enfin, si j'ai bien compris. Parce que ça n'était pas évident.

— Ah ça, c'est sûr, Isby a du coffre, dis-je en effaçant de nouveau les chiffres de ma calculette.

— Je ne te parle pas du bébé, mais de Heidi. Elle semblait complètement à bout. Elle va bien ?

J'ai levé les yeux.

— Tu veux dire que Heidi pleurait ?

— Elle faisait comme si elle allait bien, mais je l'ai compris.

L'entrée du magasin a carillonné.

— Zut, des clientes. Je dois y retourner. Tu peux aller me chercher les tongs ?

Sans problème. Mais j'ai mis du temps avant de me lever et de descendre dans la réserve, et j'ai trouvé les tongs là où Heidi l'avait indiqué à Maggie. J'ai pris le carton et je l'ai porté dans le magasin. Maggie m'a jeté un regard qui disait merci lorsque je l'ai posé sous la caisse. Après, j'ai filé à la maison.

J'aurais été rassurée si, en arrivant, j'avais entendu les pleurs et les cris maintenant familiers d'Isby. Mais tout était trop calme. J'ai pris le couloir sombre jusqu'à la cuisine mal éclairée par la loupiote au-dessus de l'évier. Le salon était sombre. Si sombre même que, tout d'abord, je n'ai pas vu Heidi.

Mais elle était sur le canapé, Isby dans ses bras, et elle pleurait. Ça n'était pas des sanglots, des gémissements ou des soupirs. Non. Heidi pleurait en silence et en permanence. Ça m'a filé la chair de poule. Et j'ai failli la laisser tranquille parce que j'avais l'impression de regarder le fond de son intimité avec une loupe. Mais je ne le pouvais pas.

— Heidi ?

Pas de réponse. Je me suis approchée. Puis je me suis assise à côté d'elle. Et quand j'ai posé la main sur sa cuisse, elle a pleuré deux fois plus. Ses larmes s'écrasaient sur ma main. Isby était réveillée et l'observait.

— Donne-moi le bébé, Heidi.

Elle a refusé et continué de pleurer. Ses épaules frémissaient comme deux pauvres petites choses abandonnées.

— Heidi, s'il te plaît.

Toujours pas de réponse.

Elle me faisait peur, à la fin, alors je lui ai pris Isby des bras. Après, elle a remonté ses genoux jusque sous le menton et détourné son visage pour que je ne le voie pas.

Je l'ai regardée, puis j'ai regardé Isby. Je ne savais pas quoi faire. Je sais, j'aurais dû téléphoner à mon père, mais je suis allée à la cuisine pour former le seul numéro qui me donnerait l'aide dont j'avais besoin tout de suite.

— Gas/Gro, Wanda à votre service !

Wanda, c'était la caissière de service à cette heure, la petite blonde avec ses boucles d'oreilles qui frétillaient comme deux gardons.

J'ai toussé pour éclaircir ma voix.

— Bonsoir, Wanda.

Et sans cesser de bercer Isby qui babillait, j'ai repris :

— Heu... c'est Auden. Je passe toujours à cette heure-là boire un café. Vous me situez ? Je cherche Eliot Stock. C'est pour une urgence, enfin pas vraiment, mais quasiment. Il a dans les vingt ans, des cheveux noirs. Il conduit un...

— Allô ?

Eliot !

En entendant sa voix, quelque chose dans ma poitrine s'est doucement détendu.

— C'est moi.

Puis je précisai :

— Moi, Auden.

— J'avais un pressentiment. Qui d'autre peut m'appeler au Gas/Gro ?

— Écoute, je suis désolée, mais il y a une crise à la maison et je ne sais pas quoi faire.

— Une crise ? Que se passe-t-il ?

J'ai regardé dans le salon où je voyais à peine Heidi, toujours en boule comme si elle avait voulu disparaître du monde.

Je suis allée dans le couloir, j'ai calé Isby contre mon

épaule et je lui ai tout raconté. Pendant ce temps, j'entendais toujours Heidi pleurer.

— Ne bouge pas, me dit-il quand j'ai eu fini. Je connais la solution.

Vingt minutes plus tard, on a frappé. C'était Eliot avec quatre gobelets de GroRoast et un paquet de cup-cakes.

— Du café ? C'est ça, ta solution ?

— Non ! La solution, la voilà !

Il s'est écarté devant une femme de petite taille aux cheveux noirs coupés court. Elle avait le teint mat et les yeux verts, comme lui. Elle était en pantalon et portait un sac en bandoulière. Ses tennis blanches étaient impeccables.

— Maman, je te présente Auden. Auden, voici ma mère, Karen Stock.

— Bonsoir, dis-je. Merci d'être venue. Je... je ne sais pas quoi faire...

Elle m'a souri, puis s'est approchée et a baissé les yeux sur Isby qui s'est mise à pleurer.

— Quel âge a le bébé ?

— Huit semaines.

— Où est sa mère ?

— Dans le salon. Elle n'arrête pas de pleurer, elle refuse de me parler.

Mme Stock entra.

— Va coucher le bébé et emmaillote-le, ordonna-t-elle à Eliot. J'arrive.

— D'accord.

— Dois-je... ? commençai-je. Enfin, je veux dire...

— Ça va aller, maintenant, me dit Mme Stock. Fais-moi confiance.

Et le plus bizarre, c'est ce que j'ai fait. J'ai regardé cette inconnue qui entrait dans le salon, posait son sac sur la table, s'approchait de Heidi et s'asseyait à côté d'elle. Après, elle lui a parlé. J'entendais mal, je n'ai donc rien compris, mais Heidi l'écoutait. Au bout d'un moment, elle a laissé Mme Stock la serrer dans ses bras, la cajoler, et elle s'est enfin laissé consoler.

Quand nous sommes entrés dans la nursery rose et chocolat, Isby hurlait et bataillait sec.

— Tu sais où sont rangées les couvertures ? me demanda Eliot après avoir allumé la lumière.

— Dans la commode. Regarde dans le troisième tiroir.

Je berçai Isby tandis qu'il sortait une couverture rose avec des ronds chocolat. Il l'a dépliée et a refermé le tiroir.

— Maintenant, il me faut un lit. Enfin du plat. Où est ta chambre ?

— Juste à côté, mais je ne...

Il sortait déjà, alors, bien obligée, je l'ai suivi. Il a étalé la couverture sur mon lit et en a plié un coin.

— Maintenant, donne-moi le bébé, dit-il en me tendant les bras.

Mais j'étais méfiante.

— Qu'est-ce que tu vas lui faire ?

— Tu n'as pas entendu ma mère ? Elle t'a demandé de me faire confiance.

— À elle ! Pas à toi.

— Tu ne me fais pas confiance ?

J'ai regardé tour à tour la couverture et Isby qui hurlait, et je l'ai revu me conduire sur la piste de danse du Tallyho, la nuit dernière. Je lui ai donc tendu ma petite sœur.

À force de pleurer, Thisbé était devenue rouge brique. Eliot l'a allongée sur la couverture, sans se soucier qu'elle gigote, pour lui mettre les bras le long du corps, avant de replier les coins de la couverture de part et d'autre pour bien l'envelopper. À chaque étape, Isby hurlait de plus en plus fort.

— Eliot ! Arrête ! C'est encore pire ! criai-je.

Il ne m'écoutait pas. Il terminait de nouer les extrémités de la couverture avec Isby qui hurlait plein pot.

— Eliot ! hurlai-je moi aussi. Arrête, elle...

Silence total. Ça a été si brusque que, l'espace d'une seconde, j'ai pensé qu'Isby était morte. Mais non, elle nous regardait, saucissonnée dans sa couverture.

— Elle ne pleure plus... ?

Eliot l'a prise dans ses bras et me l'a rendue.

— Comment as-tu fait ?

— Je n'ai rien fait.

Isby a ouvert la bouche, pour bâiller cette fois, et s'est blottie contre moi.

— C'est l'emmaillotage : c'est magique. Le bébé retrouve une position naturelle, proche de celle qu'il avait dans le ventre de sa mère. Ça le rassure et l'apaise. Ma mère ne jure que par cela.

— C'est incroyable. Mais comment sait-elle un truc pareil ?

— Elle a été infirmière dans une maternité, et elle a pris sa retraite l'année dernière. De plus, mon frère et ma sœur ont quatre enfants. Ajoute-les à nous quatre et cela totalise des années de pratique.

À cet instant, Mme Stock a frappé doucement et est entrée.

— Heidi va se reposer, maintenant. Vous descendez, tous les deux ?

Devant la chambre de Heidi, j'ai vu un rai de lumière sous la porte fermée. On arrivait en haut de l'escalier qu'elle avait éteint.

Une fois qu'on s'est retrouvés dans la cuisine, Mme Stock s'est lavé les mains et les a séchées avec de l'essuie-tout.

— Bien. Et maintenant, passe-moi cette petite puce, me dit-elle avec un sourire.

J'obéis. Mme Stock s'est assise avec Isby dans ses bras et lui a caressé le front.

— Bon emmaillotage, Eliot.

— Bien entraîné, maman.

Tous les deux, on l'a regardée bercer Isby en lui tapotant doucement le dos.

— Merci d'être venue, lui dis-je enfin. Heidi ne va pas bien, mais quand je suis rentrée à la maison et que je l'ai trouvée dans cet état... Je n'ai pas su ce que je devais faire.

— C'est une jeune maman, dit Mme Stock qui contemplait Isby. Elle est épuisée.

— Mon père a voulu engager une nounou, mais elle a refusé.

Mme Stock a ajusté la couverture autour d'Isby.

— Quand j'ai eu Steven, mon aîné, ma mère est venue habiter chez nous pendant un mois. Sans elle, je n'y serais pas arrivée.

— La mère de Heidi est morte il y a deux ans.

— C'est ce qu'elle m'a dit, déclara Mme Stock.

Je revis Heidi, le visage gonflé par les larmes, se blottissant dans les bras de Mme Stock au cœur de la nuit. Que lui avait-elle dit d'autre ?

— Devenir maman, c'est l'apprentissage le plus difficile qui soit. Mais ça ira. Elle a seulement besoin de repos.

Un silence tomba sur ces derniers mots. Isby, elle, fermait les yeux.

— Tu ferais bien d'aller au lit, dit alors Mme Stock à Eliot. Tu travailles demain, n'est-ce pas ?

— Oui, mais...

— Alors rentre. Laisse-moi tes clés. Tu passeras chercher ton van demain.

— Je rentre à pied ?

Elle lui adressa un regard neutre.

— Eliot Joseph, il n'y a que quatre blocs d'ici à chez toi ! Tu survivras à un peu de marche.

Eliot a râlé, mais il souriait lorsqu'il a posé ses clés de voiture sur la table.

— Merci, maman.

Il l'a embrassée et je l'ai suivi dehors.

— Eh bien, cette nuit aura été courte..., dis-je, regardant vers la cuisine où Mme Stock berçait toujours Isby.

— On dirait. Ma mère n'est pas vraiment au courant de mes habitudes noctambules.

— Elle n'apprécierait pas ?

— Oh, pas du tout ! Dans son esprit, il faut se coucher avant minuit.

Je lui souris.

— Ta mère est étonnante, mais je ne suis pas d'accord avec elle là-dessus.

— Oui, elle est étonnante. Et moi non plus, je ne suis pas d'accord avec elle sur ce point.

Il m'a embrassée. J'ai noué mes bras autour de son cou, et je l'ai attiré tout contre moi. J'aurais pu rester là, comme ça, pendant toute la nuit, mais il a reculé et regardé la cuisine derrière moi.

— Je ferais mieux d'y aller.

— D'accord. À demain.

Il m'a souri, et a descendu les marches. Je lui ai fait un dernier petit signe, puis je l'ai suivi des yeux jusqu'à ce qu'il disparaisse dans la nuit éclairée par les lampadaires. Plus tard, une fois dans ma chambre, je me suis mise à la fenêtre et longtemps j'ai regardé la direction par où il avait disparu : une longue rue ponctuée de lumières qui devenaient de plus en plus petites au fur et à mesure qu'elles s'éloignaient. J'ai repéré celle qui, à mon avis, se trouvait au niveau du quatrième bloc, et je l'ai fixée comme une étoile étincelante jusqu'au petit matin.

Chapitre 11

Une semaine avait passé. Ce jour-là, mon frère devait débarquer à Colby vers cinq heures de l'après-midi. À quatre heures et demie, téléphone. C'était maman.

— Je t'appelle uniquement pour t'avertir, Auden.

On ne s'était plus reparlé, depuis sa visite à Colby qui s'était terminée sous le signe du désastre. Un désastre oublié, puisqu'elle m'appelait aujourd'hui. Ce qui ne m'a pas empêchée de rester prudente.

— M'avertir de quoi ?

Silence. Elle buvait, on parie ? une gorgée de vin blanc.

— Sa Laura !

Ce « sa » en disait des tonnes et suffisait largement à me renseigner, mais j'ai tout de même mordu à l'hameçon.

— Quoi ? Tu ne l'aimes pas ?

— Mais enfin, Auden !

Je l'ai vraiment entendue hausser les épaules à l'autre bout du fil.

— Elle est épouvantable. *Épouvantable !* Je ne comprends pas du tout ce que ton frère lui trouve, mais à l'évidence, il n'est plus en possession de ses facultés mentales ! Cette fille, elle... voyons... elle...

Ah, ma mère ne trouvait pas ses mots. C'était rarissime, c'était inquiétant.

— C'est une *scientifique* ! acheva enfin maman. L'une de ces filles glaciales et méthodiques, qui adorent les hypothèses et les groupes témoins. De plus, elle a un tel ego qu'elle est convaincue que tout le monde s'intéresse aux mêmes choses qu'elle ! Unique ! Hier soir, pendant tout le dîner, elle nous a cassé les pieds en nous parlant de cellules myéliniques.

— Des *quoi* ?

— Tu vois ! Cette fille n'a ni cœur ni âme ! Elle a deux ans de plus que ton frère, mais elle est coincée comme une porte. Une vieille fille avant l'heure ! Un bas-bleu ! Elle va nous formater notre Hollis, si original, si drôle. C'est un drame !

Par la porte ouverte, je voyais Heidi qui balayait le bureau de mon père, reconverti en deuxième chambre d'amis en l'honneur de Hollis et de sa fameuse Laura. Thisbé installée dans son relax la regardait faire.

Depuis l'horrible nuit de la semaine dernière, ça allait mieux à la maison. Mme Stock était restée jusqu'au matin et s'était occupée d'Isby. Le lendemain, lorsque j'étais descendue dans la cuisine, elle venait de partir. Heidi était seule, le bébé emmailloté dans ses bras, l'air plus reposé qu'elle ne l'avait été depuis longtemps.

— Cette femme, c'est un miracle ! me dit-elle en guise de bonjour.

— Ah ?

— Oui. Elle est restée avec moi près de trois heures, ce matin, et j'en sais cent fois plus qu'hier. Tu étais au courant que l'emmaillotage donne au bébé un sentiment de sécurité ?

— Non, mais j'ai bien l'impression que c'est vrai.

— Elle m'a aidée à soulever le matelas de Thisbé, pour qu'elle digère et dorme mieux. Elle m'a aussi conseillé d'acheter un berceau, pour l'aider à s'endormir. Et puis, elle a une solution, pour mes mamelons trop secs et sensibles.

— Heidi, par pitié...

— Oh oui, désolée. Mais je te remercie de tout cœur de l'avoir appelée. Elle m'a proposé de revenir, si j'avais besoin d'aide. Mais je ne sais pas. Hier soir, tout était si étrange... Je me demande ce qui est arrivé. J'étais tellement fatiguée...

— C'est bon, coupai-je, de peur qu'elle ne verse dans le pathos. Je suis contente que tu ailles mieux.

— Oh oui, tellement mieux, dit-elle en souriant à Isby.

Depuis, Heidi semblait de meilleure humeur et Isby dormait davantage, ce qui nous arrangeait tous. Mme Stock est revenue encore deux fois à la maison, mais les deux fois, je l'ai loupée. Pourtant je voyais bien qu'elle était passée, parce que Heidi se sentait toujours nettement mieux, après.

À la différence de maman, d'ailleurs, qui continuait de déblatérer sur la Laura de Hollis et la façon dont elle vampirisait la joie de vivre de mon frère, cellule myélinique par cellule myélinique.

— Il semble tout de même vachement accro, non ? dis-je.

— Mais ton frère aime tout le monde ! C'est d'ailleurs son point faible !

Autre sombre soupir.

— Tu verras quand tu feras la connaissance de Laura, Auden. Elle est...

Je regardai par la fenêtre juste au moment où une Honda se garait.

— Là ! achevai-je. Les voilà ! Je te laisse !

— Bon courage..., murmura-t-elle. Appelle-moi plus tard.

J'ai promis, et je suis sortie dans le couloir à l'instant où mon père criait à Heidi que mon frère arrivait. Elle a défait le harnais de sécurité de Thisbé.

— Prête à rencontrer ton grand frère ? lui a-t-elle demandé.

On arrivait en haut de l'escalier lorsque mon père a ouvert.

Je vis d'abord Hollis sortir de sa voiture. Il était parti depuis deux ans, mais il était toujours le même. Si ce n'est qu'il était plus mince. Et plus chevelu, aussi. Quand Laura est à son tour descendue de voiture, c'est drôle, mais j'ai eu l'impression de la reconnaître. J'ai compris pourquoi lorsque Heidi a poussé un petit cri.

— C'est incroyable, Laura ressemble à ta mère comme deux gouttes d'eau !

Exact ! Mêmes cheveux noirs, mêmes vêtements sombres et même peau claire. Bon, d'accord, Laura était plus petite et plus ronde que maman, mais la ressemblance était franchement hallucinante. Et plus Hollis et Laura s'approchaient, plus j'hallucinais.

— Notre globe-trotter est enfin de retour ! s'exclama mon père en serrant Hollis dans ses bras.

— Et toi, tu es de nouveau papa, hein, papa ! Justement, où est la petite crevette ? demanda Hollis en souriant.

— La voilà ! déclara Heidi descendant l'escalier.

Je la suivis, tandis que Laura entrait, retirait ses lunettes de soleil et en repliait les branches. Elle avait les yeux noirs, comme maman.

— C'est Thisbé.

Hollis l'a prise et l'a levée haut dans ses bras. Isby a baissé les yeux sur lui, l'air de se demander si elle allait hurler ou non.

— Oh, boy ! s'écria mon frère. Je parie que tu vas faire tourner les têtes, toi, quand tu seras grande !

Mon père et Heidi ont éclaté de rire. Moi, j'observais Laura, toujours en retrait avec ses lunettes de soleil à la main, et qui regardait la scène comme une ethnologue chez les Papous.

Lorsque Hollis a eu terminé de faire les grimaces les plus loufoques à Isby, Laura a toussoté poliment mais très clairement.

— Oh, babe, désolé ! dit Hollis qui rendit Isby à mon père.

Il a passé ses bras autour des épaules de Laura et l'a attirée à lui.

— Je vous présente ma fiancée, Laura !

— Ta fiancée ? répéta mon père. Tu ne l'avais pas précisé, au téléphone. Quand est-ce que... ?

Laura sourit, mais du bout des lèvres.

— Nous ne nous sommes pas fiancés. Hollis est...

— Confiant dans l'avenir ! tonitrua mon frère. Et prêt ! Même si Laura ne l'est pas !

— Je ne cesse de dire à Hollis que le mariage, c'est une affaire sérieuse, expliqua Laura.

Sa voix était nette, claire et unie, comme si elle avait l'habitude d'avoir l'attention des autres concentrée sur elle.

— On ne se marie pas comme on prend un avion pour faire le tour du monde.

Papa et Heidi sont restés muets, par prudence sans doute, mais Hollis a éclaté de rire.

— C'est bien ma Laura, Lauretta, ça ! Elle veut déjà casser ma légendaire impulsivité !

— Ne faites surtout pas une chose pareille ! dit mon père à Laura en donnant une bonne tape sur l'épaule de Hollis. Son impulsivité, c'est tout son charme, justement.

— L'impulsivité, ça peut être charmant, convint-elle, mais la pondération l'est tout autant.

Mon père a levé les sourcils.

— Eh bien, prononça-t-il d'une voix plus tranchante, je...

— Vous devez être fatigués, après avoir avalé tous ces kilomètres ! coupa Heidi en prenant Thisbé des bras de mon père. Vous voulez sans doute boire quelque chose ? Limonade, vin, bière ?

Elle est rentrée dans la cuisine, Hollis et mon père derrière elle. Je restai donc seule avec Laura. Je la regardai pendant qu'elle examinait ses lunettes de soleil, prenait un coin de sa chemisette noire pour les nettoyer avant d'en replier les branches. Après, elle a levé les yeux sur moi, l'air surpris de me voir toujours là.

— Je suis contente de faire ta connaissance, dis-je,

hélas sans la moindre originalité. Hollis semble... très heureux.

— Il a un tempérament heureux, me dit-elle, pourtant, d'après sa voix, je n'aurais su dire si c'était positif ou non, pour elle.

— Laura babe ! s'écria mon frère. Viens vite ! La vue est splendide, d'ici !

Laura m'a souri du bout des lèvres, puis elle est rentrée dans le salon. J'ai compté jusqu'à deux avant de la suivre, en passant par la cuisine, où mon père et Heidi, autour de l'évier, servaient la limonade.

— C'est la première fois qu'elle nous voit, elle est sans doute nerveuse, dit Heidi.

— Nerveuse ? Tu appelles *ça* de la nervosité ? riposta mon père.

Je n'entendis pas la réponse de Heidi, parce que j'observais mon frère et Laura, devant les baies grandes ouvertes, qui contemplaient l'océan immensément bleu. Hollis avait passé son bras autour des épaules de Laura et il faisait de grands gestes, comme s'il dépliait l'horizon devant ses yeux. Laura était de dos, mais je devinai qu'elle n'était pas impressionnée, en fait. C'était dans son attitude, la façon dont sa tête était un peu penchée. C'est sûr, elle arrivait en pays étranger. Comme moi il n'y avait pas si longtemps...

— Si j'ai bien compris, tu ne l'aimes pas, me dit Eliot.

— Je n'ai jamais dit ça !

— Pas la peine, ça se voit.

Il a pris un pack de lait sur l'étagère et l'a mis dans le chariot. Il était une heure et demie du matin, et nous faisions notre petit shopping nocturne au Park

Mart. Comme c'était lundi soir, on avait quasi le magasin pour nous tout seuls, avec le silence en bonus. J'en avais bien besoin, après ce que j'avais subi : un dîner familial qui avait duré deux heures, où mon père avait débattu avec Laura sur la peine capitale. À la suite d'une discussion houleuse sur les financements de l'université (lettres, sciences humaines et sociales contre sciences) pendant l'apéro. Après un échange interminable sur la politique de l'environnement pendant le déjeuner. J'avais eu l'impression sidérante de regarder une répétition des deux dernières années du mariage de mes parents, avec mon père dans son propre rôle et Laura dans celui de maman.

— Elle est différente des autres petites copines de Hollis, expliquai-je en suivant Eliot vers le rayon épicerie et articles de sport.

— Elles étaient comment, les autres ?

Un nombre incroyable de filles unanimement mignonnes et souriantes a surgi de mes souvenirs.

— Douces et gentilles. Comme Hollis.

Eliot a regardé un réchaud de camping et continué :

— Mais il n'a jamais eu l'intention d'épouser les autres ?

Je réfléchis à la question, tandis que nous passions dans le rayon des gants de base-ball.

— Seulement pendant trois minutes...

— Et pourtant, il affirme que Laura, c'est la bonne.

On arrivait maintenant dans le rayon des vélos, qui s'alignaient par taille ; des vélos enfants aux vélos adultes. Eliot a pris un vélo de taille moyenne et l'a mis sur la roue avant.

— À mon avis, ce que ton père ou ta mère pensent

n'a aucune importance. Les relations humaines sont rarement logiques. Surtout vues de l'extérieur.

— Mais Hollis n'a jamais rien pris au sérieux !

Eliot est monté sur le vélo, s'est soulevé sur sa selle et a pédalé lentement.

— Eh bien, il a peut-être trouvé son âme sœur, cette fois. Les gens changent, tu sais.

Il a tourné autour de moi et du chariot. Moi, je le regardais faire en pensant à ma mère. Qui disait les mêmes mots, avec la même conviction, mais avec une négation en plus.

— Tu sais, dis-je pour finir. Les autres pensent que tu ne feras plus jamais de vélo.

— Plus jamais.

Le comble de l'absurdité puisqu'il continuait de tourner autour de moi à vélo.

— Alors, comment se fait-il que tu en fasses en ce moment ?

— Je ne sais pas. À ton avis ?

Aucune idée. Mais j'avais toujours envie de croire que les gens changeaient, et à mon avis, c'était plus facile de changer quand on était au milieu du changement. Un peu comme moi maintenant : immobile comme la roue des heures sur une montre, avec Eliot qui tournait sans cesse autour de moi, comme l'aiguille des secondes, dans un mouvement continu qui envoyait des bouffées d'air sur mon visage.

J'étais chez Clementine's depuis déjà une heure et je rattrapais la paperasserie en retard quand j'ai senti un regard peser lourdement sur moi. J'ai levé les yeux. C'était Maggie qui m'observait du pas de la porte.

— Salut, dit-elle.

Elle portait une robe bain de soleil avec des motifs d'œillets blancs et des tongs orange. Elle avait noué ses cheveux sur la nuque et tenait une étiqueteuse.

— Tu as une minute, Auden ?

J'ai acquiescé. Elle a jeté un dernier coup d'œil dans le magasin avant d'entrer dans le bureau, puis elle a ôté des catalogues d'une chaise, où elle s'est assise, et enfin elle a posé sa machine à étiqueter par terre.

Mais elle n'a rien dit. Moi non plus. J'entendais une chanson pop qui jouait dans le magasin. Sur le thème du grand 8 et des baisers vertiges de l'amour.

— Bon. C'est à propos de toi et d'Eliot.

Ça n'était pas une question, ni une insinuation, seulement un impromptu inachevé. Je ne me suis donc pas sentie obligée de répondre. Comment donner une réponse entière à une question incomplète ?

— Je sais que vous vous voyez toute la nuit, toutes les nuits. Je sais aussi que ce ne sont pas mes affaires, mais...

— Comment ?

— Hein ? Comment ça se fait que ce ne sont pas mes affaires ?

— Non. Comment tu sais qu'on se voit ?

— Je le sais, c'est tout.

— Tu sais tout, tu vois tout ? Tu es qui ? Big Brother ?

— Colby est une petite ville, Auden. Minuscule, d'une certaine façon. On parle beaucoup.

Elle a soupiré et baissé les yeux sur son étiqueteuse.

— Je connais Eliot depuis toujours. Et je ne veux pas le voir souffrir.

Honnêtement, c'était inattendu. D'un autre côté, j'aurais dû le voir venir.

— Tu penses que je vais faire souffrir Eliot ?
Elle a haussé les épaules.
— Je ne sais pas. Après ce qui est arrivé avec Jake...
— Mais ça ne se compare pas ! C'était différent.
— Comment veux-tu que je le sache ?
Elle s'est adossée à sa chaise et a croisé les jambes.
— Je tire des conclusions à partir des faits. Et même si toi et Jake, ça m'a vraiment gonflée, parce que je crevais de jalousie, c'était aussi karmique, tu vois ? Jake l'avait bien cherché. Pas Eliot.
— Mais enfin, nous sommes juste...
Je n'ai pas achevé, parce que je ne savais comment expliquer ce qu'il y avait, entre Eliot et moi.
— On est amis.
— Possible.
Elle a de nouveau contemplé son étiqueteuse, qu'elle a reprise.
— Mais toi et moi, on sait pourquoi il est venu à la hot-dog party de l'autre soir. Je t'ai entendue lui téléphoner.
J'ai levé les sourcils.
— Tu es vraiment Big Brother !
— Mais non, j'étais simplement dans la salle de bains ! Et les parois sont très minces ! Parfois, je n'ose pas faire pipi quand je sais qu'il y a quelqu'un dans la cuisine.
Elle a fait un geste.
— Bref, et là-dessus, il y a eu la mégagaffe d'Adam. Suivie par les haricots rouges que tu lui as balancés en pleine figure. Et Eliot n'a même pas crisé !
— C'était juste une bagarre de bouffe à la con, Maggie.
— Tu ne comprends décidément rien ! Eliot n'avait

273

plus rien fait, depuis la mort de Clyde. Pas de fêtes, pas de sorties, même pas parler. Et soudain, tu débarques et ça change tout. Je trouve que c'est génial.

— Mais ?

Parce qu'il y a toujours un *mais*.

— Mais si tu veux seulement t'amuser, Eliot pourrait ne pas rebondir comme Jake. Et je n'étais pas certaine que tu l'aies compris. Alors je voulais te le dire. Parce que c'est ça, l'amitié.

J'y réfléchis tandis qu'une chanson romantique s'élevait dans le magasin.

— Il a de la chance d'avoir une amie comme toi..., dis-je enfin.

— Je ne parlais pas d'Eliot.

— Ah ?

— Non, mais de toi et moi. Nous sommes amies, dit-elle en agitant ses mains dans tous les sens. Et les amis sont honnêtes les uns envers les autres. Même si la vérité, ça peut faire mal, tu es d'accord ?

J'aurais dû, mais en vérité, je veux dire, dans ma vérité à moi, je n'en savais rien. Tout cela, c'était tellement nouveau...

— Ne te fais pas de souci, dis-je enfin. Personne ne souffrira. Eliot et moi, on passe juste le temps ensemble, c'est tout.

Elle a acquiescé lentement.

— Alors, tant mieux. C'est tout ce que je voulais savoir.

La porte du magasin s'est ouverte et a carillonné. Un client arrivait. Maggie s'est levée et a passé la tête par la porte.

— Bonjour ! s'écria-t-elle. J'arrive !

— Ne vous bilez pas, répondit une voix que j'ai tout

de suite reconnue. Dites seulement à Auden de ramener ses petites fesses ici !

Maggie m'a regardée, assez sidérée.

— C'est mon frère, expliquai-je en me levant.

— Toi, tu as un frère ?

— Viens, et tu verras.

Quand on est entrées dans le magasin, Hollis examinait un string rouge devant un bac de soldes.

— Laisse tomber, ça n'est pas ta taille ! Ni ta couleur ! lui dis-je en m'approchant.

— Dommage, je pense que ça m'aurait fait un look d'enfer !

— Garde plutôt tes caleçons.

— Il paraît qu'en Europe, les hommes préfèrent les caleçons de bain aux shorts de bain, intervint Maggie. Chaque été, nous avons au moins un groupe de touristes allemands qui se balade comme ça.

— Sans moi ! s'exclama Hollis. Là, derrière la plage, même pas besoin de maillot de bain, c'est la plage des nudistes !

— Je te présente Maggie, dis-je à mon frère. Maggie, voici mon frère Hollis.

— Tu vas à la plage des nudistes ? Sérieux ? lui demanda-t-elle.

— Ben oui, pourquoi pas ? Tu sais ce qu'on dit... Quand on est à Rome, fais ce que font les Romains. Ou en Espagne...

Il a remis le string dans le bac.

— Bon, Aud, ça t'interpelle, un déjeuner tardif sur le pouce ou un quatre heures dînatoire ? Papa jure sur sa tête qu'il y a un super fast-food où les beignets d'oignons frits sont à tomber.

— C'est le Last Chance, le renseigna Maggie. Au

bout de la promenade sur la gauche. Je te recommande le sandwich thon mayo.

Hollis soupira.

— J'adore les sandwichs thon fromage fondu et mayo. Il n'y en a pas en Espagne... Même si tu es à poil.

J'ai regardé vers mon bureau.

— Écoute, j'ai pas mal de boulot...

— Pas de ça avec moi, Aud : tu ne m'as pas vu depuis deux ans !

Hollis a hoché la tête à l'adresse de Maggie.

— Typique de la franginette. C'est la tête pensante de la famille !

— Vas-y, Auden, me dit Maggie, tu resteras plus longtemps ce soir, voilà tout.

— Écoute donc ta pote Maggie et viens te distraire avec ton frère bien-aimé ! renchérit Hollis, parlant de Maggie comme s'il la connaissait depuis le berceau.

Dehors, c'était la fin de l'après-midi, après les grosses chaleurs et avant la fraîcheur de la nuit. On a fait la queue derrière des mamans qui roulaient leurs poussettes dont les roues claquaient sur les planches de la promenade.

— Où est Laura ? lui demandai-je. Elle n'aime pas les beignets d'oignons frits ?

— Si, elle adore, répondit-il en faisant glisser ses lunettes de soleil sur le bout du nez, mais elle a du boulot. Elle doit préparer un dossier afin d'obtenir une bourse pour le printemps, et elle doit rédiger des articles.

— C'est une bosseuse ?

— Tu m'étonnes. Impossible à freiner.

On a regardé un vol de pélicans qui filaient vers l'océan.

— Elle a l'air sympa, Hollis.

Mon frère a souri.

— Elle est carrément géniale ! Elle ne ressemble à aucune autre de mes petites copines, hein ?

— Ça c'est sûr, dis-je après une hésitation.

— Tu aurais dû entendre maman ! reprit-il en riant. Pendant des années, elle m'a reproché de sortir avec des bimbos clonées et décérébrées, ce sont ses propres mots, évidemment.

— Évidemment.

— Et maintenant que je sors avec une fille intelligente et étonnante, elle flippe. Tu aurais dû la voir, au dîner, quand Laura a parlé de ses travaux de recherche. Maman était si jalouse qu'elle en bafouillait.

Ça, c'était un scoop.

— Jalouse ? Tu es sûr ?

— *Come on*, Aud ! Tu sais que maman a l'habitude d'être la plus intelligente de l'assemblée et de tenir le crachoir. C'est sa grande spécialité !

Il a remonté ses lunettes de soleil sur le nez et continué :

— Elle m'a pris à part pour me dire que je commettais l'erreur de ma vie, que j'étais trop sérieux avec Laura, trop vite. Comme si j'allais écouter ses conseils sur ma vie amoureuse, avec son thésard qui la colle comme une maladie grave et dort dans sa caisse comme les harceleurs.

— Hein ?

— Quoi, tu n'es pas au courant ? Maman se tape un de ses doctorants. Le pauvre, il est mordu. Il voulait s'engager sérieux avec elle, mais elle l'a foutu à la porte, et maintenant il rôde autour d'elle comme une âme en peine.

Je revis le mec aux lunettes à monture noire hype au bord de la piscine, le nez dans son bouquin. Je ne savais même pas son nom.

— J'ai mal au cœur pour lui, reprit Hollis. D'un autre côté, ça lui pendait au nez, au pauvre gars. Il aurait dû le voir venir à des kilomètres ! Ça n'est tout de même pas la première fois que maman joue le chaud et le froid avec un mec.

Il y avait une telle masse d'infos à digérer que je me suis concentrée sur le magasin de vélos, juste devant nous. Wallace et Adam étaient assis sur le banc, dehors, et se partageaient un paquet de chips.

— Tu penses que maman a souvent eu ce genre d'histoire ?

— Oui. Depuis le divorce, en tout cas.

Il a fourré les mains dans ses poches.

— Mais tu le savais, hein ? Forcément.

— Oui, oui, bien sûr, répondis-je très vite.

Après un silence, il a repris :

— Cela dit, ça n'est pas à moi de la juger, vu que j'ai été tout juste comme elle : bourreau des cœurs.

De nouveau, je suis restée sans voix. C'est difficile de réagir quand on entend dire à haute voix ce qu'on a pensé tout bas. Par chance, je n'ai pas eu besoin de me creuser pour répondre, parce que Adam venait de nous repérer.

— Auden ! Viens ! On a besoin d'un arbitrage !

Hollis a regardé Wallace et Adam.

— Tu les connais ?

— Oui, répondis-je tandis qu'Adam nous faisait signe d'approcher.

Hollis a paru surpris, ce que j'ai essayé de ne pas prendre personnellement. On s'est approchés. J'ai présenté mon frère, tandis qu'Adam bondissait de son banc.

— On a enfin trouvé un nom pour le magasin.

— En gros, nous avons restreint la liste à dix, enchaîna Wallace derrière lui, la bouche pleine de chips.

— Dix ? dis-je.

— Cela dit, seuls cinq sont bons ! déclara Adam. Alors on fait des sondages.

Hollis, toujours prêt à relever les défis, regarda la devanture sans enseigne.

— Comment il s'appelle pour le moment ?

— Magasin de vélos, le renseigna Wallace.

Hollis a froncé les sourcils.

— Mais c'est temporaire ! ajouta-t-il.

— Ça l'est depuis trois ans ! riposta Adam. Bon, écoutez bien. Voici la liste dans le désordre. Redline Bikes, Gang de la Chaîne, Au vélo de Colby...

J'ai perdu le fil en voyant Eliot sortir du magasin avec un petit vélo rose sur des roulettes. Il tenait un casque d'une main, et un couple avec une petite fille le suivait.

— Et enfin, The Crankshaft ou Pedal to the Metal Bikes, termina Adam. Verdict ?

Hollis réfléchit.

— Gang de la Chaîne ou The Crankshaft. Parce que Redline Bikes, c'est chiant. Et Au vélo de Colby, trop papy-mamie.

— Tu vois, juste ce que je disais ! coupa Wallace.

— Quant à Pedal to the Metal... Aucune idée.

Adam a soupiré.

— Tout le monde déteste... C'est sur la liste seulement parce que c'est le nom que je préfère. Et toi, Auden, tu en penses quoi ?

Moi ? Moi, j'observais toujours Eliot qui réglait le jeu du pédalier. La fillette, une rouquine en short bleu et tee-shirt avec une girafe, à qui il était destiné, serrait la main de sa mère, l'air tout effrayé.

— Comme je vous l'expliquais, c'est le vélo idéal pour apprendre, expliqua Eliot aux parents.

— Elle veut bien apprendre, mais elle a un peu peur, déclara la mère en passant la main sur la tête de sa fille.

— Il ne faut pas, reprit Eliot en se relevant.

Il sourit à la petite.

— Grâce aux roulettes, tu garderas son équilibre. Et puis un jour, tu verras, tu n'en auras plus besoin.

— Dans combien de temps environ ? demanda le père, qui portait une casquette de base-ball et des sandales en cuir. On peut savoir ?

— Non. Chacun va à son rythme, expliqua Eliot. Quand elle sera prête, elle le saura.

— Qu'est-ce que tu en dis, poussinette ? demanda la mère à sa fille. Tu veux bien essayer ?

La petite acquiesça lentement et s'approcha du vélo. Eliot lui tendit la main et l'aida à monter dessus, puis il lui mit le casque. Elle a posé les mains sur les poignées et les a serrées prudemment.

— Vas-y, minouchette ! l'encouragea son père. Pédale tout comme tu le faisais sur ton tricycle.

La petite fille a commencé à pédaler, et à rouler. Elle a ensuite regardé ses parents qui lui souriaient et fait un nouvel essai. Eliot a posé sa main sur la selle et l'a poussée doucement. Comme elle pédalait toujours, elle n'a rien remarqué. Et quand elle a roulé pour de bon, elle a tourné les yeux sur Eliot et lui a souri.

La voix d'Adam me parvint.

— Auden ?

Oh, il attendait ma réponse.

— Aucun ne me plaît. Désolée.

Il a paru déçu.

— Même pas The Crankshaft ?

Je secouai la tête.

— Non.

— Je t'avais dit qu'ils étaient tous nuls ! s'exclama Wallace.

— Mais lui, il en aime deux ! dit Adam en montrant Hollis.

— Oui, mais pas plus que ça, précisa mon frère.

Adam a soupiré et a repris sa place sur le banc. Hollis et moi, on les a laissés pour continuer vers le Last Chance. À un moment donné, je me suis détournée pour regarder la petite fille sur son vélo. Maintenant qu'Eliot l'avait poussée, elle se débrouillait toute seule : elle roulait sur la promenade et arrivait devant Clementine's. Sa mère trottinait derrière elle, ni trop près ni trop loin, tandis que la petite continuait de pédaler lentement.

Le Last Chance était désert, pour une fois. On a eu une table vers la fenêtre dans la seconde qui a suivi notre arrivée. Pendant que Hollis consultait le menu, j'ai regardé la promenade et les gens qui passaient.

— Bravo, Aud, dit-il après un moment. Je suis content que tu l'aies fait !

— Fait quoi ?

Il a eu un grand geste qui englobait le restau, Colby et l'océan.

— Que tu sois venue en vacances ici, pardi ! Que tu te balades, que tu te fasses des amis ! Je me faisais du souci pour toi. J'avais peur que tu passes cet été comme tous les autres.

— Comme les autres... ?

Il a bu son eau et repris :

— Ben oui. Grosso modo : rester à la maison avec maman, servir le vin à sa clique d'intellos et étudier le programme de l'année scolaire qui n'a pas encore commencé.

Je me suis raidie.

— Je n'ai jamais servi le vin à ses doctorants !

— Je sais bien, mais tu vois ce que je veux dire.

Hollis me souriait. Il n'avait pas percuté qu'il m'avait vexée. Blessée.

— Tu es différente, ici.

— Je suis là depuis un mois !

— Il peut se passer tellement de choses, en un mois ! La preuve, moi, en deux semaines j'ai rencontré ma future femme, j'ai changé de style de vie et je me suis acheté ma première cravate.

— Une cravate ?

C'était l'info la plus choquante des trois.

— Eh oui !

Il rit.

— Non, sérieusement, Aud, te voir ici avec tes potes, ça me rend heureux.

— Pitié, Hollis !

J'étais de nouveau mal à l'aise, mais pas pour les mêmes raisons. Ma famille, c'était un vrai capharnaüm, chaque jour elle changeait, du moins, c'est ce qu'il me semblait, mais elle ne cédait pas au ton sentimental.

— Je suis sérieux, je te jure, Aud !

Il a de nouveau parcouru son menu, puis a poursuivi :

— Je sais que le divorce a été dur pour toi. Et ça a dû être encore plus dur de vivre avec maman, après. On ne peut pas dire qu'elle soit la zénitude incarnée, avec les enfants.

— Je n'étais plus une enfant. J'avais seize ans.

— Tu restes toujours un enfant pour tes parents. À moins qu'ils n'agissent comme des enfants. Dans ce cas-là, c'est foutu. Tu vois ce que je veux dire ?

Oui ! Et je venais de le comprendre. Je comprenais aussi pourquoi mon frère avait mis l'océan entre lui et les parents pendant deux ans, pourquoi il n'avait communiqué avec eux que par téléphone. Nous, on était à l'inverse des autres familles : il faut quitter la maison pour vivre son enfance. C'est en rentrant à la maison après un long voyage qu'on devient adulte.

J'y pensais toujours lorsque Adam et Wallace sont passés à vélo, en zigzaguant entre les piétons.

— À propos, ça n'est pas trop tard, reprit Hollis.

— Trop tard pour quoi ?

— Pour apprendre à faire du vélo.

Il a fait un geste vers le magasin de vélos.

— Je parie que tes potes pourraient t'apprendre.

— Mais je sais en faire !

— Ah oui ? Quand as-tu appris ?

— À six ans. Dans l'allée devant chez nous.

— Tu es sûre ? demanda-t-il, perplexe.

— Évidemment ! Quelle question !

— Parce que tout ce que je me rappelle, reprit-il,

c'est toi tombant de vélo, puis le laissant rouiller dans le garage jusqu'à ce que papa le refourgue.

— Pas du tout. Je me souviens d'avoir remonté toute l'allée devant chez nous !

— Ah, vraiment ?

Il est resté pensif.

— Tu as sans doute raison. J'ai dû bousiller quelques-uns de mes neurones, au cours de ces dernières années.

De nous deux, c'était en effet moi qui avais la mémoire la plus fiable. De plus, je connaissais mon histoire mieux que les autres ! Mais pendant qu'on commandait, je continuais de penser à ce qu'il venait de me dire. Ensuite, Hollis a parlé de Laura et de l'Europe. Je l'écoutais à peine parce que je repensais au jour où je faisais du vélo devant chez nous. Mon souvenir était clair : monter, pédaler et avancer. S'il y avait souvenir, il y avait eu réalité, forcément, non ?

Chapitre 12

— Il paraît que tu as changé, me dit ma mère à sa façon, claire et nette.

Je retirai ma brosse à dents de ma bouche, tout de suite méfiante.

— Changé ?

Ces derniers jours, maman appelait en fin d'après-midi, vers cinq heures : l'heure où je me réveillais et à laquelle elle finissait sa journée de travail. Je me disais : c'est parce que je lui manque, parce qu'elle a compris combien notre relation mère-fille est importante, mais au fond, je savais qu'elle avait besoin de parler de Hollis, qui était de retour à la maison et toujours fou amoureux de sa Laura. Ce qui la mettait sur les nerfs.

— Changé en bien, pour être précise, reprit-elle, quoique, d'après sa voix, elle n'eût pas l'air convaincu. S'il me semble avoir bien compris, ton frère a employé l'adjectif « épanouie ».

Je me regardai dans le miroir. Décoiffée, dentifrice sur les lèvres, en tee-shirt basique à col rond que j'avais porté hier soir au bowling et qui puait la cigarette. Épanouie ? Là, à froid, on aurait dit fanée.

— C'est sympa.

— Ton frère a été très impressionné par ta nouvelle vie sociale, reprit maman. Tu as manifestement des escadrons d'amis et, semble-t-il, un petit ami avec qui ce serait sérieux.

Ces derniers mots, en forme de question, en disaient long sur ce qu'elle en pensait.

— Je n'ai pas de petit ami.

— Seulement un garçon que tu vois toutes les nuits.

Cette fois, c'était une constatation. Je me regardai de nouveau dans le miroir.

— Exact.

Parmi les subits changements de mon frère, je signale qu'il était devenu un lève-tôt – autrefois, il roupillait jusqu'à midi – et un joggeur. Il courait avec Laura chaque matin aux aurores, puis tous deux rentraient à la maison pour une séance de yoga et de méditation. Mais il semble que Hollis avait du mal à se concentrer sur le yoga et son mantra « om » : quand il m'a entendue le lendemain de son arrivée, il a commencé à me fliquer.

— Auden Penelope West, dit-il, pointant son index sur moi tandis que je fermais la porte doucement derrière moi. Regarde-toi ! Rentrer à l'aube sur la pointe des pieds ! Tu n'as pas honte !

— Non, je n'ai pas honte, dis-je, et pourtant j'aurais apprécié qu'il n'en fasse pas un fromage.

— Comment s'appelle le garçon qui t'a déposée ? demanda-t-il en écartant un rideau pour regarder Eliot qui faisait marche arrière. Ne devrait-il pas se présenter et recevoir ma bénédiction avant de te faire la cour ?

Je le fixai. Du salon, j'entendis Laura faire ses « oms ».

— Ma petite sœur passe la nuit avec un mec, fit-il en hochant la tête. J'ai l'impression qu'hier encore tu sautais à la corde et jouais avec tes Barbie.

— Arrête de raconter n'importe quoi, Hollis ! Maman disait que Barbie, c'était la caricature de la féminité et une représentation du machisme ambiant ! Et plus aucune gamine ne saute à la corde depuis 1950.

— Je n'arrive vraiment pas à y croire..., continua-t-il sans m'écouter. Tu as grandi si vite. Bientôt, tu vas te marier et avoir un bébé...

Je n'ai pas relevé, je suis passée devant lui pour monter dans ma chambre, mais il a recommencé tous les matins suivants. Il me guettait, c'est sûr, parce qu'il m'ouvrait carrément la porte dès que je me pointais devant la maison. Un matin, il m'a même attendue sur le perron. J'ai donc été obligée de lui présenter Eliot et d'engager la conversation.

— C'est un mec sympa, me dit-il ensuite. Et ses cicatrices sur les bras, c'est quoi ?

— Un accident de voiture.

— Sérieux ? Que s'est-il passé ?

— Je ne sais pas trop.

Il m'a adressé un regard sceptique en ouvrant la porte.

— Bizarre que tu ne le saches pas, vu tout le temps que vous passez ensemble.

— C'est simplement parce qu'on n'en a jamais parlé.

Hollis ne m'a pas crue, tant pis pour lui. J'avais depuis longtemps renoncé à expliquer mes relations avec Eliot, même à me les expliquer, d'ailleurs. Ça ne se bornait pas à un événement précis, mais à une mosaïque de petits événements contenus dans une nuit, chaque nuit : virées au Park Mart et au magasin de bricolage, dégustation chez, et avec, Abe, bowling à l'aube. Sans oublier la poursuite de ma quête. Nous ne parlions pas de nos blessures ou de nos cicatrices, visibles ou invisibles. Au contraire. J'avais enfin la frivolité et le fun dont j'avais été privée durant tout un été et au fil de toutes nos nuits.

À l'autre bout du fil, maman buvait une gorgée de vin, tandis que je sortais de la salle de bains et remontais le couloir. La porte de la nursery était entrouverte, et j'entendais les vagues sempiternelles du BabyZen.

— Eh bien, pour te parler franchement, je suis contente que tu n'aies pas de petit ami ! reprit maman. Tu n'as pas besoin d'avoir un garçon accroché à tes basques avant ta rentrée à Defriese. Une femme intelligente sait qu'en amour, la seule solution, c'est la fuite.

Jusqu'à récemment, j'aimais me dire que maman et moi, on avait la même vision de la vie. Je n'aspirais qu'à être et penser comme elle. Mais en entendant ces mots, j'ai ressenti un petit pincement étrange, l'impression d'un dérapage. Ce que je faisais avec Eliot, ça n'avait rien à voir avec ce qu'elle faisait avec son (ou ses) doctorant(s). Mais j'évitai d'y réfléchir et je passai à autre chose.

— Et comment va Hollis ?

Elle a poussé un énorme soupir.

— Il est devenu complètement fou ! Quand je suis rentrée à la maison, hier, tu sais ce qu'il portait ?

— Non.

— Une cravate.

Elle s'est interrompue pour me laisser le temps de digérer la nouvelle avant de reprendre.

— Elle lui a organisé un entretien pour un *emploi* dans une *banque*. Ton frère ! Qui l'année dernière, à l'instant où je te parle, campait dans les Alpes bavaroises !

Ces derniers temps, c'était vraiment facile de changer de conversation quand j'en étais le sujet : il suffisait que je fasse une allusion à Hollis pour que maman démarre au quart de tour.

— Une banque ? Pour faire quoi ? Être à la caisse ou quelque chose dans le genre ?

— Je n'en ai pas la moindre idée ! répondit-elle d'une voix énervée. Je ne le lui ai même pas demandé, j'étais trop horrifiée. Il m'a néanmoins expliqué avec complaisance que, selon Laura, un emploi l'aiderait à s'assumer, à devenir « plus responsable » et à « préparer leur avenir ensemble ». Comme si c'était quelque chose de *positif* ! À mon avis, ça n'est pas une relation de couple, c'est un dysfonctionnement relationnel. Je ne sais même pas quel nom donner à... cela.

— Machinchouette ? Trucmuche ?

— Pardon ?

Trop tard, ça m'avait échappé.

— Non, rien.

J'entendis soudain des pas. Je regardai dans le couloir, et vis Heidi et mon père qui montaient. D'après leurs têtes, ils avaient eux aussi une conversation hard : mon père moulinait des bras et avait sa tête de contrarié, tandis que Heidi secouait la sienne. Je fermai ma porte et passai mon portable à mon autre oreille.

— C'est ridicule ! Deux ans de voyage autour du monde, et de culture, et tout ça pour quoi ? continua ma mère. Être dans un bureau et faire des virements toute la journée ! Cela me fend le cœur !

Elle semblait vraiment triste. Mais je n'ai pas pu m'empêcher de répliquer :

— Écoute, maman, la plupart des gens de l'âge de Hollis ont un job. Surtout s'ils ne font pas d'études.

— Je ne vous ai pas élevés pour que vous deveniez « la plupart des gens » ! coupa-t-elle. Tu devrais tout de même le savoir, maintenant !

Je me revis, la nuit dernière, avec Eliot dans le rayon jouets du Park Mart. Il s'était arrêté devant des ballons. Il en avait pris un qu'il avait fait rebondir.

— Tu as entendu ça ? m'avait-il demandé.

— Quoi ? Ce boum boum ?

— Pas seulement : c'est le bruit d'une douleur imminente.

— Douleur ? répétai-je, le regardant toujours dribbler.

— Le dodgeball. Le kickball, du moins si tu y joues comme nous y jouons.

— J'ai déjà joué au dodgeball ! Et au kickball aussi !

— Sans blague ?

Ben oui.

— Je suis bluffé… Et pourtant, ce ne sont pas des sports d'intérieur.

— Mais si ! Au gymnase, pendant les cours d'EPS, au lycée.

Il a paru perplexe.

— Quoi ? C'est le même jeu ? continuai-je.

— Non.

— Arrête, tu me fais marcher !

— Pas du tout. Il y a des règles pour les cours d'EPS et des règles dans la vraie vie, qui sont très différentes.

— Qui a dit ça ?

— Tous ceux qui ont joué aux deux, dit-il en remettant le ballon à sa place. Tu peux me croire !

À l'autre bout du fil, j'entendis ma mère boire une autre gorgée de vin.

— Ah, j'oubliais. Un paquet est arrivé pour toi. De Defriese. Des informations pratiques pour ta rentrée universitaire, je suppose. Tu veux que je l'ouvre ?

— Oui, s'il te plaît.

J'entendis un bruit de papier déchiré et le soupir de maman.

— Je m'en doutais. Il y a des infos sur le choix de ta formule repas et un plan du campus. Plus une demande de ton livret scolaire mis à jour. Et un questionnaire concernant le choix de ta compagne de chambre. Le tout, à retourner à la fin de la semaine, manifestement.

— Eh bien.

— C'est incroyable, on dirait un test de compatibilité ! Quelles activités aimes-tu ? Te considères-tu comme une bosseuse, ou plutôt comme décontractée ? Mais enfin, c'est quoi, ces inepties ? C'est une université ou une blind date par internet ?

— Envoie-moi le tout. Je le renverrai le plus vite possible.

— Mais si tu réponds trop tard, tu vas te retrouver avec une colocataire fêtarde. Il vaudrait mieux qu'on le remplisse maintenant, à deux. Oh, attends un peu !

Il y a une seconde page : tu peux demander une formule d'hébergement alternative !

— Ce qui veut dire ?

Maman ne répondit pas, elle lisait toujours.

— Il y a certains étages et certaines résidences où chacun a un centre d'intérêt particulier, comme une langue étrangère ou le sport. Laisse-moi... ah ! Mais c'est absolument parfait.

Je l'entendis écrire.

— Qu'est-ce qui est parfait ?

— Le programme Pembleton ! Je t'y inscris tout de suite !

— Mais dis-moi ce que c'est ?

Elle toussota et lut à voix haute.

— « Mis en application dans une résidence éloignée du campus principal, le programme Pembleton propose aux étudiants doués et motivés entre tous un environnement stimulant exclusivement consacré à leurs études. Bénéficiant de chambres individuelles, d'une salle consacrée aux recherches, et proches des deux bibliothèques du campus, les étudiants du programme Pembleton ont l'environnement nécessaire pour se concentrer sur leurs études, sans les distractions qui caractérisent souvent la vie universitaire. »

— Ce qui signifie...

— Pas de coloc, pas de fêtes ou de distractions imbéciles ! C'est cela même qu'il te faut, ma fille !

— Écoute, je ne sais pas. Ça me semble tout de même drôlement restrictif, non ?

— Pas du tout ! Tu ne risqueras pas de te retrouver nez à nez avec un crétin ivre et obèse, ou des bimbos cancanières en pleine confusion hormonale ! Idéal ! Bon, je vais signer à ta place et nous...

— Non ! coupai-je à la hâte.

Je ne vis pas sa surprise, mais je la sentis et je devinai maman, stylo à la main, en attente, pétrifiée et sourcils froncés.

— Je ne suis pas certaine de vouloir vivre dans ce genre de résidence universitaire.

Silence. Puis :

— Écoute, Auden, j'ai l'impression que tu ne comprends pas à quel point la vie sur le campus peut distraire un étudiant de ses objectifs. Il y a des jeunes qui vont à l'université pour faire la fête, voilà tout. Tu veux vraiment partager ta chambre avec une fêtarde ?

— Non, mais je ne veux pas non plus passer mon temps à étudier !

— Je vois, laissa-t-elle tomber d'une voix inexpressive. Je suppose que cela fait partie de ta phase épanouissement ? Soudain, les études sont moins importantes que les garçons, les copines et la mode ?

— Bien sûr que non, mais...

Un soupir long et aigu écorcha mes oreilles.

— J'aurais dû me douter que passer un été avec Heidi aurait une influence néfaste sur toi ! Depuis dix-huit ans je t'enseigne que la vie est une affaire sérieuse, et il suffit de quelques semaines pour que tu portes des bikinis roses et ne penses qu'aux garçons.

— Maman, dis-je en élevant la voix. Ça n'a rien à voir avec Heidi.

— J'en conviens : cela concerne ton soudain manque d'objectifs et de concentration ! Mais comment as-tu pu te laisser entraîner dans une situation pareille, Auden !

En entendant ces mots, je revis mon père attribuer les mérites de tout ce que j'avais fait au prénom qu'il m'avait choisi. Ce que j'avais réussi de bien, c'était grâce à mes parents. Le reste, c'était ma faute.

Je me mordis la lèvre.

— Je n'ai pas changé. C'est ce que je suis.

Silence. C'était sans doute vrai, et c'était pire que de s'amouracher d'un petit mec ou de porter un bikini rose.

— Bon, eh bien, je te réexpédie le questionnaire, dit maman après un autre gros soupir. À toi de décider.

Je repris mon souffle.

— Oui.

Nouveau silence. Et maintenant ? Comment sortir de l'impasse, de l'énorme vide en expansion qui se creusait tout à coup entre nous ? Il y avait mille et une façons de le combler, ça, j'en étais convaincue, mais ma mère m'a étonnée en n'en choisissant aucune. Elle m'a tout simplement raccroché au nez, me laissant le dernier mot sur un clic, et dans les limbes.

C'est à croire que les conflits, c'est contagieux comme la rougeole, à moins qu'ils ne flottent dans l'air tels les orages. En tout cas, lorsque je suis sortie de ma chambre pour aller au magasin, une vingtaine de minutes plus tard, les vagues du BabyZen s'étaient tues, mais un autre bruit constant s'élevait de la nursery. Celui d'une dispute.

— Évidemment, tu mérites une soirée à toi !

C'était mon père.

— Mais je ne suis pas certain que tu aies bien choisi le moment. Voilà ce que j'en dis !

— Et pourquoi ? demanda Heidi.

J'entendis Thisbé babiller en fond et Heidi reprendre :

— Je serai de retour à vingt et une heures pour donner à manger à Thisbé, qui aura dormi pendant tout ce temps.

— Mais enfin, il est seulement dix-sept heures trente ! hurla mon père.

— Robert, il s'agit d'un cocktail et d'un dîner.

— Où ça ? À Istanbul ? J'imagine mal que ton cocktail et ton dîner puissent durer plus de *trois* heures !

Silence. J'imaginais fort bien la tête que faisait Heidi.

— Écoute-moi, chérie, dit enfin mon père. J'ai sincèrement envie que tu te distraies un peu. D'un autre côté, cela fait des années que je n'ai pas été seul avec un nouveau-né et je...

— C'est ta fille, Robert.

Thisbé pépia comme pour le confirmer.

— De plus, tu as élevé deux enfants adorables. Tu peux donc parfaitement t'occuper de Thisbé. Alors prends-la, pour que je finisse de me préparer.

Mon père a marmonné, puis la porte de la nursery s'est ouverte. Je me suis écartée, hélas pas assez vite.

— Auden ? appela mon père. Est-ce que tu pourrais... ?

— Non ! coupa Heidi.

Puis elle m'a poussée.

— N'écoute surtout pas ton père, Auden !

Pendant qu'on remontait le couloir, je me suis détournée pour la regarder. Au lieu de la Heidi que j'avais l'habitude de voir, en sweat, queue-de-cheval style palmier et cernes perpétuels, je vis une Heidi aux cheveux dénoués, maquillée, en jean noir, escarpins et top noirs, et une chaîne en argent avec, au bout, une clé garnie de petites pierres rouges que je connaissais bien. On en avait reçu au magasin, la semaine dernière, et ces pendentifs se vendaient déjà comme des petits pains.

— Tu es super !

— C'est vrai ? demanda-t-elle, s'observant. Je n'avais pas porté ces vêtements depuis si longtemps que je ne savais pas s'ils m'iraient encore ! C'est à croire que le stress fait fondre les calories !

Dans la nursery, j'entendis Thisbé qui se mettait à pleurer. Heidi a regardé derrière elle, mais a continué jusque dans sa chambre. Je l'ai suivie et je me suis appuyée à l'embrasure tandis qu'elle prenait son sac sur son lit.

— Tu as changé, et ça n'est pas seulement à cause des vêtements, lui dis-je.

Thisbé hurlait, maintenant. Heidi s'est mordu la lèvre, puis elle a sorti son gloss et s'en est mis.

— Tu as raison. Ces deux dernières semaines, je me suis rendu compte que j'avais besoin de temps pour moi. Nous en avons beaucoup parlé.

— Avec papa ?

— Non. Avec Karen.

— Vraiment ?

Elle a acquiescé et remis son gloss dans son sac.

— Depuis la naissance de Thisbé, j'hésite à demander son aide à ton père. J'ai tellement l'habitude de tout faire par moi-même, tu vois... De plus, on ne peut pas dire qu'il se soit beaucoup dévoué.

— Plutôt moins que beaucoup.

— Mais Karen m'a signalé que ton frère et toi, vous aviez été bien élevés, et qu'il était votre père. Elle m'a aussi dit qu'il fallait être deux pour faire un bébé et pour l'élever.

Elle a souri.

— Karen m'a fait promettre de me rendre à cette soirée entre filles que mes amies voulaient organiser depuis longtemps déjà. Je n'étais pas très chaude, jusqu'à ce que Laura arrive avec Hollis. Et lorsque Laura m'a tenu le même discours que Karen, j'ai fini par comprendre qu'elles avaient raison.

Elle a vérifié sa coiffure dans le miroir et rectifié une mèche.

— Je ne savais pas que tu avais parlé avec Laura ?

— Pas au début, répondit-elle en prenant son sac. Honnêtement, elle me filait la pétoche. Ça n'est pas une fille des plus chaleureuses, tu sais.

— C'est rien de le dire.

— Et puis la veille de leur départ, je suis restée dans la cuisine très tard, à cause de Thisbé. Laura est descendue chercher un verre d'eau. Au début, elle s'est contentée de nous observer, puis je lui ai demandé si elle voulait tenir Thisbé. Elle a accepté, et là-dessus, on a parlé. Au fond, elle est plus sympa qu'elle ne le paraît.

— Tu devrais le dire à ma mère. Elle la déteste.

— Logique. Elles sont identiques ! Elles sont toutes les deux froides, hautaines et se croient supérieures aux autres femmes. Elles sont comme deux aimants qui se repoussent.

Je pensai à ma mère, quelques instants plus tôt, me parlant d'une voix glaciale et dédaigneuse. Je n'étais pas à son image ? Tant pis pour moi, elle se fichait bien de savoir qui j'étais.

— Tu penses donc que ma mère est plus sympa qu'elle ne le paraît ?

— Évidemment. C'est obligé.

— Parce que... ?

— Parce qu'elle t'a élevée, Auden ! Et aussi parce qu'elle a élevé Hollis. Et enfin, parce qu'elle a long-temps été amoureuse de ton père. Les véritables garces ne sont pas comme ça !

— Elles sont comment ?

— Elles finissent leur vie seules.

— Tu sembles en être bien certaine ? dis-je, éton-née.

— Oui. Parce que j'en étais une !

— Toi, une garce ? Pas possible !

Elle m'a souri.

— Et pourtant si. Un jour, je te raconterai. Mais maintenant, je dois y aller. Je vais aller faire un bisou à ma fille et essayer de filer sans culpabiliser ni avoir une crise cardiaque.

Toujours étonnée, et en train de digérer ce qu'elle venait de me révéler, je suis restée immobile. Puis Heidi est passée devant moi, et elle m'a embrassée sur le front avant de sortir dans le couloir, laissant son parfum dans son sillage. Une bise pour me prouver qu'elle avait raison ? Ou comme ça, pour rien ? Par plaisir... Quoi qu'il en soit, c'était surprenant. Mais le plus bizarre, ça ne m'a pas dérangée du tout.

Plus tard dans la soirée, j'allais au Gas/Gro après le boulot quand j'ai entendu une voiture s'arrêter der-rière moi et vu un journal atterrir à mes pieds.

C'était Eliot qui arrivait et se garait.

— Tu distribues les journaux, maintenant ?

— Façon de parler, dit-il tandis que je ramassais le journal et remarquais le tas, sur le siège arrière de son van. C'est mon pote Roger qui les distribue, d'habitude, mais il a la crève, alors je lui file un coup de main. De plus, je me suis dit que cela pourrait servir à ta quête.

— Livrer des journaux ?

— Ouais.

Il coupa le moteur et me fit signe d'ouvrir la portière.

— C'est un rite de passage. Mon premier boulot, ça a été de livrer le *Colby Coupon Clipper* à vélo.

— J'ai eu des petits boulots, moi aussi.

— Ah bon ? lesquels ?

— J'ai bossé pour un prof du département d'anglais, pendant les vacances scolaires : je l'ai aidé à faire la bibliographie de son bouquin, dis-je en montant. Puis j'ai été l'assistante de la comptable de ma mère. Et pendant toute l'année dernière, j'ai fait du tutorat chez Huntsinger !

J'avais toujours pensé que c'était un CV sacrément impressionnant, mais ça a glissé sur Eliot comme l'eau sur les plumes d'un canard.

— Il faut vraiment que tu distribues les journaux, dit-il en démarrant. Au moins une fois dans ta vie.

Et voilà comment, après un passage rapide au Washroom d'Abe et au Park Mart pour quelques bricoles indispensables, nous avons sillonné un quartier au-delà de la promenade, les journaux entre nous et la liste des abonnés entre les mains d'Eliot. Il devait être dans les deux heures du mat.

— Le numéro 1100, dit Eliot, me montrant une maison à deux étages sur ma droite. C'est pour toi.

J'ai pris un journal, puis mon élan, et je l'ai lancé. Hélas, il est tombé sur le trottoir et a rebondi dans un tas de gazon tondu et frais où il a disparu presque entièrement.

— Ah, zut alors.

Eliot s'est arrêté. Je suis allée ramasser le journal que j'ai de nouveau lancé. Mieux, cette fois : il a presque touché le cœur de sa cible. Le pas de la porte.

— C'est plus difficile que je ne le pensais, dis-je en remontant dans la voiture.

— C'est le cas pour beaucoup de choses dans la vie, souligna Eliot.

Il a pris un journal, l'a lancé vers une maison sur sa gauche. Le journal a effectué un arc de cercle parfait et atterri pile sur le palier. Lorsque j'ai regardé Eliot, impressionnée, il a haussé les épaules.

— Rappelle-toi : j'ai distribué le *Colby Coupon Clipper* pendant deux ans.

— Oui, mais quand même.

Mon second lancer a été mieux réussi que le premier, mais encore mal calculé : le journal est tombé sur le gazon. De nouveau j'ai été obligée d'aller le ramasser pour le poser au sec sur le pas de la porte.

— Je suis archinulle...

— C'est ton second essai, dit-il avant de lancer, parfaitement, un journal vers un bungalow devant lequel trônait un flamant rose en plastique.

— Oui, mais quand même, répétai-je.

Il m'a observée tandis que je me concentrais pour mon troisième essai. Le journal est tombé sur l'escalier (bon), mais a disparu dans les buissons (pas bon). Quand je suis allée le ramasser, me prenant les cheveux dans les ronces, j'étais si frustrée qu'il n'a pas pu faire autrement que de le remarquer.

— Tu sais, me dit Eliot en jetant un autre exemplaire qui tomba pile devant la porte, on ne peut pas être bon partout, dans la vie.

— Mais ça, c'est une simple distribution de journaux !

— Oui, et alors ?

— Alors, dis-je tandis qu'il effectuait un nouveau lancer impeccable, et zut ! Si je suis nulle, disons, en physique quantique ou en chinois mandarin, je ne me prends pas la tête, parce que c'est difficile, parce qu'il faut bosser dur pour devenir Einstein ou parler chinois couramment.

Il m'a regardée rater de plusieurs mètres mon but suivant.

— Et distribuer des journaux, c'est facile ? me dit-t-il, une fois que j'eus ramassé le journal et que je fus remontée dans la voiture.

— Ça se compare pas. Écoute, réussir, c'est mon point fort, d'accord ? C'est même toute ma vie. J'ai toujours été la meilleure.

— La meilleure pour bien faire, précisa-t-il.

— J'ai toujours été super bonne pour apprendre, dis-je pendant que je lançais de nouveau un journal, plutôt mieux, cette fois. Parce que je n'ai besoin de personne pour apprendre et étudier. C'est une histoire entre moi et ce que je dois ingurgiter !

— Seule entre les quatre murs de ta chambre. À bosser à mort.

Comme d'habitude, il ne semblait pas convaincu. Ou ému. Il m'a tendu un autre journal que j'ai envoyé. Il est tombé devant la maison, un peu trop sur la gauche, mais Eliot ne s'est pas arrêté pour que j'aille le ramasser.

— Dans la vie, il y a des ratés, me dit-il en lançant

le journal suivant, avant de tourner. C'est normal d'échouer. Ça fait partie de notre existence.

— Mais j'ai déjà raté plein de trucs !

— Ah ? Quoi ?

J'ai eu un blanc. Pas bon pour mon argumentation.

— Tu sais bien. J'ai été en échec, côté socialisation, au lycée.

Nouveau virage et deux nouveaux lancers de journaux dans une rue plus sombre.

— As-tu essayé de devenir la reine du lycée ? Non. Donc, tu n'as pas échoué.

— Je n'ai jamais voulu devenir la reine du lycée ! Ça ne m'a jamais intéressée !

— C'est bien ce que je dis : tu n'as pas échoué, puisque tu n'as pas participé. Ça fait une différence. Qui ne risque rien n'a rien.

Je réfléchis, pendant que nous prenions une autre rue. Il ne me tendait plus de journaux, maintenant, il les jetait lui-même.

— Et toi ? demandai-je. Qu'est-ce que tu as raté dans ta vie ?

Il a ralenti avant de répondre.

— Tu ferais mieux de me demander ce que je n'ai pas raté.

— Ah oui ?

Il a compté sur ses doigts.

— Mes ratages dans le désordre : algèbre, football, Lacey McIntyre, le skateboard sur un half-pipe...

— Lacey McIntyre ? Qui c'est ?

— Une fille de ma classe de troisième. J'ai passé des mois à me programmer pour l'inviter à danser, et elle m'a jeté. Devant toute la cafèt'.

— Grand moment de solitude...

— Tu m'étonnes.

Il a tourné et descendu une rue étroite où ne s'élevaient que quelques maisons. Et s'est remis à balancer ses journaux.

— Je n'ai pas réussi à me rallier le père de Belissa, qui me déteste toujours. À convaincre mon frère de ne pas se comporter comme un crétin fini. À réparer ma voiture.

— Sacrée longue liste.

— Je viens de te le dire. J'ai toujours été bon pour être mauvais.

— Et tu ne t'es jamais découragé ?

— Si, parfois. C'est chiant de se planter tout le temps. Mais je préfère encore ça.

— À quoi ?

— Je préfère me planter que de ne rien risquer. La vie est trop courte, tu ne crois pas ?

Je n'avais jamais rencontré Clyde. Je n'avais pas non plus beaucoup entendu parler de lui, à l'exception de ce que Maggie et Leah m'avaient raconté. Mais à cet instant précis, j'ai eu l'impression de sentir sa présence. À ma place. Peut-être qu'il avait toujours été là ?

Eliot a de nouveau tourné et j'ai reconnu le quartier : on arrivait près de chez mon père et Heidi. On s'approchait de la maison, qui était de mon côté par-dessus le marché. C'était un signe du destin : j'ai pris un journal sur la pile juste entre nous.

— Bon, à mon tour !

J'ai essayé d'imiter Eliot, me servant de mon coude comme d'un levier et, cette fois, je n'ai pas visé l'allée mais la véranda. Le journal a formé un bel arc de cercle, au-dessus du gazon, pour atterrir sur le pare-brise de la Prius de Heidi.

Eliot s'est arrêté.

— Je sais que c'est chez toi, mais tu dois faire un nouvel essai.

Je suis descendue de la voiture, j'ai ramassé le journal. Je l'ai mis sous le bras et me suis dirigée lentement vers l'entrée en essayant de faire le moins de bruit possible.

Je le déposais au milieu du paillasson quand j'ai entendu la voix de mon père.

— ... exactement ! Je voulais te faire plaisir ! Combler tes désirs ! Mais toi, as-tu pensé à moi ?

Je reculai en consultant ma montre. Presque trois heures du matin. Personne n'était levé à une heure pareille, sauf s'il y avait un accident, ou autre chose de grave.

— Qu'est-ce que tu essaies de me dire ? Que tu ne voulais pas de ce bébé ? demanda Heidi d'une voix aiguë et tremblante. Parce que si c'est le cas...

— Cela n'a rien à voir avec le bébé !

— Alors avec quoi ?

— Avec nos vies, répondit-il simplement, et d'une voix lasse. À la façon dont elles ont changé.

— Tu es tout de même déjà passé par là, Robert. Deux fois, même. Tu sais ce que c'est que d'avoir un enfant.

— J'étais un gamin, à l'époque ! Je suis plus mûr, maintenant. C'est différent, c'est...

Silence. Je n'entendais que le bruit du moteur du van d'Eliot.

— Je ne m'attendais pas à ça, conclut mon père. Tu veux la vérité, la voilà ! Je n'étais pas prêt à tout cela !

Tout cela.

Deux mots fourre-tout, universels et vastes. Comme l'océan, que j'entendais au loin. Pas celui du BabyZen, non, le vrai, le grand. Si grand que je ne savais pas qui ou quoi papa englobait là-dedans. Tout et tout le monde, j'imagine ?

— Mais tout cela, comme tu le dis, c'est ta famille. Que tu sois prêt ou non, répondit Heidi.

Tout à coup, je me souvins de ces jeux auxquels je n'avais jamais joué, petite, mais dont je connaissais l'existence et les règles. Vous vous cachez. Un autre compte. Quand il a fini, que vous soyez prêt ou pas, il part à votre recherche. S'il se rapproche de votre cachette, surtout, vous devez rester immobile et espérer qu'il ne vous découvrira pas. Mais si jamais il vous trouve, vous n'avez plus aucune marge de manœuvre. Game over.

Mon père reprenait la parole, mais je n'étais plus une enfant, ça n'était pas un jeu et je n'étais pas non plus obligée de rester cachée pour écouter la suite jusqu'à la fin. J'avais ma marge de manœuvre, je pouvais filer, disparaître dans la nuit, elle aussi universelle et profonde, avec plein de cachettes partout. Ce que j'ai fait.

— Ne regarde surtout pas le bordel, dit Eliot en tâtonnant pour allumer la lumière. Le bordel, c'est ma spécialité. Un autre de mes échecs.

En réalité, son appart était vide. C'était une grande pièce carrée avec un lit, une chaise en bois et une télé sur une deuxième chaise en bois. La cuisine était minuscule, avec des plans de travail vides, exception faite d'une machine à café et d'une boîte de filtres à café. Mais j'ai apprécié le mensonge, parce que cela nous évitait de parler de mon gros coup de cafard de tout à l'heure.

Je pensais que ça allait, lorsque j'avais rejoint Eliot après avoir traversé la pelouse humide de rosée en sens inverse. Je pensais que ça allait toujours, au moment où j'ai repris un journal pour le lancer. Mais Eliot m'a posé la question qui tue.

— Ça va ?

Non. En réalité, ça n'allait pas du tout.

C'est toujours gênant de se mettre à chialer devant les gens. Mais éclater en larmes devant Eliot, c'était le comble du comble de l'humiliation. Parce qu'il est resté immobile, muet, et que dans le silence on n'entendait que mes sanglots et mes reniflements ? Parce qu'il a repris la route au bout d'un moment et continué sa distribution de journaux pendant que je regardais par la vitre de la portière en essayant de ne plus pleurer ? Quand Eliot s'est enfin garé devant une maison verte à deux étages, pas loin de la promenade, je m'étais calmée, et je me creusais la tête pour trouver un truc qui explique mon coup de blues. Syndrome prémenstruel imprévu ? Chagrin d'avoir raté tous mes lancers de journaux ? Je cherchais toujours quand Eliot a coupé le moteur et ouvert sa portière.

— Viens.

Je restai immobile et le regardai monter un étroit escalier à côté d'un garage. Il ne s'est pas retourné pour voir si je venais. Je crois bien que c'est pour cette raison que je me suis décidée à le suivre.

Il a fermé la porte, est entré dans la cuisine, puis a jeté ses clés sur la table avant d'aller faire du café. Et c'est seulement quand son café a commencé à couler et lorsque son odeur a chatouillé mes narines que je me suis approchée.

— Assieds-toi, me dit-il en me tournant le dos alors qu'il ouvrait le frigo. Il y a une chaise.

— Seulement une. Qu'est-ce que tu fais quand tu as des invités ?

— J'en ai pas, dit-il en refermant son frigo, une plaquette de beurre à la main. Enfin, d'habitude.

Je ne répondis pas. Je le regardai sortir une poêle, mettre du beurre dedans avant de la poser sur la cuisinière.

— Écoute, dis-je, alors qu'il allumait le gaz, à propos de ce qui vient de se passer...

— C'est bon. Tu n'as pas besoin d'en parler.

Je restai silencieuse, le regardant faire fondre le beurre dans la poêle, puis bien l'étaler. Eliot me donnait une autre occasion de me sortir du malaise, la chance de passer à autre chose. Je me disais, merci Eliot, tu es un roi, quand j'ai repris la parole malgré moi.

— Tout à l'heure, tu m'as demandé ce que j'avais déjà raté dans ma vie, tu te souviens ?

Il a reposé la poêle sur la cuisinière.

— Et tu m'as répondu que tu n'étais pas socialisée au lycée.

— Oui, mais ça n'est pas tout. Je n'ai pas réussi à empêcher mes parents de se séparer.

Oui, c'était exactement ça, pensai-je, j'avais enfin trouvé les mots pour dire ce que je n'avais pas osé penser pendant des années. Et j'avais eu cette révélation en entendant mon père et Heidi se disputer. À ce moment-là, tout m'était revenu à la vitesse d'une comète : les dîners lourds de tension avec les méchantes petites piques, la sensation de malaise à la maison, au fur et à mesure que la soirée avançait et que l'heure d'aller me coucher se rapprochait. Ma façon de m'envelopper dans la nuit, de rester éveillée et en alerte rouge pour ne pas me laisser absorber par la trouille. J'avais échoué à cette époque-là. J'avais échoué aujourd'hui.

Je clignai des paupières, sentis une larme couler. Trois ans de stoïcisme intégral qui explosaient en une nuit. Si ça n'était pas de l'humiliation à l'état pur...

— Hé, Auden.

Eliot venait de sortir une boîte de Rice Krispies et me regardait. Mais je me suis concentrée sur les têtes des trois lutins du paquet, Cric, Crac et Croc, qui dévoraient gaiement leurs céréales.

— Désolée...

Je ne sais pas pourquoi, mais la vue de leurs trois bouilles rigolotes me donnait envie de pleurer au lieu de m'amuser.

— Le pire... c'est que je ne pense plus à ces conneries depuis un bail. Mais quand je suis allée déposer le journal devant leur porte, ils se disputaient, et c'était tellement...

Eliot a reposé la boîte de céréales, mais il ne s'est pas approché de moi. Il est resté immobile.

— Qui se disputait ?

J'ai dégluti.

— Mon père et Heidi. Il faut dire que c'est un peu cata, depuis la naissance de Thisbé, mais ce soir, je crois que c'est le début de la fin.

Et voilà, maintenant je blablatais. Ma voix tremblait, je hoquetais.

— Ce n'est pas parce que les gens se disputent qu'ils se séparent, Auden.

— Je sais.

— Mes parents se disputaient de temps en temps. Ça avait au moins le mérite de détendre l'atmosphère et de mettre les choses à plat. Après, je te jure que ça allait nettement mieux.

— Mais je connais mon père. Je l'ai déjà vu tout saboter.

— Les gens changent.

— Ou pas. Pas toujours.

J'ai enfin réussi à le regarder dans les yeux. Ses yeux si verts, que j'avais trouvés hantés par des ombres, au début, mais qui étaient maintenant plus vivants.

Il continuait de me regarder. Nous étions tous les deux dans son petit appartement, au beau milieu de la nuit. On voyait un avion dans le ciel, minuscule lumière filant dans le noir. C'était inimaginable de penser qu'il y avait des passagers, à l'intérieur, et qu'il y avait des gens dans la maison voisine, et dans la maison voisine de la maison voisine. En l'espace de cette minute, il se passait des milliers d'événements dans le monde entier, et ça ne s'arrêtait jamais. Pas étonnant qu'on ait besoin de dormir pour faire un break...

J'entendis un « pop » venant de la cuisinière. Eliot a regardé derrière lui et retiré sa poêle.

— Ah, merde ! lâcha-t-il. Laisse-moi terminer et je suis à toi.

J'ai essuyé mes yeux et essayé de me calmer.

— À propos, qu'est-ce que tu fais ?

— Un Spécial Rice Krispies.

Bizarre mais sensé. Comme tout ce qui avait eu lieu

ce soir... Et pourtant, je n'ai pu m'empêcher de lui poser la question.

— Pourquoi ?

— C'est toujours ce que faisait ma mère quand mes sœurs pleuraient.

Puis il a ajouté :

— En fait, je n'en sais rien. Je te l'ai dit, je n'invite jamais personne chez moi. Mais tu étais vraiment mal, et ça m'a semblé...

Il s'est interrompu. J'ai regardé autour de moi, le lit, la chaise. Le lampadaire, dehors, et sa lumière dorée qui éclairait toute la nuit.

— ... parfait, terminai-je. C'est absolument parfait.

Bien sûr, rien n'est réellement parfait. Cela dit, le Spécial Rice Krispies d'Eliot l'était presque. On a dévoré la moitié de la poêle en buvant du café, assis par terre, l'un en face de l'autre, autour de la seule chaise qui nous servait de table.

— Laisse-moi deviner. Tu aimes le style minimaliste ? lui demandai-je en posant mon mug sur le plancher.

Il a regardé autour de lui.

— Tu crois ?

— Mais enfin, Eliot, tu n'as qu'une chaise !

— Je sais, oui. C'est parce que tous les autres meubles de mon ancien appart appartenaient à Clyde.

Après tout ce temps, il avait enfin réussi à prononcer son prénom. Clyde. Mais je suis restée bien calme et j'ai bu une gorgée de café avant de reprendre :

— Vraiment ?

— Oui.

Il a décollé un reste de Spécial Rice Krispies au fond de la poêle et continué.

— Dès que Clyde a récolté les prix et le fric qui va avec, aux compètes de BMX, il a fait la déco de l'appart qu'on partageait. Il a acheté les trucs les plus débiles que j'aie jamais vus. Une immense télé, un poisson qui chante...

— Un poisson qui chante ?

— Tu sais bien : ce sont des poissons en plastique qu'on met sur le mur. Lorsqu'on passe devant, ils chantent. Des trucs genre tubes soul et R'nB.

Non, je ne savais pas.

— Ah, je vois, tu ne sais pas. Pour une fois, je te jure que tu as du bol ! Notre poisson était la vedette de l'appartement. Comme il était près de la porte, il chantait sans arrêt et tout le monde y avait droit.

J'ai souri.

— Intéressant.

— Moins que tu ne le penses.

Il a secoué la tête.

— Clyde avait aussi insisté pour acheter ces grands fauteuils en osier, tu sais, ces trucs ronds avec des gros coussins. Moi, je voulais un canapé normal. Mais non. On a eu ces trucs débiles dans lesquels on restait tous coincés. Personne ne pouvait se lever sans se faire aider. On devait toujours en extraire les gens, façon putain de mission de sauvetage.

— Tu blagues !

— Non, je te jure ! C'était ridicule.

Il soupira.

— Mais le pompon, ç'a tout de même été le lit avec un matelas à eau. Clyde disait qu'il avait toujours rêvé d'en avoir un. Et même quand le matelas a fui, même quand Clyde a eu un mal de dos d'enfer, il a refusé d'admettre qu'il s'était planté. « J'ai dû bousiller quelque chose. Ou me froisser un muscle à la dernière compète », il disait. Il marchait comme un vieillard et ronchonnait sans arrêt. La nuit, je l'entendais bouger, se tourner et se retourner en essayant de trouver une position confortable. J'avais l'impression qu'il pataugeait dans la flotte !

J'ai ri et repris mon mug.

— Et comment ça s'est terminé ?

— Il est mort.

Je le savais, évidemment. Mais le lui entendre dire, ça m'a fait un choc.

— Je suis désolée, mais...

— C'est ça le truc, tu vois.

Il a secoué la tête.

— Les autres veulent toujours raconter ces histoires à la con. C'est ce qui s'est passé, à l'enterrement, et après. C'était tout le temps des : « Oh, et souviens-toi de ça ! Et de ça ! » Mais tu as beau faire, ça finit toujours pareil : Clyde est mort. Pour toujours. Alors, pourquoi parler pour ne rien dire ?

Silence.

— Parler de lui, c'est se souvenir... C'est comme si Clyde était encore là.

— Ça ne me pose pas de problème de ne pas me souvenir.

— Je sais.

— Tiens, tu veux vraiment parler d'un ratage en beauté ?

Nos yeux se sont croisés.

— Alors imagine-toi à la place du conducteur, Auden. De celui qui est vivant.

— Eliot, dis-je avec calme, comme lui tout à l'heure lorsqu'il avait voulu me consoler. Ça n'était pas ta faute. C'était un accident.

Il a secoué la tête.

— Peut-être, mais moi je suis toujours là et pas lui. Et tous ceux qui me voient, ses parents, sa petite amie, ses amis, ils le savent. Et c'est leur seule putain de certitude. Et ça me gave à un point que tu n'imagines même pas.

— Mais je suis certaine qu'ils ne t'en veulent pas.

— Pas besoin.

Il a regardé son mug et relevé les yeux sur moi.

— Parce que moi, je n'arrête pas de revenir en arrière, au moment d'avant l'accident. J'y pense tout le temps. Et si nous étions partis plus tôt ? Ou plus tard ? Si j'avais vu la voiture arriver ? Si j'avais pu m'arrêter à temps ? Et si c'est Clyde qui avait conduit, et pas moi ? Il y a des millions de possibilités, et si au moins une seule avait été différente... la suite l'aurait été.

Silence de nouveau.

— Tu ne peux pas revenir en arrière, Eliot, tu te rends dingue.

Il m'a adressé un sourire sinistre.

— Dingue, oui, c'est le mot.

J'allais parler, mais il s'est levé, a pris le plateau et l'a rapporté à la cuisine. Au même instant, j'ai entendu un coup contre le mur voisin, près de son lit. Puis un autre. Je me suis levée, je me suis rapprochée et j'ai écouté.

— Ce sont les McConners, me renseigna Eliot de la cuisine.

— Qui ?

Il m'a rejointe.

— Les McConners. Les propriétaires de la maison. La chambre de leur fils est de l'autre côté du mur.

— Ah bon.

— Il se réveille souvent, la nuit. Il demande de l'eau, enfin tu vois.

Eliot s'assit sur son lit. Les ressorts craquèrent.

— Quand c'est vraiment calme, j'entends bien ce qui se passe, de l'autre côté.

Je m'assis à côté de lui et j'écoutai de toutes mes forces, mais je n'entendis que deux murmures. Une voix d'enfant et une voix plus grave. C'était comme les vagues du BabyZen de Heidi, un bruit blanc et distant.

— J'étais comme le gamin, chuchota Eliot. Je me réveillais et je demandais un verre d'eau. Je m'en souviens encore.

— Pas moi. Mes parents avaient besoin de leurs huit heures de sommeil d'affilée.

Il a secoué la tête, s'est allongé et a croisé les bras. De l'autre côté du mur, j'entendais toujours les négociations qui continuaient, la voix aiguë qui montait, pressante, et la voix plus grave, continue et au même niveau.

— Tu pensais sans cesse à eux, hein ?

— Pas mal, oui, dis-je en étouffant un bâillement.

Je regardai ma montre. Il était quatre heures trente. L'heure à laquelle je rentrais à la maison, en général. De l'autre côté du mur, les voix continuaient sur deux notes, grave et aiguë. Tout en écoutant, je me suis allongée contre Eliot et j'ai posé ma tête sur sa poitrine. Son tee-shirt était doux et sentait bon la lessive qu'il utilisait au Lavomatic.

— Il est tard, il ne devrait pas tarder à se rendormir, dis-je.

— Ça n'est pas toujours facile.

La voix d'Eliot était basse, lente. J'ai senti ses lèvres se poser sur mon front.

Il avait laissé la lumière allumée dans la cuisine, mais j'ai fermé les yeux et j'ai été dans le noir. Les murmures, eux, je les entendais toujours. *Chut, chut, tout va bien...* Je suis certaine d'avoir entendu ces mots-là. *Chut, chut.*

À moins que ça ne soit mon mantra d'avant que je répétais dans ma tête ?

— Ça n'est pas ta faute, dis-je à Eliot.

Ma voix me semblait à la fois lointaine et proche.

— Tu ne dois rien te reprocher...

— Toi non plus, répondit-il.

Chut, chut, tout va bien.

Il était si tard. Tard pour les enfants. Tard pour tous les habitants de ce côté de la planète. J'aurais dû me lever, redescendre l'étroit escalier et retrouver ma route pour rentrer à la maison, mais je sentais qu'il se passait quelque chose. Un sentiment lourd et intense m'envahissait et me recouvrait. Cela faisait tellement longtemps que je n'avais pas ressenti cela que pendant un moment, une partie de moi a voulu tirer la sonnette d'alarme, pour rester vigilante et lutter contre cette grande vague. Mais j'ai lâché prise. Et avant d'être emportée et ravie, je me suis blottie contre Eliot. J'ai senti sa main se poser sur ma tête, et après, j'étais partie...

Quand je me suis réveillée, il était sept heures trente et Eliot dormait toujours, un bras autour de ma taille.

Son souffle régulier soulevait son torse et caressait ma joue. J'ai refermé les yeux, j'ai essayé de basculer à nouveau de l'autre côté, mais le soleil sur mon visage me disait bonjour. La journée avait déjà commencé.

Je me dégageai des bras d'Eliot, me levai et contemplai longuement son visage détendu et plein de rêves. Lui dire au revoir ? Oui, bien sûr, mais je ne voulais pas non plus le réveiller. Lui écrire un petit mot ? Mais comment lui dire merci pour tout ce qu'il avait fait pour moi, cette nuit ? À la fin, j'ai trouvé la solution à mon avis idéale : j'ai fait du café. J'ai mis un filtre, du café et j'ai allumé la cafetière. Le café coulait lorsque je suis partie.

C'était l'un de ces matins somptueux, clairs et radieux qu'on ne voit qu'en bord de mer, et je l'ai trouvé d'autant plus beau que j'avais dormi pendant la nuit. En parcourant les quatre blocs qui me séparaient de chez moi, j'ai été consciente comme jamais de l'air salin, de la couleur des roses trémières qui grimpaient sur la barrière d'une maison, et même de l'amabilité d'une cycliste qui passait, une dame d'un certain âge avec une longue natte, vêtue d'un jogging orange psychédélique et qui sifflotait joyeusement. Elle m'a rendu mon grand sourire et a agité la main tandis que je continuais sur la promenade.

J'étais tellement absorbée par le souvenir de cette nuit, de mon bon sommeil et par ce début de matinée fantastique que je n'ai pas vu mon père et que j'ai bien failli lui rentrer dedans. Il était dans l'entrée, déjà douché et habillé malgré l'heure matinale.

— Tu es tombé du lit ? lui demandai-je. C'est l'inspiration ? Prêt à écrire un nouveau roman ?

Il a regardé en haut de l'escalier.

— Heu... Pas vraiment, non. En fait, je partais.

— Oh... Où ? Sur le campus ?

Pause. Et là, dans ce trop long silence, j'ai enfin compris que ça déraillait sérieux, entre lui et Heidi.

— Non. Je vais passer quelques jours à l'hôtel.

Il a dégluti, regardé ses mains. Il avait l'air à bout.

— Heidi et moi... eh bien, on doit faire le point. Et nous avons décidé que c'était la seule solution. Pour le moment.

— Tu pars ?

Deux mots qui passaient mal, dits à voix haute.

— C'est seulement temporaire.

Il a pris une grande inspiration. Soupiré.

— C'est mieux, crois-moi. Pour le bébé. Pour tout le monde. Je serai au Condor. On pourra donc se voir tous les jours.

— Tu pars ? répétai-je, toujours sans réaliser.

Il a pris son sac de voyage, que je n'avais pas encore remarqué, près de l'escalier.

— Écoute, c'est compliqué, Auden. Laisse-nous le temps d'y voir plus clair, d'accord ?

Je n'ai pas pu parler. Je restais immobile et ne faisais que le regarder. Là-dessus, papa est passé devant moi et a ouvert la porte d'entrée. J'avais tout à coup l'occasion de lui dire ce que j'avais tu, deux ans plus tôt : j'avais enfin droit à mon grand oral de rattrapage. J'aurais pu lui demander de réfléchir encore ou de trouver une autre solution. Même de rester. Hélas, rien n'est venu. Pas un mot. J'ai continué de le regarder pendant l'éternité qu'il a mise à partir.

Je n'ai pas bougé, je pensais toujours que ça devait être un gag, et c'est seulement en voyant papa sortir du garage, rabattre son pare-soleil et s'éloigner que j'ai fermé et verrouillé la porte.

Quand je suis montée, la porte de la chambre de Heidi était fermée. Et en passant devant la nursery, j'ai entendu du bruit. Au début, j'ai évidemment pensé que Thisbé pleurait, mais au bout d'un moment, j'ai compris que non. J'ai ouvert doucement et j'ai regardé. De son couffin, Isby observait son mobile en agitant les bras. Elle ne pleurait pas ce matin-là, alors qu'elle aurait eu toutes les raisons de le faire, pour une fois : Isby pépiait et babillait, comme tous les bébés.

Je me suis approchée, je l'ai observée. Pendant un moment, elle a continué à gigoter, puis elle m'a vue. Son visage s'est détendu, et il y a eu un petit miracle : elle m'a souri.

Chapitre 13

— Je ne voulais même pas t'appeler, entendis-je
Heidi lancer au téléphone. J'étais certaine que tu cla-
merais : « Je te l'avais bien dit ! »

Cela faisait près de trois heures que j'étais rentrée.
J'avais essayé de me rendormir. Impossible. J'avais
donc sans cesse passé et repassé en moi les événements
de ces dernières heures. Mon bonheur, après mon
réveil dans les bras d'Eliot, mon retour à la maison,
pour le départ *bis* et déplaisant de mon père. Mais
c'était surtout le sourire d'Isby, inattendu et si tou-
chant, qui m'avait marquée. Dès que je fermais les
yeux, je le revoyais.

— Non, non, vraiment, reprit Heidi. Je ne t'en veux
pas, tu sais. Mais quel gâchis ! Je n'arrive toujours pas
à croire que nous en soyons arrivés là.

Je passai devant Heidi, assise à la table de la cuisine,
le bébé dans ses bras, puis j'ouvris le placard pour

sortir un mug. Dehors, il faisait super beau, comme tous les jours.

— Oh, je te rappelle ! dit Heidi dès qu'elle me vit. Oui, c'est promis. Bon, d'accord, si tu préfères, appelle-moi, toi. Dans dix minutes ? Ça marche. À plus.

Elle raccrocha. Je sentis son regard tandis que je me versais une tasse de café.

— Auden. J'aimerais que tu t'assoies. Il... il faut que je te parle.

Elle semblait triste et si inquiète que ça m'a déchirée.

— Te bile pas, je suis déjà au courant, lui dis-je en me retournant. J'ai vu papa ce matin.

Elle a avalé sa salive et baissé les yeux sur le bébé.

— Très bien. Qu'est-ce qu'il... ?

Isby a soudain poussé un petit cri. Mais elle n'a pas pleuré, seulement enfoui son visage dans l'épaule de Heidi et fermé les yeux.

— Il m'a expliqué que vous deviez faire le point, tous les deux. Et qu'il serait au Condor pendant quelque temps.

Elle a acquiescé, l'air peiné.

— Et... ça va pour toi ? me demanda-t-elle.

— Moi ? Oui, ça va. Pourquoi ça n'irait pas ?

— Eh bien, la situation est plutôt déconcertante. En tout cas, si tu as besoin de te confier, je suis là. Au cas où tu aurais des questions. Ou même des inquiétudes, je...

— Ça va. je te dis.

Le portable de Heidi a buzzé. Elle a soupiré et décroché.

— Allô ? Ah, Elaine. Non, non, j'ai bien eu tes messages, mais je... Mais toi, dis-moi, comment vas-tu ? D'accord. Bien entendu. En vérité, je n'ai guère eu le temps de penser au Beach Bash, ces derniers temps.

Elle s'est levée, Isby toujours dans ses bras, et s'est dirigée vers la baie vitrée sans cesser de parler. Moi, je suis restée à la cuisine. Je pensais à la façon dont mon père s'était carapaté, en début de matinée. Je repensais aussi à mon envie de lui déballer tout ce que j'avais ressenti quand il s'était barré, deux ans plus tôt, pour finalement rester muette. Comme quoi il y a des constantes, dans la vie. Irréparables. Même quand le temps est passé dessus.

Un moment plus tard, Heidi est revenue dans la cuisine et a posé son téléphone sur la table.

— C'était Elaine, la directrice de l'office du tourisme de Colby, m'expliqua-t-elle comme si elle pensait à autre chose. Elle veut un thème, et elle le veut maintenant.

— Pour cette histoire de Beach Bash ? Qu'est-ce que c'est ?

— Oui. C'est la fête de la plage qui a lieu tous les ans, à la fin de l'été, continua-t-elle en s'asseyant. La soirée a lieu dans la grande salle des fêtes, sur la promenade. Nous vendons des billets, tous les commerçants participent et c'est le point d'orgue de la saison. Et va savoir pourquoi, je suis toujours volontaire pour l'organiser.

— Ah, vraiment. C'est du masochisme.

Elle a secoué la tête.

— Bon, bref, l'année dernière, le thème du Beach Bash, c'était les pirates – très sympa. L'année d'avant, c'était la Renaissance. Mais cette année... qu'est-ce

que je vais bien pouvoir inventer ? Je n'ai pas la tête
à organiser des réjouissances.

Elle a caressé la joue d'Isby, puis l'a enveloppée plus
étroitement dans sa couverture.

— Tu trouveras bien, lui dis-je.

Son téléphone s'est remis à sonner. Elle a décroché
et l'a calé entre le menton et l'épaule.

— Allô, Morgan ? Non, ça va. Je viens juste de parler à Elaine.

Elle a soupiré et hoché la tête.

— Oui, je sais. Et je te remercie. C'est juste que je
n'arrive pas à y croire, tu vois ce que je veux dire ?
L'année dernière, à la même époque, tout ce que je
voulais, pour nous deux, c'était tomber enceinte... Et
maintenant...

Elle n'a pas pu continuer, elle a couvert son visage
avec la main, tandis que son amie, à l'autre bout du fil,
lui parlait d'une voix douce et réconfortante. Je me suis
levée, j'ai posé ma tasse dans l'évier et, de nouveau, je
me suis retrouvée à l'extérieur des événements, à regarder une scène inconnue et incompréhensible. Le plus
déconcertant, là-dedans, c'était d'avoir un nœud double, un nœud de galère dans la gorge et un poids en
fonte sur la poitrine. J'ai rangé ma chaise et je suis
sortie de la cuisine, repensant à mon père, qui était
sorti par cette même porte, avec son sac de voyage, tout
à l'heure. C'est atroce, inhumain, quand quelqu'un
qu'on aime vous quitte. Vous pouvez toujours continuer à vivre, vous conduire en brave, mais comme Eliot
l'avait dit, quand c'est fini, c'est bien fini. Les histoires,
si belles ou si longues soient-elles, se terminent toujours par le mot fin.

Quand je suis sortie de la maison, deux heures plus tard, Heidi et Thisbé dormaient. Étonnamment, la maison semblait en paix.

Mais moi, je me sentais à côté de mes baskets, et ça n'avait pas de sens. Primo, parce que Heidi n'était pas ma mère. Secundo, parce que j'avais plutôt bien assuré, lorsque mon père avait quitté ma mère, deux bonnes années plus tôt. Je l'admets, à l'époque, j'avais été déçue et un petit peu triste, mais d'après mes souvenirs, je m'étais assez vite et plutôt bien adaptée à ma nouvelle vie familiale. Du moins, si je mets de côté mes insomnies à répétition, et encore, parce que je ne dormais déjà plus, avant la séparation. En revanche, je ne me souvenais pas de l'étrange inquiétude que j'avais éprouvée, lorsque j'avais vu mon père partir, et qui était toujours présente en moi. C'était le même sentiment qui me prenait, aux alentours de minuit, quand le plus noir de la nuit était à venir, quand je devais tuer les heures qui ralentissaient et remplir les blancs du noir jusqu'au lever du jour.

Par chance, j'avais mon boulot, et je n'avais jamais été aussi contente d'aller chez Clementine's, qui était bondée à cette heure (rush de la fin d'après-midi !). Maggie conseillait une mère et sa fille sur des shorts en jean. Elle m'a fait un petit coucou, lorsque je suis passée en prenant les reçus et factures avant de m'enfermer dans le bureau.

J'ai décidé de me placer en immersion totale dans les chiffres jusqu'à la fermeture de la boutique et je venais de mettre le nez dans le registre des chèques quand mon portable a sonné.

Maman, lus-je sur l'écran, que j'ai continué de fixer tandis que mon portable buzzait et tressautait à chaque nouvelle sonnerie. L'espace d'une seconde, j'ai eu envie de décrocher et de tout déballer, mais la seconde suivante, je me suis dit que non, surtout pas. Pour maman, la nouvelle du krach Heidi-papa, ça serait à la fois Noël et son anniversaire, donc une satisfaction intégrale, et ça me foutait les jetons. De plus, elle m'avait raccroché au nez, hier, m'éjectant ainsi en toute simplicité. Puisque c'était comme ça, c'est moi qui allais prendre mes distances et aussi longtemps que ça me plairait. Voilà.

Pendant les deux heures qui ont suivi, je me suis plongée dans les livres de compte de Heidi, et jamais la vérité et l'immuabilité des chiffres et des calculs ne m'ont fait autant plaisir. Quand j'ai eu fini avec le registre et les salaires, j'ai observé mon bureau, bordélique depuis mon premier jour. J'ai relâché la pression en rangeant les stylos de Heidi, je jetais ceux qui ne marchaient pas, m'assurais que les autres avaient les bons capuchons et se tenaient bien droits dans le pot à crayons rose. J'ai ensuite rangé le tiroir du haut, classé les papiers, empilé les cartes de visite et rassemblé les trombones dans une boîte de pansements vide. J'allais m'attaquer au tiroir de dessous quand on a frappé. Maggie a passé la tête par la porte.

— Salut. Esther va au Beach Beans. Tu veux quelque chose ?

J'ai sorti mon porte-monnaie.

— Oui, un triple espresso.

Elle a ouvert de grands yeux.

— Tu as l'intention de passer une nuit blanche ?

— Non. J'ai juste un coup de barre sur une journée fatigante.

Elle a passé la main dans ses cheveux et acquiescé.

— Je te comprends. La première chose que ma mère a faite, ce matin, c'est de me harceler avec ces formulaires à remplir sur le choix de ma coloc à la résidence universitaire. Elle voulait que je me grouille parce qu'elle avait peur que nous n'ayons pas le temps de coordonner nos draps et linges de toilette ! Tu parles si je m'en fiche !

Je revis ma mère, me parlant d'un ton de sergent-major, quand j'avais osé remettre en question son choix du programme Pembleton.

— C'est pour ça qu'elle se fait du souci ?

— Ma mère se fait du souci pour tout ! reprit Maggie avec un petit geste évasif. Selon elle, si je ne profite pas à cent pour cent de la vie sur le campus, ce sera une tragédie grandeur nature.

— Une tragédie ?

— Tu ne connais pas ma mère, soupira Maggie. Je ne suis jamais assez, pour elle.

— Assez quoi ?

— Assez fille, tu vois ? Parce que j'ai été à fond dans le BMX et le dirt. Parce que je n'étais pas assez dégourdie, ou sociable : la preuve, je n'ai eu qu'un seul petit copain au lycée au lieu de les accumuler. Et maintenant, je ne m'implique pas assez dans ma future vie universitaire qui n'a même pas commencé !

— Je compatis. Ma mère aussi m'a stressée avec ces histoires de coloc. Elle voulait m'embrigader dans un programme où tu dois étudier vingt-quatre heures sur vingt-quatre avec interdiction de t'amuser.

— Pas possible !

— Si !

— Je devrais adhérer ! Ma mère en serait malade !

J'ai souri. Puis ça a sonné dans le magasin, et elle a regardé l'argent que je venais de lui donner.

— Un triple espresso, alors ? C'est bon, je transmets tout de suite à Esther.

— Merci.

Restée seule, j'ai ouvert le deuxième tiroir. Dedans, j'ai vu de vieux registres de chèques et deux blocs jaunes griffonnés. Je les ai sortis, et j'ai reconnu l'écriture de Heidi, des listes d'inventaire, des numéros de téléphone, et ça :

Caroline Isabel West
Isabel Caroline West
Emily Caroline West
Ainsley Isabel West

Chaque prénom avait été calligraphié avec un soin fou. On sentait bien que Heidi avait beaucoup réfléchi, au fur et à mesure qu'elle les écrivait. Je me suis souvenue du jour où elle m'avait avoué qu'elle n'aimait pas le prénom de Thisbé. Je me suis aussi souvenue que moi et maman, on l'avait critiquée pour avoir accepté que le bébé s'appelle tout de même ainsi. Mon père n'était qu'un sale égoïste. Il obtenait toujours ce qu'il voulait, mais ça ne lui suffisait pas, il en voulait toujours plus.

J'ai fermé le bloc, je l'ai rangé, et j'ai fouillé au fond du tiroir. J'en ai sorti de nombreuses factures, que j'ai mises de côté pour les classer, un prospectus *Ahoy Matey's ! Pirates des Caraïbes*, manifestement un souvenir du Beach Bash de l'année dernière, et, en haut, une pile de photos. Il y en avait une de Heidi, avec un pinceau dégouttant de peinture rose qui souriait devant un mur blanc. Puis de nouveau Heidi mais, cette fois, qui posait devant l'entrée de Clementine's, avec l'enseigne au-dessus de sa tête. Et enfin, en bas de la pile, Heidi et mon père, sur la promenade, elle en blanc avec son ventre déjà gros, et lui, avec son bras autour de son épaule. D'après le tampon, les photos dataient de mai, en gros de quelques semaines avant la naissance d'Isby.

— Auden ?

J'ai fait un saut de carpe. C'était Esther que je n'avais pas entendue rentrer.

— Je...

J'ai baissé les yeux sur le tiroir grand ouvert et son contenu éparpillé sur le bureau.

— Je rangeais et...

— Tiens, voilà ton café, coupa-t-elle.

Elle me tendait le gobelet quand un truc rouge est passé comme une flèche derrière elle, puis a rebondi sur le mur au fond du couloir avec un bruit mat.

— C'était quoi ? hurla Esther.

— À ton avis ? hurla Adam (je crois que c'était lui).

Esther a ouvert la porte tout grand alors qu'un ballon rouge roulait lentement vers le magasin.

— Oh, man... Sérieux ?

— Ouais ! Sérieux ! s'exclama Adam (c'était bien lui). Kickball. Ce soir. Prépare-toi à être trempée !

— Et qui a décidé qu'on jouerait au kickball ce soir ? demanda Maggie.

— À ton avis ? répéta Adam.

Esther est sortie dans le couloir et a ramassé le ballon.

— Eliot ? Pas possible ?

— Et pourtant si, ma vieille !

J'ai entendu un bruit de pas, puis j'ai vu Adam qui rattrapait le ballon qu'Esther lui lançait. En me voyant, il m'a fait un petit signe.

— Eliot est passé, en fin de journée, avec ce ballon de kickball. Il avait une pêche terrible.

— Ah ?

— Si, je te jure. On a tous été bluffés !
Il a dribblé.

— Mais il était sérieux. Première partie de la saison, ce soir, après la fermeture. Tirage au sort pour le joueur de deuxième base, pile à dix heures cinq !

— Si je joue en deuxième base, ne comptez pas sur moi ! protesta Maggie en les rejoignant dans le couloir.

— Attitude de dérobade typique ! commenta Adam.

— Je m'en fous ! La dernière fois que j'ai joué en deuxième base, j'ai été complètement trempée !

— Mais la dernière fois, c'était il y a un an ! Allez, Maggie ! Eliot organise une partie de kickball, alors le moins que tu puisses faire, c'est de te faire un peu tremper.

— C'est incroyable qu'il soit prêt à jouer au kickball ! Je me demande ce qui l'a changé ? s'étonna Esther.

Je suis revenue à mon bureau et j'ai bu mon café. Seulement, avant, j'ai croisé le regard de Maggie.

— Qui sait…, fit Adam. Contentons-nous de nous réjouir et de participer. À plus, à dix heures, les filles !

Et il a filé en dribblant. Esther l'a suivi avec un soupir, mais Maggie est restée, me fixant toujours, tandis que je remettais les papiers dans le tiroir, avec les photos dessus.

— Ça va ? me demanda-t-elle.

— Super.

Ç'aurait dû être vrai. Après tout, j'avais eu la même nuit qu'Eliot. Il s'était réveillé tout neuf, alors moi aussi j'aurais dû être en roue libre et heureuse. Être la première à vouloir jouer au kickball, surtout si Eliot en était. Mais après la danse de neuf heures et jusqu'à dix heures, j'ai senti mon estomac se creuser et se rétrécir.

À dix heures pile, Maggie est venue dans le bureau, les clés de la boutique à la main.

— On y va ! Tirage au sort pour la deuxième base dans cinq minutes, et crois-moi, personne n'a envie de jouer en deuxième base ! Tu es quasiment dans la flotte !

— Oh, je crois que je vais rester plus tard, ce soir, répondis-je. Je dois faire les salaires et un peu de classement.

Elle m'a fixée, puis a fixé les stylos bien rangés dans le pot.

— Sûr ?

— Oui. Mais je viendrai finalement.

— Finalement.

— Oui.

Puis je me suis désintéressée d'elle.

— Très bien, alors on t'attend, dit-elle d'une voix plus impersonnelle cette fois.

Une fois seule, j'ai étiqueté mes chemises avec soin, pendant que j'entendais Maggie et Esther fermer la caisse et sortir. Et une fois qu'elles ont fermé la boutique, je me suis reculée de mon bureau. Au bout d'un quart d'heure de totale immobilité, je me suis levée et je suis allée dans le magasin maintenant plongé dans la pénombre, puis je me suis approchée de la vitrine.

Il y avait un monde fou qui se dirigeait vers la plage. J'ai vu Maggie, sur un banc, avec Adam et Esther. Wallace et d'autres mecs du magasin de vélos, que je connaissais seulement de vue ou de nom, glandaient et blaguaient : ils ont dû faire une remarque à Leah, au moment où elle s'approchait, car elle a pris son air exaspéré et les a écartés comme des petits moustiques. Là-dessus, Maggie s'est poussée pour lui faire de la place sur le banc. Il y avait de plus en plus de monde, certains que je reconnaissais, d'autres non. Soudain, ils se sont regroupés, et j'ai compris qu'Eliot arrivait.

Il avait son sweat bleu à capuche, celui qu'il portait la première fois où je l'avais rencontré, et il marchait, un ballon rouge sous le bras. Ses cheveux, dénoués pour une fois, retombaient sur ses yeux. Tout en dribblant, il a tourné les yeux sur le petit groupe qui l'attendait. Et quand, tout de suite après, il s'est retourné pour regarder dans la direction de Clementine's, j'ai reculé.

Après des discussions, les équipes se sont formées, la partie s'est organisée. A priori, Adam était du côté des perdants, il suffisait de voir les doigts tendus vers lui et d'entendre les huées. Après, tout le monde est allé sur la plage. Un groupe s'est installé près des dunes, et l'autre plus près de l'océan. Adam a pris sa place au bord des vagues et a retroussé le bas de son pantalon, tandis qu'Eliot se plaçait au centre, le ballon toujours entre les mains. Au moment où il l'a lancé, je suis retournée dans mon bureau.

Une heure plus tard, je suis sortie par-derrière, j'ai traversé le parking et, deux rues plus bas, je suis arrivée au Gas/Gro. J'avais pensé rentrer à la maison, au cas où Heidi aurait eu envie de compagnie, mais je suis revenue sur la promenade. Là, je me suis assise sur un banc devant le Last Chance, très animé maintenant, pour regarder la partie de kickball.

C'était au tour de Leah. Elle a envoyé le ballon dans la mer, et un type que je ne connaissais pas et qui jouait en seconde base a plongé pour le rattraper.

— Auden ?

J'ai sursauté et je me suis retournée, soudain dans mes petits souliers. Eliot m'avait donc repérée malgré mes ruses de Sioux pour me planquer ? Mais ça n'était pas Eliot, c'était Jason Talbot, qui m'avait posé un lapin, le soir du bal de terminale. C'était bien la dernière personne que je m'attendais à voir. Vêtu d'un tee-shirt à col rond impec, il me souriait, mains dans les poches de son pantalon kaki.

— Qu'est-ce que tu fais là ? lui demandai-je.

Il m'a montré le Last Chance.

— On termine de dîner. Cela fait un bon quart d'heure que je me demande si c'est toi ou non. Je ne pensais pas avoir vu ton nom sur la liste, pour la conférence, mais...

— La conférence ? Quelle conférence ?

— La FCLC. Elle a commencé aujourd'hui. Tu n'es pas venue à Colby pour ça ?

— Non. En fait, mon père habite à Colby.

— Ah oui, je vois. Génial.

Des cris se sont élevés de la plage. Maggie touchait les bases en riant et Adam avait de l'eau jusqu'aux mollets.

— Waouh, une partie de kickball ! s'exclama Jason. Marrant, je n'y ai pas joué depuis le CE2.

— Dis-moi, c'est quoi, la FCLC ?

— Future College Leadership Course ou Formation Mentorat à l'université ! C'est une série de conférences, d'ateliers et de symposiums qui durent un mois, et auxquels participent des étudiants de première année de toute la région. Le principe, c'est de leur donner les outils dont ils ont besoin pour jouer un rôle significatif sur leur campus dès le jour de la rentrée.

— Ça a l'air génial.

De cris se sont de nouveau élevés de la plage, mais cette fois, je n'ai pas regardé.

— Ça l'est ! J'ai déjà rencontré une vingtaine d'étudiants de Harvard très impliqués dans le leadership de campus, enfin, le mentorat à l'université. À mon avis, tu devrais te pencher sérieusement sur la question. Je me souviens que tu n'étais pas très chaude, pour faire partie de la SGA[1], mais je te jure, c'est un super réseau avec un maximum d'opportunités. Il n'est pas encore trop tard pour t'inscrire, de plus, il y a plein de gens de Defriese qui participent à la conférence !

— Je ne sais pas. Je suis surchargée, en ce moment.

— Ne m'en parle pas ! s'exclama Jason en secouant la tête. J'ai eu les polys des cours, et je bosse dessus

---

1. SGA, ou Student Government Association. Cette association, dont les membres sont élus, régit les relations entre les étudiants et l'administration. C'est aussi elle qui est chargée de répartir l'argent entre les différentes associations du campus. On pourrait dire que c'est la super-association du campus. Entre un et trois étudiants sont candidats à chaque poste (président, vice-président, responsables pôle finances, communication).

comme un malade. Gros boulot... Mais tous ceux que j'ai rencontrés font comme moi.

J'ai acquiescé. Mon cœur, soudain, battait plus fort. D'anxiété.

— Tu m'étonnes.

— Je te jure, c'est ce que j'ai entendu pendant toute la journée : c'est *littéralement* impossible de te pointer le jour de la rentrée universitaire sans une préparation quasi militaire, sinon c'est la noyade assurée.

— Oui, à tous les coups.

— Oh oui ! C'est du sérieux.

— J'ai aussi lu les polys, enfin, entre mon job d'été et le reste.

— Tu as un job ? Qu'est-ce que tu fais, au juste ? Un projet d'action communautaire ?

J'ai pensé au bureau rose shocking de Clementine's.

— Je dirais plutôt que c'est un projet lié au secteur des affaires et de la finance. Je travaille pour une petite entreprise en pleine expansion, que je soutiens en faisant la comptabilité et le marketing pendant sa phase de transition. J'ai pensé que ce serait l'idéal pour m'initier à la gestion et au management de l'entreprise, tout en me plongeant dans les grandes théories de l'économie.

— Waouh... Ça a l'air vraiment intéressant. Mais je pense tout de même que tu devrais songer au mentorat. Surtout que tu es déjà sur place ! Ta présence serait un plus énorme !

Un « WHOOOP ! » s'éleva de la plage, suivi par des applaudissements et des cris.

— Possible. On verra.

— Parfait !

Jason souriait.

— Bon, excuse, mais je dois rentrer finir mon dîner. Nous étions au beau milieu d'une conversation sur les pour et les contre du classement des étudiants dans leur promo, tu imagines, passionnant ! Je ne veux surtout pas manquer la suite du débat !

— Oh oui, je comprends.

Il a reculé, s'est arrêté.

— Au fait, tu as toujours le même numéro de portable ? Parce qu'on pourrait se voir, pendant que je suis à Colby ? Histoire de causer un peu, de comparer ce qu'on a retenu des polys ?

Tout le monde quittait la plage, maintenant. Maggie et Adam, trempés, devant. Leah et Esther, derrière.

— Oui. Pas de problème.

Il a souri.

— Génial ! Alors, à plus.

Tout à coup, Jason s'est rapproché et m'a serrée dans ses bras. C'était maladroit, avec de gros coups de coude, le tout enveloppé dans une odeur d'adoucissant très prononcée, mais, par chance, ça a duré le temps d'un clin d'œil.

Mais même, ç'avait été trop long : Jason repartait lorsque j'aperçus Eliot, le ballon rouge sous le bras, qui m'observait avec son air de sphinx. Pendant un moment, on s'est regardés, et j'ai tout de suite repensé au premier jour de notre rencontre. À cet endroit même. À la fin d'une longue nuit. *Longues ? Ne le sont-elles pas toutes ?*

— Salut ! dis-je. Alors ? Comment était la partie ?

— Pas mal, répondit-il en dribblant. On a gagné.

Deux couples bien habillés pour la soirée sont passés devant nous en discutant gaiement. Il y a eu un instant de flottement où j'ai eu envie de les suivre plutôt que d'affronter Eliot.

— Alors ? Que s'est-il passé ? demanda-t-il en se rapprochant.

— J'ai eu du boulot : retard dans les salaires. De plus, je devais faire du classement.

— Je ne te parle pas de ça. Je te parle de ce qui t'est arrivé, à toi.

— Comment ça, à moi ?

— Oui. Tu es bizarre. Alors ? Que se passe-t-il ?

— Rien.

Il continuait de me fixer avec son regard de sphinx, l'air pas convaincu.

— Ah, je vois ! dis-je tout à coup. Tu veux parler de lui ! repris-je en montrant le Last Chance où Jason entrait. On était au lycée ensemble. C'était même mon cavalier au bal de terminale, mais il m'a lâchée au dernier moment. Ça n'était pas dramatique, parce qu'il n'y avait rien entre nous. Quoi qu'il en soit, il est à Colby pour une conférence, alors...

— Auden.

La façon dont il avait prononcé mon prénom m'a freinée brutalement.

— Sérieux, Auden. Que se passe-t-il ?

— Mais rien enfin ! Pourquoi tu me le demandes ?

— Parce que tu allais bien, hier. Et ce soir, tu te planques, tu m'évites. De plus, maintenant, tu refuses de me regarder.

— Je te répète que ça va ! J'avais du boulot ! C'est si difficile à croire ?

Cette fois, il n'a même pas répondu. Pas la peine. Mon mensonge était gros comme une maison, mais je me planquais derrière avec mauvaise foi.

— Tu sais, dit-il finalement, si c'est à cause de ce qui s'est passé entre ton père et Heidi...

— Pas du tout.

Ma voix avait été coupante. Sur la défensive. Même à mes propres oreilles.

— Je viens de te dire que j'avais du boulot. J'ai pas mal de choses à faire en ce moment, tu comprends ? Je ne peux tout de même pas passer mon été à jouer au kickball. Je dois préparer ma rentrée universitaire si je veux assurer à Defriese, dès la rentrée. J'ai un peu merdé jusqu'à maintenant, mais je...

— Merdé ?

J'ai observé mes mains pour ne pas le regarder.

— Je me suis bien amusée et tout, mais là, je suis à la traîne. Il faut que je m'y remette.

Plus bas sur la promenade s'élevaient des voix que je connaissais, des rires et des huées. Ils étaient heureux d'être ensemble... J'avais déjà observé qu'on remarquait toujours mieux le bonheur de loin que de l'intérieur.

— Alors, bonne chance, conclut Eliot. Pour t'y remettre sérieusement et tout.

Il avait parlé d'un ton définitif, distant, juste ce que j'avais voulu. Ah, vraiment ? Non... pas sûr.

— Écoute, Eliot...

Je n'ai pas achevé. J'ai laissé ma phrase incomplète en suspens, en attendant qu'il la rattrape au vol et la termine gentiment. En gros, qu'il fasse le boulot à ma place. Lâcher les mots au compte-gouttes, la résistance passive, c'était la spécialité de mon père, et maintenant je comprenais pourquoi il en usait et abusait. C'est plus facile de se taire que de dire ce qu'on n'a pas envie de dire. Mais Eliot n'est pas tombé dans le panneau, il n'a pas fait le sale boulot à ma place. Lui, il est parti. Surprise, surprise ? Non. Il s'en foutait bien, que ma phrase soit terminée ou non. Pour lui, de toute façon, c'était fini. C'était mort.

Chapitre 14

13 h 05
Break après table ronde. Lunch avec moi ?

15 h 30
Libre pour dîner ce soir ? Last Chance, 18 h ?

22 h 30
Rentre résidence U. À demain.

J'ai posé mon portable sur mon bureau. Leah, qui passait des récépissés en revue, a baissé les yeux sur son écran.

— Eh bien. J'en connais une qui a du succès, ce soir !

— C'est juste un mec que je connais. On était dans le même lycée.

— « Juste un mec ». Ça existe, ça ?

On était dans mon bureau. Le magasin venait de

fermer, et les autres attendaient que je termine avant de partir.

— Dans ce cas-là, oui.

Mon portable a buzzé de nouveau. J'ai soupiré et regardé.

22 h 45
Rv chat ce soir ? Idées 4 u !

— Il insiste quand même vachement, souligna Esther.

— Il essaie peut-être de se racheter parce qu'il m'a posé un lapin, le soir du bal de fin d'année en terminale.

Maintenant que j'y pensais, c'était peut-être vrai ?

— Ce mec t'a posé un lapin pour le bal de terminale ! s'exclama Maggie, l'air bouleversé. Pauvre de toi.

— Bof, ça ne m'a pas traumatisée. Il m'a téléphoné, la veille, pour m'annoncer qu'il avait eu une réunion hyperimportante sur la protection de l'environnement à Washington. Le genre de trucs qui n'arrive qu'une fois dans la vie et qui ne se loupe pas.

— Exactement comme le bal de terminale ! fit remarquer Leah. Tant mieux si tu le jettes maintenant : il l'a bien mérité.

— Ça n'est pas pour cette raison que...

J'ai soupiré.

— Écoutez, je n'ai pas envie d'en parler, d'accord ?

Mon téléphone a buzzé de nouveau. Cette fois, je n'ai même pas regardé l'écran. Mais plus tard dans la soirée, une fois que j'ai été de retour à la maison, j'ai relu les textos de Jason. Pourquoi je ne répondais pas à ses messages ? Le rencontrer, ç'aurait été une seconde chance de vivre ce qu'on avait raté. Malheureusement, à la différence du bowling, des bagarres de bouffe et des escapades nocturnes en catimini, je n'avais pas l'impression d'avoir loupé grand-chose, avec Jason Talbot. Au contraire, ce qui était arrivé, ou plutôt, ce qui n'était pas arrivé, ç'avait été écrit dans les astres et dans les étoiles : Jason et moi, on n'avait jamais eu besoin d'une première chance, donc encore moins d'une seconde.

Une semaine plus tôt, à cette heure-là (vingt-trois heures trente), j'aurais été avec Eliot depuis déjà une heure et on aurait été en partance pour nos aventures de la nuit. Mais depuis le soir du kickball, je rentrais direct à la maison, je m'enfermais dans ma chambre avec mes manuels et je bûchais.

Le soir où Eliot m'avait plantée sur la promenade, j'étais rentrée vers minuit et j'avais trouvé la maison étrangement calme. Isby dormait dans la nursery, Heidi était K.-O. et dormait, mais elle avait laissé sa lampe de chevet allumée. Je suis allée dans ma chambre, prévoyant de prendre deux ou trois bricoles avant de repartir, mais je me suis souvenue des propos de Jason : il fallait avancer dans le programme de première année et engager la rentrée sur les chapeaux de roue. Alors j'ai sorti ma valise de dessous mon lit.

Dès que je l'ai ouverte, j'ai vu le cadre que Hollis m'avait offert, mais je l'ai vite mis de côté. Dessous, il y avait mon manuel d'éco. Dix minutes plus tard, j'attaquais le premier chapitre, avec un bloc jaune que j'ai couvert de notes.

C'était si facile. Mes manuels m'avaient attendue comme de vieux amis patients. M'y remettre, ça me donnait un sentiment de sécurité et de confort, à la différence de mes virées nocturnes avec Eliot, qui m'avaient projetée dans un monde nouveau, loin, très loin de mon cocon quotidien. L'étude, c'était ma force, la seule chose que je faisais bien, même si le reste déconnait à pleins tubes.

Ainsi, ce soir-là, au lieu de rouler dans Colby, je suis restée dans ma chambre, la fenêtre ouverte, à lire chapitre après chapitre en écoutant les vagues déferler inlassablement sur la plage. Cela dit, lorsque je faisais une pause-café ou une pause pipi, je regardais ma montre et je me demandais ce que faisait Eliot. À minuit, il devait être au Washroom. Vers une heure trente du matin, au Park Mart. Et après, qui sait ? Sans moi et ma quête débile, il pouvait être partout ou nulle part.

Mais le plus surprenant, c'est la façon dont j'ai fini ma nuit. À sept heures, je me suis soudain réveillée et j'ai levé la tête de mon bloc, sur lequel je m'étais subitement endormie. Ma nuque me faisait hypermal, j'avais des taches d'encre sur la joue, mais le plus étrange, c'était de constater que j'avais dormi une nuit complète pour la seconde fois consécutive. Je préférais ne pas me demander pourquoi.

Quelle qu'en soit la raison, en tout cas, ce soudain changement dans mes habitudes de sommeil, qui a continué les trois nuits suivantes, a totalement déstabilisé mon emploi du temps. C'était la première fois depuis très longtemps que j'étais réveillée et lucide tôt le matin. Les deux premières matinées, j'ai continué de potasser mon éco, mais la troisième, j'ai décidé d'aller chez Clementine's.

— Oh, là, là, c'est incroyable ! entendis-je dire Maggie dès que j'entrai.

Pitié. J'ai retiré mes lunettes de soleil et je me suis préparée aux inévitables questions et demandes d'explication sur la raison de ma présence à cette heure au magasin. Mais en réalité, Maggie ne m'avait même pas vue. Adam, Leah et elle étaient scotchés à l'ordi sur le comptoir, et ils y regardaient quelque chose de manifestement captivant.

— Tu m'étonnes ! s'exclama Adam. Personne n'était au courant ! Même pas Jake, alors imagine ! Il a juste reçu un texto d'un pote qui disait qu'on le voyait online, alors il a regardé.

— Rappelle-moi quand ça s'est passé ? demanda Leah, tandis que Maggie pressait une touche et se penchait de l'écran.

— Hier. C'était le Hopper Bikes de Randallton.

Ils continuaient de fixer l'écran d'ordi et ne m'ont pas remarquée pendant que je m'approchais et prenais les reçus des jours précédents. J'ai jeté un coup d'œil en biais sur l'écran et j'ai vu un vélo sur une rampe de skate.

— Il a l'air en forme, en tout cas ! dit Maggie.

— Il est en *super* forme ! la corrigea Adam. C'était tout de même sa première compète depuis un an, et il a été classé second !

— Oh, regardez-moi ça ! murmura Maggie.

— Oh, la vache, il est carrément à la verticale ! fit Adam en secouant la tête. Je n'arrive pas à croire qu'Eliot soit remonté sur un BMX après tout ce temps et qu'il se débrouille aussi bien !

J'ai de nouveau regardé l'écran. On voyait mal que

c'était Eliot, mais malgré le casque, j'ai reconnu ses cheveux noués sur la nuque.

— Peut-être pas, dit Maggie.

— Peut-être pas quoi ?

Silence. Puis :

— Ça n'est pas parce qu'on ne le voit pas faire du BMX qu'il n'en fait pas.

— Possible, dit Adam, mais pour être aussi bon, il a tout de même dû s'entraîner un max ! Quelqu'un aurait donc dû le voir. À moins qu'il...

— À moins qu'il ne se soit entraîné la nuit, acheva Leah.

J'ai tressailli. Leah et Maggie me fixaient, maintenant. Alors Adam a tourné les yeux vers moi, puis il les a regardées.

— C'est bizarre, mais j'ai l'impression d'avoir loupé un épisode ?

— Tu étais au courant ? me demanda Leah sans l'écouter. Tu savais qu'Eliot s'entraînait pour reprendre la compète ?

— Non.

— Tu en es certaine ? insista Maggie. Vous deux, j'ai l'impression que vous avez une montagne de secrets.

— Je te jure que je ne le savais pas.

Ils m'ont tous les trois observée en silence pendant que je prenais mes reçus et que j'allais m'enfermer dans mon bureau. Je les ai écoutés parler, tandis qu'ils visionnaient de nouveau la vidéo et commentaient la forme exceptionnelle d'Eliot, qui avait épaté tout le monde. Mais c'était moi la plus surprise de l'histoire. J'avais eu la chance d'avoir un aperçu de ses pensées et de ses états d'âme, un peu comme si j'avais entrouvert une porte et vu un peu de lumière. Mais malgré la lumière, je n'étais pas entrée, j'étais restée sur le pas de la porte et je l'avais refermée sur un monde insoupçonné, plus grand que je ne le pensais et qui n'attendait que d'être exploré...

Je ne voulais plus revoir Eliot. J'étais trop gênée par notre dernière conversation, et j'évitais le plus possible le magasin de vélos. Je rentrais chez Clementine's et en sortais par-derrière, en affirmant que c'était vachement plus rapide pour rentrer chez mon père. Je ne savais pas si Maggie et les autres me croyaient, de toute façon, ça m'était égal. Dans deux semaines j'allais rentrer chez ma mère. De là, je repartirais à Defriese. En clair, cette partie de ma vie, finalement étrange et transitoire, s'achevait. Alléluia.

Plus tard dans la soirée, j'ai fait une pause après avoir bien bûché mon éco, et j'ai rejoint Heidi, qui avait déplacé le rocking-chair devant la baie vitrée et berçait Isby endormie dans ses bras en parlant au téléphone.

— Je ne sais pas..., l'entendis-je dire. Les fois où nous nous parlons, il est terriblement pessimiste. Comme s'il était convaincu que ça n'allait pas marcher, quoi que nous fassions. Je sais, mais...

Elle se tut. Je n'entendais que le craquement du rocking-chair, en avant en arrière, en avant en arrière.

— J'ai peur que ça ne soit trop tard, reprit-elle. Oui, je sais, il n'est jamais trop tard, mais je ne suis plus sûre de rien, tu comprends ?

Mon portable a vibré dans ma poche arrière :

Envie café ? Suis OK.

J'ai lu le texto, une fois, deux et trois. Il n'est jamais trop tard…, pensai-je. Puis mon portable a de nouveau vibré.

RV où ? Suis nouveau ici. J

— Qui t'envoie un texto si tard ? me demanda Heidi en s'approchant, Isby toujours dans ses bras et téléphone en main.

— Mon ex-cavalier du bal de promo de terminale. C'est une longue histoire.

— Ah bon ? Qu'est-ce… ? Oh, mon Dieu !

J'ai sursauté, étonnée, puis j'ai regardé derrière moi, m'attendant à voir un incendie, un crash, ou la fin du monde.

— Quoi ? Que se passe-t-il ?

— Bal de promo ! s'exclama Heidi. J'aurais dû y penser plus tôt ! Le thème du Beach Bash de cette année sera : Soirée de bal ! C'est parfait !

Elle a ouvert son portable et a composé un numéro. J'ai entendu décrocher.

— Bal ! s'écria Heidi.

Pause, puis :

— Pour la soirée du Beach Bash ! Grande idée, n'est-ce pas ? Réfléchis ! Les gens se mettront sur leur trente et un, et nous élirons un roi et une reine. Et on jouera de la musique de supermarché !

Je suis remontée dans ma chambre où mes bouquins et mes notes m'attendaient. Mais une fois installée sur mon lit, impossible de me concentrer. Alors, je me suis levée et j'ai respiré l'air de la mer. Puis mon regard est tombé sur mon ordi. Sans réfléchir, je l'ai allumé et j'ai pressé sur la touche LiveVid, le site des vidéos.

« Manifestation Hopper Bike/BMX, Randallton »,

tapai-je ensuite. Dix intitulés se sont affichés. Après les avoir passés en revue, j'ai trouvé une vidéo appelée « Haie et Rampes de skate », et j'ai cliqué dessus.

C'était la même vidéo que Mag, Leah et Adam regardaient chez Clementine's : j'ai reconnu le casque d'Eliot et les alentours. Je me suis souvenue des riders et de leurs acrobaties, la fois où j'étais allée au Jump Park, et même si je n'y connaissais rien en BMX, j'ai vite constaté que les tricks et le style d'Eliot étaient différents. Il avait la grâce. Il semblait voltiger sans effort, ce qui signifiait que ça devait être vachement dur. Tandis que je le regardais décoller et sauter chaque fois plus haut, je sentais mon cœur lui aussi bondir très haut. C'était dangereux, effrayant, et en même temps tellement beau… C'était peut-être ça, la vérité : il faut se dépasser et se surpasser pour étonner, sinon plus rien ne serait étonnant. Le secret, c'est de s'obstiner pour obtenir quelque chose. Et quand on s'est donné un mal de chien pour l'obtenir, on fait le maximum pour que ça soit encore plus difficile, voire carrément impossible, de le perdre.

Le lendemain, après une petite semaine de coups de fil embarrassés, j'ai décidé d'aller rendre visite à mon père au Condor. Papa était dans sa chambre, rideaux fermés sur le soleil et avec une barbe à la Indiana Jones. Après m'avoir ouvert, il s'est laissé tombé sur son lit défait, a croisé les bras derrière sa nuque et a fermé les yeux.

— Alors ? Comment se passe la vie quand je n'y suis pas ? me demanda-t-il avec un long soupir très bruyant.

Ça m'a énervée et j'ai préféré ne pas répondre.

— Tu ne parles donc pas avec Heidi ?

— Parler…, railla-t-il avec un geste vague. Oh, ça, nous parlons, mais nous ne disons rien. Le problème, c'est qu'on n'arrive pas à se mettre d'accord. J'ai bien peur qu'on n'y réussisse jamais.

Je n'avais pas envie de connaître les détails de leurs problèmes. Ça me suffisait assez de savoir qu'ils en avaient, et qu'ils étaient à la fois énormes et irrésolus. Mais comme j'étais seule avec papa, je n'ai pas eu le choix, j'ai donc creusé la question.

— C'est à propos du bébé ?

Il s'est lentement redressé.

— Oh, Auden. C'est ce qu'elle dit ?

— Heidi ne dit rien, répondis-je en ouvrant les lourds rideaux. Je te pose juste la question parce que je veux que vous trouviez une solution, point.

Il m'a regardée avec application, tandis que je ramassais les gobelets de café et les emballages de fast-food.

— Ton inquiétude me surprend, dit-il finalement. Je pensais que tu n'aimais pas Heidi.

J'ai jeté les serviettes en papier tachées de ketchup dans la poubelle qui débordait déjà.

— Mais si, je l'aime bien.

— Tu ne penses donc pas que c'est une Barbie Doll écervelée et superficielle ?

— Non, dis-je, même si je l'avais pensé à un moment donné. Quelle drôle d'idée ! Pourquoi ?

— Parce que c'est ce que ta mère affirme, répondit-il d'une voix lourde. Et toutes les deux, vous avez tendance à penser pareil.

J'étais dans la salle de bains et je me lavais les mains,

quand il a prononcé ces derniers mots. En entendant ça, j'ai levé les yeux mais je les ai détournés de la glace.

— Pas sur tout.

— Ah. Tu sais ce qui est extraordinaire, chez ta mère ? Avec elle, on sait toujours ce qu'elle pense, me dit-il alors que je cherchais une serviette propre pour m'essuyer les mains. Pas la peine de jouer aux devinettes, de chercher midi à quatorze heures ou de lire entre les lignes. Quand elle n'était pas contente, je le savais. Mais Heidi...

Je revins dans la chambre et m'assis sur l'autre lit.

— Heidi quoi ?

Il a soupiré.

— Elle cache tout. Garde ses émotions enfouies en elle. Alors, tu te dis que ça va bien, et puis un beau jour, ça t'explose en pleine poire : non, elle ne va pas bien, oui, elle est malheureuse, je n'en ai pas fait assez. Oh, et en plus, tu découvres que tu es le pire des pères.

Silence.

— C'est vraiment ce qu'elle t'a dit ? demandai-je enfin.

— Bien sûr que non ! s'exclama-t-il. Mais dans le mariage, tout est affaire d'interprétation et de traduction, Auden ! Dans son esprit, j'ai été nul avec elle et Thisbé. Et dès le début, manifestement.

— Alors, fais un nouvel essai. Et réussis-le.

Il m'a adressé un regard triste.

— Ça n'est pas si facile, ma chérie.

— Eh bien, c'est quoi, l'alternative ? Tu préfères rester seul à te morfondre dans ta chambre d'hôtel ?

— Je ne sais pas...

Il s'est levé et s'est dirigé vers les fenêtres, mains dans les poches.

— Je ne veux pas aggraver la situation davantage. Heidi et Thisbé seront peut-être plus heureuses sans moi. C'est même plus que probable.

J'ai senti mon ventre se nouer tout à coup.

— Ça, j'en doute. Heidi t'aime.

— Mais moi aussi je l'aime. Mais parfois, l'amour ne suffit pas.

C'est la banalité de la réplique qui m'a choquée plus que sa signification : mon père était un bon écrivain, il aurait tout de même pu se fouler...

— Je dois aller au magasin, j'ai du boulot, dis-je en attrapant mon sac. Je passais seulement prendre de tes nouvelles.

Il s'est approché et m'a serrée dans ses bras. J'ai senti sa barbe de plusieurs jours me piquer tandis qu'il murmurait :

— Je vais bien. Et bientôt, ça s'arrangera.

Une fois dans le couloir, j'ai appelé l'ascenseur, mais le bouton d'appel ne s'est pas allumé. Après un deuxième essai, j'ai filé un coup de poing sur la porte de l'ascenseur.

Au moment où ce fichu bouton d'appel s'est allumé, je me suis rendu compte que j'étais énervée. Mon cœur battait comme s'il avait été enfermé dans une cage, mes pensées déraillaient. Quand je suis entrée dans l'ascenseur et que les portes se sont refermées, je me suis bien regardée dans la glace, cette fois.

C'était étrange d'être tout à coup en pétard à ce point. C'était comme si l'attitude ou les mots de mon père avaient ouvert des vannes depuis longtemps fermées et que ça faisait pschitt. J'ai traversé le hall et je suis sortie sur la promenade. Non seulement je pensais au sketch que papa venait de me faire, mais je me disais aussi que la fuite, ça ne vous rendait pas plus noble, plus grand, même si vous vous sentiez responsable du problème. *Surtout* si vous l'étiez, d'ailleurs ! Fuir, ça vous transformait en un lâcheur de première. Pourquoi ? Parce que si c'était vous le problème, il y avait de fortes chances pour que la solution, ça soit vous aussi. Et la seule façon de le découvrir, c'était d'essayer !

J'étais presque arrivée chez Clementine's lorsque je me rendis compte que je marchais comme une folle furieuse et que je dépassais les gens en accéléré. Quand j'ai finalement ouvert la porte du magasin, j'étais si essoufflée et si rouge que Maggie a sursauté, sidérée de me voir dans un état pareil.

— Auden ? Mais enfin, qu'est-ce que...

— Il faut que tu me rendes un service ! coupai-je.

Elle a cillé.

— Heu, oui. Quoi ?

Lorsque je le lui ai dit, je me suis attendue à ce qu'elle soit troublée. Ou qu'elle se fiche de moi. Mais pas du tout. Elle a juste réfléchi un peu et a accepté.

Chapitre 15

Je me suis relevée, gênée. Très grand moment de solitude, me dis-je.

— Bon, c'est le truc à éviter *à tout prix*, me dit Maggie.

— Compris.

J'ai baissé les yeux sur mon genou écorché, devenu le frère jumeau de l'autre.

— Ça fait tout de même une drôle d'impression..., continuai-je.

— J'imagine.

Maggie a soupiré.

— C'est pour cette raison qu'on apprend à en faire quand on est petit.

— Parce qu'un enfant est plus audacieux ?

— Non, parce qu'il tombe de moins haut...

Elle a ramassé le vélo. Je suis remontée dessus, mais sans m'asseoir, pour garder mes pieds en appui sur le sol.

— Essaie encore !

C'était le lendemain matin. On était dans la clairière près du Jump park. À ce stade, l'évidence crevait les yeux : je ne savais pas faire du vélo.

Si j'avais su, je m'en serais souvenue. J'aurais retrouvé la confiance, j'aurais su pédaler et avancer. Mais à chaque fois que j'essayais, je paniquais, je zigzaguais et je tombais comme une crêpe de sa poêle. J'avais bien parcouru un mètre ou deux, mais seulement grâce à Maggie qui avait tenu le porte-bagages. Dès qu'elle l'avait lâché, j'avais foncé dans les buissons où je m'étais ramassée.

Évidemment, j'avais envie d'abandonner. J'en avais même eu le désir à ma première chute (qui datait d'une heure plus tôt). Ç'avait été trop humiliant de me relever et de retirer les gravillons incrustés dans mes bobos aux genoux. Humiliant, aussi, de voir l'expression solidaire et gentille de Maggie, qui levait les pouces même après chacune de mes culbutes. Et pourtant, faire du vélo, c'était facile ! Les gamins en faisaient tous les jours, mais moi, je ne cessais de tomber.

— J'ai l'impression que je m'y prends mal, me dit-elle après mon dernier crash dans un tas d'ordures dégueulasses.

— Ça n'est pas toi, c'est moi ! dis-je en remontant sur le vélo. Je suis nullissime.

— Mais non !

Elle m'a souri si gentiment que j'ai eu le sentiment d'être encore plus pathétique.

— Faire du vélo, c'est une question de confiance. Quand on y réfléchit bien, c'est contre nature de se percher sur deux roues. Ça va contre toute logique !

— Arrête, c'est encore pire quand tu t'abaisses à

mon niveau pour me faire plaisir, dis-je en retirant des graviers sur mon coude.

— Pas du tout.

Elle a tenu le vélo pendant que je remontais dessus et serrais les poignées.

— Je crois que nous allons avoir besoin de renfort..., acheva-t-elle.

— Plutôt mourir ! m'écriai-je, horrifiée.

— T'inquiète.

Là-dessus, elle a sorti son portable et l'a ouvert.

— Ah non, par pitié, Maggie ! Leah va se moquer de moi, et Esther... elle va me prendre en pitié, et ça sera pire.

— Je ne te le fais pas dire, dit-elle en pianotant sur son portable. Mais je vais appeler la seule personne devant laquelle tu ne te rendras pas ridicule, je te le garantis.

— Maggie !

— Fais-moi confiance !

À ce moment-là, je ne voyais pas de qui elle parlait. Mais dix minutes plus tard, j'ai entendu une portière de voiture claquer dans le parking, et quand j'ai vu Adam, je me suis dit, mais oui c'est bien sûr !

— C'est ça, ton urgence ? s'écria Adam. Tu sais que tu peux envoyer un texto 911 seulement quand c'est une question de vie ou de mort ! Tu m'as fichu une de ces trouilles !

— Désolée, dit Maggie, mais j'avais besoin que tu rappliques au plus vite.

Adam a soupiré, puis a passé la main dans ses cheveux qui se dressaient d'un côté. Il avait encore les marques de son oreiller sur son visage.

— Bon, alors, explique-moi ton urgence.

— C'est Auden, l'urgence. Elle ne sait pas faire de vélo.

Sous le regard d'Adam, j'ai rougi.

— Ben, mon vieux, c'est grave, dit-il d'un air solennel.

— Je t'avais dit que c'était lui, notre solution ! fit Maggie.

Adam s'est rapproché, a observé le vélo. M'a observée.

— Bon, maintenant, dis-moi quelle méthode tu utilises pour lui apprendre ? demanda-t-il à Maggie.

Maggie a cillé.

— Une méthode ?

— Tu as commencé avec le système de pairage, pour passer à l'accompagnement assisté ? Ou tu as débuté par l'accompagnement assisté avec l'intention de la faire avancer toute seule, de façon progressive ?

Maggie et moi, on a échangé un regard.

— Je lui ai juste demandé de monter sur le vélo et de se lancer, expliqua Maggie.

— Oh, Maggie ! C'est la façon la plus rapide de la dégoûter du vélo *à vie* !

Il m'a fait signe de descendre de mon vélo et de m'approcher. Puis il est monté dessus.

— Bon, maintenant, Auden, monte sur le guidon.

— Hein ?

— Le guidon ! Monte, je te dis.

Je ne bougeai pas. Trop sceptique.

— Écoute, Auden, si tu veux apprendre à faire du vélo, tu dois en avoir envie. Et le seul moyen, c'est de comprendre que le vélo, c'est fantastique. Alors, monte !

Je regardai Maggie. Quand je la vis hocher la tête

d'un air encourageant, je montai sur le guidon en essayant de me prendre pour la reine de Saba.

— Génial. Maintenant tiens-toi bien, reprit Adam. Quand on ira plus vite, tu pourras lâcher les mains, mais pas longtemps, et seulement si tu te sens stable.

— Je ne lâcherai pas ! Jamais !

— C'est comme tu veux.

Et il a pédalé. Lentement au début, puis plus vite. Le vent volait dans mes cheveux et gonflait ma chemisette. Une fois qu'on est arrivés au bout du parking, il a tourné et on a continué.

— Et Mag…, dis-je en regardant Maggie qui nous observait, loin derrière, la main au-dessus des yeux.

— T'inquiète, on ne sera pas longs !

On roulait sur les bas-côtés de la route maintenant, des voitures nous doublaient de temps en temps. Le soleil se levait, l'air sentait bon et avait un goût de sel.

— Bon, dis-moi ce que tu ressens à présent ! hurla Adam, alors qu'une voiture nous dépassait.

— J'espère seulement que je ne vais pas dégringoler de ce fichu guidon !

— Sinon ?

— Je n'en sais rien, dis-je alors qu'on tournait sur la promenade de planches.

— Réfléchis ! Tu dois forcément ressentir quelque chose !

Je cherchai tandis qu'on dévalait la promenade, quasi déserte, mis à part quelques promeneurs et des mouettes, qui s'envolèrent à notre approche.

— J'ai l'impression de voler ! dis-je enfin en les regardant.

— C'est exactement ce que je voulais t'entendre dire ! s'exclama Adam en accélérant. La vitesse, le

vent... et le meilleur, c'est toi qui crées tes sensations !
Enfin bon, pour le moment, c'est moi qui pédale, mais
bientôt ce sera toi. Et ça sera pareil ! En mieux, parce
que c'est toi qui seras aux commandes !

On roulait vraiment vite, les planches de la promenade craquaient sous notre passage. Je me suis penchée
en avant pour mieux offrir ma figure au vent. À ma
droite, il y avait l'océan immense et argenté sous le
soleil levant, mais on passait si vite qu'on n'en voyait
qu'un long trait bleu, bleu, bleu. Même si j'avais peur
de tomber, même si je me disais que je devais avoir
l'air bête sur mon guidon, j'exultais. Puis j'ai fermé
les yeux.

— Tu comprends, maintenant ? me cria Adam dans
les oreilles. C'est génial, hein ?

J'ai ouvert les yeux, prête à lui répondre. Pour lui
dire qu'il avait raison, que je le comprenais, oui, et
surtout, que je le remerciais de la chance qu'il venait
de me donner, et de la balade. Mais on arrivait devant
le magasin de vélos : la porte était ouverte et à la
seconde où on est passés devant, j'ai vu de la lumière,
dans l'arrière-boutique, et Eliot derrière la caisse avec
un gobelet de café. Mais on allait peut-être trop vite
pour qu'il nous voie. Et s'il nous a vus, il n'a pas pu
me reconnaître. Pourtant j'ai décidé de lâcher prise
pour de vrai, et j'ai levé les bras pour prendre le ciel
contre moi.

Pendant la semaine, Maggie et moi on s'est exercées
presque tous les matins. C'était devenu un rituel.
J'achetais deux café au Beach Beans, puis je la
retrouvais dans la clairière du Jump Park. Au début,
sur les conseils d'Adam, on avait choisi la formule

« faire du vélo avec assistance », c'est-à-dire que je pédalais et que Maggie trottinait derrière moi en tenant la selle. Après, on a décidé que je roulerais seule et qu'elle courrait derrière, pour éviter que je culbute. Maintenant, on augmentait les phases je roule seule/tu cours derrière pendant que j'apprenais à garder mon équilibre et à pédaler sans zigzaguer. Ça n'était pas encore le top, j'avais deux pansements et les genoux toujours écorchés, mais c'était tout de même mieux que le premier jour.

Ma vie avait de nouveau changé, ou plutôt, elle s'était inversée... La nuit, maintenant, je restais à la maison. J'étudiais, puis dodo. J'allais bosser le matin et l'après-midi, comme tout le monde. Mais à la différence de tout le monde, je passais aussi le plus clair de mon temps seule. Quand je n'étais pas au magasin ou que je ne m'entraînais pas avec Maggie, j'étais à la maison à ignorer les textos que Jason m'envoyait toujours, moins régulièrement, tant mieux, et les coups de fil des parents.

Je savais que tous les deux se demandaient ce qui se passait, car je ne leur avais pas parlé depuis longtemps et j'ignorais leurs messages. Puéril ? Possible, oui. Et alors ?

C'est comme si je continuais ma quête pour rattraper le temps perdu. Mais quelque part aussi, je crois que j'avais peur de parler à l'un ou à l'autre. Je savais que si j'appelais pour dire bonjour, la colère monumentale qui m'avait envahie, le jour où j'étais sortie du Condor, remonterait et exploserait pour tous nous engloutir.

Le seul de la famille avec qui je parlais, c'était Hollis. Et encore, pas beaucoup parce que mon frère était très occupé à organiser sa nouvelle vie avec Laura. Si le remariage de mon père cafouillait et si la relation de ma mère pédalait dans d'éternels préliminaires, Hollis continuait avec joie de ruer dans les conventions et de bousculer son destin. Bizarrement, il était toujours aussi amoureux fou de sa Laura, alors que les trois quarts du temps, passé un certain délai, il se désintéressait de sa copine du moment et allait de l'avant. Mais ça n'était pas la plus choquante de ses métamorphoses.

— Hollis West.

Comme je venais d'appuyer sur la touche raccourci, je savais que je parlais à mon frère, mais son ton de superpro m'a laissée sur les fesses.

— Hollis ? C'est toi ?

— Aud ! Salut ! Attends, je sors.

J'entendis des bruits de voix, puis de porte. Et de nouveau, Hollis.

— Excuse, mais on faisait une pause après la réunion.

— Toi et Laura ?

— Non. Moi et les autres conseillers financiers.

— Qui ?

Il toussa.

— Mes collègues. Je bosse à la Main Mutual, maintenant. Maman ne te l'a pas dit ?

Je me souvins très vaguement que maman m'avait parlé de banque.

— Je crois, oui. Depuis longtemps ?

— Environ trois semaines. Le temps passe si vite. Je me plais vraiment ici.

— Ah ? Tu te plais ?

— Mais oui !

J'entendis un bruit de klaxon.

— Il paraît que j'ai un très bon contact avec les clients. J'ai l'impression que mes déconnades en Europe m'ont servi à quelque chose, en fin de compte !

— Tu es en contact avec des clients ?

— Apparemment, oui, dit-il en riant. J'ai été embauché pour être à la caisse, mais au bout d'une semaine, on m'a affecté au service des relations clientèle. Je m'occupe maintenant des opérations bancaires, remises de chèques, enfin tu vois le topo.

J'essayai d'imaginer Hollis derrière un guichet de banque, ou ailleurs, mais tout ce que j'avais devant les yeux, c'était Hollis devant le Taj Mahal. La banque, c'était le meilleur de la vie ?

— Bon, Aud, il me reste une ou deux minutes avant d'y retourner. Alors, raconte, comment ça va ? Comment vont papa, Heidi et mon autre petite sœur ?

J'hésitai tout en sachant que je devais lui dire que papa habitait à l'hôtel. Hollis avait le droit de le savoir, mais je ne voulais pas avoir l'honneur de le lui apprendre. Non seulement mon père laissait les autres finir ses phrases à sa place, mais aussi annoncer les mauvaises nouvelles.

— Tout baigne ! Et maman ?

Il soupira.

— Oh, tu sais bien. Acide comme un citron. Apparemment, je l'ai déçue au-delà de l'imaginable en renonçant à mon indépendance et en intégrant les rangs de la petite-bourgeoisie capitaliste.

— Tu m'étonnes !

— Et puis tu lui manques.

Une déclaration qui m'a choquée plus que l'annonce de son embauche dans une banque.

— Personne ne manque à maman ! Elle se suffit à elle-même.

— Faux. Écoute-moi, Aud, je sais que toutes les deux, vous avez eu des problèmes, cet été, mais tu devrais lui parler. Elle est toujours en plein drame avec Finn et...

— Finn ?

— Son thésard. Son amoureux qui roupillait dans sa caisse. Rappelle-toi, je t'en avais parlé.

Finn. Le mec aux lunettes à monture noire.

— Je me souviens.

— Tu connais la chanson. Il est accro, elle ne veut pas s'engager et blabla. En général, ses mecs ont la trouille et se carapatent vite fait, mais celui-là, je te jure qu'il est accro. Il ne veut pas céder d'un pouce. Ça pose un sacré problème à maman.

— On nage en pleine tragédie.

— Mais avec maman, tout est tragique. Bon, je dois retourner à ma session de brainstorming, mais sérieux, donne-lui une seconde chance.

— Hollis, ne...

— Penses-y. Au moins pour moi, d'ac ?

Je ne devais rien du tout à Hollis, mais il était décidément très fort en communication parce que je m'entendis lui répondre :

— Je vais y réfléchir.

— Merci, Aud. Appelle-moi plus tard. Pour tout me raconter.

J'ai promis, il a raccroché et j'ai tenu ma promesse : j'ai réfléchi à la possibilité de téléphoner à maman, mais je ne l'ai pas appelée. Signe de dégel.

Sinon, la vie ronronnait. J'essayais toujours d'éviter Heidi, qui se donnait à fond dans l'organisation de la fête du Beach Bash. J'ignorais aussi les messages des parents. J'avalais mes chapitres d'éco, répondais à des QCM pour vérifier que j'avais bien assimilé. J'éteignais la lumière quand mes yeux me brûlaient, et je restais allongée dans le noir, certaine que le sommeil n'arriverait pas, jusqu'à ce que tout à coup il me tombe dessus. Le seul moment où je ne pensais pas au magasin ni à l'université, c'est quand je faisais du vélo : car je ne pensais qu'à Eliot.

Depuis qu'Adam et moi on avait longé à vélo le magasin, je l'avais vu deux ou trois fois. Devant Clementine's, au moment où je prenais les reçus à la caisse. Et en pleines tractations avec un client devant son magasin. C'était facile de penser qu'on ne se parlait plus parce qu'on était occupés, et quand je boostais bien mon imagination, j'arrivais à y croire. Puis je me souvenais de ce que je lui avais dit, et de son regard, avant qu'il s'éloigne, et je revenais à la réalité.

Ç'avait été mon choix, ma décision. Je n'avais jamais été aussi proche de quelqu'un ou de quelque chose, mais la proximité, finalement, ça ne comptait pas. Soit on est à fond dans ce qu'on aime, soit on n'y est pas.

Mais c'est surtout à ma quête que je pensais, quand j'étais sur mon vélo. Au début, ç'avait été une espèce de jeu rigolo, une occupation pour tuer les nuits, mais pas seulement. Au fil des nuits, tâche après tâche, Eliot m'avait aidée à retourner dans mon passé pour en faire un remake. Il m'avait donné l'occasion de rattraper le temps perdu, m'en avait offert la chance. Moi, j'avais pris, sans donner, donc on n'était pas à égalité. Et tandis que je pédalais, toujours mal, dans le Jump Park, avec Maggie qui tenait ma selle ou trottinait derrière moi, j'espérais pouvoir lui montrer ma réussite et la lui offrir. Je savais bien que ça ne rachèterait pas tous mes ratés, mais je voulais au moins qu'il sache.

Chaque matin, j'apprenais donc à faire du vélo. Je prenais peu à peu de l'assurance, je gardais mieux mon équilibre. Tous les soirs, j'étais scotchée à mon ordi et je cherchais des vidéos d'Eliot en compète sur LiveVid. Quand je regardais ses tricks sur l'écran, sa vitesse et son assurance, je me disais que sa maîtrise du vélo et mes pauvres tangages n'avaient rien à voir. Et pourtant, à la base, c'était pareil. Le vélo, ça vous propulsait en avant, à coups de pédales, vers l'immense inconnu...

En entendant des sifflements, des rires et de la musique, j'ai posé mon stylo et je suis allée voir ce qui se passait.

Il était dix heures et quart, et comme tous les soirs maintenant, je bossais dans ma chambre. Après avoir terminé chez Clementine's, je m'étais acheté un sandwich au Beach Beans que j'avais mangé, seule dans la cuisine, assez contente d'avoir la maison pour moi. Et dix minutes après avoir mis le nez dans *Commerce international, théorie, techniques et applications*, j'ai soudain eu de la compagnie. Enfin, entendu du bruit en bas.

Je suis descendue jusqu'au milieu de l'escalier et j'ai glissé un œil dans la cuisine. Heidi en short et haut noir empilait des sacs en plastique sur la table, tandis qu'Isby, dans sa poussette, observait. Une blonde de l'âge de Heidi décapsulait une bière et une brune versait un sachet de chips tortilla dans un bol. Maggie, Leah et Esther étaient assises autour de la table, devant des piles de sacs en plastique.

Quand les filles sont ensemble, il y a un son très spécial. Ça n'est pas seulement du blabla, mais des mélodies de mots et de soupirs. J'avais passé ma vie à écouter les filles parler, de près, de loin, mais en restant toujours à l'extérieur. Ça ne me dérangeait pas, au contraire, j'ai donc été embêtée lorsque Heidi m'a repérée.

— Auden ! Viens ! appela-t-elle alors qu'on augmentait le volume de la musique, un genre de salsa rapide avec des cors.

Trop tard pour filer, tout le monde me regardait.

— Eh bien, je…

— Je te présente Isabel, poursuivit Heidi me montrant la blonde qui me fit un petit signe.

Puis elle eut un geste vers la brune.

— Et voilà Morgan. Ce sont mes plus anciennes amies à Colby. Les filles, voilà Auden, la fille de Robert.

— Je suis ravie de te rencontrer enfin ! s'exclama Morgan. Heidi chante tes louanges. Délirant !

— Tu as eu mes messages ? demanda Heidi en sortant Isby de sa poussette. J'ai essayé de t'avertir de notre arrivée, mais ta messagerie était saturée.

— Waouh, Auden est une star ! déclara Leah qui fronça les sourcils.

— Justement, je suis en train de passer quelques appels, dis-je tandis qu'Esther retournait un sac avec des petits cadres sur la table.

— Quand tu auras terminé, viens nous rejoindre ! déclara Heidi.

Elle prit la bière qu'Isabel lui tendait, pendant que Morgan posait le bol de chips sur la table.

— On risque d'y passer la nuit ! reprit-elle. Nous avons trois cents cadeaux souvenirs à préparer.

— Trois cents ? interrogea Leah, qui regarda Maggie. Mais enfin, tu nous avais dit que...

— J'ai seulement dit que ça serait trop sympa, et ça l'est ! répliqua Maggie. Pourquoi ? Vous aviez des plans pour ce soir ?

— Oui ! Des masses ! Figure-toi que c'est la nuit des filles au Tallyho.

— Tallyho, no no ! s'exclama Esther en prenant un cadre.

— Amen ! dit Isabel. Cette discothèque me fiche les jetons.

De retour dans ma chambre, je repris mon stylo et essayai de me perdre dans l'euro et la politique monétaire unique, mais les éclats de rire qui montaient de la cuisine me gênaient, j'ai donc fermé ma porte. Mais j'entendais toujours la musique et son beat répétitif qui me déconcentrait. J'ai donc pris mon portable et j'ai consulté ma messagerie.

Heidi avait raison. Elle était saturée de messages de mes parents que je n'avais jamais pris la peine d'écouter. Je les ai fait défiler, un à un, fixant l'océan sombre.

« Auden ? Allô, c'est ta mère. J'essaierai de te rappeler plus tard. »

Effacer.

« Bonjour, chérie, c'est papa. Je fais une petite pause après avoir relu mon texte et j'ai pensé que je pourrais te passer un coup de fil. Je serai à l'hôtel toute la journée, alors n'hésite pas à passer ou à appeler. »

Effacer.

« Auden, c'est ta mère. Ton frère travaille maintenant dans une banque. J'espère que tu es horrifiée par cette nouvelle. À plus tard. »

Effacer.

« Allô, Auden. C'est encore papa. Je me demandais si tu n'avais pas envie de me retrouver au Last Chance. Tu me rappelles, hein ? »

Effacer.

« Auden, je suis excédée de tomber sans cesse sur ta messagerie. Je ne te rappellerai pas tant que tu ne m'auras pas appelée. »

Effacer.

« Chérie, c'est papa. Je pense que je vais appeler à la maison, peut-être ne réponds-tu plus à ce numéro ? »

Effacer.

Et ça continuait à l'infini et je continuais d'effacer automatiquement. Jusqu'à ce message.

« Oh, Auden... Tu m'évites, c'est clair. »

Il y a ensuite eu ce soupir aussi familier que les traits de mon visage. Et maman a repris :

« Je suppose que je l'ai bien mérité ? Je ne devrais pas m'étonner, j'ai l'art de me mettre à dos les rares personnes avec qui j'ai envie de parler. Je ne sais vraiment pas pourquoi. Peut-être le sais-tu, toi qui as subi une grande transformation estivale ? Je me demande... »

J'écartai le téléphone pour regarder l'écran. Maman avait laissé son message deux jours plus tôt, vers cinq heures du soir. Où étais-je à ce moment-là ? Seule, sans doute. Dans le bureau de Clementine's, ici dans ma chambre ou entre les deux.

Je m'imaginai ma mère dans sa cuisine, affligée parce que Hollis était devenu un employé de banque et parce que, selon elle, j'étais devenue une bimbo qui portait des bikinis rose bonbon et partait en virée en décapotable avec des mecs. Hollis et moi, on était différents de ce qu'elle avait voulu et projeté à l'époque où, comme Heidi avec Thisbé, elle nous berçait et s'occupait de nous. C'est facile de rejeter ce qu'on ne reconnaît pas, de rester à l'écart de l'inconnu et de ce qui perturbe. On ne peut contrôler que sa petite personne, c'est plus ou moins une certitude, mais en même temps, ça ne suffit pas.

Nouvelle salve d'éclats de rire, en bas. Je pressai la touche raccourci et attendis.

— Oui, allô ?

— Maman, c'est moi.

Pause.

— Auden. Comment vas-tu ?

— Bien.

C'était drôle de lui parler, après tout ce temps.

— Et toi ?

— Bien. Enfin, je crois.

Ma mère n'était pas une grande sentimentale, moi non plus, mais il y avait quelque chose dans sa voix qui m'a donné le courage d'ouvrir le débat.

— Maman, je peux te poser une question ?

Je l'entendis hésiter avant de répondre.

— Oui, bien sûr.

— Quand toi et papa vous avez décidé de divorcer... vous l'avez décidé tout de suite, ou vous avez essayé de trouver une solution ?

Vu le silence qui s'est étendu entre nous, elle ne s'attendait pas à ce que je lui pose cette question.

— Nous avons vraiment essayé de rester ensemble, Auden. Divorcer n'a pas été une décision que nous

avons prise à la légère, si c'est ce que tu veux savoir.
C'est bien ta question, n'est-ce pas ?

— Je n'en sais rien.

J'ai baissé les yeux sur mon manuel et mon bloc.

— Laisse tomber... Oublie. Désolée.

— Non, c'est bon.

Sa voix toute proche m'envahissait l'oreille.

— Auden, que se passe-t-il ? Pourquoi y penses-tu
maintenant ?

Je fus très ennuyée de sentir une vraie corde à
nœuds dans ma gorge. Qu'est-ce que j'avais, à la fin ?
J'avalai avant de pouvoir répondre.

— C'est parce que papa et Heidi ont des problèmes...

— Des problèmes ? Quel genre ?

D'en bas, j'entendis monter de nouveaux éclats de
rire.

— Papa a quitté la maison il y a deux semaines.

Maman a poussé un gros soupir, le genre consterné
et étonné.

— Je suis désolée.

— Vraiment ?

J'avais parlé sans réfléchir et je regrettai d'avoir
exprimé ma surprise. Maman a repris d'une voix plus
sèche :

— Bien sûr. Personne n'aime entendre qu'un couple a des problèmes, surtout quand il y a un enfant.

Là-dessus, je me suis mise à pleurer. Les larmes ont
jailli, coulé sur mes joues, mais j'ai essayé de reprendre
mon souffle et mon calme.

— Auden ? Ça va ?

J'ai regardé l'océan par la fenêtre. L'océan, si stable

et si vaste, qui jamais ne changeait, même s'il était toujours en mouvement.

— C'est juste que... j'aurais aimé faire certaines choses autrement, dis-je enfin d'une voix un peu tremblante.

— Ah...

Comme si elle avait tout compris, même avec un minimum d'infos.

— Nous en sommes tous là.

Est-ce que les conversations sont plus directes entre les mères et filles normales ? Elles ont peut-être un vrai dialogue sans silences, ni soupirs, sans ambiguïtés ou questions en suspens, et elles se parlent sans tours et détours. Ma mère et moi, on n'était pas normales, mais ça, pardon je veux dire, cet échange, si guindé et confus soit-il, c'était notre premier véritable échange depuis longtemps. C'est comme de chercher à atteindre la main de quelqu'un, mais vous la loupez et ne réussissez qu'à la poser sur son épaule. Ça n'est pas grave. Parce que vous vous y accrochez quand même.

On est restées silencieuses un bon moment.

— Il faut que j'y aille, dis-je. Mes amies sont en bas.

— Oui.

Maman a toussé et repris :

— Rappelle-moi demain, Auden.

— Promis.

— Alors, bonne soirée.

— Bonne nuit.

Je refermai mon portable et le jetai sur le lit, sur mon manuel d'éco, et j'ouvris la porte. Dans le couloir et dans l'escalier, j'entendis ce blabla familier, de plus en plus fort au fur et à mesure que je me rapprochais.

— Je me demande pourquoi nous agissons comme si le bal de fin d'année, c'était génial, dit Isabel.

— Parce que ça l'était, tiens ! répondit Maggie.

— Pas pour tout le monde.

— Très juste ! intervint Esther. La plupart d'entre nous se sont retrouvées avec des mecs bourrés qui n'arrivaient pas à sortir leur voiture du parking.

Morgan exprima son mépris, Isabel lui ordonna de se taire.

— En ce qui me concerne, déclara Heidi, je pense que le bal de fin d'année, on adore ou on déteste. Comme le lycée.

— Moi, j'adorais le lycée, dit Maggie.

— Évidemment ! s'exclama Leah. Les garçons les plus canon te tournaient autour, tu avais les meilleures notes et tout le monde t'aimait.

— Tu n'as jamais voulu qu'on t'aime, toi, dit Esther à Leah.

— Si tu veux savoir, ça ne m'aurait pas gênée !

— Mon petit copain au lycée m'a tout de même brisé le cœur, précisa Maggie.

— Le mien aussi, soupira Morgan. L'horreur intégrale...

— C'était un vrai débile, déclara Isabel. Gominé à mort, le malheureux.

C'est Esther qui exprima son mépris, cette fois.

— La ferme ! lui dit Leah.

— Vous voyez, c'est un thème génial ! s'exclama Heidi. Les gens qui ont adoré le bal de fin d'année vont le revivre, et ceux qui ont détesté auront une seconde chance d'en faire un beau souvenir ! Tout le monde est gagnant dans l'histoire !

— Sauf les losers qui doivent se taper les quelque

trois cents cadeaux souvenirs à préparer, grommela Leah.

Puis elle a levé les yeux et m'a vue.

— Tu as aussi décidé de devenir une loser ?

Je déglutis, consciente du regard inquiet de Heidi. Elle avait remarqué mes yeux rouges.

— Possible.

Maggie s'est poussée pour me faire de la place.

— Et toi, Auden, tu aimes ou tu détestes le bal de fin d'année ? me demanda Isabel.

— Je déteste. Mon cavalier m'a posé un lapin.

Concert de cris.

— Quoi ! fit Morgan. C'est terrible !

— De plus, expliqua Leah, le mec qui lui a posé un lapin est à Colby, en ce moment, et il la bombarde de textos !

— Tu devrais lui demander de t'accompagner au Beach Bash et lui poser un lapin à ton tour ! proposa Morgan.

— Morgan ! Tu es infernale ! dit Isabel en fronçant les sourcils.

— Moi, je pense que tu devrais trouver un garçon avec qui tu aurais vraiment envie d'y aller, et bien profiter de ta soirée, dit Heidi.

— Je ne sais pas. C'est un peu tard, non ?

— Pas vraiment ! déclara Leah. C'est la nuit des filles au Tallyho. Tu peux te dégoter un mec potable.

Je souris.

— Tallyho, no no.

— Bravo ! dit Maggie en me tapant sur l'épaule.

Tout le monde se mit à rire, et aussitôt après, on a changé de sujet. La conversation, les émotions et tout, c'est passé du coq-à-l'âne à saute-mouton et en vitesse.

Se concentrer sur chaque sujet, c'était se concentrer sur rien, alors au lieu de chercher un sens, ne pas le trouver et m'affoler, je me suis laissé absorber par cet instant de douce folie et, pour une fois, j'ai largué les amarres, et en avant, je suis partie à l'aventure avec les filles.

Chapitre 16

— Sacrées blessures de guerre !

Adam était devant le bureau de Heidi, avec un carton sous le bras. Je reposai mon tube de Neosporine que j'étais en train d'appliquer sur mes jolis bobos, tout frais de ce matin.

— C'est une façon de voir la situation.

Adam posa son carton sur le meuble de rangement et déboutonna sa chemise pour me montrer une cicatrice sur son ventre.

— Et il n'y en a pas d'autre. Regarde là. J'étais au collège. En cinquième. J'ai fait un vol plané sur une rampe de skate.

Puis il a relevé sa manche de chemise pour me montrer une autre cicatrice.

— Et là, je me suis explosé contre un rondin, sur une piste de mountain bike.

— Aïe.

— Attends de voir la pièce de résistance ! continua-t-il en se tapant la poitrine. Là, c'est du titane, ma vieille !

— Titane ?

— La plaque en titane pour la reconstruction de mon sternum, dit-il avec bonne humeur. C'était il y a deux ans. Fracture multiple du sternum. Mon casque intégral a explosé alors que je faisais une figure.

— Alors, avec mes bobos aux genoux, je fais chochotte.

Il a ri.

— Mais non ! Tout compte ! Si tu t'en sors sans bobos, c'est que tu fais du vélo par-dessus la jambe.

— J'en fais beaucoup.

Il reprit son carton.

— Exactement ce que je voulais entendre. Maggie dit que tu as la rage !

— Moi, la rage ?

— C'est une image, dit-il avec un geste vague. Elle dit aussi que tu t'entraînes dur et que tu te débrouilles bien.

Je haussai les épaules et refermai mon tube de Neosporine.

— Pas sûr. Si j'étais aussi bonne qu'elle le prétend, mes genoux ne seraient pas en compote.

— Faux.

— Faux ?

— Oui ! Regarde-moi. Je suis un bon rider, mais je me suis ramassé un nombre de fois incalculable. Et je ne te parle pas des pros ! Eux, je te jure, ce sont des hommes bioniques tellement ils se sont cassé la gueule. Et Eliot ! Il s'est pété le coude et la clavicule pas mal de fois. Sans compter son histoire de bras.

— Tu veux parler de la cicatrice à son bras ?

— Oui.

— Ça n'est pas à cause de l'accident avec Clyde ?

— Non. Il faisait une figure, sur la promenade, et il s'est planté en beauté. Il s'est ouvert le bras en retombant sur un banc. Ça pissait le sang.

J'observai de nouveau mon tout petit bobo au genou, maintenant rond et brillant à cause de la Neosporine.

— Tout compte ! répéta Adam. En gros, ça n'est pas le nombre de fois où tu t'es crashée qui compte, mais celui où tu es remontée sur ton vélo ! Tant que tu as la volonté, il reste de l'espoir ! Traduction : remets le pied à la pédale, les fesses sur ta selle de vélo et roule, ma poule !

Je lui souris.

— Tu devrais être prêtre. Ou coach ?

— Non, surtout pas ! Je suis trop nul ! dit-il en riant. Bon, Heidi est dans les parages ?

— Non, elle est partie déjeuner.

Elle était avec mon père, et c'était leur premier rendez-vous depuis son installation à l'hôtel. Heidi était si nerveuse ce matin qu'elle avait tourné en rond dans le magasin et sans cesse rangé ; je fus soulagée quand elle avait installé Isby dans son BabyBjörn pour filer. Mais aussitôt après, c'est moi qui me montrai nerveuse. Ça se passerait comment, entre elle et papa ?

— Elle sera de retour dans une heure environ.

— Alors je peux les laisser là, dit Adam en posant sa boîte en carton sur mon bureau.

— Qu'est-ce que c'est ?

— Mes photos des bals de fin d'année au lycée. Heidi les veut, pour son décor du Beach Bash.

— Je peux regarder ?

— Naturellement.

Je soulevai le couvercle et vis un énorme tas de photos 13 × 17 en noir et blanc à l'intérieur. En haut de la pile, j'en aperçus une de Maggie, assise avec Jake sur le coffre d'une voiture. Elle portait une petite robe noire trapèze et des talons hauts à bride, et ses cheveux retombaient sur ses épaules. Un petit bouquet de fleurs était accroché à son poignet, comme c'est la tradition pour les bals. Elle riait en tendant un paquet de Doritos à Jake, en smoking sans la veste, et pieds nus dans le sable. Je passai à la photo suivante et vis de nouveau Maggie, le même soir, mais, cette fois, seule. Debout sur la pointe des pieds, elle s'admirait dans un miroir au milieu duquel s'étalait l'inscription Coca-Cola. Sur la photo suivante, Leah et un militaire posaient en regardant fixement l'appareil photo. Sur celle qui suivait, Wallace se trémoussait sur une piste de danse, veston déboutonné. Et de nouveau Maggie, une autre année, avec une autre robe, blanche et plus longue. Sur la première photo, elle marchait le long de la promenade en tenant par la main un type dont on ne voyait que le dos. Et sur la seconde, elle tendait le bras vers l'appareil photo. Ses doigts étaient flous, et elle riait aux éclats.

— Eh bien, dis-je, continuant de passer les photos en revue.

De nouveau Leah. Puis Esther. Maggie. Wallace et Leah. Maggie. Et encore Maggie.

— Et toi ? Tu n'es sur aucune photo ?

— Normal, c'est moi qui les prenais.

De nouveau Maggie, mais cette fois sur un vélo, sa robe blanche relevée d'une main, son casque de l'autre.

— Il y a beaucoup de photos de Maggie ?

Il a regardé la photo et répondu d'un air vague :

— Oui, c'est vrai.

— Qu'est-ce que vous regardez ?

On a sursauté. Maggie en personne, en tongs et en jean, est entrée.

— Des photos des bals de fin d'année, expliquai-je en fixant un cliché qui représentait Wallace et Leah. Heidi les veut pour le Beach Bash.

— Oh, non, pitié !

Elle s'est avancée avec un soupir et s'est penchée pour regarder à son tour.

— Je ne peux pas supporter de... Oh, regardez ! On était en première ! Le mec de Leah était un marine, tu t'en souviens, Adam ?

— Oui.

— Et moi, je portais ma robe de soirée blanche. Je l'adorais ! ajouta-t-elle avec un soupir de ravissement.

Maggie a passé son bras par-dessus mon épaule pour fouiller dans le tas.

— Et celle-là ! Oh, la vache ! J'ai failli mourir, dans cette robe, vous ne pouvez même pas vous imaginer. Je ne voulais surtout pas la salir, même quand j'ai parié de faire du vélo avec ! Et Jake a vomi jusque sur moi. La tache...

— Elle n'est jamais partie, acheva Adam. Bouge pas, j'en ai une photo quelque part.

— Pas dans cette boîte, j'espère !

Elle en a pris une autre qui la représentait, sur son vélo.

— N'empêche, c'était une soirée géniale ! Du moins, avant la fin. Qu'est-ce qu'il y a encore là-dedans ? D'autres photos de moi ?

Je croisai le regard d'Adam alors que je fermais la boîte et répondis :

— Non.

— Tant mieux. Je n'ai vraiment pas envie que les photos de nos bals soient exhibés devant tout Colby !

— Ah bon ? demandai-je. J'ai pourtant l'impression que tu t'es bien amusée, à ces soirées ?

Elle haussa les épaules.

— Bof, oui, mais je sortais avec Jake, à l'époque. Et en ce moment, je n'ai pas envie qu'on me rappelle le temps que j'ai perdu avec lui.

— Tu étais tout de même heureuse, insistai-je. C'est important, non ?

— En réalité, je n'en sais rien, reprit Maggie. Depuis quelque temps, je me dis que j'aurais été aussi heureuse sans lui. Au moins, mes souvenirs du lycée ne seraient pas dégradés.

— Des gradés ? Pas plutôt démilitarisés ? intervint Adam.

— Très drôle, tu sais très bien ce que je veux dire ! déclara-t-elle en lui pinçant le bras. Si j'avais eu plus de jugeote, si j'avais compris plus tôt que Jake était un imbécile, mes années de lycée auraient été en tout point différentes.

— Sans doute, dis-je, mais tu aurais été seule comme un pou et tu ne serais peut-être pas allée à un seul bal de fin d'année.

— Exactement ! Et ça ne m'aurait peut-être pas déplu. Au contraire !

Je regardai la boîte en carton, pensai à toutes les photos à l'intérieur en essayant de m'imaginer à la place de Maggie, de Leah, ou d'Esther. Et si j'avais eu un petit copain, au lycée ? Et si j'étais allée à un bal de fin d'année ? Quels auraient été la couleur dominante, et les nuances, ou dégradés, comme disait Maggie, de mes années de lycée ?

— Peut-être que oui, peut-être que non, dis-je enfin.

Maggie m'a regardée d'un air bizarre. Elle allait parler, mais ça a sonné dans le magasin : des clients venaient d'entrer.

— Le devoir m'appelle !

Elle est repartie aussi sec et on l'a entendue saluer les clients. Adam, qui l'avait suivie des yeux, resta appuyé à l'embrasure de la porte.

— Si tu veux y remédier, c'est possible, me dit-il.

— Remédier à quoi ?

— À ces histoires de bal. Eliot est au magasin en train de faire l'inventaire.

— Oui, et alors ?

— Et alors, tu vas le rejoindre et tu poses la grande question : « Tu veux être mon cavalier au bal du Beach Bash ? » Simple comme bonjour le matin.

Eliot et moi, c'était plutôt difficile comme des adieux sur un quai de gare.

— Et pourquoi penses-tu que j'aie envie d'aller au bal du Beach Bash avec lui ?

— Parce que tu viens de parler des années de lycée en solitaire, sans bal de fin d'année, et tutti quanti. C'était évident, tu parlais de toi.

— Pas du tout, je parlais de Maggie !

Il croisa les bras.

— C'est ça, oui.

Silence.

— Et toi ? demandai-je.

— Quoi moi ?

— Quand vas-tu le demander à Maggie ?

— Lui demander quoi ?

Il se fichait de moi ?

— Ah non ! Tu n'y es pas du tout ! s'exclama-t-il. On est juste copains, Maggie et moi !

— C'est ça, oui !

J'ouvris la boîte et fouillai dans les photos, et je pris celle où Maggie était à vélo, celle où elle marchait sur la promenade et riait, et enfin celle où elle se regardait dans la glace Coca-Cola, et je les alignai toutes les trois sur mon bureau.

— Tu prends toujours autant de photos de tes potes ?

Il les regarda et soupira.

— Eh bien, j'en ai beaucoup de Wallace, répondit-il d'un ton raide.

— Pitié, Adam !

Vaincu, il s'est laissé tomber sur la chaise et a croisé les bras derrière la nuque. Nouveau silence. Dans le magasin, j'entendais Maggie détailler les avantages et inconvénients d'un maillot de bain une pièce.

— J'ai fait tout ce qui était humainement possible, dit enfin Adam. C'est foutu, maintenant. La rentrée, c'est bientôt.

— Et alors ?

— Alors, je ne sais pas si je veux gâcher mon été. Notre amitié. En y mettant du gris malaise qui va bouffer la couleur du reste : ce qu'on a vécu depuis que je la connais.

— Tu penses qu'elle va te jeter si tu l'invites au Beach Bash ?

— Même pas. Je pense au contraire qu'elle va accepter. Parce que ce sera gentil comme tout d'aller au Beach Bash avec moi. Et moi, je vais me décarcasser pour que ça soit inoubliable, comme si c'était un vrai rendez-vous d'amoureux, alors que, pour elle, ça sera rien. La preuve, le soir du Beach Bash, elle me lâchera pour danser et partir avec un autre, qu'elle épousera si ça se trouve.

Dans le magasin, j'entendais Maggie rire. Une musique agréable et légère.

— Eh bien, je vois que tu as retourné le problème dans tous les sens.

Il me sourit.

— Comme toi avec Eliot.

— Pas du tout.

Vu la tête qu'il a faite, il ne m'a pas crue.

— C'est vrai, je te le jure. On s'est disputés et on ne se cause plus.

— Eh bien, tu sais ce qu'il te reste à faire.

— Quoi ?

Il se leva.

— Qui ne risque rien n'a rien !

— Pas si simple.

— Si. Simplissime. Tu te souviens de ce que je te disais tout à l'heure ? Tant que tu as la volonté, il reste de l'espoir.

Je réfléchis alors qu'il sortait, mains dans les poches.

— Au fait, toujours sur le même thème, dis-je. Il y a pire qu'un dégradé de gris dans une relation.

— Ah ?

— Oui.

— Quoi ?

— Les regrets qui donnent le blues et repeignent tout en noir.

Je lui montrai les photos toujours sur le bureau.

— Il y a tellement de photos, Adam...

— Oui, je sais.

À cet instant, mon portable a buzzé. Jason.

Libre lunch ? Rv Last Chance ? G 1 heure.

— Il faut que j'y aille, dit Adam.

Puis il pointa le doigt sur mes genoux écorchés.

— Souviens-toi. Il n'est jamais trop tard pour bien faire.

— Pigé, Superrider !

Il a levé les pouces, puis il est parti en sifflotant, de bonne humeur comme toujours (je me demande comment il faisait), vers le magasin de vélos. J'ai baissé les yeux sur les photos de Maggie et j'ai pris mon portable où s'affichait le texto de Jason. Je savais que j'avais cafouillé en jetant Eliot, mais ça n'était peut-être pas trop tard pour redonner des couleurs à mon dernier été d'avant la fac. Du gris, du rose, tant pis, tant mieux, du moment que ça changeait le regard, la perspective, le paysage... Alors j'ai envoyé un texto à Jason.

OK. À +

Quand je rentrai à la maison, ce soir-là, Heidi contemplait la mer sur la terrasse. Même en la voyant de loin, de dos, j'ai senti sa tension et sa tristesse. Je n'ai donc pas été surprise de remarquer qu'elle avait les yeux rouges et gonflés, quand elle a tourné la tête.

— Ah, c'est toi, Auden ? Je ne pensais pas que tu rentrerais maintenant, dit-elle en réunissant ses cheveux en queue-de-cheval avec un gros soupir.

— J'ai terminé plus tôt.

Je rangeai mes clés dans mon sac.

— Et toi, ça va ?

— Ça va.

Elle rentra et referma la baie vitrée.

— Je réfléchissais.

On est restées silencieuses. De la chambre de Thisbé, à l'étage, j'entendais le BabyZen qui faisait ses vagues.

— Alors ? Comment ça s'est passé avec papa ?

Elle s'est mordu la lèvre.

— Oh, bien. On a beaucoup parlé.

— Et ?

— Et on a décidé de maintenir le statu quo.

— Il reste donc au Condor, dis-je pour préciser. Il ne veut pas revenir à la maison.

Elle s'approcha et posa ses mains sur mes épaules.

— Ton père... pense qu'il serait plus une gêne qu'une aide, actuellement : jusqu'au Beach Bash et la fin de l'été, il vaut mieux que je me concentre sur moi et sur Thisbé.

— C'est quoi, ces conneries ? Tu es sa femme, et Thisbé est sa fille !

Elle se mordit de nouveau la lèvre et observa ses mains.

— Je sais, ça semble insensé.

— Parce que ça l'est !

— D'une certaine façon je le comprends. Ton père et moi, on est tombés amoureux très vite, puis on s'est mariés et j'ai tout de suite été enceinte... On a juste besoin de ralentir le mouvement.

Je posai mon sac sur la table.

— C'est donc un ralentissement. Pas un stop.

— Exact.

Honnêtement, je n'étais pas convaincue à cent pour cent. Je connaissais bien papa et ses stratégies. Si la situation se compliquait, il s'en extirpait en donnant à l'autre l'illusion qu'il agissait en grand seigneur, généreux et tout, alors que c'était l'opposé.

Je résume. Papa n'abandonnait pas Thisbé et Heidi, il ne se défilait pas, oh, mais non, il simplifiait leur vie. Il n'avait pas quitté ma mère parce qu'il était jaloux de sa réussite professionnelle, non, non, non, il s'était effacé pour lui laisser le devant de la scène. Il n'avait pas ignoré que j'étais son enfant pendant des années, il m'avait coachée pour être autonome et adulte dans un monde où la plupart des gens agissent comme des gosses. Mon père ne prenait pas de risques, c'était un défaitiste : il suffisait d'un obstacle pour qu'il perde pied, désespère, et renonce.

— Assez parlé de moi, dit Heidi en tirant une chaise où elle s'assit. Et toi ?

Je m'assis en face d'elle et croisai mes mains sur mon sac.

— Je crois que j'ai un cavalier pour le bal du Beach Bash.

Elle a applaudi.

— C'est vrai ? Génial !

— Oui, c'est Jason. Il m'a proposé qu'on y aille ensemble.

Là, elle a cillé.

— Jason... ?

— Un type qui était dans mon lycée.

Elle avait toujours l'air sceptique, alors j'ai pris mon portable et je lui ai montré l'écran.

— C'est le type des textos.

— Ah, celui qui t'avait posé un lapin. Eh bien, c'est...

— Craignos ?

— Non. Je dirais juste que la boucle est bouclée, répondit-elle lentement. Et tu ne veux pas y aller avec lui ?

— Mais si !

J'ai regardé mes mains.

— J'ai une seconde chance, avec lui. Je serais bête de ne pas en profiter.

— C'est juste.

Elle s'est adossée à sa chaise et a passé sa main dans les cheveux.

— Tu as raison : tout le monde n'a pas une seconde chance.

Oui, répondis-je en pensée, songeant à Jason qui m'avait attendue dans un box du Last Chance. Il avait souri en me voyant. Après, il m'avait parlé de la conférence sur le mentorat par-dessus les burgers et les beignets frits aux oignons, et il avait affirmé que c'était absolument génial. L'écouter avait été sans surprise mais pas désagréable. Ç'avait été comme de remonter le temps et de revenir au printemps dernier, quand on déjeunait ensemble et qu'on parlait cours et lycée. Et lorsqu'il avait toussoté, lorsqu'il avait dit qu'il avait quelque chose à me proposer, j'avais eu une impression de déjà-vu. Et j'avais accepté sans me faire prier. Facile comme tout.

J'observai Heidi, qui regardait par la fenêtre au-dessus de l'évier, et je me souvins que je l'avais autrefois jugée flashy et superficielle, parce qu'elle m'envoyait des mails surexcités et portait des fringues girly à mort. Je pensais tout savoir, tout connaître quand j'étais arrivée à Colby. Être plus intelligente que tout le monde. Vaste erreur.

— Je peux te poser une question ? lui demandai-je tout à coup.

Son regard revint sur moi.

— Bien entendu.

— Il n'y a pas longtemps, tu m'as dit que ma mère n'était pas une garce, et que de toute façon elle ne pouvait pas en être une, parce que les vraies garces finissaient toujours seules. Tu t'en souviens ?

Heidi fronça les sourcils avec concentration.

— Vaguement, oui.

— Et tu as dit aussi que tu en savais un rayon sur les garces, parce que tu en avais été une.

— Exact. Où veux-tu en venir ?

— Tu en étais vraiment une ?

— Une garce ? Oh oui. Et plus vraie que nature !

— J'ai du mal à y croire...

Heidi sourit.

— Tu ne me connaissais pas avant que je revienne à Colby et rencontre ton père. Je sortais d'une école de commerce, et j'étais super psychorigide. Impitoyable. Je me tuais à faire du fric parce que je voulais ouvrir une boutique de vêtements à New York. J'avais un projet, les contacts nécessaires avec des investisseurs, un prêt, tout le bataclan. Rien d'autre ne comptait, à mes yeux.

— Je ne savais pas que tu avais vécu à New York !

— C'était mon projet initial après mon master en commerce et marketing. Mais ma mère est tombée malade et j'ai été obligée de revenir passer l'été à Colby pour m'occuper d'elle. Je connaissais Isabel et Morgan depuis le lycée, alors j'ai bossé comme serveuse avec elles, histoire de me faire de l'argent pour concrétiser mon projet.

— Tu as bossé au Last Chance ?

— Oui, et c'est là que j'ai rencontré ton père. Il venait d'avoir son entretien d'embauche à la fac de Weymar, et il était venu y déjeuner. Comme il n'y avait pas beaucoup de monde, on a parlé. Voilà comment ça a commencé, lui et moi. À la fin de l'été, ma mère a eu une brève rémission, j'ai donc fait mes adieux à ton père. Mais une fois de retour à New York, je n'avais plus le feu sacré. Je n'avais plus envie de rien...

— Sérieux ?

Elle soupira.

— J'étais revenue à Colby pour en repartir le plus vite possible. Cet été devait être une étape, pas une destination. J'avais planifié ma vie dans le moindre détail.

— Que s'est-il passé ?

— Eh bien, le destin en a décidé autrement... J'ai quitté New York, j'ai épousé ton père et j'ai investi mes économies pour ouvrir Clementine's. Étrange ? Possible... En tout cas, ça s'avérait la seule solution. C'était différent de mes rêves, et pourtant parfait.

Je repensai à son visage quand j'étais rentrée, puis à la tristesse avec laquelle elle avait parlé de mon père.

— Tu ne regrettes rien ?

Elle m'a observée longuement.

— Non. Bien sûr, j'aurais aimé que les choses se passent d'une autre façon pour moi et ton père. Mais j'ai Thisbé, et mon boulot... J'ai ce que je voulais, même si ça n'est pas parfait. Si j'étais restée à New York, je me serais toujours demandé si je n'étais pas passée à côté de quelque chose.

— Tout ou rien. Noir ou blanc.

— Pardon ?

— Non, je n'ai rien dit.

Heidi se leva.

— En définitive, je n'étais partie que pour l'été, mais je suis tombée amoureuse et ma vie a changé. C'est la plus vieille histoire du monde...

Son regard m'a mise mal à l'aise, tout à coup, et j'ai préféré regarder mon sac sur mes genoux.

— La plus vieille histoire du monde..., répétai-je.

Elle posa sa main sur ma tête en passant.

— Bonne nuit, Auden, dit-elle en étouffant un bâillement. Dors bien.

— Toi aussi.

Je savais que je passerais une bonne nuit. C'est ce qui avait changé pendant mon séjour à Colby. Quant à l'amour et au reste... Mais qui sait ? N'avais-je pas un cavalier pour le bal du Beach Bash, une seconde chance de redessiner ma carte du tendre ? L'été n'était pas encore fini, alors peut-être que l'histoire non plus.

— Tiens, c'est bizarre, j'ai tout à coup une vague de gros flash-back ! dit Leah en soulevant le bas de sa robe pour en examiner l'ourlet. On a déjà vécu cette scène, non ?

— Oui, c'était même au mois de mai, répondit Esther.

— Pourquoi on recommence ce fourbi, c'est la question.

— Parce que c'est le bal du Beach Bash, voyons ! s'exclama Maggie.

— Ça n'est pas une réponse ! répliqua Leah. Ni une explication, et moins encore une raison de repasser par cette galère !

Nous étions toutes les trois dans la chambre de Heidi : elle nous y avait envoyées après avoir subi nos plaintes unanimes et bruyantes, parce qu'on n'avait rien à se mettre pour le bal du Beach Bash. Ma belle-mère continuait décidément de m'étonner. Non seulement c'était une garce repentie, mais c'était aussi une accro du shopping. Elle avait des tonnes de robes, de plusieurs tailles, accumulées depuis des années. Vintage, classique, eighties... Il suffisait de dire ce qu'on voulait et abracadabra, voilà.

— Il nous faut aussi des cavaliers, déclara Leah. À moins que Heidi ne nous sorte des types canon du fond de son armoire.

— Tout est possible..., dis-je en regardant dans les profondeurs de son armoire. Au point où nous en sommes, plus rien ne me surprend.

— Les cavaliers sont en option, répliqua Maggie. Allons-y simplement ensemble entre filles. Ce sera plus facile que de se dépatouiller avec des mecs.

— C'est hors de question ! s'écria Leah. Si je dois me faire belle et porter une super robe, je veux un mec mignon. C'est capital !

J'ouvris l'autre porte de l'armoire.

— Ce soir, c'est la nuit des filles au Tallyho, annonçai-je.

— Enfin une bonne âme qui me comprend ! déclara-t-elle.

— Auden peut parler, c'est la seule à avoir un cavalier ! objecta Esther.

— Mais je n'ai pas de robe, repris-je en sortant un fourreau noir et court que je remis aussitôt dans l'armoire.

La robe, c'était un détail, je sais. Et puis je n'allais

pas à un vrai bal de fin d'année, mais ce serait peut-être le seul de ma vie et je voulais faire la totale. Hélas, pour l'instant, tout ce que j'avais trouvé avait été trop brillant, trop court, trop long, en bref, too much.

— Oh, la vache ! s'écria Esther.

Elle se retourna en plaquant sur elle une robe rose années cinquante avec un jupon bouffant.

— Vous pariez combien que je la porte sans avoir peur de mourir ridicule ?

— Porte-la, dit Maggie en caressant le tissu. Incroyable. Parfaite pour toi.

— Je la porterai seulement si tu mets la robe noire que tu admirais, tout à l'heure, tu sais, celle qui te donnait le look d'Audrey Hepburn dans *Diamants sur canapé*, répliqua Esther.

— Tu crois ? Elle est tout de même très habillée !

— Alors, porte des tongs avec ! C'est ton truc, les tongs !

Maggie sortit la petite robe noire de l'armoire.

— Pourquoi pas ? Et toi, Leah, qu'est-ce que tu en penses ?

— Moi, je pense que si je dois aller à ce bal à la con sans mec, je m'envelopperai dans un sac à patates et ça le fera, jeta Leah qui portait un débardeur avec le numéro un en rouge vif.

— Il te faut un garçon pour porter une jolie robe ? demanda Maggie. Tes plus vieilles amies ne sont-elles pas la meilleure compagnie du monde ?

— Maggie, on parle d'un bal, pas d'une retraite chez les bonnes sœurs ! répondit Leah en continuant de farfouiller dans l'armoire de Heidi.

— Et ce sera peut-être notre dernière soirée ensemble, avant la fac. On est en août, l'été est presque fini.

— Ah non, pas de ça ! coupa Esther qui pointa son index sur Maggie. Souviens-toi de ce qu'on a juré. Pas de nostalgie à la noix jusqu'au 20 août. On était d'accord là-dessus !

— Je sais, dit Maggie en agitant les mains devant son visage.

Elle s'assit sur le lit, la robe noire sur les genoux.

— C'est juste... écoutez, les filles je n'arrive pas à croire que bientôt, tout sera fini. À cette époque-là, l'année prochaine, ça sera différent.

— J'espère bien, tiens !

— Leah !

Leah détacha les yeux du miroir où elle se contemplait.

— Quoi ? J'espère que dans un an j'aurai un petit ami et une vie géniale. On peut toujours rêver, non ?

— Mais notre vie jusqu'à maintenant, elle n'était pas si mal, insista Maggie.

— Pas si mal, oui, dis-je en sortant deux robes de l'armoire.

J'avais parlé sans réfléchir. Mais au silence qui tomba, je me rendis compte que toutes les trois me dévisageaient.

— Tu vois, Auden, elle comprend, au moins ! dit enfin Maggie.

— Elle comprend aussi le Tallyho, grommela Leah. Et je n'en connais pas beaucoup.

— Sérieux, Auden n'est jamais allée à un bal de fin d'année, reprit Maggie en me souriant. Écoute, Leah, si tu as besoin d'une seule bonne raison pour aller au bal du Beach Bash, la voilà : Auden. Fais-le pour elle.

Leah me regarda, puis observa de nouveau son reflet.

— Je ne sais pas. C'est beaucoup demander.

— Et ça te donne une bonne excuse pour aller au Tallyho ? demanda Esther en faisant des effets de jupe avec sa robe années cinquante.

— Exact, dit Leah.

— Ça n'est pas la peine de vous forcer à aller au Beach Bash, dis-je à Maggie qui m'observait, tandis que je sortais une autre robe. Jason sera avec moi, alors c'est bon.

— Pas question ! répliqua-t-elle. Un vrai bal de fin d'année, on y va avec ses copines !

— Parce que personne, à l'exception de tes copines, ne serait d'accord pour t'aider à réinventer un passé qui a capoté et qui te rend nostalgique.

— Personne ! renchérit Leah.

— Personne ! surenchérit Maggie.

Elles me fixaient, toutes les trois.

— Oui, personne..., dis-je, même si je pensais à quelqu'un.

Elles continuaient à me fixer, à tel point que j'ai fini par me demander si je n'avais pas de l'encre sur les dents ou si on ne voyait pas mon soutif à travers mon haut. J'allais vérifier en me tournant vers le miroir lorsque Maggie a pris la parole.

— Auden. C'est THE robe.

— Quoi ?

— Cette robe-là ! reprit Esther en me faisant signe. Elle est extraordinaire.

Je regardai la robe mauve que j'avais mise et que je n'avais pas bien examinée, lorsque je l'avais sortie de l'armoire parce qu'elle n'était ni rouge, ni noire, ni blanche, comme celles que j'avais essayées jusque-là. Mais maintenant, en me contemplant dans le miroir, je vis qu'elle m'allait bien. Joli décolleté, jolie jupe et belle couleur qui faisait ressortir celle de mes yeux. Ça n'était pas avec cette robe que le monde s'arrêterait de tourner, mais je n'avais pas besoin que le monde s'arrête.

— C'est vrai ? demandai-je.

— Complètement ! répondit Maggie qui s'approcha pour toucher le tissu. Tu aimes ?

Je regardai mon reflet. Je n'avais jamais été folle de robes ou de couleurs vives, et je n'avais jamais porté cette nuance de mauve. J'avais l'air d'être une autre. Mais c'était peut-être ça, le secret. Porter une belle robe, c'est comme d'avoir le bon matériel pour partir à l'aventure.

— Oui, dis-je en levant la jupe.

Quand je la relâchai, elle retomba et se replaça toute seule, comme si nous avions été faites l'une pour l'autre.

— C'est parfait !

Chapitre 17

Le matin du Beach Bash, je me suis réveillée à huit heures en entendant Isby pleurer dans la nursery. J'ai mis ma tête sous mon oreiller en attendant que Heidi monte. Quelques minutes plus tard, Isby ne pleurait plus, elle criait, et je me suis demandé ce que Heidi fabriquait. Quand elle s'est carrément mise à hurler, je n'ai fait ni une ni deux, je suis allée dans la nursery.

Dans son berceau, Isby était écarlate et avait les cheveux mouillés de sueur. Je me suis penchée sur elle, et elle a hurlé plus fort, en agitant frénétiquement ses bras devant son visage. Je l'ai tenue contre moi et je l'ai bercée jusqu'à ce qu'elle se calme, et bientôt je n'ai plus entendu que de petits gémissements qui ressemblaient à des hoquets.

— Chut, tout va bien, lui dis-je en la berçant toujours doucement tandis que je regardais dans le couloir.

Toujours aucun signe de Heidi, ce qui était très inquiétant. Je suis donc revenue dans la nursery et j'ai changé Isby, ce qui l'a calmée. Puis toutes les deux, nous sommes descendues dans la cuisine où Heidi, assise à la table, des cadeaux souvenirs devant et autour d'elle, parlait, téléphone plaqué à l'oreille.

— Oui, bien entendu, Robert, je comprends que ta situation est compliquée, l'entendis-je dire alors qu'elle tripotait sa tasse de café. Mais la vérité, c'est que je comptais vraiment sur toi. Et je doute de pouvoir trouver une baby-sitter dans un laps de temps si court.

J'entendis la voix de mon père de loin et je me rendis compte que je ne lui avais pas parlé depuis une semaine ou deux. Il avait finalement percuté le message, suite à tous ses appels : maintenant, ma boîte vocale était vide.

— Écoute, je vais me débrouiller, conclut Heidi. Je trouverai bien quelqu'un pour me dépanner. Non, ne te fais pas de souci. Si, je t'assure. Mais je dois y aller. J'ai encore beaucoup à faire, aujourd'hui, et je...

Elle se tut. J'entendis de nouveau la voix de mon père. Je n'entendis pas ce qu'il dit, mais Heidi n'a eu aucune réaction, sauf un soupir et un hochement de la tête.

J'hésitais à entrer. Mais Isby a poussé un petit cri et Heidi s'est retournée.

— Je dois y aller, répéta-t-elle.

Elle a raccroché sur ces mots et s'est levée.

— Auden, je suis désolée si Thisbé t'a réveillée. Je pensais bien l'avoir entendue, mais j'étais au téléphone et...

— Ça va, dis-je alors qu'elle prenait le bébé en lui faisant risette. De toute façon, j'allais me lever.

Heidi a calé Isby contre son épaule et lui a tapoté

doucement le dos alors qu'elle se dirigeait vers la cafetière, se versait une tasse, puis m'en versait une qu'elle
m'a tendue.

— Je me suis réveillée à quatre heures du matin,
en pensant à tout ce qu'il me restait à faire dans les
quinze prochaines heures. Évidemment, dès que j'ai
eu l'impression que j'assurerai, ton père a téléphoné
pour me dire qu'il ne pourrait pas garder Thisbé, ce
soir : il doit se rendre à New York pour rencontrer
son agent, lundi matin. C'est à propos de son livre.

Je digérai la nouvelle pendant qu'elle se rasseyait et
plaçait Isby sur ses genoux.

— Je peux rester avec elle si tu veux.

— Toi ? Ah ça, non ! Ce soir, tu vas au bal du Beach
Bash !

— Pas la peine.

— Mais si ! Tu as un cavalier et une jolie robe !

Je haussai les épaules et observai mon café.

— Que se passe-t-il, Auden ? Je pensais que tu étais
contente.

Je ne savais pas comment lui expliquer ce que je
ressentais, depuis que j'avais trouvé ma robe pour le
bal. C'était un drôle de malaise, un peu comme si ce
bal avait capoté avant d'avoir commencé.

— Je ne sais pas... En fait, ça ne sera pas un vrai
bal comme au lycée. Ce sera sympa, cool et tout, mais
pas pareil.

Heidi tapotait toujours le dos du bébé.

— Je comprends. Tu peux en effet voir la situation
sous cet angle, mais tu peux aussi te réjouir d'avoir une
seconde chance et ainsi rendre ta soirée inoubliable.

— Tu as peut-être raison.

— Je le reconnais, ça n'est pas l'idéal, me dit-elle

en posant sa tasse. Mais dans la vie, tout n'est pas parfait. Parfois, il faut se fabriquer sa propre histoire. Donner un petit coup de pouce au destin, tu comprends ?

Je pensai à moi et à Eliot, pendant ma quête. J'avais joué au bowling, participé à une bagarre de bouffe et distribué les journaux tard dans mon adolescence, dans le désordre et pas comme dans la vraie vie des trois quarts des ados, mais les souvenirs et les expériences avaient été bien réels, eux. Ç'avait même été mieux, parce que je n'avais pas vécu ces événements par hasard, mais par la force de ma volonté.

— Si tu veux savoir, tu as mille fois raison ! dis-je finalement.

— Tu vois ! me répondit-elle en souriant. En tout cas, je suis ravie de te l'entendre dire. Surtout avec la journée de folie qui m'attend !

— Tout ira bien, dis-je en finissant de boire mon café dont je me resservis illico une tasse.

Je pris la sienne au passage et la remplis aussi.

— Bon, je suis levée et prête à te donner un coup de main. Que puis-je faire pour toi ?

Elle a grogné, pris son bloc jaune, posé sur un cadeau souvenir, et en a tourné une page.

— Pour commencer, il faut porter ces cadeaux à la salle des fêtes. Et passer prendre le punch. Ah, et il y a le rendez-vous avec le DJ à dix heures pour les essais sonores. Oh, et les fournisseurs de ballons veulent être payés avant la livraison. Et par-dessus le marché, maintenant, je dois trouver une baby-sitter.

Je glissai son mug que j'avais rempli devant elle. Isby toujours dans ses bras me regardait et je caressais sa tête, toute chaude, toute douce. Et elle m'a regardée encore un peu avant de se blottir contre sa mère et de fermer les yeux, et de s'endormir comme une bienheureuse.

Vers midi, je m'étais débarrassée des fournisseurs de ballons et j'avais déjà deux allers-retours au compteur entre la salle des fêtes, où se déroulait le bal du Beach Bash, et la maison. Là-dessus, je m'étais froissé un muscle à l'épaule en aidant Heidi à déplacer le décor des photos souvenirs – un panneau en bois découpé en forme de vague avec une sardine géante, peint par le groupe peinture des seniors de Colby. Je me sentais poisseuse, j'avais mal partout et je repartais à la maison où je devais prendre un carton de verres à punch lorsque j'ai aperçu Jason.

Il descendait de sa voiture, garée près de la promenade. Quand il s'est retourné et m'a vue, il s'est raidi et m'a fait signe.

— Auden ! dit-il en se rapprochant. J'ai essayé de t'appeler.

Je visualisai instantanément mon portable oublié sur la table de la cuisine.

— J'ai couru pendant toute la matinée...

— C'est ce que ta belle-mère m'a dit. Parce que j'ai cherché le numéro de ton père. Par chance, il n'y a pas beaucoup de West dans l'annuaire.

Derrière lui, je vis Adam qui sortait du magasin de vélos, sur un vélo rouge qui portait l'étiquette « go go go ! » au guidon. Il l'a rangé devant, puis est revenu dans le magasin dont il a fermé la porte.

— Il faut que je te parle. C'est à propos de ce soir, me dit Jason.

— Ah ?

— Oui. Écoute, je ne vais pas...

Il s'interrompit, reprit son souffle et ajouta :

— Je ne vais pas pouvoir venir au bal du Beach Bash.

J'ai été surprise par ma façon de réagir. J'ai rougi et j'ai senti mon cœur battre plus fort. C'est exactement ce que je ressentais lorsque je montais sur mon vélo : peur et fatalisme.

— Tu me lâches ? Sérieux ? De nouveau ?

— Oui, écoute, je sais, c'est grossier, et je comprendrais si tu décidais de me faire la gueule.

Selon les règles, j'aurais dû protester poliment, mais j'ai attendu, dans le plus grand silence, son excuse. Parce qu'il y en a toujours une.

— Voilà, une intervenante vient aujourd'hui à la conférence, reprit-il. Elle est leader dans l'activisme étudiant, et elle a effectué beaucoup de changements à Harvard, où elle a étudié en première année. Elle est maintenant à Yale, où elle étudie le droit. Un changement de politique incroyable ! C'est donc un contact important.

Je restai silencieuse. Adam sortait de nouveau du magasin, cette fois en poussant un vélo vert plus petit, aux roues mastoc, une selle noire brillante et si propre avec ça qu'il étincelait au soleil. « En route pour l'avenir ! » était écrit sur l'étiquette qui oscillait dans le vent.

— Elle donne sa conférence cet après-midi, poursuivit Jason, mais elle a accepté de dîner avec quelques participants choisis pour parler de ses expériences en individuel. Les étudiants de première année ne sont pas censés en être, mais il paraît qu'elle a entendu parler de mon programme de recyclage de déchets, que j'avais imaginé en classe de première, alors...

J'écoutais, tout en regardant Adam qui sortait un autre vélo, cette fois un tandem avec l'étiquette « Mignons à deux » entouré d'un cœur.

— Je ne peux vraiment pas manquer une occasion pareille, conclut Jason. Je suis désolé.

À ce moment-là, j'ai tout compris : je n'étais pas en colère parce que Jason me lâchait. C'est vrai, quand on est blessé et vexé, on sent son cœur battre fort, et son visage devenir rouge et chaud, mais c'est aussi ce qu'on ressent lorsqu'on est sur le point de rebondir, de faire enfin le grand saut dans l'inconnu. C'est de l'excitation, de l'impatience, avec un peu de peur.

C'était écrit : je ne devais jamais aller au bal avec Jason. Mon destin me donnait le signal du départ, alors j'ai foncé.

— C'est bon, dis-je.

Il tiqua.

— Ah ?

— Oui.

Oui ! J'ai pris une grande inspiration et j'ai continué :

— Ça ne me gêne pas.

— Ah ?

Oui, oui, oui !

— Oh, Auden, merci d'être si compréhensive. Je pensais que tu serais en colère contre moi. Mais toi, au moins, tu comprends l'importance des enjeux universitaires. Cette rencontre avec cette étudiante de Yale, c'est le genre de choses qui n'arrive qu'une fois dans la vie.

Il parlait toujours, mais je ne l'écoutais plus, je me

dirigeais déjà vers le magasin de vélos. Je l'entendis vaguement parler de compréhension et d'obligation, d'engagement sans réserve et de futures tentatives, des mots à la mode et des concepts que je comprenais et que je ne connaissais que trop bien. À la différence de ce que j'allais faire maintenant, justement. Et l'évidence me frappa : cet été, j'avais appris que l'important, ça n'était pas l'endroit où on allait, mais la façon dont on choisissait d'y aller. Alors j'ai pris l'étiquette « En route pour l'avenir ! » sur le vélo vert, je suis rentrée et j'ai fait le premier pas.

— Tu connais la nouvelle ? dit Maggie dès que j'entrai chez Clementine's.

— Annonce la couleur.

Elle frappa dans ses mains.

— J'ai un cavalier pour le bal du Beach Bash !

— Tu connais la nouvelle ? demandai-je à mon tour.

— Quoi ?

— Moi, je n'en ai plus. Oh, et puis j'ai acheté un vélo.

— Quoi ?

Mais je m'éloignais déjà. Je l'entendis me courir après en criant aux clients qui regardaient les jeans qu'elle revenait. J'ouvrais la porte de mon bureau quand elle m'a rejointe.

— D'accord, on reprend tout depuis le début, dit-elle en levant les mains, paumes face à moi. Tu n'as plus de cavalier ?

— Exact.

Je m'assis à mon bureau.

— Jason me pose un lapin.

— Encore.

Je soupirai.

— Oui.

— C'est arrivé quand ?

— Il y a vingt minutes.

— Oh, là là !

Elle a mis sa main gauche devant sa bouche, l'air aussi catastrophé que si je lui avais annoncé un décès.

— C'est pire que tout !

— Non.

— Non ?

Je secouai la tête.

— Le pire, ça s'est passé après : quand je suis entrée dans le magasin de vélos, que j'ai demandé à Eliot de m'accompagner au bal et qu'il m'a dit non.

Elle a posé sa main droite sur la gauche, toujours devant sa bouche.

— Merde, dit-elle d'une voix étouffée. Et l'achat du vélo, tu le places à quel moment ?

— Je n'en sais rien. C'est le flou artistique.

Les yeux écarquillés, elle a laissé retomber ses mains et regardé les clients du couloir. Ensuite, elle a sorti son portable.

— Bouge pas ! dit-elle en formant un numéro. J'appelle les renforts !

— Pitié, non, Maggie !

— Trop tard ! dit-elle une fois qu'elle a eu appuyé sur la touche raccourci.

Et voilà comment, vingt minutes plus tard, je me suis retrouvée dans mon bureau avec Maggie, Leah et Esther, une tasse de café XXL et deux paquets de cupcakes au chocolat.

— Des cupcakes ? Ah bon ? fit Maggie à Esther.

— J'ai paniqué. Quel genre de casse-croûte faut-il dans une situation pareille ?

Leah réfléchit.

— Genre pharmaceutique. Qui t'assomme.

— Eh bien, il n'y en a pas au Gas/Gro ! Alors les cupcakes, ça ira bien.

Puis Esther m'a regardée.

— Bon, maintenant qu'on est toutes là, racontez.

J'ai pris mon café, en ai bu une gorgée. J'ai eu envie de vider la tasse d'un trait, mais j'ai tout déballé.

Je n'avais pas vraiment eu une stratégie, lorsque j'avais ouvert la porte du magasin de vélos. Tout ce que je me disais, c'est que je tenais ma seconde chance et que j'allais réparer les choses en grand et en beauté.

J'ai tout de suite vu Eliot, ce qui m'a semblé être un bon, excellent présage. Il était derrière la caisse, me tournait le dos et fourrait je ne sais quoi dans un sac. Mais j'ai aussi eu la réaction que j'avais depuis des semaines en le voyant : la gêne de l'avoir jeté et l'envie de courir cacher ma honte à l'autre bout du monde. Mais j'ai serré l'étiquette plus fort dans ma main, et j'ai continué.

— Salut, dis-je en m'approchant.

Ma voix était basse et mal placée. J'avais sacrément intérêt à reprendre mon souffle si je ne voulais pas mourir sur place dans la seconde. Mais j'ai au contraire cessé de respirer lorsqu'il a fait volte-face.

— Salut, me dit-il avec un air méfiant. Qu'est-ce qu'il y a ?

Si j'avais été plus que parfaite, je me serais expliquée parfaitement, avec des phrases claires et concises, des adjectifs bien choisis. Mais je n'étais qu'Auden et j'ai tout lâché d'un coup.

— Tu te souviens de la première fois où nous sommes allés au bowling ?

Eliot a froncé les sourcils, puis il a regardé dans l'atelier, derrière lui, où Adam et Wallace discutaient devant la porte de derrière qui donnait sur l'allée.

— Oui, dit-il au bout d'un moment. Pourquoi ?

J'ai avalé ma salive et j'ai bien eu l'impression que ça faisait un boucan d'enfer.

— J'étais énervée parce que je n'étais pas la meilleure. Et tu as répondu que je ne pouvais pas l'être, puisque c'était la première fois que je jouais au bowling. Tu m'as aussi dit que le plus important, c'était de ne pas se laisser décourager.

— Je m'en souviens, dit-il lentement.

J'étais sur le point de craquer. Et cette impression se renforçait au fur et à mesure que le temps s'écoulait entre nous, comme un compte à rebours, comme une vague qui se retire de la plage. Mais j'ai tenu bon.

— C'est ce qu'il y a eu entre nous, repris-je. Avec moi. Ce que nous faisions… ce que nous avions… ben, c'était la première fois. La fois qui compte. Et j'ai été nulle. Et ça m'a gavée.

Il me fixait sans ciller. Ooh merde, ça dérapait.

— J'ai été nulle comme petite copine, voilà. Parce que c'était nouveau. J'ai tout fichu en l'air parce que je ne savais pas, et j'ai eu tellement peur que je n'ai pas essayé de continuer. C'est comme le vélo. Là-dessus aussi, d'ailleurs, tu avais raison sur toute la ligne.

Dans la boutique, on n'entendait pas une mouche voler. J'avais donc l'impression de parler comme en plein désert. J'ai continué parce que si jamais je m'arrêtais dans mon élan, si je me laissais rattraper par mes mots dans le silence, alors bonjour l'humiliation.

— En gros, dis-je dans un effort de clarifier (je me demande pourquoi), je suis désolée. Tu peux penser que c'est débile, machinchouette et trucmuche... mais il n'est jamais trop tard pour bien faire ! Je voudrais donc que tu sois mon cavalier pour le bal de ce soir.

— Magne-toi, Eliot ! hurla soudain Wallace de l'arrière-boutique. Le train va partir !

Eliot ne répondit pas. Il me fixait toujours avec son air de sphinx. Je le regardais, moi aussi. Je me souvenais de toutes les heures qu'on avait passées ensemble, qui avaient commencé et s'étaient terminées dans cette boutique. J'avais bien fait de venir, quand bien même je ne savais pas si nous deux, c'était encore possible. J'espérais que ça l'était encore...

— Je suis désolé, répondit-il enfin.

Et le pire, il semblait sincère... Il a pris son sac et l'a mis sur son épaule.

— Mais je ne peux pas...

Je me suis vue hocher la tête, je devais avoir l'air d'une gourde. Et après un dernier regard, intense et presque triste, il m'a tourné le dos, il a traversé l'atelier, est passé devant Adam et Wallace. Puis la porte s'est refermée derrière lui. Finito. The End.

— Auden !

Je me retournai, toujours pétrifiée, et vis Adam qui s'approchait.

— Tu cherches Eliot ? C'est bête, il vient juste de...

— Non ! Pas du tout !

— Ah bon.

Il a regardé Wallace qui a haussé les épaules.

— Alors, tu voulais quelque chose ?

Je cherchais un moyen de sauver la face et j'ai de nouveau regardé l'étiquette que je tenais toujours à la main, « En route pour l'avenir ! », et soudain l'évidence m'a sauté aux yeux. Le destin me faisait signe.

— Oh oui, bien sûr.

— Machinchouette ? Trucmuche ?

Esther éclata de rire.

— C'est vieux ! Je n'avais pas entendu ça depuis l'école primaire.

— Moi, je n'ai jamais compris ce que cela voulait dire, avoua Leah.

— Voilà donc comment tu t'es retrouvée avec un vélo ? interrogea Maggie.

— Mais qu'est-ce qu'un vélo vient faire dans cette histoire ? demanda Leah.

— Parce que je viens d'en acheter un. Enfin, à ce qu'il semble.

— Et parce que Auden apprend aussi à faire du vélo, précisa Maggie. Je lui apprends tous les matins, en douce. Avant, elle ne savait pas.

— Vraiment ? Impressionnant ! fit Esther.

— Que je n'aie jamais su faire de vélo ou que j'apprenne à en faire ?

— Ben, les deux, dit Esther après réflexion.

— Ne nous écartons pas du sujet ! reprit Leah en me regardant. Bon, Eliot t'a jetée. Ça n'est tout de même pas la fin du monde !

— Non, c'est seulement humiliant à se flinguer. Maintenant, je ne pourrai plus jamais le regarder en face.

— Je me demande pourquoi il a refusé, s'étonna Maggie.

— Parce que c'est Eliot, pardi ! dis-je.

Leah a levé les yeux au ciel.

— Ça, c'est une affirmation, pas une explication !

— Je sais comment il est. J'ai eu ma chance avec lui, et j'ai tout bousillé. Alors, il en a marre.

— Attends ! s'écria Esther. Tu sortais avec Eliot ? Quand ?

De nouveau j'avais l'attention des trois.

— On était souvent ensemble, il y a quelques semaines. On faisait des trucs.

— Quels trucs ?

Rouler dans les nuits de Colby. Les courses, les dégustations de tarte aux pommes, nos conversations sans fin et ma quête. Résumer en un mot était impossible, alors je décidai de parler de la seule chose qu'on n'avait pas faite, sauf à la fin.

— On ne pouvait pas dormir, alors on passait la nuit debout et ensemble.

— Jusqu'à ce que tu bousilles tout, précisa Esther. Comment as-tu fait ton compte ?

Je fixai mon café maintenant froid.

— Je ne sais pas. Quelque chose s'est passé qui m'a filé la trouille, et j'ai pris mes distances.

— Voilà ce que j'appelle une vraie explication ! Merci bien, ironisa Leah.

— Leah ! s'exclama Esther.

— Quoi ? « Quelque chose s'est passé » ? C'est quoi, cette info cryptée ?

De nouveau, leurs regards sur moi. Oui, je n'avais jamais su me confier, j'avais toujours préféré le repli et la fuite. Mais après ce que j'avais subi aujourd'hui, je n'avais plus rien à perdre.

— Mon père et Heidi se séparent. Cela m'a rappelé le passé. Et j'ai géré la crise comme ' j'avais géré le divorce de mes parents.

— C'est-à-dire ? demanda Esther.

Je haussai les épaules.

— Je me suis jetée dans les bouquins, j'ai bossé comme une dingue. J'ai bloqué sur le reste. Surtout sur les gens qui voulaient m'aider.

— Eliot, par exemple.

— Eliot surtout. Et il y a eu cette nuit où on a été vraiment connectés. Et le lendemain, je l'ai largué comme une merde. Quelle conne !

— Tu le lui as dit tout à l'heure ? me demanda Maggie.

— Oui. Mais c'est trop tard. C'est mort avec lui.

Silence. Les trois enregistraient et digéraient l'info. Je pris le paquet de cupcakes, le reposai.

— Mon avis : laisse tomber, dit Leah.

— Leah, soupira Esther. Franchement.

— Sérieux. Tu as été humiliée. Ça arrive, quoi, zut. Et au fait, qui a besoin de mecs ? On n'a qu'à aller au bal du Beach Bash entre filles et bien s'amuser quand même.

— Je pensais que tu voulais un mec, sinon tu ne venais pas ? répliqua Esther.

— Ça, c'était avant que j'aie épuisé toutes les possibilités, expliqua-t-elle. Maintenant, j'accepte mon statut de célibataire et une sortie entre filles. Entre nous ! Ça marche ?

— Ça marche, répondit Esther.

Puis elles m'ont regardée.

— Ça fait deux fois que je me fais jeter, aujourd'hui, alors je ferais mieux de rester à la maison ce soir.

— Là, tu crains ! dit Leah.

— Deux fois ! répétai-je en levant le pouce et l'index. À un quart d'heure d'intervalle et à quelques mètres de distance. Jamais deux sans trois. Et à la troisième, j'ai peur que ça soit le ciel qui me tombe sur la tête !

— Pas d'accord. C'est justement dans les gros coups durs qu'il faut sortir entre filles. Et ton cas est exemplaire, ma vieille ! Tu viens avec nous, on dansera comme des folles et tu retrouveras la pêche. Pas vrai, Mag ?

Je venais de remarquer que Maggie sortait. On a tourné les yeux vers elle, et elle est devenue rouge comme une tomate.

— Eh bien, en fait...

Silence.

— En fait, quoi ? reprit Leah.

— J'ai un cavalier.

— Quoi ! s'exclama Esther. Et la solidarité ! La fraternité ?

— Mais vous ne vouliez pas venir ! répliqua Maggie. Comment était-je censée savoir que vous changeriez d'avis ?

— Si jamais tu y vas avec Jake Stock, je te tue ! l'avertit Leah.

— Je n'y vais pas avec Jake.

Maggie rougit de nouveau et observa ses mains.

— J'y vais avec Adam.

Leah et Esther se sont regardées. Puis ont regardé Maggie. Et de nouveau se sont regardées.

— Alléluia ! soupira Esther. Ça n'est pas trop tôt.

— Tu l'as dit. Il finissait par être gonflant, à la fin.
Maggie sourit et revint vers nous.

— C'est bon, vous n'avez pas trop la haine ?

— Ah, mais si ! déclara Leah.

— D'un autre côté, ajouta Esther, on est contentes
que cette tension sexuelle qui existait depuis des
années...

— Oui, des *années*, insista Leah.

— Soit enfin résolue ! conclut Esther.

— Mais ça n'est pas du tout ce que vous pensez !
protesta Maggie en agitant les mains dans tous les
sens. On est juste amis !

— Non, dis-je, c'est faux.

— Hein ?

— Il est malade d'amour, repris-je. Il me l'a même
dit. Et si je t'en parle maintenant, c'est parce que tu
vas le regretter, si tu passes à côté de ta chance. Tu
peux me faire confiance, je sais de quoi je parle !

— Excusez-moi, mais il y a quelqu'un ? entendis-je
hurler du magasin.

— Oh, la poisse, dit Maggie en sortant.

— Laisse, j'y vais, fit Esther en passant devant elle.
Leah la suivit, jetant son gobelet dans la poubelle
au passage. Un instant plus tard, je les ai entendues
parler toutes à la fois avec la cliente comme si elles
voulaient compenser.
Maggie s'est adossée à l'embrasure, tandis que je
reprenais ma place derrière mon bureau.

— J'aimerais que tu reviennes sur ta décision, pour
ce soir, me dit Maggie. Ça en vaut la peine, et tu t'en
souviendras avec plaisir, même si ce n'est pas ce que
tu as imaginé.

— Je sais. Mais honnêtement, je n'ai pas la forme.

— Si jamais tu changes d'avis, on y sera, d'accord ?

— D'accord.

Elle allait retourner dans le magasin quand elle s'est retournée.

— Pour le vélo, c'est grandiose.

— Tu es sûre ?

— Un Gossie avec un pédalier Whiplash, une fourche Tweedle et des gros pneus Russel ? Tu ne peux pas te tromper.

Je soupirai.

— Tu parles. Au moins, je finirai l'été avec quelque chose.

— Et avec plus que tu ne le penses.

Puis elle a tapoté l'embrasure et filé. Je regardai de nouveau mes cupcakes. C'est drôle, Esther s'était souvenue que ç'avait été mon seul achat au Gas/Gro, il y avait des semaines. J'ai ouvert le paquet, j'en ai pris un et j'ai mordu dedans. C'était trop calorique, trop sucré, trop poisseux. Mais avec le café, c'était trop bon.

Chapitre 18

— Tu en es certaine ? me demanda Heidi pour la millième fois alors qu'elle partait. Parce que je peux toujours...

Je changeai Isby de bras.

— Heidi, file !

— Je trouve ça injuste. Si quelqu'un doit louper la soirée, c'est moi ! Ça n'est pas comme si...

— File ! répétai-je.

— Si jamais je trouve quelqu'un pour te remplacer, au cours de la soirée, je te l'envoie...

Je lui lançai un regard menaçant, mon meilleur regard de sale garce. Elle a reculé.

— Bon, d'accord ! Je file !

Je la regardai descendre l'escalier. Après réflexion, elle avait choisi de porter une robe longue rose corail avec des bretelles fines. Je l'avais trouvée bizarre, sur le cintre : genre carré de tissu ni fait ni à faire, et d'une drôle de couleur. Mais finalement, Heidi était à tomber, dedans. Raison de plus pour ne pas porter le BabyBjörn par-dessus. Au début, elle avait en effet eu l'idée d'aller au bal avec Isby, parce qu'elle n'avait pas trouvé de baby-sitter.

— Ça ira ! lui avais-je juré quelques heures plus tôt. Je ne veux pas aller à ce bal, je te l'ai déjà dit.

— Mais c'est ta seule chance de vivre un bal de terminale !

Elle avait soupiré et regardé Isby entre nous, qui gigotait sur son tapis de jeu en regardant la coccinelle au-dessus de sa tête.

— Je suis désolée pour ce retournement de situation.

— Je te jure que ça va bien.

Ça ne l'avait pas empêchée de rester sceptique.

Le plus bizarre : je ne mentais pas, j'allais bien, même après m'être fait jeter deux fois ce matin. Même si j'avais poussé mon vélo au lieu de monter dessus pour rentrer à la maison. L'idée de remonter à vélo, de pédaler, de tomber et d'avoir de nouveau les genoux, les coudes et mon ego en compote, non merci. J'allais bien aussi lorsque j'avais reposé la robe mauve sur le lit de Heidi, et enfilé un pull et un top brassière, m'habillant cool alors que tout le monde commençait à s'habiller chic. C'est exactement ce qui s'était passé en mai, le soir du bal des terminales, mais cette fois, c'était différent.

Maintenant, je comprenais pourquoi Maggie était si sûre que je ne repartirais pas sans rien de Colby, en plus de mon vélo. Parce que c'est moi qui avais changé. J'avais vécu plein d'expériences, entendu de nombreuses histoires. J'avais découvert la vraie vie. Ça n'était peut-être pas un conte de fées, mais les contes de fées sont loin de la réalité et mon été, lui, avait été réel.

Heidi partie, je suis allée sur la terrasse pour montrer la mer à Isby. Il y avait encore du monde sur la plage, des gens qui profitaient des dernières lueurs du soleil. D'autres qui faisaient leur balade de la soirée : petits groupes avec chiens et enfants qui couraient devant ou traînaient derrière. Isby et moi, on les a regardés pendant un bon moment, puis on est rentrées dans la maison. À ce moment-là, j'ai entendu frapper.

En passant dans la cuisine, j'ai remarqué le portable de Heidi, juste à côté de la salière. Elle avait déjà deux appels. Elle venait sans doute le chercher ! J'ai ouvert, portable à la main, à ma mère.

— Bonsoir, Auden. Je peux entrer ?

Isby a répondu en poussant un petit cri. Ma mère nous a regardées tour à tour.

— Oui, bien entendu, répondis-je.

Avec un temps de retard, je me suis effacée.

J'ai reculé, elle est entrée, puis j'ai fermé. J'ai mis le portable de Heidi dans ma poche avant de la suivre dans l'entrée et dans la cuisine.

Quelque chose me chiffonnait chez maman, et pourtant elle avait son air de tous les jours : chignon, jupe noire et haut noir, collier en onyx ras du cou qui la mettait en valeur. Mais tout de même, elle avait un je-ne-sais-quoi de différent.

— Pourquoi es-tu venue à Colby ? demandai-je d'une voix lente en mettant Isby sur mon autre hanche.

Ma mère s'est retournée et m'a observée. Sous la lumière vive de la cuisine, j'ai remarqué qu'elle avait l'air fatigué, même triste.

— Je me faisais du souci pour toi depuis notre dernière conversation. Je ne cesse de me dire que j'ai été stupide, mais...

Elle n'a pas terminé. C'était rare de voir maman utiliser le système de mon père : en général, elle ne laissait jamais son interlocuteur s'emparer du sens de ses pensées.

— Mais... ?

— Je suis tout de même venue. Appelle ça les prérogatives maternelles... J'imagine que Heidi et ton père ne verront pas d'inconvénient à ce que tu m'offres un café ?

— Pas de problème.

J'ouvris le placard et en sortis une tasse, non sans mal, car Isby avait soudain décidé de gigoter. Je tournai les yeux vers ma mère qui me regardait d'un drôle d'air.

— Tu ne pourrais pas..., commençai-je.

— Oh si, bien sûr !

Elle s'est redressée sur sa chaise, comme si elle s'attendait à se faire engueuler, puis elle a tendu les bras.

Quand je lui ai donné Isby, nos doigts se sont frôlés. Puis je me suis occupée du café, songeant que c'était drôle de voir maman avec un bébé dans les bras. Elle semblait mal à l'aise, un peu raide, et étudiait le petit visage de Thisbé avec une expression très scientifique, également troublée et perplexe. Isby la dévisageait aussi avec étonnement en faisant des petits ronds avec ses menottes. Une fois que j'ai posé sa tasse de café devant maman, j'ai voulu la lui reprendre, mais comme maman continuait de l'observer, je suis allée m'asseoir.

— Elle est vraiment mignonne. Elle te ressemble quand tu avais son âge.

— Ah oui ?

Maman a hoché la tête.

— Ce sont les yeux. Juste ceux de ton père.

J'ai regardé Isby qui semblait apprécier d'être dans les bras de cette inconnue mal à l'aise. Mais pour Isby, le monde ne voulait que son bien, pour le meilleur.

— Je ne voulais pas que tu t'inquiètes, dis-je. C'est juste que... il s'est passé beaucoup de choses cet été.

— J'en ai bien l'impression.

Elle a redressé Isby et pris sa tasse de café de sa main restée libre.

— Mais je me suis tout de même inquiétée, lorsque tu m'as interrogée sur le divorce, lors de notre dernier coup de téléphone. Tu semblais tellement différente.

— Différente comment ?

Elle réfléchit.

— Le seul mot qui me vient à l'esprit, c'est : « plus jeune ». Mais je ne pourrais t'expliquer pourquoi.

Moi si. Mais j'ai gardé le silence. Je me suis penchée sur Isby et j'ai serré ses menottes entre mes mains. Elle nous regardait tour à tour, c'était rigolo.

— Pour te dire la vérité, j'ai pensé que je te perdais, dit-elle en baissant les yeux sur Isby. Tu es partie passer l'été à Colby chez ton père et Heidi, et tu t'es fait des amis. Ensuite, nous nous sommes disputées, à propos de ta chambre sur le campus... C'était sans doute plus confortable de me dire que nous étions exactement sur la même longueur d'onde. Mais tout à coup, nous n'étions plus en phase. Ce fut une impression très déconcertante et j'ai presque ressenti une sensation de solitude.

Presque.

— Ça n'est pas parce qu'on a des avis différents qu'on ne peut pas être proches.

— Très juste. Mais je crois que j'ai été déconcertée de te voir changer de vie, de façon d'être, si vite. C'était comme si tu évoluais dans un monde dont les traditions et le langage m'étaient inconnus, et où il n'y avait pas de place pour moi.

Elle parlait en regardant toujours Isby qu'elle serrait contre elle, comme si ces mots lui avaient été destinés.

— Je connais ce sentiment, dis-je.

— Ah oui ?

— Oui.

Elle a enfin levé les yeux sur moi.

— Je ne pourrais pas supporter l'idée qu'un choix que j'ai dû faire, à un moment donné, bousille ta vie, dit-elle en détachant chacun de ses mots. Ce serait intolérable.

J'ai repensé à notre dernière conversation au téléphone. À sa voix devenue plus douce, lorsque j'avais mentionné le divorce. Ma mère s'était toujours couverte d'une enveloppe de dureté et de froideur, d'une espèce d'armure qui la protégeait des autres et du monde extérieur, mais peut-être ne s'était-elle jamais vue de cette façon ? Peut-être n'avais-je jamais été à l'extérieur de son armure, comme je l'avais pensé, à tenter de la fendre pour la rejoindre, parce que j'avais peut-être toujours été à l'intérieur avec elle, protégée et en sécurité. Ce qui expliquait pourquoi elle était restée la même avec moi.

— Tu n'as pas bousillé ma vie, j'aurais juste aimé qu'on se parle plus.

— Du divorce ?

— De tout.

Elle a hoché la tête. Un silence est tombé. On observait Isby qui étudiait ses pieds.

— Parler sentiments n'a jamais été mon fort, Auden.

— Je sais. Ni le mien non plus. Mais j'ai appris en accéléré, cet été.

— Vraiment ?

— Oui.

J'ai pris une grande inspiration.

— Et ça n'est pas si difficile, en fin de compte, ajoutai-je.

— Tu pourras m'apprendre ? murmura-t-elle.

Je lui ai souri. Je venais de poser ma main sur son épaule, toute chaude sous la mienne, quand j'ai senti le portable de Heidi vibrer dans ma poche arrière.

— Merde, il faut que je prenne.

— Je t'en prie, dit-elle en reculant et installant Isby sur ses genoux. On s'entend bien, toutes les deux.

Je me suis levée et j'ai pris la communication sans vérifier qui appelait.

— Allô ?

— Heidi ?

Mon père n'avait même pas reconnu ma voix, c'était un monde ! Un drôle de monde, oui... J'ai eu envie de raccrocher, et puis non.

— Non, c'est Auden.

— Ah.

Silence.

— Salut, ajouta-t-il.

J'ai croisé le regard de maman et je suis sortie de la cuisine. Comme dans l'entrée j'en étais encore trop proche, je suis montée à l'étage.

— Heidi n'est pas là. Elle est partie au bal du Beach Bash, mais elle a oublié son portable.

Silence sidéral à l'autre bout du fil. Pourquoi y avait-il toujours des interférences ou des parasites seulement quand la conversation était d'une importance vitale ?

— Bon. Et toi, comment vas-tu, Auden ?

— Bien. Mortellement occupée.

— Je l'avais deviné. Je t'ai laissé de nombreux messages.

Il a toussé et repris :

— Je pensais que tu étais en colère contre moi.

— Non, dis-je en entrant dans la chambre où la robe violette était toujours sur le lit.

Je la rangeai dans l'armoire de Heidi.

— J'avais besoin de faire le point.

— Moi aussi.

Il a toussé de nouveau.

— Écoute, je sais que tu es dans le camp de Heidi. Tu as entendu sa version des faits.

— Heidi veut que tu reviennes.

— Moi aussi. Mais ça n'est pas aussi simple.

J'ai poussé les robes dans la penderie, les cintres claquèrent. J'ai pendu la robe mauve et j'ai passé les autres en revue.

— Alors, qu'est-ce que c'est ?

— Quoi ?

Je sortis une robe noire plissée, mais la remis dans l'armoire.

— Tu n'arrêtes pas de dire que ça n'est pas simple. Eh bien, dis-moi ce que c'est ?

J'ai vraiment senti sa surprise. Et pourtant, papa n'avait aucune raison d'être étonné ! Il avait toujours eu l'habitude de décider et de se justifier en fonction de sa petite logique interne. Cela excusait tant de choses, n'est-ce pas, cela excusait même tout. Il était écrivain, il avait ses petites sautes d'humeur et était égoïste. Il avait besoin de ses huit ou neuf heures de sommeil, de son espace et de son temps. S'il avait vécu seul au sommet de l'Himalaya, cela aurait été très contrariant, c'est tout. Mais le très gros problème, c'est qu'il n'était pas seul. Il y avait eu ma mère, il y avait maintenant Heidi. Avec les deux, il avait eu des enfants petits et grands qui ne pouvaient se couper de lui. On ne fait pas ce qu'on veut, dans la vie, quand on aime et quand on est aimé. L'amour, les relations avec les autres, ça n'est pas comme une lampe qu'on allume et qu'on éteint à volonté. Soit on est à fond dans ce qu'on aime, soit on passe à autre chose. Ça ne semblait pas compliqué. C'était même la chose la plus simple au monde.

— C'est bien ce que je disais : tu es en colère, reprit mon père. Tu as seulement entendu la version de Heidi, pas la mienne.

— Ça n'est pas pour cette raison que je suis en colère contre toi, dis-je en continuant de pousser les robes dans la penderie.

C'était presque apaisant d'entendre les cintres claquer et de voir les couleurs défiler devant mes yeux. Rose, bleu, rouge, orange et jaune. Chaque robe comme un coquillage, une autre peau, une façon différente d'être pour chaque jour.

— Alors, pourquoi ?

Noir, vert, noir et avec des ronds.

— Parce que tu avais une deuxième chance.

— Une deuxième chance ?

423

— Oui !

Manches courtes, manches longues, jupe étroite ou large.

— Mais tu n'as même cherché à la saisir. Tu as préféré fuir.

Il n'a pas répondu. Je n'entendais que le claquement des cintres. J'arrivais à la fin, maintenant. Les choix se réduisaient, le bruit aussi.

— C'est ce que tu penses ? reprit-il d'une voix calme. Que je te fuis.

— Pas moi.

— Alors, qui ?

Et soudain, je l'ai vue : une petite robe noire toute simple avec des perles sur la jupe, assorties à celles qui bordaient l'encolure. Une robe pour danser, une robe années folles. La robe parfaite. Celle que j'avais cherchée. Et tandis que je la contemplais, j'ai trouvé la réponse à sa question, et la raison pour laquelle cet été m'avait appris tant de choses sur moi et les autres.

— Isby !

En prononçant son prénom, je la vis qui faisait ses grimaces, gazouillant, pleurant et bavant. Endormie, réveillée, en train de hurler ou ravie. Endormie dans les bras de Heidi, le premier jour. Me suivant des yeux tout à l'heure tandis que je sortais de la cuisine. C'était les mille petites facettes d'Isby, l'introduction de ce qu'elle serait, de ce qu'elle pourrait être. C'était encore trop tôt pour le dire... L'avenir lui appartenait, et j'espérais qu'elle n'aurait pas besoin de deuxième chance, et que peut-être, à la différence de nous tous, elle trouverait un moyen de ne pas se planter au premier coup.

— Isby ? répéta mon père. Tu parles de Thisbé ?

— C'est comme ça que je l'appelle. Pour moi, elle est Isby.

Silence.

— J'aime Thisbé, reprit-il. Je ferai l'impossible pour elle, ou pour toi. Il faut que tu le saches.

C'était ce que ma mère avait dit, quelques instants plus tôt, et j'avais choisi de lui faire confiance. Aussi, pourquoi pas à mon père ? Parce que ma mère était venue jusqu'à moi. Elle avait pris la route, couvert des kilomètres, et en même temps couru le risque de faire marche arrière pour nous ramener à un croisement, où nous pourrions toutes les deux, du moins je l'espérais, choisir une nouvelle voie. Mon père, lui, était toujours au même endroit, et comme d'habitude, il voulait que je vienne à lui. Ainsi, au début de l'été, lorsque j'étais venue dans sa maison, qui était aussi chez moi. Avec lui, il y avait toujours une distance à franchir, il fallait toujours l'arranger, lui donner des excuses.

— Si c'est vrai, prouve-le.

Nouveau silence.

— Comment ?

Parfois, on réussit du premier coup. Parfois, au deuxième. Mais au troisième, c'est mort. Comme dans les contes de fées. Et lâche, moi aussi, je me suis dit que je n'aurais jamais de réponse si je ne me lançais pas. Qui n'ose rien n'a rien... Alors, au lieu de répondre, je sortis la robe noire à perles de la penderie et la posai sur le lit.

— À toi de trouver. Excuse-moi, mais il faut que j'y aille.

J'avais prévu de prendre ma voiture. En fait, j'avais déjà mes clés à la main tandis que je sortais en courant, dans ma robe noire qui froufroutait. Puis j'ai vu le vélo en bas des marches, juste là où je l'avais laissé en arrivant, et je suis montée dessus. J'ai posé les pieds sur les pédales et essayé de me souvenir de ce que Maggie m'avait appris, la semaine dernière. Après, hop, je suis partie sans me laisser le temps de changer d'avis.

Bizarrement, tandis que je remontais l'allée, en zig-zaguant, je ne pensais qu'à maman. Après avoir rac-croché avec mon père, j'avais mis la robe, sorti mes tongs et pris mon sac, me disant que je mettrais Isby dans sa poussette, et en avant. Mais quand je l'y avais installée, en expliquant la situation à maman à toute vitesse, Isby s'était mise à pleurer. Puis à crier. Et enfin, à hurler. Jusqu'à devenir rouge cerise. Le signe d'une grosse crise.

— C'est la cata.

— Elle n'aime pas être dans sa poussette ? demanda maman, tout près de moi.

— Si, en général. Je ne sais pas ce qui se passe.

Je me suis penchée, j'ai ajusté le harnais de sécurité, mais Isby hurlait de plus en plus fort et battait des pieds pour en rajouter. J'ai levé les yeux sur maman.

— Je ferais mieux de rester. Elle n'est pas bien du tout.

— Pas question, dit maman me faisant signe de m'écarter.

Elle a défait le harnais et pris Isby dans ses bras.

— Je vais m'occuper d'elle. Toi, va t'amuser.

Je devais avoir l'air perplexe ou choqué, je ne sais pas, parce que maman a repris :

— Ne te fais pas de souci, Auden, j'ai tout de même élevé deux enfants. Tu peux me faire confiance, je sais m'occuper d'un bébé.

— Oui, bien sûr, mais ça m'ennuie de te laisser seule avec Isby quand elle est dans cet état.

— Ça n'est rien, dit maman en serrant Isby contre elle tout en lui tapotant le dos.

C'était étrange : lorsque Isby avait été mignonne et de bonne humeur, maman n'avait pas du tout été à son aise. Mais maintenant qu'elle hurlait, maman gérait la situation impec.

— Elle me donne seulement un petit aperçu de son caractère.

— Tu es certaine que cela ne te gêne pas de rester avec elle ? dis-je en élevant la voix pour me faire entendre.

— Certaine ! Vas-y, toi.

Elle plaça le bébé contre son épaule sans cesser de lui tapoter le dos.

— Bon, ça va aller, dit-elle à Isby. Raconte-moi ton gros chagrin.

Je la regardai arpenter la cuisine en berçant Isby. Elle a vite pris son rythme. Marcher, tapoter, marcher, tapoter... Isby me regardait derrière son épaule, le visage écarlate, la bouche grande ouverte. Mais tandis qu'elle s'éloignait de moi, elle se calmait. Puis je n'ai bientôt plus entendu que les pas de ma mère.

— Chhhut, tout va bien..., lui dit-elle.

Maman parlait à voix basse. Douce. Et avec des mots qui, curieusement, m'étaient familiers. Quand j'étais petite, j'avais imaginé entendre cette voix et ces paroles, mais non, c'est maman qui les avait prononcées, et sur ce ton-là.

Ça n'avait pas été un rêve. Ou un mantra. Mais un souvenir. Un vrai.

Oh oui, tout ira bien…, pensai-je maintenant en prenant la route. Il n'y avait pas de circulation, et je repensais à toutes ces matinées que j'avais passées avec Maggie, sa main sur ma selle, qui courait derrière moi pour me donner de l'élan. Go ! Et après, je roulais toute seule.

Je continuai de pédaler, passant dans les flaques de lumière des lampadaires à intervalles réguliers, longeant les trottoirs jalonnés de boîtes aux lettres. Les pneus crissaient sur le goudron. Puis je quittai le quartier. J'avais la rue pour moi toute seule et je me suis dirigée vers le feu de circulation, où elle donnait sur la plage.

Le feu était au vert et j'étais concentrée dessus. Je pédalais de plus en plus vite, mes cheveux flottaient dans le vent et les rayons de mon vélo vrombissaient. Je n'avais jamais pédalé aussi vite ! J'aurais dû avoir peur, mais non ! Au-delà du feu vert, j'apercevais déjà l'océan immense, sombre et noir. Je me voyais rouler sur la plage, franchissant les dunes pour continuer jusque dans les vagues, le seul obstacle qui arrêterait ma course. J'étais tellement absorbée par cette image, si claire, si nette, que j'ai vu trop tard le van Toyota arrêté au feu et la bordure du trottoir.

J'ai d'abord vu le van. Puis je n'ai plus vu que lui, et pourtant, j'aurais juré qu'il n'était pas là, une seconde plus tôt. Et c'était peut-être mieux, parce que je me suis ensuite rendu compte que c'était le van d'Eliot. La seconde d'après, j'ai eu la bordure du trottoir en gros plan. Et là, ça a craint.

Je devais prendre une décision. Essayer de freiner

et tourner en espérant que ma chute ne serait pas trop calamiteuse, ou continuer de pédaler puis franchir le trottoir. Si ça n'avait pas été Eliot, dans le van, j'aurais choisi la première solution, qui était aussi la plus prudente. Mais c'était Eliot, et tandis que le compte à rebours commençait et que le sang battait dans mes oreilles, j'ai compris que c'était la meilleure façon d'illustrer ce que j'avais cherché à lui expliquer, tout à l'heure au magasin.

Ça n'a pas ressemblé aux figures de Maggie au Jump Park. Ou à celles des vidéos que j'avais regardées au cours de ces dernières semaines. Tant pis. J'ai tout de même eu le sentiment de m'envoler, de rester en suspens dans les airs, avec mes roues qui continuaient de rouler dans le vide. C'était hallucinant. Comme en rêve. Ou plutôt, comme au réveil après un rêve...

Ça a duré quelques secondes, après, j'ai atterri dans un bang. J'ai senti le choc se répercuter jusqu'au bout de mes doigts et vers mes coudes, tandis que je tentais de contrôler le guidon, en m'y accrochant comme si ma vie en dépendait. Et j'ai dérapé. En général, c'était le moment où je me ramassais en beauté. En général aussi, je fermais les yeux, certaine que le sol, les buissons et le reste se rapprochaient, mais cette fois je les ai gardés ouverts. J'ai conservé mon équilibre, et après une petite giclée de sable, je me suis redressée.

Mes mains tremblaient, mon pouls explosait à mes tempes brûlantes tandis que je freinais avec prudence. Maintenant, je revoyais le tout avec netteté : mon arrivée rapide, puis le trottoir, et l'envol, et en même temps, je n'arrivais pas à croire que j'avais réussi ! Ça restait irréel, jusqu'à ce que je me tourne, et toujours tremblant, aperçoive Eliot qui s'était garé, était descendu de son van et me regardait.

— Merde alors, c'était grandiose !

— Ah oui ?

— Et moi qui croyais que tu ne savais pas faire du vélo !

Je souris, puis pédalai vers lui. C'est seulement en arrivant tout près que je remarquai qu'il ne portait pas son jean et son tee-shirt ou sweat à capuche habituels, mais un pantalon noir, des chaussures de ville vintage et une chemise blanche déboutonnée à l'encolure.

— Je ne savais pas, dis-je en freinant. C'est Maggie qui m'a appris.

— Et aussi à sauter ?

— Heu, non.

Je me sentis rougir.

— J'ai senti des ailes me pousser...

— Ah.

— Tu ne me crois pas ?

— Si, dit-il après un instant.

— Qu'est-ce qui m'a trahie ? La terreur sur mon visage ?

— Au contraire. Tu n'avais pas l'air terrorisé.

— Alors, j'avais quel air ?

— L'air d'être prête.

Je réfléchis et observai mon vélo.

— C'est ce qu'on peut dire.

Notre conversation était peut-être surréaliste après tout ce qui s'était passé entre nous. Mais non. Parce que c'était la nuit, et la nuit, le bizarre était dans l'ordre des choses. Par exemple, faire du vélo en robe Charleston et croiser la route de la seule personne qu'on a envie de voir...

De jour, j'aurais posé plus de questions, j'aurais éva-
lué, analysé ou réfléchi, mais à cet instant, je trouvai
tout naturel de continuer.

— Tu avais raison, tu sais.

— À propos de quoi ?

— Moi. Je laisse tomber si je ne réussis pas du
premier coup. Erreur fatale.

— Ah, tu crois qu'il existe des secondes chances ?
demanda-t-il pour préciser.

— Je crois qu'il en faut plusieurs avant de réussir.

Eliot a mis les mains dans ses poches.

— Je suis de ton avis. Surtout aujourd'hui.

— Tiens ?

Il a acquiescé et m'a montré son van.

— J'ai refusé d'aller au bal, quand tu es venue me
le demander, tout à l'heure, tu te souviens ?

Je me sentis rougir.

— Oui, je me souviens.

— J'avais cette compète, à Roardale. J'ai recommencé à participer à des compétitions depuis une
semaine ou deux.

— Je suis au courant.

Il parut surpris, ce qui m'a plu, parce que surprendre
Eliot Stock, ça n'était pas donné à tout le monde.

— Comment ?

— Eh bien, je me suis tenue informée du niveau
du classement sur internet. Et ?

— J'ai gagné.

Je souris.

— Super. Alors tu t'es remis au BMX pour de bon ?

— Non. C'est terminé.

— Tu laisses de nouveau tomber ?

— Non, je prends ma retraite ! corrigea-t-il. À partir d'aujourd'hui.

— Pourquoi ?

Il s'est appuyé sur ses talons et a regardé vers le bas de la route.

— J'y pensais déjà, l'année dernière. Parce que j'avais été admis à l'université, et puis...

J'attendis. Parce que c'était inutile de finir les phrases à sa place. Eliot savait toujours ce qu'il voulait dire, même s'il lui fallait du temps.

— Et puis Clyde est mort. Tout s'est arrêté. Mais ça n'était pas de cette façon que je voulais faire ma sortie, en laissant tomber.

— Tu voulais être le meilleur en compète avant d'arrêter ?

— Du moins, essayer de l'être.

Il passa la main dans ses cheveux.

— Je suis donc désolé pour ce qui s'est passé, tout à l'heure. Je regrette de ne pas t'avoir expliqué pourquoi j'avais refusé de venir au Beach Bash.

— Je comprends. Tu devais absolument participer à cette compète.

Il me regarda, son regard était si vert. Mais plus hanté. Enfin, plus maintenant.

— Oui, exactement.

Une voiture est passée devant le feu, et la lumière de ses phares nous a effleurés. Le conducteur a ralenti, mis son clignotant, avant de nous doubler.

Eliot m'a regardée de la tête aux pieds, et il a vu que j'étais en robe de bal et tongs.

— Où vas-tu comme ça ?

— Au bal. Et toi ?

— Comme toi. Mieux vaut tard que jamais, n'est-ce pas ? Je t'emmène ?

Mais j'ai secoué la tête. Il a haussé les sourcils et il allait répondre, mais je lui ai pris la main et je l'ai attiré à moi. Après, je me suis haussée sur la pointe des pieds et je lui ai tendu les lèvres. Notre baiser a été lent et doux. Pendant ce temps, j'avais la vision de nous deux, si petits au milieu de Colby, près du feu de circulation, alors que toute la ville, tout le monde, nous environnait. Et dans cet intervalle temporel, nous étions au bon endroit au bon moment.

Je lui ai souri en reculant, puis je suis remontée sur mon vélo. Il s'est retourné et m'a regardée alors que je roulais autour de lui, une, deux et trois fois comme pour l'enfermer dans un charme.

— Tu ne veux vraiment pas que je t'emmène ?

— Non, mais on se retrouve là-bas.

Chapitre 19

Le café de la cafèt' de Defriese était bon mais pas top. Cela dit, il était compris dans ma formule de repas et le gobelet était immense, alors j'avais appris à m'en contenter.

Je posai un couvercle sur mon gobelet géant, puis je sortis dans la cour en remettant mon sac sur l'épaule de ma main restée libre. On était maintenant en octobre, il faisait plus frais, et un bon café chaud était indispensable. Je montai sur le vélo, mon gobelet à la main, et roulai prudemment à travers le campus désert jusqu'à ma résidence. Une petite pluie se mit à tomber au moment où j'arrivais et garais mon vélo dans les garages à vélos, devant l'entrée.

Au moment où j'entrai dans ma chambre, la pluie battait les carreaux.

— Salut ! dit Maggie tandis que je retirais mon coupe-vent. Je pensais que tu étais déjà partie.

— Pas encore. J'ai encore deux ou trois bricoles à terminer, avant.

Je m'assis sur mon lit, et posai mon gobelet sur le carton que j'utilisai comme table de nuit. Dessus, il y avait mon réveil, des piles de livres et le contenu du dernier colis de Heidi : deux galets effervescents pour le bain, un gloss et une nouvelle paire de jeans Pink Slingback. Je n'avais utilisé aucun des trois, mais j'appréciais le petit geste.

J'y avais aussi posé le cadre « Le meilleur de la vie » que Hollis m'avait offert quelques mois plus tôt. Il m'était complètement sorti de la tête, jusqu'au jour où, en faisant mes bagages pour partir à Defriese, je m'étais rendu compte que j'avais enfin une photo à y mettre. Mais laquelle ? Une du bal du Beach Bash, ou l'une des nombreuses autres avec Maggie, Esther et Leah, que j'avais prises lors de nos derniers jours à Colby. Ou une photo de Hollis et de Laura, le jour où ils avaient annoncé leurs fiançailles officielles ? J'avais tellement de choix que j'ai décidé de laisser le cadre vide jusqu'à ce que je sois certaine. Parce que je pensais que le meilleur était encore à venir. On ne sait jamais, n'est-ce pas ?

Et cependant, il y avait une photo que j'aimais garder tout près de moi. Ça n'était pas une photo de moi, mais d'Isby. J'aimais voir son visage, dès que je me réveillais et ouvrais les yeux. C'était surprenant, mais j'avais eu du mal à me séparer d'elle, à la fin de l'été. Lors de ma dernière journée à Colby, nous étions restées ensemble pendant près d'une heure, sur le rocking-chair de la nursery, Thisbé dormait contre mon épaule. Sa peau était fine, humide, avec cette odeur de lait et de bébé. Je m'en souvenais encore bien, et je me souvenais aussi de ce que j'avais chuchoté à son oreille, sur elle, sur moi et le monde des filles et des garçons. Un jour, elle me raconterait et ce serait bien. J'attendais ce moment avec impatience.

J'avais aussi un souvenir plus réel d'Isby. Je l'avais vu au Park Mart près de chez moi, lors de l'un de mes retours à la maison, peu après la rentrée universitaire. Je l'avais mis dans mon chariot sans réfléchir. J'avais de la chance d'avoir Maggie comme compagne de chambre pour un nombre incalculable de raisons, mais surtout parce qu'elle tolérait mon BabyZen de temps à autre.

Je pris mon portable et vérifiai le journal des appels. Deux. Le premier de maman, qui appelait régulièrement, surtout pour parler de mes études, quoique nous ayons aussi d'autres sujets de conversation désormais. Par exemple, le prochain mariage de Laura et de Hollis, qui la rendait folle, bien qu'elle tente d'avoir une plus grande ouverture d'esprit (elle jurait qu'elle faisait des efforts), ou encore ses relations qui évoluaient avec Finn, son doctorant aux lunettes à monture noire. Il était gentil et rigolo, de plus il était vraiment fou de maman. Quant à savoir ce qu'elle ressentait pour lui, c'était difficile à dire. Même si on bossait le sujet pour qu'elle arrive un jour à en parler.

Le second message était de mon père. Il était revenu à la maison, décidé à laisser à son couple avec Heidi une seconde chance. Il avait pris cette décision le soir du bal du Beach Bash, quand il avait renoncé à son voyage à New York, pour venir voir Isby. Quand il avait vu ma mère dans le couloir en train de la bercer, il avait été chamboulé. Cette vision avait réussi à le mettre face à la réalité, ce que je n'étais pas parvenue à faire. Il avait renvoyé maman à son hôtel et il était resté avec Isby jusque tard dans la nuit, jusqu'à ce que Heidi rentre chaussures à la main, tout excitée après la soirée du Beach Bash. Pendant que le bébé dormait, ils avaient parlé à en perdre le souffle.

Papa n'était pas revenu à la maison aussitôt après : le processus a été lent, avec beaucoup de négociations et de changements. Heidi travaillait de nouveau au magasin, mais à mi-temps. Mon père n'avait qu'un seul cours, ce qui leur permettait à tous les deux de passer du temps avec Thisbé. Les jours où ni l'un ni l'autre n'était à la maison, c'était Karen, la mère d'Eliot, qui adorait les bébés, ou bien une étudiante de la fac de Weymar, qui acceptait d'être payée en vêtements de Clementine's, qui gardaient Isby. Mon père essayait toujours de vendre son roman, mais en attendant, il avait commencé à écrire un nouveau livre sur la « face cachée de la parenté et de la banlieue ». Il avait le temps d'écrire seulement le soir, mais même s'il avait moins de neuf heures de sommeil, il semblait content. De plus, quand je devais veiller tard, je pouvais toujours lui téléphoner.

Je mis mon portable dans ma poche, puis je pris mon sac et mon café.

— J'y vais, dis-je à Maggie.

— À demain. Oh, attends ! Non, ça ne sera pas possible. Je vais à Colby.

— Vraiment ?

— Oui, c'est la grande réouverture, tu t'en souviens ? Je voulais te le dire, Adam t'a envoyé un tee-shirt. Il est sur ton bureau.

Je m'en voulus d'avoir oublié. D'autant qu'Adam ne parlait que de ça quand il venait, c'est-à-dire tous les week-ends. Il avait repris la direction du magasin de vélos, à mi-temps parce qu'il étudiait aussi à la fac de Weymar. Il avait été excité lorsque Abe avait accepté qu'il relooke le magasin pour un nouveau départ. Nouvelle pancarte, nouveaux *specials*... et nouveau tout. Il n'y avait plus qu'à changer le nom du magasin, mais Adam l'avait enfin trouvé, me dis-je en dépliant le tee-shirt.

— Cycles de Clyde ! lus-je. Ça sonne bien !

— N'est-ce pas ? répondit Maggie en se penchant pour me regarder. Mais Adam est un nerveux de première. Il voulait que tout soit parfait. Et bien entendu, ça dérape toujours. J'ai peur qu'il ait une crise cardiaque si autre chose cafouille.

— Non. Mais si c'est le cas, je l'aiderai à repartir. Dis-lui que tant qu'il y a de la volonté, il y a de l'espoir. Remettre le pied à la pédale, les fesses sur sa selle de vélo et roule, ma poule !

— Quoi ?

— Laisse, il comprendra !

Je lui dis au revoir, mis mon sac sur l'épaule et sortis, puis descendis l'escalier et me dirigeai vers ma voiture. Il était dix-sept heures passées, le soleil se couchait. Quand je sortis de l'autoroute, environ deux heures plus tard, et que je m'engageai dans le parking de Ray's, il faisait déjà nuit depuis un bon bout de temps.

Je coupai le moteur, puis restai dans ma voiture à regarder les lumières et les tables. Ray's, ça n'était pas le Washroom d'Abe, mais les serveuses étaient sympas et on pouvait rester aussi longtemps qu'on voulait. C'était bien quand il était tard et qu'on ne savait pas où aller, comme ç'avait été mon cas la première fois que j'y étais venue. Maintenant, j'avais beaucoup d'endroits où aller, mais ce soir, j'avais une bonne raison d'être là.

Je l'ai vu à la table quatre, notre préférée, celle au coin avec une fenêtre. Mug à la main, une part de gâteau à côté de lui et totalement immergé dans son manuel. Au cours de ce semestre, il avait pris un nombre hallucinant de cours à l'université, pour rattraper l'année qu'il avait loupée. Au début, ç'avait été dur. Nouveau et stressant. Par chance, j'étais une spécialiste des petits cours et du coaching, et j'avais été plus que contente de pouvoir l'aider dans sa quête, avec papier et crayon, pour remplir des QCM les uns après les autres.

Je me suis penchée, et je l'ai l'embrassé sur le front. Il a levé les yeux et m'a souri. Puis je me suis assise en face de lui, tandis que la serveuse s'approchait et me servait mon café. Pendant que j'enveloppais ma tasse bien chaude pour me réchauffer, j'ai senti sa main se poser sur mon genou. Le matin serait là bien assez vite, sans qu'on s'en aperçoive. Mais en attendant, nous avions toute la nuit devant nous et nous étions ensemble, alors j'ai fermé les yeux et j'ai profité de l'instant présent.

Cet ouvrage a été imprimé
en avril 2010 par

FIRMIN-DIDOT

27650 Mesnil-sur-l'Estrée
N° d'impression : 99603
Dépôt légal : mai 2010

Imprimé en France

12, avenue d'Italie
75627 PARIS Cedex 13